江洋才让 著

敦煌文艺出版社

生活仍在继续！如有停顿，止步不前，东张西望，那全是时间的错。人们，它穿透我们。它设计我们的命运……

图书在版编目（CIP）数据

灰飞 / 江洋才让著. --兰州 ：敦煌文艺出版社，
2015. 11（2023.1重印）
ISBN 978-7-5468-1055-3

Ⅰ. ①灰… Ⅱ. ①江… Ⅲ. ①长篇小说—中国—当代
Ⅳ.①I247.5

中国版本图书馆CIP数据核字（2015）第262102号

灰　飞
江洋才让　著
责任编辑：侯君莉
封面设计：杨敬华
版式设计：石　璞

敦煌文艺出版社出版、发行
本社地址：（730030）兰州市城关区读者大道568号
本社邮箱：dunhuangwenyi1958@163.com
本社博客（新浪）：http://blog.sina.com.cn/lujiangsenlin
本社微博（新浪）：http://weibo.com/1614982974
0931-8773084（编辑部）　　0931-8773235（发行部）

天津旭丰源印刷有限公司印刷
开本 787 毫米×1092 毫米　1/16　印张 16.5　插页 2　字数 278 千
2015 年 11 月第 1 版　2023 年 1 月第 2 次印刷
印数：501～3500

ISBN 978-7-5468-1055-3
定价：60.00 元

第一部

1 阳光中的老虎

他看见阳光中蹲伏着一只老虎，那种假象说开了的确让他心惊。他揉了揉眼睛，那只蹲伏在地的老虎慢慢还原成铁皮架子车的阴影。真相从来都是静静地站在原地，像个老人打量着他。它的眼神，普布天生就能感觉到。普布拿下揉眼睛的那只手，手上的污垢使他要把双手藏到裤兜里。他低着头走路，这样的走姿和他的年龄有些不符。普布十岁了，父亲总对他说，不要低着头走路，这样会撞到别人胸口的。想到父亲，普布无论走到哪里都要把头抬起来。父亲不在队里，父亲在离生产队不远的县城小学工作。马车工，主要负责为学校拉干牛粪，这是草原最好的燃料。……普布离开那片酷似老虎的阴影时，铁皮架子车安静地在他身后一动不动。普布从裤兜里取出手来。他感觉铁皮架子车是从身后看着自己的。普布知道自己的背影多少有些单薄。被树枝划过；被梦割过；被河流洗过。有时这种单薄的背影，容易使人产生怜悯，但普布觉得自己根本就不需要。

山，是世界最基本物质。它的呈现：有一种白；有一种灰。白的永远是白头的雪山；而灰的，冬天灰着，夏天就绿啦。普布觉得山是见证了好多事情的。万物荣枯、季节流转。即使石头开花也逃不过它的眼睛。普布悄悄问山，是我杀了弟弟吗？山不说话。会说话的山只在故事里存在。……普布再次揉了揉眼睛。他感到手背下自己的眼球在吱吱作响。眼睛变老鼠了。头发变树杈。耳朵变一对蝙蝠。眉毛变两只乌鸦，一左一右，飞啦。留下鼻子要闻气味。空气中飘来一股松香的味道。普布到达土路边的土丘时，闻出那是黑女人的气味。

她的儿子死啦。就在十五天前被天葬了。虽然是在“文革”时期，没有念经超度的人，但生产队还是允许还俗的阿卡将死者天葬。普布想要躲开她。可是，来不及了。那个女人幽怨地看着他。普布知道看到自己时，她又想起孩子了。人们都说，他是普布父亲的私生子。他比普布小两岁。那个女人给他起名叫普巴。队里的人说，其实这是普布的父亲给他起的。

黑女人一看见普布，就问道：“普布，你看见我儿子了吗?”

普布心说，你儿子不是被天葬了吗?！难道你忘了?！他看着黑女人头顶的乱发纠结在一起，自己的内心也慌乱起来。那次普巴出事是跟着自己上山的。当时，普布的手是伸向普巴来着。可是，是推还是拉，普巴不敢断定。细想之下，推的可能性更大些。因此，普布总觉得是自己杀了弟弟。普布从普巴滚下山的那一刻，就开始这么称呼他。弟弟，弟弟，可惜，普巴听不见。普布暗暗把那天刻在了记忆深处：一九七〇年十月二十一日。几点？大概是在正午之后，天空中有灰在飞。当普布顺着羊肠山道往上走时，他发现普巴汗流满面地跟在他后面。普布的母亲是不允许这种状况出现的。普布记得普巴对自己有先天的好感。他总是尾随着普布。普布因此挨了几次打。母亲不允许他跟普巴玩。普布觉得自己可以隐瞒母亲时，妹妹这十足的恶童总是要告他的状。

现在，黑女人又问开了。她把先前的那句话又重复了一遍，一字不落。

“普布，你看见我儿子了吗?”

这句话再次从她嘴里冒出来时，意思好像就变了。普布听着是在向他讨债。他的心猛一缩。他把手捂到了嘴上。那个黑女人觉得普布是看到自己的儿子了，她跑上来拉住普布的另一只手，她说，好冷。像我儿子的手一样冷！她的表情变得更加黯然了。普布想，她应该记起自己的儿子已经死了。没有哪个活人愿意找一个死人的，除非她疯了！普布放下捂嘴的那只手，然后将抓在黑女人手里的那只也抽了出来。

他的回答有些急促。

他说：“我只看见了一只老虎。不，不，一个铁皮架子车的阴影！”

黑女人突然蹲在地上嘤嘤地抽泣起来。她的脊背猛烈地在战栗。普布想把手放到她的头上去安慰她。可是，手伸出去了，又缩了回来。普布看着女人依然在抽泣。他觉得自己该走开了。走得远远的，然后回望她。

嘎玛仁青放寒假啦，他赶着学校的马车回来啦。对于队上的改变和家里的变化，他说，像是只经历了一天。一天当然不会有什么变化。即使一只老鼠的屎拉出来了，也不会干到哪里去。这是个常识，他无意去强调。他看着车辕里的马被拉进马厩。三匹，一红，一黑，一白。他给它们都起了名字。红马被叫作“不灭”，而黑马则被叫作“黑夜”。说到白马，它的名字让普布和妹妹大笑了一场。也不知是不是父亲的哪根神经绷得过紧啦，竟然叫它“雪牛”。普布看着父亲略显遗憾地摸了摸头顶。然后，将几个用剪开的篮球做成的饲料袋拿进屋里。母亲对于普布父亲的到来显得无动于衷。她的表情麻木。她淡淡地说，把你的东西放到屋外去。说完，她转过身不再看着他了。他试着叫了她几声。她不回应。他从口袋里拿出一个小镜子和一把小梳子，交到她手里。她的表情才有所松动。普布害怕母亲。普布老早就知道只要有母亲在，即使是一个快乐的场合，也会因着她的行为改变的。这真的像是会某种魔法，具有破坏力的魔法。现在，普布看到父亲拿着篮球饲料袋出去了，不由得松了一口气。院子里除了停着马车，还停着一辆铁皮架子车。父亲用小刀挑开从学校拉来的麻袋封口，用一个掉了瓷的白缸子挖出玉米，分别倒入了饲料袋中。然后，他把饲料袋套在了马嘴上。母亲在屋里喊父亲，嘎玛仁青，嘎玛仁青……父亲笑眯眯地看着普布，然后，拍了拍手上的玉米灰，走到了里屋。普布听到母亲的咒骂声。他的心不由得一紧。普布以为，母亲是改不了这个毛病了。即使让她再出生一次，只要有才吉的记号，她还会依然如故。普布的母亲叫才吉。队里的人都说，她的记号就是眉毛间的小肉瘤。普布听着母亲的咒骂声停了，就拍了拍身上的灰从地上站了起来……

一切都没有你想的那么可怕！

你认为可怕的其实像泥土般容易解体！

没有哪个人一出生就知道自己会变成这样！

嘎玛仁青依次拿下“不灭”“黑夜”以及“雪牛”嘴上的饲料袋如是说。

普布在那个夜晚因为多吃了几碗煮玉米，肚子发胀。

嘎玛仁青就说：“看看，从马嘴偷食，就会有此报！”

母亲听到这话又变得骂咧咧的了。她从黑暗中甩出一句话来。

她说：“听听，这就是我们家男人说的话。托你的福，我们一家好歹吃上了一顿马饲料，可是，你还这样说孩子！”

嘎玛仁青没有再说什么。他只是摸了摸普布的头。普布知道他不会与母亲理论的。这个叫才吉的女人，就是为了破坏他的幸福感而存在的。何况，现在谈不上什么幸福。嘎玛仁青开始回忆这个女人来到他家的情形。那时，他也是公社生产队的社员，还没有到县城小学当马车工。那时，才吉眉毛间的肉瘤还很小，小到不细看根本就看不出来。普布听父亲说过。因此，他痛恨才吉眉毛间的那个小肉瘤，恨得把它看成母亲身上的“反革命”。有几次，普布真的想拿把小刀，趁她睡熟，把它切下来。可是，他不敢。嘎玛仁青也不敢。嘎玛仁青明白切下这个东西，是会危及生命的。他想到，当初才吉被人领着到家时，是一个柔弱女子的模样。嘎玛仁青甚至产生了要保护她的欲望。可是，时间长了，人的本性就露出来了。第一次，在生产队的集体劳动中，才吉就弄得父亲下不来台。她为了断把的铁锹，大骂父亲没用，连个生产工具都保护不好，这样的男人怎么保护老婆和孩子。从那时候起，已经好几个年头了。最让父亲庆幸的是，机缘让他去了县城小学，当上了马车工。那个介绍他入门的老乡说，只要表现好，还可以入党。

嘎玛仁青一直在努力表现。重要的是他不用天天和才吉在一起。那样的谩骂换上谁都受不了。可是，在放寒假时他却想好了，一定要受着，不能当着孩子的面和她吵。万一，和她闹翻了，传到学校那边影响也不好。

嘎玛仁青听着才吉蹲在地上，将一泡热尿浇到牛粪灰上。他想象有些微的灰烬，因着这种冲力泛起，在母亲的两腿间弥漫，父亲笑了笑，似乎这样很解恨。

才吉撒完尿，哼哼着，“就没见过你这样的男人，比女人都懦弱！”

嘎玛仁青仿佛习惯了她的骂法。他又对着普布笑了一下。

普布看到父亲的牙齿上泛着惨白的光。父亲的眼神在那个时候很可怜。他不由得拉住了父亲的手。父亲说，没事。再次摸了摸他的头。他的手心湿乎乎的。普布想，他的内心也应该是这样的感受。嘎玛仁青看着普布犹豫地看着自己，就说道，你没有什么事瞒着我吧？

普布显得吞吞吐吐。他欲言又止。嘎玛仁青笑了笑说道：“别看你阿妈瞧不起我，队里的人可是高看你阿爸的！”

真是这样。父亲是县城学校的工人，而且篮球还打得那么好。人们提起父亲都要竖起大拇指。可是，给父亲扣分的只有母亲。人们一想到才吉这个女人，立时就摇起头，嘴里吧嗒出难听的响声。

嘎玛仁青看着普布的表情，劝导道："说吧！什么事情都不能瞒着自己的阿爸！这是天理！"

普布开口了。他说："那个黑女人，"嘎玛仁青用严厉的眼神审视着他。他从不允许普布这样说话。普布改口道："她，黑女人，不，拉青大婶的孩子普巴死了！"

嘎玛仁青听了沉默了好一会儿。然后，推开栅栏门走了出去。

普布说："阿爸，你去哪儿?"

嘎玛仁青没有回答。他这一去就是半个小时。母亲从屋里走出来，问起他时，普布没有回答。夜里，父亲回来，普布和妹妹躺在被子里，听到了母亲的号哭声。第二天，嘎玛仁青的脸上多了一道抓痕。

父亲在风中打篮球。有人说，他之所以被招去当马车工，就是因为篮球打得好。连县体委的大老王都说，这个藏族天生就会打篮球，太了不起了！嘎玛仁青，你的步伐是羚羊的步伐。你闪展腾挪，像是受过专业训练的。嘎玛仁青，你是关键的得分手，善于冲击的前锋。你不仅体力好，技术也好。……嘎玛仁青轻轻地在弥漫着尘土的打麦场上跳了起来，然后，他的手腕一用力，就将手中的篮球投到了篮圈里。嗖，篮球应声入网。破败的网子，随着风在不停地摆动。篮球落到地上，嘎玛仁青一个箭步跨上去，将球再次揽到手里。他没有再投篮，只是把球使劲拍到地上，像是任性到要震开脚下的大地。普布似乎被他给镇住了。他呆呆地看着父亲。一会儿是他的背影；一会儿是他的侧影。父亲的侧影落在了打麦场的石碾上。篮球击地的嘭嘭声，像是普布的心跳。

普布的心跳得好快。嘭嘭，嘭嘭嘭。

普布按住自己的心口，张着嘴，似乎从中会跌出什么！

嘎玛仁青终于停了下来。普布看到他脸上的那道抓痕，鲜红，细长，把整张的面孔都凶恶化了。普布再次看着父亲运球到了篮圈下，他转身好像是要躲避一个正在往下实施盖帽的对手。他的侧步是假动作。侧步之后的转身，连带一个真实的意图。投篮，随后命中。父亲自己给自己鼓掌。篮球在地上弹着，继而滚到了普布脚下。普布捡起球来，抱着它就往篮球架前跑。嘎玛仁青喊道，走步，违例啦。你要在地上拍着它往前。普布把球扔到地上，球滚到父亲面前。他的大手，一把将球从地上捞了起来，然后夹到胳膊下，一脸的凝重。

嘎玛仁青，你真是有一个不会打球的儿子。他只知道篮球是圆的。不是在空中飞，而是在地上滚。在地上滚的是糌粑疙瘩，在空中飞的才是篮球！

嘎玛仁青，看着篮球在地上滚，你会心慌的。你会争着把球从地上捞起来，像是要挽救一个孩子的生命。你知道篮球只有在弹起来，或在天上飞时才有生命。篮球有了生命，打球的人，才会焕发出活力。你有活力，所有生活中的不快，就像烟一样散了！

普布似乎听见父亲的嘴里进了风。风在他的口腔里吹出了呜呜的声音，像是老人在哭。嘎玛仁青闭上嘴，那种声音就消失了。他拍着篮球，试图带球往家里走。普布没有跟上来，嘎玛仁青再次将球抓到手里，回头看着普布。

普布没有回头看父亲，他慢慢走到石碾上坐了下来。他又一个人了，落单的人总会被时间宠信。他谁都不想理，除了父亲。可是嘎玛仁青看到普布坐着不动，就拍着篮球走了。普布又在想老问题了。普巴，可怜的普巴。如果不是跟着自己上山，就不会如此命短，就不会有普布现在的煎熬。普布再次想到自己杀人了。当人们从山下抱回普巴时，普巴的身体软塌塌的，像是没了骨头。有人说，所有的骨头都断了，一寸一寸地断。你还指望他的肉身能够笔直，那简直就是疯了。普布觉得自己真要疯了。他想到疯子总是远离人群，让怪念头支配着生活。母亲就这么说过。她还说，你们的阿爸也该算是一个。他总是躲在县城，他脑子里的怪念头比疯子还怪。他的心比“反革命”还黑。你们可不能学他。他喜欢篮球，你们不能喜欢篮球，喜欢篮球就是在跟你们的生身之母作对。普布不能理解母亲为什么这么恨父亲。既然是一家人，弄到如此地步，实在让他想不通。普布在一次又一次的对比中感到了自己的不幸：其他孩子的家可不是这样。只有自己，还有那个普巴也很可怜。

可是现在，自己却使不幸的人更加不幸。

普布的忧伤再次弥漫起来了。他想哭，于是就哭啦。

呜呜呜，是我害了你！对不起呀！

呜呜呜呜，我不知道怎么做，才能弥补自己的过失！

呜呜呜呜呜，没有人会想到你是被我推下去的！我自己也没想到！

普布满面泪痕地回到家里。他什么也没说，倒头就睡。那个夜里，妹妹没有睡到他的被窝里。普布看着月光落在床前，听着里屋传来父亲的鼾声，母亲的梦呓声。唯独妹妹一个人悄无声息。普布知道，她就是这样：只要入睡，就会把呼吸关到最小状态。微弱的，使你怀疑她是死了。普布暗暗骂她是叛徒，然后，用被子把头蒙了起来。

后半夜，普巴来了！普巴当然是来到普布的梦里了。普布看着他站在屋角，抱着一只断了前腿的小羊羔。小羊羔见到普布时像是害怕了。它的目光里透着惊怯，普布知道它为什么怕他。都是妹妹这个十足的恶童作怪。她拿着一条红绳子，绑在了小羊羔的左前腿上。当时，普布也帮她了。他俩使劲地拉，普布从来没有使出那么大的力气。事毕，妹妹还警告普巴，不要解下这条幸运绳子，否则，小羊羔就会遭殃的。普巴因此没有解下那条绳子，直到有一天，他看到红绳之下，小羊羔的前腿枯萎、断掉之时，他才意识到那是个圈套。普布当时不知道妹妹的意图。当普巴告诉他事情的结果时，普布狠狠地揍了妹妹几下。虽然，他也挨了母亲的打，但普布仍觉得自己教训得对。

普巴在屋角笑了。他的笑容惨淡，表情孤苦，无助的眼神使他看上去更加凄楚了。普布的嗓子突然像是被什么东西给堵住了。他想说话可是说不出来。他看到普巴的脸色越来越惨白了，像是月亮的银汁倒在他脸上了！普布使劲地咳嗽了一下，喉咙突然就开了。

他说道：“你是来找我报仇的吗？”

普巴摇了摇头。额角上有一道血滑了下来。

他用手摸了一下，然后看了看。眼神变得比小羊羔还要惊怯。

普布不知自己会说什么！但是，话到嘴边就让它往外冒吧！

他又说：“你是我父亲的儿子吗？”

普巴笑着摇了摇头。他突然逼近普布摸了一下他的脸。然后，走到窗前的月色中消失了。普布睁开眼，一片月光打在他的枕头上。……屋子里静到可以听见自己的喘息声。普布觉得这种喘息声是带着血丝的。他睁大眼睛看着窗外：月光中，父亲的马车显得异常的孤寂。它的阴影像是一个巨大的布袋。它张开口，朝普布的房间袭来，似乎是要把普布吞到布袋里去。于是，普布再次蒙上被子，不敢把头探出来了。

2 麻雀病

女儿太邪了。嘎玛仁青这么说道。他说这句话时，是捂着胸口的。

普布听到这里，静静地看着母亲的反应。母亲的反应是没有反应。她只是走到窗前，打开窗户。然后，呼唤起女儿的名字。巴拉姆，巴拉姆。叫得一声比一声响。巴拉姆在马厩中仰起头，她看着"黑夜"用巨大的阴茎将尿液喷射在地上，溅起的黄色泡沫，夸张地在地上漫流。她便兴奋地拍着巴掌大笑起来。她张着嘴，嘴角染着泥，口里有马草。父亲说，她什么都吃。肚子里似乎隐藏着秃鹫的胃。母亲听了这话皱了皱眉头。这回，她开始反驳父亲了。她说，谁叫她出生在那个年月。父亲沉默了。他拿起篮球，推开栅栏门走到了打麦场上。阳光依然在漫漶。篮球架子孤零零地处在打麦场的边缘，像是在等待某种变化。

嘎玛仁青没有打篮球，而是将篮球放在地上，自己坐了上去。

普布觉得这样很不合适。他想阻止父亲，可是话到嘴边又被他强行压到肚里了。

嘎玛仁青又开始数落巴拉姆了。他继续摇着头叹道，真是太邪了！太邪了！

普布不知道父亲遇到了什么事？他问父亲，怎么了？可是，嘎玛仁青摇了摇头，不回答他。他似乎是彻底地迷惘了。像是掉进了一口深井，井里同时有了太阳和月亮的投影，他不知该如何做了。他摸了摸普布的头。普布的头发异常的柔软。可是，巴拉姆的发质却很硬。每每，嘎玛仁青的手放在她头上时，他都会停上好一阵子。

唉，巴拉姆长得真不怎么好看。胖乎乎的脸蛋，野山蒜似的鼻头。

普布可真不敢恭维她的长相。体委的大老王在夸赞一个女人长得好时，常说，貌由心生。现在看来真是这样！嘎玛仁青摇了摇头，他打算把遇到的那件事，永远地藏在心里，让它烂掉。可是之后，心里余下了臭味，嘎玛仁青不知道该如何处理！

嘎玛仁青摸着普布的头说："看来，生在饥荒年间的孩子，身子骨就是单薄！"

普布生于一九六〇年五月二十四日。这个日子没有什么具体的说法。巴拉姆小他两岁，生于一九六二年六月十八日，也就是中印边境自卫反击战爆发的那年。在那场战争结束后，普巴出生了。他比普布小三岁，比巴拉姆小一岁。因此，在普布的意识里，他们之间的关系是支起的灶台，处在不同方位的三块石头——三石灶。如今，普巴走了。这个存在于心里的灶台形象也就瓦解了。瓦解得有些不可思议。普布凝着眉头看着父亲。他忽然发现，只要不在家里，嘎玛仁青的形象总是那样的高大。像大山，或者像……普布看了看天空，一种感应使他觉得嘎玛仁青的头顶该有一只大鹰滑过。虽然，没有出现，但他的脑海里还是认真地对此情景做了一番想象。有淡蓝的天空，洁白的云朵，鹰翅带着响声，撕开了他头顶的空气。

嘎玛仁青曾说过："篮球是鹰！撞向篮板，或冲进篮网，义无反顾的鹰！"

可现在他又取开放在普布头顶的手，真实地坐回到这只鹰的脊背上了。

普布想说的话终于冒出来了。他说："阿爸，你不是说篮球是鹰吗？可是，你却坐在它上面！"

嘎玛仁青微笑。他不记得自己这么说过。

他说："我说过这句话吗？"

"说过！"普布肯定地点了点头。

嘎玛仁青依然坐在篮球上，他的表情里有了几分肃穆。他觉得普布总是喜欢说些让他都感到莫名其妙的话。这孩子，他在心里叹道。嘎玛仁青站起身来，将篮球抓到手里。篮球染了他一手的土。他说，你这孩子，我发现你会撒谎了。普布觉得自己没有撒谎。后来，母亲也说了他几次。普布慢慢变得迷惑起来，他想，难道我记错了。难道我真的染上了巴拉姆所说的那种麻雀病！何为麻雀病，巴拉姆的解释是：总是觉得自己可以飞！总是被杂色的翎羽诱惑着说谎！总是觉得自己在做好事，其实是在做恶事！……这就是麻雀病。普布不知道这是不是妹妹编造的。对于他来说，他需要这样的解释。病就病了。普布开始承认自己是个隐秘的病人。而他的病状，只有巴拉姆一人了解。从那时起，他想到妹妹是个巫婆！

巫婆是要遭到众人批斗的！

可是，普布觉得自己不说就没人知道。

没人知道，就不会有人找巴拉姆的麻烦。

普布的这个小念头，在脑子里一闪而过。他用一只手捂住嘴，生怕自己一时疏忽会把这个发现说出来。……生产队的人是疯狂的，当集体面对一个罪人时，他们的理智好像被风吹走了。普布记得那时他们的面孔被一种情绪操控得发红，耳朵也发红。而那个罪人则低着头，脖子上挂着打红叉的牌牌，在普布的记忆里，战战兢兢地站在愤怒的中央，低眉顺目地迎接着发狂的质问。他是藏医苦巴桑，愤怒的人们指责他是巫医。有人揭发，他曾用乌鸦肉给过去的千户老爷治病。他还用两个箭镞头算卦，搞封建迷信那一套。更有人说，他的父亲是千户老爷，不不，千户反动派的专用医生。老百姓病了，他不管不顾。有这样的老子，就有现在与人民为敌的这样的儿子。人们说到气愤处，就会走过去啐他两口。普布从大人的两腿间钻到苦巴桑前，他看到，苦巴桑哭了。涕泪俱下，最后他站不住了，竟然跪在了地上。普布听到有人说，看看，他向人民服法了，感到自己罪孽深重了。有个女人还说，我真想上去咬他两口。还有人将黑墨水泼到了他脸上。普布感到人群里爆发出一阵狂躁。打倒三反分子！文化大革命胜利万岁！……苦巴桑低头痛哭，眼泪是黑色的。鼻血也是黑色的。最终批斗会结束了。苦巴桑被民兵押回到自己的住所。他是罪人，必须永远低着头，等候队里再一次的发落。一次又一次的批斗总是在前面等着他。终于有一天，有人看到他口吐白沫死在家里了。从此，队里没有藏医了。人们在生病的时候，才开始想到苦巴桑的好。可是，阶级立场的警醒，使他们在产生这样的念头时，都要狠劲地抽一下自己的嘴巴。……普布取下捂住嘴的那只手，也学着大人们的样子抽了一下自己。（但没怎么用劲!）……巴拉姆怎么会是巫婆！如果她是，那么自己作为哥哥也清白不了。藏医苦巴桑害苦了全家！自己给妹妹这样瞎定位，则会殃及父母。虽然，没有批斗孩童的事例。但是，父母必定会受同样的苦。普布越想越怕，好在没有人会钻到他的脑子里知晓他的想法。

但是，巴拉姆却不会像普布那样。

她四处散布普布的病情。

她对嘎玛仁青说："阿爸，普布得了麻雀病！"

对于麻雀病，在父亲面前她又有另一番解释。

你看普布，他双眼下有那么多的雀斑。还有，他时常表现得像个不听话的麻雀般叽叽喳喳。阿爸留言，普布你不要在大风天气上山。可是，他不听。他像一只麻雀，飞来飞去，带着普巴就上山了。阿妈说过，普布你不要同普巴玩。可是，他不听。时不时地留下满地的"爪印"，带着普巴依旧到处乱跑。你说，他得的是不是麻雀病?!

嘎玛仁青终于明白女儿想说的话了。他知道她的任何想法都透着一股邪劲。嘎玛仁青捻着下巴上不多的几根胡须，他不明白自己怎么会有这样的子女。十岁的普布干事总是透着一股令人害怕的早熟意味，而八岁的巴拉姆则让他感到深深的担忧。这也许就是"文革"期间出生的孩子，这个特定时期，让他们的思维变得敏感、变得……嘎玛仁青没有再敢往下想。他知道，不管大人还是小孩，在骨子里都提高警惕了！

"唉！看看你在说什么！你哥哥可是个听话懂事的孩子。"嘎玛仁青似乎觉得事情本来就是这样。

可是，巴拉姆却嘟起了她的嘴巴。普布知道，她在以这样的方式否定他的观点。这种表情赋予妹妹的丑加剧了。普布因着她对麻雀病的不同解释，一下子明白了，从一开始，巴拉姆就在胡说。

普布嘿嘿地冷笑了一下。但是，这种笑声让他自己也毛骨悚然了。他记得每次批斗完藏医苦巴桑之后，生产队的会计翁青总是对着苦巴桑的背影这样笑。

后来，他对着苦巴桑的尸体也这么笑。

普布觉得这个声音不该是自己发出来的。他看着嘎玛仁青走到屋里去了，就从马厩边抓了一把马草塞进巴拉姆嘴里。

普布说："慢慢吃吧！你这匹看公马尿尿的母马！"

巴拉姆是讨厌的母马！也是十足的恶童。巴拉姆的全部欢乐和苦恼都建立于此。普布知道她迟早会报复的。早与晚，只是时间问题。普布一整天，都在等待巴拉姆行动。可是她却显得无动于衷。早上，她拿着才吉的小镜子到处炫耀。她用镜子将阳光反射到人脸上，看着他们眯着眼骂她，她就兴奋地大笑。普布看到她野山蒜似的鼻头上显出细密的皱褶。那些皱褶分明就是一个恶童的标记。而中午，巴拉姆从马厩里出来之后，就躺在才吉的床上睡觉，悄无声息，像一只安静的蜘蛛。嘎玛仁青小心地取下沾在她头发上的马草。然后，也在她的身边躺了下来。普布也躺在自己的床上睡着了。可是巴拉姆却在这个时刻睁开眼睛了。她蹑手蹑脚地跨过嘎玛仁青的身子，穿上鞋，然后蹑手蹑脚地从才吉的箱子里取出剪刀。她走向普布，普布当然不知道巴拉姆要用剪刀铰自己的头发。她先在普布的天灵盖上铰开一片空白地带。然后，又在普布的后脑勺上铰出斑斑驳驳的印迹。……笑容立时灿烂在她脸际。巴拉姆吹开剪刀上的头发。巴拉姆把剪刀放回到箱子里。巴拉姆脱下鞋。巴拉姆跨过嘎玛仁青的身子再次躺在床上。这一切的过程，都隐秘在普布的睡眠之外了。

可是普布知道这是谁干的！

嘎玛仁青借来推子给普布推了光头。

然后对他说："不许报复，这事到此为止。"

巴拉姆在一边静静地看着，她吸吮着自己的衣领。她看到普布的光头在天光下发亮。她听到马厩里公马们又将热尿浇到了地上。巴拉姆不知被什么振奋了。她忽然从地面爬到凳子上，然后从凳子跳到桌子上。接着，她又跳回到地面，拉开门走出屋子。门，被她从外关上了。叭，普布不知她又去干什么了！

嘎玛仁青摇了摇头。看到门框上有细微的土尘落了下来。……马厩里有马在嘶鸣。他侧着耳朵听了一下，然后，他的脸上就露出了笑意。他说，是"雪牛"，这白马天生就是拉马车的。一副好骨架，外加一身的好力气。三匹马中就数它有力气。记得有一年，农耕时我回到生产队，为了帮你阿妈挣工分，我让它和"黑夜"代替耕牛，二马抬杠，不比二牛抬杠差。平时赶车，遇到车轮陷到泥洼里，只要在它的耳畔甩响鞭子，啪，啪啪啪，（我嘎玛仁青不但篮球打得好，甩马鞭的功夫也是不差的。）在"雪牛"的带动下，三匹马一鼓作气就将马车从泥洼里解放了出来。嘎玛仁青在思绪里抬起头，脸上闪耀着光彩。马车就停在院子里，而马匹在马厩旁晃动着马尾。嘎玛仁青说，走吧！陪我去河边饮马！普布摇了摇头。他端着肩，走到自己的屋子。……他听到父亲牵着马在往外走。马蹄声嗒嗒的，不是很脆，也不是很闷。接下来的时间，普布一个人坐在了自己的寂静里。他不知道寂静像是女人的发辫，松散，散发着一股甘油味。

他饿了。饥饿感又从脚心蹿了上来。

他熟悉这种感觉。这种感觉曾经让他掰开马粪，挑出青稞粒来吃。那时，普布还小。母亲才吉眉心的肉瘤也没有现在这么大。才吉痛苦时就跪在马厩里抱着普布，用袖子擦他的嘴。然后再哭一声。哭过了，她带着普布去山上挖野菜。

“阿妈，我们又去吃草吗?”

才吉难过地回答道：“傻娃娃，这是去挖野菜！不是什么草都可以随便吃的!”

普布当时觉得挖野菜很困难。大家都在挖，野菜也就没有那么好挖了。找到野菜时才吉每每都会发出兴奋的尖叫。回家后，她急匆匆地将野菜放在铝锅里煮了。绿绿的，看着都眼馋。可是现在，不用找野菜吃了。青稞地里的收成确实比那时好多了。但是，也不是想吃多少就吃多少。生产队会按照工分分配。嘎玛仁青回家时，从县城带回来一口袋白面。才吉把它做成饼子，每天给普布和巴拉姆半个。普布总是把吃剩下的放在枕头下，压上一两天，就变成干饼子了。但是，他一点也不心疼。因为，他习惯把干饼子泡到茶里吃。普布用汤勺，捞起泡软的散发着茶叶味的饼子，那种味道是他分外喜欢的。现在，普布的枕头下没有干饼子了。之前他记得好像有半块。可是，当他掀开枕头时却发现没有了。只有一些碎屑散落在那里。普布用手捡了几粒放进嘴里。像是几粒沙子掉入了大湖里，一点感觉都没有。于是，他学着嘎玛仁青的样子从麻袋里捞出一缸子的玉米来。这时，才吉走了进来，她看了普布一会儿，眉心间的肉瘤跳了几下。她一把抢下普布手中的缸子，黄澄澄的玉米因此散落了一地。才吉慌乱地放下缸子，把玉米扫到了铁簸箕里，然后拿到屋外在风中把玉米扬了起来。风把玉米里的尘土吹走了一些。剩下的沾染在玉米上，成了玉米的外衣。才吉有些不甘心，继续把玉米从铁簸箕里扬起。

她没有骂普布，而是恶狠狠地骂起了嘎玛仁青。

她说：“嘎玛仁青，看看你让我们过的是什么日子。亏你还是马车工！你带给我的只有痛苦。你这吃父亲肉的。你这吃母亲肉的。”

普布看到她眉心间的肉瘤在阳光中发亮。他的饥饿感好像是被才吉吓走了。普布闪到一边静静地看着她。才吉，才吉，如果阳光走了，那么你也就走了。……才吉，才吉，我亲爱的母亲，快给我半块饼子吧！

才吉没有给普布饼子，却给他拌了个糌粑团。

普布静静地看着她坐在那里。他吃一口糌粑，望一眼才吉。才吉从来都是在愤怒之后才找到自己的影子。换句话说，她脸颊上的暴风消失之后，她才能感到自己灵魂的存在。虽然，这个年代不允许她这么想。可是安静下来了，就没有什么是不能想的。她想，我为何要如此地咒骂嘎玛仁青?！为什么？为什么？答案只有一个，不就是为了那个黑女人！队里虽有那样的传闻，可是，嘎玛仁青却是死活不承认的。这会儿，嘎玛仁青饮马回来了。他把马匹拴到马厩，然后从门口探头看了看屋里的情形：多么熟悉的场景！多么令人感到压抑。感到最好能够早早逃离。……普布又吃了口糌粑，他望了一眼才吉，又看了看嘎玛仁青。父亲悄无声息地走到屋子里，他没有说一句话。他只是拿起篮球就往屋外走！普布连着又吃了几口糌粑，手里就剩不了多少了。他跟了出去，嘴里鼓鼓的，剩下的那点糌粑也被他塞到嘴巴里去了。他疾步向前，一场篮球赛即将在打麦场上展开。

孤零零的篮球架衬托着赛场的气氛。

天上有几只乌鸦"咕儿嘎嘎"地飞过。它们的叫声消失之后，有人躲在某个地方，敲打着悬在木架下的一块铁，叮叮，当当，当当，叮叮。使得打篮球的几个人不由朝那个方向张望。普布看到记分员盘腿坐在一边，他的手里抓着一个算盘。翁青，普布知道他是个令人讨厌的家伙。

四个人。二对二。往一个篮圈里投球。裁判由他们自己来当。

比赛一开始：普布立时明白，在这里没有人是嘎玛仁青的对手。

篮球似乎是逃不出他手掌的。嘎玛仁青像是掌控着它的命运。在那个时候，他打得随心所欲，比一条在清水里畅游的鱼还要自在。他轻轻转身，嘴角挂着微笑。他瞅了普布一眼，然后将球交到另一只手里……转身，躲人，投篮，命中。这一切过程显得那么自然，毫无悬念可言。……比分完全是一边倒的。普布看到翁青的手指在算盘的左侧拨来拨去。而右侧，那么长时间了竟没有一粒上去。跟嘎玛仁青一伙的拉加，双手叉腰，看着他在场上飞跑，自己却站在那里尽顾着看了。打麦场上飘荡着一股成年男人的汗味！……十分钟后，普布终于看到翁青将算盘右侧的两粒珠子拨了上去。空气中再次响起了敲打铁的声音！

这是个永恒的秘密！普布得理理清楚。可是，再怎么理都是毫无头绪。那个声音的来源，被风搞得成谜了。普布每次听到铁的声音，在木架下发出时(他确信那是拴在一根绳子上的)，他都会寻找它的出处。可是直到现在，他还是没有找到。普布慢慢地也就不去找它了。当他听到那木架下悬着的铁在召唤他时，他都会捂住自己的耳朵。

没有铁！也没有拴着它的绳子！更没有那个木架！还可以没有那个敲铁的人！甚至传递声音的空气和风都没有！普布取下捂住耳朵的双手，看着巴拉姆面带恶意地看着他。他就说，没有巴拉姆！他闭上眼睛不去看她啦。

巴拉姆哼了一声。普布就感到自己的胳膊被掐了一下。

普布睁眼骂道："你这匹可恶的母马！"

不是巴拉姆在掐他！是才吉。她眉心的肉瘤泛着油。她的眼里流露着惊讶。

她说："你说什么?"才吉这时看上去是真的生气了。她扬手就打了普布的额头。普布的脑子里嗡嗡的。他低着头不说话。心里却在不住地嘀咕。……没有才吉！但不能没有嘎玛仁青。嘎玛仁青一回家就看到这一幕了。才吉甩下普布，上去纠缠嘎玛仁青。

她说："你去哪了?！是不是又去找那个黑女人了?！"才吉的喊叫声有些歇斯底里。嘎玛仁青依然像往常一样平静。他坐到床上，脱下鞋子。一股脚臭味在弥漫。嘎玛仁青甩了甩手，才吉，不要再问那无用的问题了？去给我打一盆洗脚水吧！才吉坐到桌子边不动。普布脑子里的嗡嗡声终于消失了。他给父亲打了盆水，嘎玛仁青将手指探入盆中，测试了一下水的温度。他微笑地看着普布，刚好！能够把一切掌握得恰到好处的人，才是人才！嘎玛仁青看着普布睁大眼睛迷惘地看着他，就补充道，体委的大老王说的！

说完，他把脚泡到水里。调转话头询问起巴拉姆来。

"巴拉姆，今天你都干了些啥?"

"是不是又把队里的牛往河里赶了?"

"我可是听到有人告你的状来着，你可得给我乖些!"

"不要看着你哥哥，告状的人可不是他!"

嘎玛仁青开始用手指搓脚趾缝间的污垢。水不到一会儿，就变得浑浊了。

才吉坐在一边，用眼角扫了他一眼。她的话语里充满了对嘎玛仁青的不屑。

“看看，到了县城就学会了洗脚。别的什么都没有学到。”

嘎玛仁青咧着嘴又笑了。每当他挨骂时，他都要看着普布。这会儿，普布却低下头躲过了父亲的目光。母亲的尖刻，使他再次闭上眼睛说道，可以没有才吉。好像是这句话震慑到她了。普布睁开眼时忽然听到，才吉用近乎祈求的声音在说，嘎玛仁青，带着两个孩子和我，离开这里吧！我不想在这过一辈子。只要看到那个黑女人，我心里的仇恨就会燃烧起来。这团火注定要毁灭我自己的！

才吉突然哭泣起来，换来了嘎玛仁青更深的沉默。

3 梯子，梯子

肚子还是胀！肯定是吃了马饲料的缘故。嘎玛仁青说，我这叫贪污！让人知道了是要受处分的。因此，才吉在那个时候暗暗决定，从此绝不向任何人讲起吃马饲料的事。普布将碗里最后一口陈年的玉米送到嘴里。然后，他咀嚼着。他知道嘴里有黄色的汁液不断地产生出来。他把那些汁液咽到肚子里。他推断汁液在绕着肠子滚动。从来没有人对他讲起胃和食物也存在着一种对立的关系。即使普布知道，对于食物他也没有去选择的余地。

嘎玛仁青说：“已经很好了！”他抹了抹嘴。

才吉说：“改天我们吃肉。你们的哑巴舅舅兴许会打到几只雪鸡！”

雪鸡！普布不相信哑巴舅舅能打到雪鸡。瞧他那笨样！虽然长了一脸的胡子，但他走路的姿势着实让普布感到厌恶。他晃晃悠悠地从山上走下来,腋下总是夹着几棵野蒜。普布对于他的印象是他张开嘴打哈欠时，满嘴的野蒜味！还有眼角上残留着的眼屎！他能打到雪鸡，这与雪山共舞的生灵！普布窃笑起来。他感到很快乐。有了可以取笑的对象，对于任何一个孩子来说，都应该是快乐的。普布看到巴拉姆在悄悄地注意自己，就鼓起腮帮子，凝着眉学起了哑巴舅舅的样子。巴拉姆看到后，也笑了。

才吉说："要不了几天，他就会从雪山上下来!"

普布等了好几天。巴拉姆也同样。巴拉姆出于对雪鸡肉的热爱，经常会学着发出雪鸡的叫唤。可是，等不来的时候，思念就干了。这是这片土地永远不变的俚语。普布记住了。可巴拉姆好像不记得，她常常通过梯子爬到屋顶，朝着深山的方向张望。后来的几天，才吉不让她上屋顶了。她说，我的巴拉姆你不要让我再担心了！……风是从深山吹来的，可是不带来消息的风，吹在脸上就变得生冷生冷的。……但不管怎么阻止巴拉姆照样会爬到屋顶。等待不是她唯一的目的！她一站在屋顶就感觉自己变成男人了。男人是家里的主人嘛!恶童就是恶童。这个感觉很奇妙。巴拉姆开始明白，梯子作为通向屋顶的器具很重要。队里的每户人家都有梯子。观察久了，她终于看到自家的梯子是染着红土的!

巴拉姆对才吉说："阿妈，我们家的梯子染着红土!"

红土！母亲惊愕了。她身上的每个毛孔因着女儿的这句话而张开。

红土！她再次呕出这个词。她身上的每个毛孔似乎也同时喊出了同样的话。

队里唯一的红土房子是黑女人的。两层楼，上面住人，底下是畜棚。

才吉的惊愕与崩溃同生！红土房子是黑女人的舅爷留给她的。这个以前的阿卡后来的俗人在这里住了很多年，如今早已过世。

才吉不敢想象自家的梯子是通向黑女人二楼的窗户了。她更不敢想象丈夫扛着它深夜前往她住处的模样。一切都形同飞雪，落了化了。才吉的体内一片泥泞。她感到自己在深一脚浅一脚地艰难行走。伴随着由来已久的哭泣，最后，走不动，脚拔不出来。

女人的号哭是深长的。它似乎可以把男人体内的恐慌给哭出来。嘎玛仁青不知发生了什么?！他抱着痛哭流涕的才吉。可换来的却是才吉对他的拍打。她的两个巴掌，不住地落在他的身上。等她累了，他也就明白到底发生了什么事!

普布知道父亲不会做任何的解释！任何的解释对于既定的"事实"来说，

是那么的苍白！嘎玛仁青也许知道，也许不知道。普布根本就不想深究。……因为，他喜欢普巴是他的弟弟！对于这点，普布不会矢口否认！

普布开始关注梯子的时候，这个事件已过去一个星期了。那时，队里没有人留意他家的事。人们只是说，这几天怎么不见嘎玛仁青打篮球了?！连同打麦场都好像冷寂了，那个石碾静静地处在自己的阴影里，少有人理会。人们在参加完对“三反分子”的一次又一次的批斗之后，就不太爱来这个地方了。除非那些住在四周的社员必须要路过。他们经过这里就像一天必须要吃三顿饭一样。……普布再次经过了打麦场。谁也不知道，这几天他竟顾着看人家的梯子了。他去了好多人家，他发现各家的梯子大同小异。形状毫无二致，异处只是梯子的格数不同。八格，十三格，也有十一和十二格的。经过普布观察，在这众多的梯子中，除了自家的梯子，翁青的梯子也是染着红土的。至于拉青大婶家的梯子他根本没看！

普布把这消息分别告诉了父亲和母亲。

嘎玛仁青听了这个消息显得很沉静。

他的沉静像是大山里的大山背对空气的那种感觉。

像是毫不理会！又像是激情被藏在山根以下了！地平线以下的活动除非自己知道。它不告诉你，那就是未知的事物了。

而才吉听到这个消息后，竟然像是被毒虫蜇了一下，从床上跳了起来。

她眉心的肉瘤发红了。她的耳根也被那种红渲染了。她的神情好像是劳苦大众终被解放了。那种高兴，那种得到释放的满足是巨大的。

“嘎玛仁青，知道了吗？翁青的梯子也染上红土了！”

“嘎玛仁青，明白一种背叛之后还隐藏着更大的背叛吗?”

“嘎玛仁青，你也别在这里出现了，还是带着我们离开这里吧！”

嘎玛仁青给自己倒了碗茶。他细细地开始喝茶：茶梗横在他的舌苔上，……白牙齿像是刚刚被白雪包裹了的山峰。喉咙里冒上来的气体，像是天地间那永不消失的气流。那股气流最终顶着他的上颚，使他张嘴长舒出一口气来。

他说：“走了，到河边去洗梯子啦！”

没有任何人在河水里洗过梯子。过去没有，今后也没有！嘎玛仁青将梯子放到河水里开始洗刷染着红土的部位。在他的认识里，那里有一道木质的伤口，而染在其上的红土就是血了。河里开始漂浮有红土！父亲手里拿着快要被磨秃了的刷子，他一遍又一遍地洗刷着，河水冰凉得有些刺骨。河底下的鹅卵石顶得他的光脚生疼。但嘎玛仁青不在乎，他看着河里的红土慢慢被水流带走了。木头的血被冲走，那成了一种仪式。没错，真是这样。才吉站在自家的窗户前，看着河边嘎玛仁青晃动的小人影，觉得他是在举行一场仪式，目的是为了向过去告别。但不管怎样，就这件事情的发生，普布没有看到嘎玛仁青留露过一丁点的忧郁。

那个人站在冬天黄土色的山谷里，捡起石头打鸟。他抛出三块，没有一块是击中了鸟的。那个人就是父亲，他扛着梯子回来以后，除了打篮球，生活里又多了一道这样的节目。

普布完全不了解嘎玛仁青。真的，那个时候，他觉得嘎玛仁青很陌生。对于他来说，是个陌生人。黑女人——拉青大婶，还有他捡起石头打的那几只鸟：天珠雀，尖嘴黑鸟，褐背山雀，对于他来说好像是通过记忆的过滤器了！留下一些，另一些必须淡忘。也许有些事情根本没有发生。渐渐地，普布不去想一些事了。当嘎玛仁青拿起篮球和拉加再次打败他们的对手时，打麦场上又回响起了敲铁的声音。普布捂住耳朵，眼睛却看到哑巴舅舅从远处走来。

他没有带回一只雪鸡。也没有一朵云跟随！哑巴舅舅就是哑巴舅舅，一身的汗味让普布要躲在阴暗里。可是，嘎玛仁青的眼神告诉他这毫无用处，倒不如大大方方地坐在他对面，那股汗味闻久了也就不臭了。就像面对一洼水草腐败的水坑。那洼水坑，不是圆形，而是三角形或者方形。总之，对待哑巴舅舅你不能用惯常的思维。而是应该像你妹妹那样：瞧她那四分之一的快乐都写在脸上了。普布也露出笑容。哑巴舅舅坐在自己的汗味里开始比画了。刚开始，他在空气中比画出一个三角形。再然后，他使劲地扇动着双手，然后，开始吐出舌头假意要舔自己的一只手。普布看到他手心的纹路间积满污垢。他不明白舅舅所比画的，代表的是什么！看来，只有才吉一个人明白。

她看着大家迷惘的神情，好像一下子就陷到了自己的内心。

她用不敢肯定的语气说："舅舅在雪山上看到了很多的雪鸡，可是它们很狡猾，他没有打到一只。那晚，他是在雪山上度过的，饿了就舔手掌般的冰块！"

哑巴舅舅不知才吉是怎么解释的，但他似乎很相信这种说法的正确性。

才吉笑了。普布看了看她眉心的肉瘤，没起什么变化。

哑巴舅舅的比画更频繁了。嘴里还辅助地发出咿呀咿呀的声音。这下谁都看不明白了。才吉给他倒了碗茶，让他赶紧喝。……这个时间段应该沉寂了。屋子里有个哑巴在，不沉寂不行，只是你要让他看到眼前的人是有表情变化的。

嘎玛仁青突然变得严肃了。如果形容他的表情变得过于突然的话，那么这种比方是最恰当的：嘎玛仁青看到自己坐在哑巴的对面，可哑巴的眼里却没有他。他的眼睛是整张脸上最漂亮的部位。眨巴一下，一滴因打哈欠而逼出的泪就掉入了胡子里。嘎玛仁青面部抽搐，嘴角上翘，微笑的模样过于牵强。哑巴舅舅嘴里的茶水在喉咙里咕噜咕噜作响，胸前的毛主席像章闪闪发亮。普布眨了眨眼睛，巴拉姆的手立时伸入哑巴舅舅的棉衣口袋，她开始往外掏：一个弹弓，（用来打雪鸡的!）几粒石子，（浑圆的，看来是用心挑过!）巴拉姆的手又进到哑巴舅舅的另一个口袋，只抓到零散的一点烟丝。巴拉姆在失望中落寞。

普布想起才吉讲起过舅舅的故事。

那时，你舅舅生下来并不是哑巴！（才吉讲话的语调显得像是在讲很久很久以前的故事。）可是，到了三岁那年，当他会说“刀”这个词时，就变成哑巴了。你外公去世得早。你外婆请了一个藏医给他看病。（才吉强调不是苦巴桑，也不是苦巴桑的父亲!）那个藏医给他号脉，他摇着头说好奇怪的脉象，跳中有跳，水流穿过石头中的细孔，然后打在金鱼的尾巴上了。藏医说出这个奇怪的感觉后，连声说这个病他得好好治治。从此，他在我们家住了三年，可一直没能治好你舅舅的病。在你外婆去世前的一个月，她痛下决心把他轰走了。普布当时记得自己问过，给舅舅治病花了多少钱？才吉摇了摇头，她隐瞒了另一些事实。普布当然不知道才吉不回答他的真正原因。……没有打到雪鸡，就应该沉默。而哑巴舅舅的沉默是历来的。他仿佛是另外一个族群的人，生活在无声有色的世界。那个世界，普布不熟悉。

不熟悉就意味着远离！意味着他和哑巴舅舅的隔膜永远也无法消除。

这是真的。哑巴舅舅好像是从一座雪山的冰洞到达这个世界的。

什么无产阶级专政！破四旧！忠于革命忠于党！大海航行靠舵手！这些他一概不知，他又聋又哑，只是眼神犀利，在夏季据说能看到十五米开外飞行的蚊子。

他一直想唱歌。可是无词的歌谣总是在内心深处响起，而后在内心深处湮灭。……他无师自通地学会做很多手工活。据普布了解，自家的梯子就是哑巴舅舅做的。靠着一把斧子，和三十六颗钉子，十分钟就把它打造出来了。如果母亲才吉愿意，普布想哑巴舅舅兴许会同意用他的利斧，去除姐姐眉心的肉瘤。

普布不再留意各家的梯子了。哑巴舅舅回来后，普布开始留意他的行动。也许不那么讨厌了，但终归是不怎么喜欢。哑巴舅舅继续晃晃悠悠地走路，他的腋下并没有像以往一样夹着几棵野蒜，这个时候，野蒜早就埋在另一个季节的土壤里了。队上的人总是这么说。哑巴舅舅现在是走到了这个冬季的中心。看看，他是那样的自足，那样的高兴。一切都没有声响，静悄悄的。这样他就能看到好些物体显现出的更多表情。石头的表情是它的纹理发生变化了。土地的表情是一些土颗和另一些土颗之间的调换。哑巴舅舅明白，有些表情只有他这样的人才能看懂，别的人不一定看得来。他手搭凉棚，没有任何感应一样地从普布的身边走过。他没有理会普布！

这不是常有的事。通常，他总会把自己的手放在普布头上。而普布总会看着手要落下来了，拼命地躲避。现在，是个例外。普布跟在哑巴舅舅的身后。……哑巴舅舅上房了，普布想要跟上去，可他却把梯子收到了屋顶。

普布站在自家的院子里，不知舅舅在干些什么！这一切，只被一个置放在屋顶的玻璃瓶注意：他坐在梯子上，从怀里取出一个白饼，兀自吃了起来。最后一个，才吉给他留的。有这样的一个姐姐当然不错。哑巴舅舅吃完后，在房顶上咿咿呀呀地叫唤了一阵，但他自己听不到。倒是普布在房下听到了。一股风吹了起来，他在屋顶上像本红宝书一样地躺了一会儿，待到把梯子放下来的时候，普布已经回屋了。

哑巴舅舅一节一节地往下走。双脚落地时，他看到巴拉姆站在那里看着他。

还是一副恶童相。巴拉姆尝试着要向舅舅讲起普布的病情。

“舅舅，哥哥得了麻雀病！真的，这一点只有我一个人知道！”巴拉姆的表情急切而又热烈。可是哑巴舅舅是听不见的。他憨笑着轻轻地把巴拉姆抱了起来，走向了他的破屋子。……那是一个黑乎乎的存在。普布曾无数次地想象过，如果那是洞穴，是藏有妖怪的。如果是房子，那就是关押犯人的地牢。哑巴舅舅把巴拉姆放到床上，然后，撩开墙上的一个脏布帘，从一个小洞里掏出了一颗水果糖递给了她。这伟大的幸福终于降临到了巴拉姆的口腔里。普布不敢想象那个甜，只是当他走到这间破屋目睹了这一幕时，哑巴舅舅摊开双手表示只有一颗。而且是在巴拉姆的嘴里了。巴拉姆张开嘴，演戏一样地亮出舌苔表示这颗糖果已然融化。

哑巴舅舅是用他打来的雪鸡从县城得来了糖果（当然是送给了一个熟识的干部，那个人又送了他糖）。可是现在，他却打不到一只。那些雪鸡也是有脑子的：它们被白色的山峦包围着，流水在冰底的浅吟低唱，使沉睡水底的化石鱼仿佛要复活了。化石鱼，没有打到雪鸡但哑巴舅舅却从冰面上看到了它。哑巴舅舅砸冰取物，四溅的冰屑，披上了阳光的外衣。那些雪鸡看到这个场景，觉得又一次逃脱了弹弓的威胁，它们咯咯咯地笑着，眨巴着黄豆大的小眼珠。

哑巴要被化石鱼迷惑了！

他的背后，空气肃穆。冰雪的洁白刻画了他暗黑的背影。冷酷的表情下，胡须上挂着的一串冰柱在往下坠！他的口袋里装着石子，那枚化石鱼却被揣在了怀里。哑巴走了一会儿，就回头看着雪鸡所处的方位。很远，再好的眼力也瞅不清楚。他仔细地看着这阶梯似的地貌，瞎想着自己应该扛着一个梯子来，从一处搭到一处，一层一层，一步一步，靠近雪鸡的老巢。梯子，嘿嘿！哑巴舅舅回家后笑着把化石鱼藏在了墙壁布帘后的小洞里。这个地方巴拉姆知道，普布也知道。有一天，哑巴舅舅的伤心终于来了。像一个生锈了的铁棒，沉重而又离奇。但不能拿在手里，只能横在心间。

他找不到那枚化石鱼了，也没有办法开口问任何一个人。

他黑着脸来到姐姐家，嘎玛仁青去打麦场打篮球去了。

普布和巴拉姆在家。当然，才吉也在。

哑巴舅舅没被胡须遮盖的部位显得充满疑虑。眼神中的疑问那就更多。普布不知道他在想什么?！巴拉姆似乎是猜到了。她的嘴角流露出一丝笑意，但马上被她收回了。没有任何的迹象说明，哑巴舅舅遇到了什么事？至少普布不知道。

哑巴舅舅开始神情激动地向普布和巴拉姆比画。他的手在空气中抓出一个锤形的形状。普布不知道这是什么？才吉似乎明白了他在比画什么！

她说："你们谁拿了舅舅的一件重要东西？说出来，阿妈不惩罚你们！"

哑巴舅舅把手背到身后，在他俩的面前走来走去。步伐紧张，放在后背的手更加紧张，手指在动来动去。

没有人承认。哑巴舅舅拿住他俩的手开始闻。并留意着普布和巴拉姆的每一个表情。一样的镇静；一样的不愿配合。这让哑巴舅舅失去了判断的能力。

他一个人回家去了。他的背后，真相在巴拉姆的脑子里展开：我只是想拿一颗糖，掀开脏布帘，却发现里面有一条石头鱼。石头鱼会不会游泳？我拿着它来到小桥边，扑通，鱼不见了。……这件事我不会对任何人说！

巴拉姆笑了，而且是躺在地上打着滚的笑。普布也笑了，是因为巴拉姆的这种笑法实在是太可笑了。……哑巴舅舅一个人坐在家里拿着弹弓比画。他想了三十一种打不到雪鸡的原因。其中之一，他归结为捡拾到的石子戾气不是很重。哑巴舅舅站在自己的房子后，使劲地拉开弹弓，他感到了皮筋之上有绷紧的颤抖向着自己的心房靠拢。胸口这片开始缓缓发热。他努力地保持着这个姿势，站久了，脖子就疼了。于是，他把弹弓里的石子放了出去。石子带着他听不出也感觉不到的呼啸，飞向了墙头正在梳理羽毛的麻雀。噗，声音闷闷的，普布听到了。哑巴舅舅腾出一只手揉了揉脖子，身后的一个破脸盆上的反光打在了他的后背。开始，那只麻雀还在地上挣扎，慢慢地它肚子里的气就走光了。风吹动它的翎羽。哑巴舅舅可不管这些，他从自己的口袋里拿出石子，逐一地沾上麻雀血。他想，这样的石子戾气会很重的。下次再去，不愁打不到雪鸡的脑袋了。哎呀呀，他的心里突然发出这样的惊叫。哑巴舅舅开始想到自己疏忽了。干这个勾当之时，可没有看四周是不是有人。普布看到，哑巴舅舅紧张地环顾着四周，然后，把那些血石子装到了口袋里。他要去打雪鸡了。远处的雪山，像一颗狼牙一样惨白。它一层一层地在岁月中剥离。……哑巴舅舅拿着弹弓慢慢地靠近了它。他用手抓了把雪，雪是硬的，他把它捏在手里，融化的过程持续了好长时间。

4 血色

普布看到拉青大婶了。拉青大婶的身影好像是从很远的地方蠕动而来，像一条虫子，可怜得令他背过身去不忍看她。好久他才想到，拉青大婶应该离自己很近了。转身，果然是这样。拉青大婶的脸更黑了，额头上油汪汪的。她的身上背着个羊毛口袋，普布不知道那里面到底装的是什么？普布低下头，用脚尖摆弄着地上的一粒石子。石子极不情愿地被他的脚赶来赶去，它发出的声音肯定是不满的。普布觉得自己真是好玩，等在这儿不知是要验证些什么?!

拉青大婶停在了他的身边。

拉青大婶说话了："普布，你在等谁?"

普布的脊背上开始凉飕飕的。我在等谁？我这不是在等你吗？普布在心里默默地说着。你不是普巴的母亲吗？我等在这里不是我自己定的，而是为了替普巴多看你一眼。黑，你的脸上显然是经历黑夜了。心里的痛苦不知减少了没有？我要说，无论你的儿子是不是我父亲的孩子，我都把他当成是我的兄弟。亲兄弟！大婶，来，我帮你背着那个羊毛口袋吧！看看它鼓鼓囊囊的，不知装着什么？可别把你的肩膀给压疼了。普布在心里说完这些话，他把手伸向了拉青。拉青大婶显然是明白了他的意思。她把羊毛口袋交给了普布，眼眶一湿，叹了声，命苦！显然是又想到普巴了。

儿子！儿子！她轻声呼唤。眼里的泪水噗噗地滴在了土里。

山谷沉静地围绕着房屋。普布跟着拉青大婶往前走。他俩一前一后，身影一短一长。转眼就能看到拉青大婶的红房子了。红土的味道跟黄土是不一样的。普布把羊毛口袋交到拉青大婶手里。拉青大婶接了羊毛口袋，打开门锁。木门被推开了。通过楼梯，上到二楼。拉青大婶给普布倒了碗茶。

拉青大婶说："你父亲什么时候回县城?"

普布摇头表示不知道，他看到墙上挂着的抛石绳。普巴常常拿出来玩的那根，用黑牦牛、白牦牛的毛编的。黑白相间，普巴的眼睛似乎是藏在其中看着他了。普布放下茶碗，说了声我要走了，就急速下到了楼底下。

巴拉姆一个人躺在地头。她的头上满是尘土。她的嘴角挂着口水，口水滴到了土里。巴拉姆就用它和泥，做成一个个的小土块。她真是玩疯了，普布看了一会儿，就离开她回家了。才吉又去开会了，翁青会在大会上把各人积攒的工分宣布一遍。同时生产队队长、副队长会把近期每个人的思想表现进行通报。会场里的气氛没有往日那么严肃。但才吉眉间的肉瘤依然泛着红光。她想，我得跟着嘎玛仁青离开这里了！有那个黑女人在，这里变得没有什么意义了。即便是家乡，即便自己的血里已经有这里的土粒。才吉试想了几种离开的可能，她似乎看到自己坐在马车上，孩子们也坐在马车上，嘎玛仁青在唱一支歌。他的嗓子不好，歌唱得很没味！

开完会回来后，她的咒骂再一次开始了。

普布看到嘎玛仁青很无奈地听着。这时他的眼神里已经是一种疲惫了。他低下头，普布的目光落在了他耷拉着的头发上。那里沾染着篮球带给它的尘土。嘎玛仁青闭上眼，他希望睁开眼睛的时候，才吉消失了。耳边全是自己喜欢听的歌，孩子们的笑声。即便是尿盆里的尿水倒入灰里的声音，也很美妙。现在他没有任何选择的余地。只要才吉消失，确切点是她的咒骂声消失。嘎玛仁青睁开眼，才吉依然在骂。她骂累了，眉心的肉瘤就不红了。

嘎玛仁青好几天都不说话。他不是拿着赶马车的鞭子在院子里甩出脆响，就是跑到山谷里拿石头掷鸟。他知道自己打不到一只鸟，鞭子再怎么甩出清脆的响声也无法起到任何震慑的作用。只是聊以自慰而已。这几天，他根本就没碰篮球。篮球待在屋子的角落里，蒙上了一层灰。普布几次想拿起篮球往打麦场走，可是当他的手触摸到篮球时，他被那些灰尘给电着了。他紧张地抽回手。他的左手捧着自己的右手，眼神里飘荡出一丝害怕的意绪。是的，这几天他越来越害怕了。家里的气氛紧张得就像是结了一层冰，而且是那种让人踩上去就会摔一个大跟头的冰。嘎玛仁青从山谷里回来，先是抱一抱巴拉姆，他看着巴拉姆的鼻头上又出现了细小的皱纹，她把手指塞到鼻孔里取出黏糊糊的鼻涕，她说，阿爸你吃。嘎玛仁青笑笑，把她的鼻涕从她的手指上吮到嘴里，然后噗的一声吐到地上。他放下巴拉姆，伸出一只手扒拉一下普布的头发。普布非常默契地动一动脑袋，极像是在享受这一过程。接下来，嘎玛仁青将跨过才吉的双腿，走到自己的位置上去。他不说一句话。他闭着眼。他开始以这种方式与才吉对抗。这就是普布所说的冰面。光滑，会让行走的人摔跤，失去自己的脊梁。而且是一寸一寸地断掉，太可怕!

普布背对着这样的冰面。

好几次，他都想转过身，冲上去挠破才吉眉心的肉瘤。

他以为才吉的愤怒来源于储存在它内部的邪气。他以为父亲之所以没有过多地理会她的谩骂，是因为这肉瘤的形状酷似篮球。他还以为，才吉眉心的肉瘤总有一天会爆掉，那时会溅满一墙的血，让队里人捂住鼻，捂住脸。普布想到这里，依然背对着这样的冰面。他想不出一个合适的理由走出屋子。外面，山谷上闪耀着狼牙白，天上飞过了死灰。地上的石头安静地交代着自己的一生。普布看到父亲毫无表情，嘴唇灰白，眼睛里竟是往回缩的光。看那光，竟是你不知道的历史。

父亲何时会交代自己的部分历史!

普布几次想询问普巴是不是他的儿子?可是那样的话他问不出口。父亲当然也讲过他的一些事情，但那只是构成历史的小细节。一九六〇年五月二十二日，也就是普布出生前的两天。父亲一个人走到了山谷里，他在山间流淌的溪水旁，抓了把泥，捏成了一个小泥人。当然，他捏泥人的手法和其他人不同。他从泛着湿气的草地上拔出五根硬草，插入了小泥人里，一根是从底部往上插，父亲小心翼翼地把它当成了小泥人的脊椎骨，他想，没有骨头的小泥人是站不了多久的。另外四根分别插入了小泥人的双臂和双腿。父亲在透明的空气中打量着它，一个念头竟然从他的脑子里萌生了出来。他把小泥人放在了石头上，四周的很多石头似乎都想向小泥人靠拢。眼看着天要下雨了，父亲只是想通过小泥人验证怀在才吉肚子里的孩子是男是女。父亲说，如果变成一摊泥了是女孩。如果雨过之后，小泥人依然站在石头上，那么必是个男孩无疑。雨噗的一声就从天上倾了下来，颗粒晶莹，打在父亲身上是水花四溅，父亲的头发转眼就湿了。发梢上一滴一滴的水珠，随雨点打在了土里，声音变得混乱而又急切。雨过之后，父亲回到原地，他惊呆了：小泥人的双腿已化成泥水夸张地染在了石头上。但是，他的头颅和身子还在。有趣的是，他后背上的那根草露了出来，这样使他的身子看上去像是弓着的。父亲在那个时候突然意识到，自己要有一个儿子了。两天之后，普布降生。

嘎玛仁青眼中的光又往回缩了缩。

普布知道另一个辅助历史的细节和妹妹有关。一九六二年六月十七日，父亲在疾步行走，从早上到下午他没有见到队里的一个男人，他不知道这预示的是什么?！他不住地喊那些男人的名字，每个男人的名字都打着自己的门牙了。父亲的牙龈开始出血，老毛病，无关痛痒的老毛病。他用手摸了一下牙齿，一丝的血迹就涂在了他的手指上。父亲用舌头舔了舔牙，一股腥味在口腔里泛滥。后来他得知，所有的男人都跑到外面看解放军野练去了。第二天，巴拉姆出生了，女孩！父亲早就有预感。他听着男人们聊起野练的解放军，聊起张连长的枪法。张连长在跑动中向山坡上的目标靶射击，每发都是十环。大多数男人都很崇拜张连长。只是有些男人觉得他长得太寒酸——塌鼻梁，小眼睛，一点也不像个英雄。于是，这些人的注意力就转到了刚出生的巴拉姆身上。他们说，嘎玛仁青，你的小母马出生了！还有人说，嘎玛仁青，如果昨天队里的男人都没有去看野练，我估摸着今天你又要得一个儿子了。父亲笑笑，他眼里的光陡然增多了。

这次，哑巴舅舅打着雪鸡了。两只！普布不敢说这是一雌一雄，但最起码它们很相像。巴拉姆拿起一只雪鸡看着它耷拉着的头，她嘻嘻地笑出声来。她对普布说，看看，这是雪鸡最好吃的部位。如果煮熟了，我一定要吃它。普布惊呆了。瞧瞧，这个怪丫头，都在想些什么?！普布真想钻到她的脑子里去看看。普布看到过盘羊的脑壳被猎人打开时，白花花的脑浆洒了一地。那么人呐？普布想也许一样，只是多与少的问题。雪鸡煮熟的时候，巴拉姆并没有去啃雪鸡头，而是抓起了它的一只翅膀。她啃了两口，然后拿着它出了院门。谁都知道，嘎玛仁青家有雪鸡吃了。巴拉姆带着一身的雪鸡味，拿着那只被她啃噬的已近残破的肉翅，不住地炫耀。普布看到她油乎乎的嘴最终染上了尘土，变得脏兮兮的。太阳在天上露出了两个脑袋！巴拉姆说。所以，地上所有的动物都有了两个影子。……巴拉姆从嘎玛仁青的马车底下钻了出来。她拿着才吉要她送给哑巴舅舅的雪鸡肉，就往那个破败的屋里头走。……她没有认出哑巴舅舅。哑巴舅舅刮胡子了。他一刮掉络腮胡子就是生产队里最漂亮的男人。巴拉姆惊讶得把手中盛有雪鸡肉的锅子摔到了地上。还好，肉没有脏。哑巴舅舅很宽厚地将锅端了起来。他用手抓了一块，放到嘴里，很硬。雪鸡肉向来是这样。哑巴舅舅抱起巴拉姆，穿过土路。这真是一个古怪的时刻，所有的人都看着他。太俊了。亮亮的眼睛，瘦削且有棱有角的面孔。只是他永远也无法改变走路的姿势。从这个时候起，队里所有的女人都开始对着他微笑了。人们开始想到哑巴在没有胡子之前也是这样。但是还没有好到这个程度。普布也看到了这奇异的转变，甚至哑巴舅舅的眼角也没有眼屎了。嘴里少了那股难闻的野蒜味。哑巴舅舅放下巴拉姆，嘎玛仁青不敢想象他经历了什么。只是去了趟雪山，打了两只雪鸡。他想到山谷里有雪，那些雪鸡对于哑巴舅舅的到来是持有敌意的（哑巴已不是一两次上山打雪鸡了）。嘎玛仁青看着才吉静静地坐在床沿。她的身子似乎要把后面的背景给推远。墙上挂着马恩列斯毛的画像。底下的柜子上一个空罐头盒里静静地储藏着发黄的尘土。红语录在发光。黑线团显得越发的黯淡。才吉好像预感到嘎玛仁青要和她说话啦。她背过身去，身后的事情只能任其发展了。

嘎玛仁青用手指戳了戳她的脊背。

“你说，你弟弟怎么会转变成这样?!”

才吉一动不动地坐在那里，好像僵住了。

“看到他这个样子，我好心疼他又聋又哑!”

才吉听到这句话后，她的内心松动了。

她也不是完全明白弟弟在比画什么?! 只能是猜了。

但是才吉却用肯定的口气讲起了弟弟上山打雪鸡的经历。

哑巴舅舅口袋里装着染有麻雀血的石子上山了。你可以说太阳在他的左边，也可以说太阳在他的头顶。在雪线上，马的蹄痕都不愿留在那里。人的脚印却留在那里了。哑巴舅舅一个劲地比画，那里还有山羊的蹄印。生产队丢了五只山羊，看来是从这个山谷去了别处。才吉说到这里，看了看嘎玛仁青。但是，她没有留意到普布也在倾听。他看上去好像要化成适合这个屋子里的任何安静的东西啦。比方说，门后挂着的旧褡裢；再比方说，那条淌着眼泪的湿毛巾。它的泪水滴答滴答地砸进洗脸盆里，使普布将母亲的声音记得更加的牢靠。

“你猜后来会怎样?”才吉说。

嘎玛仁青转了转眼珠，摇了摇头。

才吉的语调变得轻柔，好像是在和风一起行走。巴拉姆不知又跑到什么地方去了。（也好，没有人来捣乱叙事才会生动）才吉眨了眨眼睛，眼球上肿胀的感觉减轻了。……哑巴舅舅无法靠近那些雪鸡！她说。雪鸡们一见他就会飞起来，它们拍打着翅膀，留下咯咯的嘲笑和被淘汰的羽毛离开。哑巴舅舅听不到它们的嘲笑。因此，只能捡起那几根羽毛观看了。羽毛上雪鸡的体温尚存。哑巴舅舅捏着那几根羽毛下到山脚的石洞时，它们也冰冷了。第二天，他吃了些干糌粑团，喝了点冰泉水，又往雪线上走。雪山俯下头，在老高老高的地方看着他。（才吉觉得这样的讲述更适合普布聆听）瞧，那个人满脸的胡子，蓬乱的头发，穿着露出棉絮的破棉衣。更可笑的是，棉衣上的纽扣只有两个，为了防风，他竟然在腰间扎了一条绳子。而绳子下夹着弹弓。粗铁丝捏出的弹弓叉，拉力十足的马车轮内胎皮筋，是他依赖的威力。他亮亮的眼睛里充满着戾气。可是，他还是无法靠近雪鸡群。哑巴舅舅远远地看着它们。一个时辰，两个时辰，在这两个时辰之间他还打了会儿盹。山风送来一阵山羊的体臭。哑巴舅舅看到生产队的大山羊麻日，竟然穿过雪鸡群往他那里走来。雪鸡对于它毫无戒备。……后来，聪明的哑巴舅舅利用了这只山羊。他把麻日往雪鸡群赶，然后，哑巴舅舅跪爬在它的侧面往前靠。这样，在足够的距离内，他发射的血石子，打到了两只雪鸡。山羊麻日却在这时跑了。这绝对不能让生产队知道。才吉看着普布强调道。普布点了点头。……那个时候，哑巴舅舅突然在冰裂露出的清水里看到自己了。很久没有照镜子啦。那时候，哑巴舅舅惊愕了。他伸手捞出清水里的冰碴，自己的模样更加清晰。哑巴舅舅从水里看到一个蓬头乱发、满脸胡须的人看着他。肮脏、邋遢，比地上躺着的两只雪鸡还要难看。那个时候，哑巴舅舅失手把弹弓掉到了水里，他慌忙去捞，口袋里的血石子也纷纷掉进了清水里。哑巴舅舅看到自己的影像周围泛起了不洁的血色。血色使他的头皮发麻。哑巴舅舅抓着自己的头发蹲坐在原地，好久，他才回去。

那一夜，他又在山脚下的石洞里睡觉。

哑巴舅舅想了整整一个晚上，他的脑子里冒出的念头，没有任何人知道。

看看，他现在变成这个样子了。你父亲会高兴。我也会高兴。

你不觉得哑巴舅舅很可爱吗?!

普布又嚼食起雪鸡肉，硬硬的，使他的腮帮发疼。山谷里吹来的风，是在宣布有关雪鸡的消息了。没有人知道，哑巴舅舅在石洞里做的决定：从此，他不再打雪鸡了。他开始在口袋里不住地摸索。只剩一粒血石子啦。哑巴舅舅把它扔到了火里。叭，一声清脆的爆响，在哑巴舅舅的听力以外，把灰给鼓动起来了。它们落在了他的头发上，胡须上，哑巴舅舅闻到了一股难闻的味道。……是死亡的味道沾染在他的头发上，胡须上。哑巴舅舅不能理解那粒血石子怎么就爆了！回去后，他就把胡须给刮了。之后，就有人主动上门给他理头发，生产队副队长，他经常给队里的小孩理发。那天，他看到哑巴舅舅刮了胡子，抱着巴拉姆，领着自己的影子穿过土路：一片大好，北京的金山上有一只金色的大雁向他飞来。副队长立时感动了，他翻箱倒柜，找出藏了很久的新剃头推子，给哑巴理了个平头。啊啧啧，不得了！他一连想到好几个相关的民谚来夸耀。……不，这些都不合适。不符合革命思想，剔除，像剔坏牛肉一样地剔除。刀尖要剜得狠些，不留余地的狠。副队长在自己的脑子里批判了自己一通，然后，吹开推子头上的碎发，使劲拍了拍哑巴舅舅的右臂，啪啪啪，三下，每一下都传递着阶级兄弟的美好感情。

5 剃须刀片

只有才吉知道哑巴舅舅在拉青大婶的门前徘徊过。

才吉一个人坐在了夜里。在嘎玛仁青的马车上，再次回顾起最近才见的事情。可是真相，谁给我真相。拿来?！她伸出手，手掌里空空荡荡。那时，满天的星星铺在她的后背上像是给她的袍子打了很多的补丁。难看，破破烂烂。夜堆积的厚重，马车上散落的玉米粒，碎牛粪，马草要说话了。它们一起掉到了地上，动力无非是来自才吉的臀部，硕大，肥厚，像牢狱的后墙（也可以说成是后墙的拐弯）。她在马车上动一动身子，脚踩刹绳，那些东西掉到地上的时候，它们的响动被忽略了。怎么会这样？不应该这样？难道我多疑了。才吉摸着眉心的肉瘤扪心自问。肉瘤圆圆的，鼓胀胀的，她捏一下，就会听到它的呻吟（吱，不能再捏。吱吱，要是再捏下去，它会变大的）。才吉收手，指头上留下了油腻。

天哪，果然变大了。当才吉将一肚子的火气向嘎玛仁青发泄时，普布发现了。太阳也无法回避这样的肉瘤——光灿灿的，很讨厌。像是她的脑子长在外面啦。嘎玛仁青这次没有再忍，他把手里的白缸子啪的一声摔向墙面。热茶四溅，烫着巴拉姆的脸了。当天下午，巴拉姆的脸只是发红，看不出有多严重。可是到了第二天，被烫伤的部位，像一件旧衣服似的显得皱巴巴的。空气干冷干冷的，巴拉姆歪着嘴，显然她是故意的！她似乎打从娘胎里就明白该怎样面对这种伤害！嘎玛仁青低下头又抬起头，他的眼睛里已经有一汪湖泊存在了。没有涟漪，也不会结冰。他亲了亲巴拉姆没有受伤的部位，眼睛里的湖泊就溢出来了。巴拉姆呻吟着，发出长短不一的信号。这里面的意思，第一是很疼，第二是她无法忍受了。嘎玛仁青把她抱在怀里，在院子里走来走去。没有任何的药可以给她疗伤。只能等到自然好了。可是，这要多长时间？要不回县城一趟，去看医生。嘎玛仁青做出这种打算时，哑巴舅舅来看巴拉姆了。他从嘎玛仁青的怀里接过巴拉姆。她又发出令普布讨厌的呻吟。真是匹母马，马尾跑到头上去了，马鬃却藏在心里了。那恹恹的眼神，是失去马草后的悲伤流露。哦，天哪！有蛾子标记的母马，在一九七一年一月，她听着嘎玛仁青的半导体收音机里传出的革命歌曲，伴随着一阵吱吱吱的杂音（电池快用完了，接收的信号也不是很好）。听上去像是有只老鼠跑到了收音机里头。巴拉姆伸出双手搂住了哑巴舅舅的脖子。一阵温暖，一阵淡淡的哑巴味道传到了她的鼻子里。

普布转身走了。他知道自己关心的不是那个令他作呕的妹妹，而是可怜的父亲。他像个罪人一样站在门口。有些动情地看着哑巴舅舅取出塑料袋里的剃须刀片，轻轻地挑开巴拉姆脸上的一些水泡。黄水流出来了。巴拉姆一动不动，这个恶童显然明白个中利害。她不想因为自己的动作，而使剃须刀片有机会深入到她面部肌肤的内里。她也不想那些水泡就这么老是在自己的脸上待着，哑巴舅舅要做的是把它们清理干净。

普布又看到父亲的篮球了。在屋外，在木料旁，篮球上蒙着的灰越来越多。篮球被搁置了这么长时间，地表的冰冷和沉默对它毫无作用。篮球就是篮球，它只是等着嘎玛仁青再次拿起它。没有孤独，没有冷寂，没有失意后的悲伤，没有……什么也没有！就这样，普布伸出指头，用力在篮球上划拉了一下，一道印子出现得很不合理。它有着切开篮球的构想。这次，那些土没有把普布给电着。……他看着留在指尖的灰土，他打了个属于寒风的哈欠，想道：巴拉姆的伤会怎样？脑海里一连出现了好几种结果。但他最终看到，她的脸上出现了一块黑斑——蛾子形的黑斑。……巴拉姆端着镜子看到这块黑斑时，咧着嘴笑了一下。这是见证美妙的时刻，对于巴拉姆来说是这样。冬天，一只蛾子出现在巴拉姆的左脸上了。巴拉姆很得意。没有被毁容，父亲和母亲心上悬着的蜘蛛也垂丝落地了。细心的普布看出，这只蛾子每每在妹妹产生坏念头时，都会把左翅微微抬起。……巴拉姆口吐热气，伸出猩红的舌头舔着一块冰，冰没有被融去多少，相反，她嘴里的那股雾气，衬托了它的冷意。那只黑蛾子因此像是跑到了冰上。巴拉姆回屋拿起嘎玛仁青擦脸用的甘油，她又用舌头舔了舔。甜，仅仅因为甘油是甜的，巴拉姆就把它给喝了。她脸上的那只黑蛾子好像又被这种甜吸引到了甘油瓶口。……普布有了要打那只黑蛾子的念头。

就让这只蛾子飞吧。在妹妹的脸上待久了就变成坏蛾子啦。一九七一年一月，妹妹确实被那只蛾子给惯坏了，也可以说那只蛾子被妹妹彻底地异化。普布听着妹妹在不住地说脏话。这哪是一个女孩子该说的。妹妹动辄就会骂人，动辄就会用眼瞪人。普布确定妹妹脸上的那只蛾子已经变成坏蛾子了。

就让这只坏蛾子飞走吧！飞得远远的。飞过山尖，风把它的翅膀刮落。飞过河流，河里的冰碴划开它的躯体，它的躯体里会流出白花花的液体。（肯定有，肯定会）也只有妹妹脸上的黑蛾子可以在这个季节存在。也只有这只坏蛾子，才能使妹妹的坏更加凸现出来。妹妹张着嘴，嘴里喷吐着来自肠胃的热气，热气使她有话要说。她说：普布，背着我去哑巴舅舅那儿要糖果吃！普布看着她脸上的蛾子，左翅在一扑一扑（因为巴拉姆脸上的皮肤在动），普布真想上前把它从她的脸上撕下来。

就让这只坏蛾子死在地上吧！它被普布踩在脚底下，死死地踏着，脚尖拧来拧去，像大人们踩灭烟头。普布的脚真的被幻想控制着扭动。一个空的大前门烟盒，被他的脚尖踩扁了，然后被踢到了结冰的水沟里。泛着灰，一动不动。但在普布的脑子里却是喘着气的！……嗨，糖果，就别想它啦。那个布帘后已经什么也没有了。普布早在几天前看到哑巴舅舅扯下了脏布帘，用泥巴把那个小洞给填平了。哑巴舅舅真的不一样了。他变成另一个人了。或者，他变回真的自我了。……巴拉姆你就别想了。没有这种可能性。存在的唯一可能是我会把你脸上的那只黑蛾子给做了！

普布有了一个大胆的设想。他手里拿着剃须刀片，他想破坏巴拉姆脸上黑蛾的形状。这是他从哑巴舅舅的窗台上拿来的。那时，四下无人，那枚刀片躺在窗台上亮着清凉的刃口。土从墙上刷刷地掉落下来，普布用手接了些土，甩在地上。没有声音。刃口上晃了晃普布的人头。倒影，像光一样无法控制。普布感到指尖一热：血慢慢地流了出来。这同样无法控制。普布把指尖吮在嘴里，他无法解释刀片是怎样割破他手指的。

瞧瞧，是刀片在召唤血了。哑巴舅舅知道这枚刀片四次割伤了他的下巴。有一次，甚至靠近了他的咽部。而普布不知道，没有人会告诉他。……嘎玛仁青看见普布拿着剃须刀片玩耍，便上前从他的手里把刀片抢了下来。

“看看，你怎么能拿着剃须刀片！”嘎玛仁青把眼睛瞪得大大的，“这是要割手的。”嘎玛仁青四下里看看，没有旮旯，没有十分适合刀片隐蔽的地方，就随手把刀片向附近的灰堆扔去。……从此，刀片在灰堆里藏身了。普布的指尖依然在淌血，不多，每隔一分钟会往下滴一滴。血浸入灰，红色便被吞没了。而它本身的灰色也变成了黑色。黑，静默的黑。自始至终，普布都在用一根细棍在灰堆里翻找。那些被他翻出来的东西，被他扒拉到墙角，按着顺序被阳光照射：断针、图钉、乱成团的羊毛……普布有些泄气地把细棍扔了。他大胆的设想也就到此为止了。

他觉得自己听到剃须刀片在灰堆里发出细小的哭泣啦。这令他在那个下午一直很不高兴。天上的卷云，向下卷曲，好像要盖住他的头，折腾刚冒出来的发茬。

普布摸着自己的头顶，开始对墙自言自语：“我得把那个刀片找出来。我害怕它被灰埋久了会变成灰的。”墙上的土继续刷啦啦地往下掉，好像特别不赞同他的观点。

巴拉姆哭着回来了。在父亲刚刚和母亲吵了一架之后。她抱着嘎玛仁青的大腿，嘎玛仁青不再像往常一样理会她。相反，他把巴拉姆往才吉的方向推。她反转身子，又去抱母亲的腿，才吉同样把她推到了一边。怎么回事?!

父母任由巴拉姆坐在地上哭天抹泪。她哇哇地张着嘴，一个红色的山洞里布满了牙齿，那根肥厚的小舌头，像个小动物在不住地蠕动。舌苔上一片黄色。巴拉姆的眼泪快流干的时候，她的鼻涕出来了。黏稠的，悬在她的鼻孔下方。眼泪干了的时候，哭声仍然没有止歇。巴拉姆不愧是个恶童，她的干号比真哭还要有威力。父母在那一刻，好像突然被身边的土墙给撞了一下。他们的眸子里迅速闪出怜悯。这是一个非常让人难忘的时刻！让人觉得自己的存在是多余。普布真的觉得自己多余了。比墙角凳子上放着的短蜡烛、空火柴盒、捡来的弹壳还要多余。嘎玛仁青抱起巴拉姆亲了一口，那些鼻涕就沾到了他嘴上。才吉亲巴拉姆的时候，那些鼻涕已不剩多少了。巴拉姆站在父亲的双腿间，手指来回地绞在一起。恶童，普布在心里骂她。巴拉姆得意地看着站在门口，显得孤零零的普布。没有断腿的羔羊被抱在怀里。要不，真的就像普巴了。

怪了！没有人问起巴拉姆哭泣的原因。普布更不会问。

你这匹小母马，哭吧！哭吧！哭吧！

你这匹小母马，有什么要说的就尽情地说吧！说吧！

巴拉姆是有些话要说。她噘着嘴，口里的唾沫淹没了下牙。这样口水就顺着嘴角淌了出来。

她说出的话是带着口水音的："阿爸，拉青大婶掉到河里了！"

"什么?"

巴拉姆继续说道："是哑巴舅舅把她救上岸了！"

接下来的故事是河水告诉了河岸。河岸又告诉了岸边的鹅卵石。鹅卵石又告诉了一双脚。那双脚带着这个故事满生产队游走。讲故事的人是生产队队长，那双踩住岸边鹅卵石的脚就是他的。看见整个事情经过的眼睛也是他的。讲故事的嘴巴更是他的。他的腿永远也无法讲故事。但是，它可以带着故事走到遥远的地方，然后，把故事留在那里！因此，他该感激自己的这双脚。队长，单脚踩在破旧的马鞍上。马鞍腐朽得近乎要粉碎了！但是他还要踩。为了体现高大形象，他的目光从游离转变为坚定，再从坚定转变为肯定。队长向人讲述哑巴舅舅救起黑女人的事情时，他的严肃是有目共睹的。队长喜欢以这样的方式开头：我说社员们，你们看看天气（大家都抬起头看了看天气），绕着我们生产队流淌的这条河，夏天是热河，冬天却是冷河。看看，那水现在就可以冻掉你的手指。冰碴可以把你的指头割成六等分！可是，哑巴却在这样的冷天气，跳入河里，救起了拉青。你们说，他高尚不高尚?！好些人在窃窃私语。队长说，我说高尚，真的很高尚。这样的事情，必须向公社汇报，有这么好的社员，我们生产队的脸上也增光了。这说明我们这个队，是全公社最好的生产队！说到这，队长脚下一用力马鞍啪的一声碎了。裂成了四半，东南西北，分布匀称，队长好奇了好一阵子！

哑巴舅舅从河里把拉青大婶拉上了岸。上岸后，拉青大婶袍子里的水一股脑流到了地上。湿袍子不到一会儿工夫就结冰了。好像一块木板。哑巴舅舅用手一敲，袍子发出了叭叭叭的响声。……拉青大婶一下就昏过去了。哑巴舅舅迅速抱起她，就去了红土房子。踹门，上楼梯，把她扒光了，酷似一块诱人的黑铁，哑巴舅舅愣了好一会儿，才把她推到被窝里。他使劲地用双手摩擦她的肌肤，并猛按她胸口，拉青大婶喘过气来。……说来奇怪，哑巴舅舅的身子开始冒热气了。他的衣服开始了被身体烘干的过程。可是，他还是回到自己的屋里换了一身干爽衣服。他走出屋外，整个人都变得鲜亮了！

当然队长不会讲述这样的细节。

队长踢开马鞍的四块碎片，刷啦，嘣，其中的一块撞到了石头上，又裂成了四半。整个事情就是这么巧合，谁敢说天下没有巧合的事！队长也认了。

连着几天，普布都在灰堆里找那枚剃须刀片。他好像一而再，再而三地感到剃须刀片在不住地哭泣：细微的，划过颗粒的（灰堆里的颗粒）。但是，他的努力好像白费了。那根细棍的裂纹，说什么时候开叉就会开叉。普布拿着棍子，把灰挑了起来。队里的人从他的身边经过，没有人理会他。他们只是谈起队里最大的山羊麻日找着了。不过已经死了。队长亲自带着人把它从山上抬下来了。好高的礼仪！普布的细棍，挑起了臭布条。一股臭气，沿着布条在空中滑动的轨迹，有序地蔓延。普布最终捂住了鼻子。可是，当他拿开手时，他发现那根细棍也不见了。普布又找了根棍子，挑灰……找刀片，同时也找那根细棍。他的寻找变得有些滑稽了。……细棍被找着了，可是刀片始终不露面。普布害怕啦，他扔掉手里的棍子，疾步回家。……他不知道自己为什么要害怕，是不是想到了普巴。可是，普巴是自己的弟弟。弟弟有什么好怕的。如果晚上他再来到普布的梦里，他一定会搂住他，感受他粉碎的骨头叽叽喳喳地在他的体内吵架。

“普布，队里分肉了！也分了点旧酥油！”

才吉难得一脸的祥和。巴拉姆脸上的黑蛾子在看着嘎玛仁青。

嘎玛仁青说："麻日的肉，被分了二十九等分，一家一碗!"

巴拉姆端着一个小瓷碗，瓷碗里盛着发黄的酥油。

"酥油，好的酥油!"

普布没有理会他们。他推开自己的房门走了进去。

夜里，他一直盼望普巴能来。他想到普巴来临的几种方法。……那只断腿的羔羊，顶开门，一地月光，普巴的脸色像月光一样惨白。他的眼睛里藏着刚熄灭了的火。他看着普布床前的短蜡烛。他坐在床沿，坐了好久，那些老早摔破的部位，已经长出新肉了，粉嘟嘟的，留在屋里的是他满身的荆棘味。普布想，他是从山上下来的。岩石是他的家，荆棘围成了他的院子。普巴从来都不是个爱说话的人，现在也同样。他坐在床沿，头发朝上竖起，沾着枯草，点地梅的死尸，还有眼睛形状的树叶。他的手伸出来，在空中停了老半天，才摸到普布的头发，他说，哥哥，哥哥，我的母亲，她，唉！他没有把话说完，就抱起地上的羊羔，像纸张一样从羊羔顶开的门缝里出去了。普布醒了，屋子里没有荆棘的味道，只有从灰堆里带来的腐败味。

普布一大早就听人说起拉青大婶了。这个黑女人又晕厥了。她得了一种古怪的晕厥症。自从上次哑巴舅舅把她从河里救出来后，这种病症像是沾染上她了。在她的血管里发号施令，在她神经的深处随时搞突然袭击。每一次，她都会咬着牙像一个麻袋一样倒下。每一次，在人们掐过人中，甚至在指尖处放血，无计可施之时，她都会因着哑巴舅舅的脚步声而苏醒。因此，人们不得不把她的这个病症跟哑巴扯上关系。哑巴舅舅毫无感觉。他不知道，自己被众人惦念着。拉青大婶见到哑巴舅舅时羞红了脸。想到那有力的双手摩擦，乳房的边角上留下的五个指尖印，她就会期待哑巴开口说话。

哑巴不会说话的。

拉青大婶在夜里晕厥过去，直到早上才苏醒。她觉得这是只有自己才知道的事实。……哑巴舅舅见到拉青大婶时总是礼貌地笑笑。把口腔里的白牙齿亮在明处，但把红舌头关得严严的。这对他没有什么损坏：好像在很久很久以前，他就这么做过。但这种感觉是不能讲出来给任何人听的。哑巴舅舅很无奈。可是，拉青大婶却惨了。她不知道病因由何而起；她也不知道夜里晕厥过去后，第二天，自己为什么总是好好地躺在被窝里。哦，怪了。难道是自己的灵魂把自己抬到床上去了。呸，灵魂，这样的话可是不敢说出口的。拉青大婶从心有余悸，变得提心吊胆。没想到因此她竟然控制了晕厥的次数。这是一个大发现。她把一张印有三位海陆空战士、挺胸拿枪的画报用图钉钉在了墙上（画报的边角上有了星星一样的四处闪光）。她竟然看出那个海军战士长得像哑巴。拉青大婶笑了，这是在儿子离世后，她发出的第一声笑。她又晕厥了。这次是假的，她躺在地上：屋顶的椽子像人的肋巴骨。那么多蜘蛛网需要她收拾。……等着，我不会把自己的时间浪费在收拾它身上。等着……拉青大婶一连发出几个关于等着的感慨。她察觉，自己真的好像被什么统摄了。作为一个过来人，她知道自己已经处在很危险的边缘了，一旦滑落下去就会粉身碎骨的。唉，爱情，在我可怜的儿子离世之后，缠上我了！拉青大婶，躺在地上，像是晕厥了。她的手臂展开，腋下的热气不断地散发到空气中，使屋子里有了一种奇怪的味道，不臭，也不香，但适合一个男人的嗅觉。拉青大婶，袍襟敞开着，她盯着自己那关闭的门扉，想着奇迹就要发生。……如果是哑巴推门进来将晕厥之后的她，轻轻地抱到床上，那么，拉青大婶是可以解释早上自己的情况了。可是，哑巴不会说话。你问他，他也听不到。这很要命。拉青大婶在地上躺了很久，奇迹终没有发生。……哑巴舅舅依然是一副迷人的样子。身穿一套合适的黄军装（没有红领章，嘎玛仁青送给他的），亮亮的眼睛里飘着红旗。哑巴舅舅总是从拉青大婶的门前经过。拉青大婶总是伸长脖子向下望去。拉青大婶最近一次晕厥，是在哑巴舅舅去了雪山时。哑巴舅舅没有打雪鸡，而是觉得很可能会找到生产队丢失的另外四只山羊。嗨，徒劳无果，但却从山上带下来了更冷的天气。

下雪了！普布的灰堆被白雪掩盖了。坚强的灰堆在一个上午之后，就裸露出了自己的脊背。别的地方，除了人们扫出的道路，仍旧是白雪的天下。

剃须刀片的寻找变得更渺茫了。普布的手冻得红肿，清鼻涕在鼻孔前清算着孩童才有的不快。

嘎玛仁青骑着“雪牛”去看了雪山，重温了孩提时见到它的模样。回来后普布看到父母的长谈开始了。

整个下午，父母亲就隔着一张破败的桌子对坐。从三点开始，往下的每一秒钟都是挂着冰坠的。叮叮咚咚，每一秒钟似乎都在发出回声。那些冰坠什么时候破碎，普布是一点谱都没有。父母亲的表情是严肃的。普布站在一旁时，母亲瞪了他一眼。父亲也用眼睛示意他走开。普布背对着他俩，他想象自己的背后，父母亲的话语就像冰疙瘩一样从嘴里掉了出来，砸到桌上，然后弹到地上，滚来滚去。普布最终没有听到那样的声音。他往前走了两步，回头再看时，父母亲在低声说话。他猛地看了一眼父亲，然后又猛地看了一眼母亲。他觉得自己的头开始疼了：桌子上的油渍间摆着父亲的缸子，缸子上掉了几块白瓷。其中一个掉瓷的部位形成黑箭头只指向母亲。才吉在说话，声音若有若无，普布听不清。

普布的头不疼了。就在两个小时之后，长谈似乎是无果而终。嘎玛仁青的双手放在桌子上，手指交错着不住地绞来绞去，这让才吉感到很紧张。好像时间突然就用完了一样。普布断定她会制止父亲的手指再绞来绞去。果然，父亲住手，但他也终止了这次长谈。

才吉心有不甘！普布看得出来。她从井里汲水之时，她的目光仍然没有放过嘎玛仁青。嘎玛仁青，井里住着一只黑青蛙和一只白青蛙你知不知道?!这是老早的故事了，你不要再讲了。嘎玛仁青撇了撇嘴，转身走到屋子里。他像一截干木头一样躺在床上。鞋子都没脱。普布从没有看到过父亲如此放肆。母亲把水倒入水壶里烧茶，她今天没有像往常一样谩骂，这让普布感到很不真实。

长谈又开始了。第二天，乃至第三天，第四天，普布和巴拉姆好像成了多余人。他俩手拉手在外游荡，把队里的雪踩得更加瓷实。吃午饭时，他俩去了哑巴舅舅那里。吃晚饭时，哑巴舅舅领着他俩去了拉青大婶家。拉青大婶很紧张地准备晚饭。……很好玩，一切！普布说。巴拉姆脸上的黑蛾子扑着翅，它看着普布。长谈仍然没有结束。像战争，像谈判，像水和乳试图交融，像烟和风妄想游走。还像……管他的，普布觉得嘎玛仁青和才吉谈不出什么道理！果然，又是无果。

终于有一天下午，嘎玛仁青和才吉来到马车边，站在车辕的左右侧。这又是一次长谈！开初，一盆清水里有了涟漪。清水底趴着好些玉米——黄色的，颗粒饱满，但却是陈年的。家里又准备吃玉米饭了。才吉的手在清水里搅来搅去，不一会儿，清水里就有了薄薄的冰碴，戳着她的手了。好冷，冰的形成仿佛比嘎玛仁青嘴里吐出的热气成雾还快。当然没有才吉眨眼的速度快。她眨了一下眼就把嘎玛仁青关在了外头。她睁开眼时，嘎玛仁青身后的一长列山脉在很远的地方暗暗起伏。她用滴着水珠的手指，指了一下那个地方，起伏的山脉好像就被定住了。……嘎玛仁青把手放在木头上，手上的感觉也就变成木头的啦！他什么也没说，只是看着才吉在清水盆里继续搅动玉米。才吉的手一直在动，嘴里喋喋不休。……结尾，是嘎玛仁青点了点头，转身向屋里走去。

一顿热腾腾的玉米饭是加了酥油的。……嘎玛仁青宣布了长谈的最终结果：过完年后，举家迁往县城。房子留给哑巴舅舅。住着黑青蛙和白青蛙的井也留给他，还有那架被河水洗过的梯子！

普布想，那灰堆里暗自哭泣的剃须刀片终将变成死灰的一部分！

第二部

6 马草断掉

普布认为自己吐出了一撮土。打扫卫生的人刚才扬起的土到了他的嘴里，又被他用吐口水的方式给送出去了。……马厩宽敞，适宜躲避，适宜在他想起老家时，拿着一根马草，念念有词。他常说，这里没有家里好！说完，手里的马草就会断掉（其实，是他用手指掐断的）。可是，家早已安在这里了。这是事实。马车驮过来的东西已经在马厩旁的屋子里各就各位啦。包括才吉也到位了。她守着那个铁炉，烧着茶水，高兴得不得了。嗨，这一切都由她而起！……对于县城的认识，普布稍稍迟于巴拉姆。这恶童，还有什么是她不知道的！她在学校里走来走去，脸上的黑蛾子总是稍稍地抬着翅膀。翅膀，享受着阳光不说，还拥有了那么多的目光。很多的学生，都看到巴拉姆的黑蛾子了。可是，有个三年级的小男同学却说，看呐，那标记多像是一朵花。巴拉姆听后，骄傲地瞪了他一眼。然后，她的丑脸上洋溢着一种不屑。这也是普布无法比及的。她说，这是蛾子。懂吗？说完，捡起石子，向那人扔去。叭，石子砸到小男生的左腿了。巴拉姆说，这不是石子，是狗屎你知道吗？小男生惊愕。巴拉姆却扬长而去。很多的标语，在她的身边不断地往后滑去！“文化大革命就是好，就是好，就是好”，“海可枯，石可烂，忠于毛主席的红心永不变”……可是在普布那面，马草又断了。

嘎玛仁青拿着饲料袋站在普布的面前。

这是马厩，学校的马厩。不是父亲私人的住房。你明白吗？所以你不能老是待在里面，惹上一身臭烘烘的马粪味。普布知道，嘎玛仁青不愿他老是窝在马厩里，愣怔地看着手里的马草不住地断掉。……马草断掉，说明普布还没有做好准备！说明普布的心脏，又红又小，还没有大到容纳县城的地步。嘎玛仁青说，过几天你就会适应的。可是话听到普布的耳里却成了，过几天你的心脏就变大了。普布有颗什么样的心脏，普布看到手里的马草断掉，摸摸心口，噗噗，噗噗，那里似乎卧着两只小兽，说不清的动物，难受时，它们就从普布的嘴里跳出来，噔噔噔噔，钻到墙缝里躲开普布了。幻想，纯属幻想！普布撇了撇嘴，又吐了一口带着尘土的口水。他扔掉马草，双手握拳，蹭着父亲的身子就从马厩里出来啦。

“马厩，纯属破屋，墙缝漏光，早晚塌掉！”他想。

“没那么容易，虽属破屋，可是它很顽强！”

嘎玛仁青从他的眼神看出他心中所想。

最让普布不能理解的是：母亲对父亲的态度显然变了。她总是笑眯眯地看着嘎玛仁青。嘎玛仁青也对于她的转变报以首肯。他不断地长久凝视着才吉的眼睛。那时，他似乎忘了才吉以往对他的所有劣迹。或者……普布想了好几种可能。几种可能都不能合乎嘎玛仁青的所思所想。普布低头看到自己的鞋尖指着才吉的铁炉啦。才吉站在铁炉旁，毫无忧虑。从前的忧虑，在她看来是被装在麻袋里，扔到老屋里了。到了县城，她不需要那个。……晚上，屋子里的灯泡散发着柔和的光。普布抬头看着灯泡，他突然觉得那就是被缩小了很多倍的太阳。可是，他不能独自拥有一张床。每次醒来，他总会看到巴拉姆和他睡在一块。她打着呼，嘴里头流着口水。睡相丑陋，跟圣洁毫无关系。恶，是她的特性。而饿，则是她的特点。到了县城，嘎玛仁青和普布发现她特别能吃，她总是找着机会吃。嘎玛仁青从学校食堂打来馒头，她吃得比普布还多。……普布不愿和巴拉姆睡一张床。父亲和母亲同意他的请求啦。可是，到了早上，妹妹又和他睡在一起了。父亲和母亲看着普布把妹妹推下床，眼睛里充满了秘密。……你不能再和我睡一张床了，你如果再和我睡一张床，我就要揪你的头发，让你变成光头母马！你听到我的声明后，必须自觉，懂吗?！普布捏断手里的马草，表情像个造反派。他的眼里流露着不屑，牙齿上挂着愤怒，头发上染着尘土。这些尘土是学校的劳动课制造的。大呼小叫的红小兵们，看着普布这个局外人：他们用扫帚扬起更多的土。手里抓着大把的废纸。他们知道巴拉姆是马车工嘎玛仁青的女儿，可是，却不知道普布这小子来自哪里！

“嗨，走开！”一个红小兵呵斥道。

这是第二次驱赶他了。普布没有走开，而是牢牢地记着他的模样。

大眼睛，长大后眼皮很可能会耷拉下来。小鼻子，鼻尖稍弯，有发展成小鹰钩鼻的趋势。头发稀黄，是没种的象征。耳朵招风，被看成是不能成材的标志。他瞪着眼睛，在众人间显得意气风发，显得很有胆量。……普布仔细地打量着他。他的扫帚像一具尸体一样躺在地上。鞋面上的秽物，可能是他自己吐的。白乎乎，像是把吃进去的馒头全吐出来了。恶心，这股臭气比他们扬起的尘土的味道还大。那些女生显然是不屑于往他身边站的。普布看着这个多事的男孩，看久了一股怜悯之情从心底爬上来，堵在喉咙的入口，使普布感到嗓子有些哑啦。

来，吃了这几粒小白药片！

马厩里太凉，你肯定是感冒了。

嘎玛仁青，端着白开水，把药放到普布的舌头上。

没有人告诉他这个时候要拿根马草。普布吞下白药片。舌头上的苦味，在舌头上开辟出一个“篮球场”。普布喝了口水，把印花玻璃杯放到马车的车辕上，他从马车上捡起一根马草。他看着马草，马草又断掉了。两截，掉到地上的时候，另一截（印有指甲盖印记的）很可能飘到车轱辘底下了。……普布拉住一个小学生，问起那个男孩……他得知，他叫西拉多德，是校长的儿子。

今天的事情和明天的事情是不一样的。今天的校长明天会不会是校长也是无法预料。白药片留下的苦味，继续在普布的舌头上开辟出“篮球场”。舌头上空旷的感觉也只有药物才能办到。哈，西拉多德！哈哈，西拉多德！普布在马厩里大把大把地将马草往空中扔。马草纷纷扬扬，在马厩里形成了自己的“天气”。哈，西拉多德，我如果想对付你比对付马草还要容易。普布的狂热第一次在头顶上有马草飞的时候，显现出来了。身上的血色，通过面孔红了出来。马草落下来了，似乎比雪花还轻。普布的脚不小心踩到了它们身上，满地碎裂的声音，像蜘蛛网挂上了他的耳膜。普布继续把马草往空中扔，巴拉姆也参与进来了。……她发出自行车铃铛被按响似的丁零零的笑声。鼻头像野山蒜似的再次耸起。她的头发上落有马草了。

她说：“哥哥，马厩里下马草雪了！”

普布没有理会她。待到玩累了，他趴到马草上躺了下来。

巴拉姆这匹母马，闪出了马厩。……一个小时后，普布没有料到在所有的学生都在上课时，他和西拉多德在马厩相遇了。普布手里的马草再次断掉了。他和他只有三步之遥，之间只是横着几截砖头。砖头成了他俩之间距离的真实刻度。他看到西拉多德的眼里盈满了忧伤，那个忧伤是崭新的。就像才吉在早晨给他换上的那双新袜子，绵软的质地，在很大程度上减小了对双脚的束缚。他的脚趾头在里面热烈地拱着，跳舞着，因为知道常被普布念叨的西拉多德就在对面。普布像是被急切的脚趾头催促着，他迈过三截砖块，拉住了西拉多德的手。……他的手是冰凉的，比哑巴舅舅从雪山回来时还要冰冷。眼睛盈满的忧伤在那一瞬化成泪珠子了。叭叭，滴在自己的胸前，布衣被点缀。普布说，逃课了？西拉多德抬起头，笑了笑。他的笑比穿过县城的吉曲河拐弯还要宽阔。普布一下子就忘了他留下的坏印象。“走吧，大嘴巴，我们玩吧！”“你说个地方！”西拉多德擦了把泪珠，一串“珠子”掉在地上，他低着头，看着自己的鞋子。身上的书包，轻飘飘的。三本书，三个本子，本来就没有多少重量。再加上不好学，书本的重量还要减轻（西拉多德的母亲老是这么训斥他）。西拉多德抬起头问道：“你叫什么名字？”“普布。”普布说着拉住他的手，任由西拉多德带着他，向山上走去。……普布觉得还有人跟来了，细微的脚步声，像是抱着羊羔的普巴发出的。他回头，什么也没有，只有身后的小路，像裤腰带一样不洁。冷，在这里是家常便饭。枯草的头发竖着，一旦断掉，土地就成光头了。石头在夜里常常搬家，但移动的范围只在一米左右。西拉多德向普布讲起这些，他的说法有一种诱惑力，很是讨普布喜欢。

真是玩疯了！在那些麻雀发出喳喳的叫声之后。真是不可理喻，那些麻雀扇起翅膀跑到看不见他俩的地方———窝在渡鸦的耳边：树木枯萎的最为严重的地方。用树梢顶着自己的胸脯。害怕了！那个地方有了两个毛头男孩。以后，他们会常来这里的。那个地方被他俩看成是根据地啦！西拉多德，脚上的黄胶鞋在地上跺得嗒嗒作响，麻雀们从渡鸦的耳边，飞到遍插红旗的县城，它们不知道普布的玩法更离谱。他把唾沫吐到手心里，然后拔出几根枯草立在上面，风把草尖吹向哪里，他就朝那个方向扔空瓶子。嗖，左面，树丛，嗖嗖，右面，靠山的一条马路，叭叭，路面上全是玻璃碴了。

普布跑过去捡拾碎玻璃。天快要黑了，西拉多德站在路侧，看着普布的手不断地捡拾，便担心那些碎玻璃会划破他的手。可是，他的这种担心，很快就被夜色淹没了。黑，张开手指，十根，看得见九根。还有一根像是被黑夜给借走了。道路上的玻璃碴清理得差不多啦。但西拉多德没有上前帮忙。他看着普布走在自己的前面，后背上黑漆漆的，肯定写满了渡鸦讲给黑夜的土话。呱咕，这声音传到黑夜的最深处，西拉多德听了猛然就想起自己的家事。唉，父亲被造反派抓走了。他们推搡着他，叫嚷着要砸烂“当权派”。西拉多德从来没有想过这样的事情会发生在父亲的身上。呜，他突然哭了起来。他发出的这个声音，连渡鸦都被吓着了，它一下隐遁在了某片枯叶的背后，以为只要叶子掩住自己的眼睛，本来就黑的身体会和黑夜融合。普布转身看着西拉多德蹲在路中间，他不知道该如何安慰他。他断断续续地听到西拉多德哭号着，我父亲被押走了！他被造反派头目才巴扎西、扎拉多钦打啦。西拉多德哭着哭着就坐在了路中间。普布干脆也坐到了路中间。他一直在等待。等待西拉多德的哭声止息。等待自己的思绪被黑夜正式淹没。等待渡鸦照着黑夜的脸上吐血。等待自己的心脏开始变大。等待父亲的篮球再次飞向篮圈。等待自己不再需要马厩中的躲藏。等待巴拉姆脸上的黑蛾子翅膀耷拉下来。等待……所有的等待，都被等待……

普布看到自己手里的马草再次断掉。

夏加校长的事情被嘎玛仁青再次提起。没有了悲戚的讲述变得条理清晰。嘎玛仁青说，万事的发生都有一个引子。而这轮武斗的高潮则来自造反派扩大战果的需要。讲到这时，嘎玛仁青的脸突然就陷在思绪里了。普布不知道他的想法是从手里断掉的哪根马草开始的。如果嘎玛仁青的脸就印在马草上：陷入思绪僵局的脸。悲伤的脸，开始有皱纹的脸。那么今天的马草就断得有些可惜了。……光线从马厩顶的缝隙中掉下来了。地上就有了好多的光点。普布张开手，手心里也有了这样的光点。握住，紧紧地握住。这是光的虫子。它有头有尾，扭动臀部来着。它打鼾，还打喷嚏，它大声叫喊。普布，普布。普布辨认这个熟悉的声音。不是他握住的光点。光点早从手心跑到他紧握的拳头上了。普布再次细心倾听，是西拉多德。

“普布，普布，你在哪里?”

“我在这里!”普布像一只公鸡伸长了脖子。

“这里是哪里?”

“马厩。”普布感到自己的脖子上满是红色的鸡皮疙瘩。

“我能进来吗?”

“当然可以。”脖子上的疙瘩消失，污垢更加显眼。

西拉多德手里握着药瓶。那些红色的药片，在瓶里哗啦哗啦地喧嚷着。你挤我，我挤你，一点也不友好。……他从马厩门口进来，眼睛却瞅着拉马车的三匹马。“雪牛”“不灭”“黑夜”，西拉多德说他最喜欢“雪牛”了。药瓶里的红药片跟着也喧嚷起来。西拉多德将药瓶装在口袋里，那些喧嚷的声音不再往耳膜上爬了。普布把光点放掉，光点就掉到了地上。怎么，你会找到这里?! 西拉多德的大嘴巴古怪地撇了一下，好像嘴里藏着一只大青蛙。嗯，你能帮我吗? 说这话时，好像那只大青蛙变成了嘴里的口水。普布点了点头，便被西拉多德带出了马厩。西拉多德举着药瓶说，给我父亲送药，到“革委会”的礼堂。那里正在开批斗会。母亲让我想办法把这瓶药偷偷地塞给他。普布扔掉手里的马草，手指向下，十个指甲盖昨天还隐隐发红，可是今天却变得很白，很剔透，好像是结了一层冰了，而冰底下却是真实的血肉!

真是一点办法也没有，“革委会”的礼堂根本不让孩子进。当普布和西拉多德被站在门两边的革命小将推开时，他俩就知道药是送不出去啦。西拉多德这个狗崽子，被推得摔倒在地，他口袋里的药瓶甚至在那时从口袋里滚出来了。它打了三个滚，沾着土尘，沾着瓜子皮，被勇敢的普布从地上捞了起来。普布一把拉起西拉多德，就往礼堂外沿最里的窗户处走。他看到正对窗户的地方堆着十来根圆木，每个圆木都有水桶口粗。高度稍微比窗子低些。他使了个眼色。他俩爬上圆木顶，透过被砸去好多玻璃的窗户往里看。视界良好，一排挨批对象低着头站在前排。礼堂里座无虚席。还有好多人站在过道上：天哪，巴拉姆不知什么时候混进去了。她的面孔憋得通红，甚至在往下淌汗。扩音器里传来激愤的声音，极具煽动力的声音，能够炮轰司令部的声音。普布从窗户里看到巴拉姆是属于这个礼堂的。她是多么羡慕这些革命小将啊! 造反派的红袖箍，在那一刻像是从远处伸出来的一只大手牢牢地攥住了她的细胳膊。她是多么希望自己也能够通过扩音器将声音放大了传出来。普布不知道发言人是造反派头目才巴扎西。他口才好，继承了他们家族最为得意的技艺，开口便能让一只死去了的乌鸦复活。然后，再让它撞墙自杀。巴拉姆的兴奋被普布看在眼里。但他没有看清她脸上的那只蛾子在干什么?! 不用猜，它的翅膀一定是一扑一扑的。普布只能看到她的半边脸。这时西拉多德使劲地拽了拽他的衣角。看，那是我父亲。普布顺着他的手指看去，夏加校长一脸的死灰，他的头发蓬乱，但依稀可以分辨出曾留过大背头。他低着头站在最靠窗户的地方。普布目测，离没有玻璃的窗户大概有五米远，也许十米吧。普布突然来了主意。他拉了拉西拉多德。西拉多德像是一只伸长了脖子待宰的绵羊，眼里的悲戚也和绵羊一个样。普布看到这个情形，知道要想让他拿主意那是不可能的。你能从一块木头里掏出石头的心脏吗？你能看着一片土地上的枯草眨眼之间返青吗？你能让，你能让一个傻子拿着自己的骨头当玩具耍吗？这些比方，在普布的脑子里来得匆忙，去得也快。不需要太恰当。普布掂了掂手里的药瓶。药片安静，仿佛明白普布的用意。悲哀，我的想法西拉多德不懂，却让药片懂了。普布的脑子里还是一闪念。他急切地把药瓶从没有玻璃的窗户向夏加校长甩去……快走，普布拉着西拉多德飞快地跳下圆木堆，飞快地向着院门跑去，他不知道奇迹发生啦。这个世界上有好多人不相信奇迹！可是，在普布和西拉多德的背后；在他们甩动臂膀，迈开步子向着院门，那光闪闪的印记（革委会的木质招牌）飞奔时，奇迹真的发生啦。夏加校长摸着被药瓶打疼的面部，低头看到那熟悉的药瓶就在自己的左脚边。啊啧啧，救命的药啊！活过来，挺住的希望！谁？谁扔过来的！……夏加校长在才巴扎西的声讨中，一下跪在了地上。在别人看来他像是撑不住了。胸前的大木牌，碰到水泥地，哐当作响。……两个革命小将冲过去，扯着他的头发把他拉起来。……成功了，药瓶成功地装到裤兜里了。夏加校长一闭眼，脑子里就出现了他常喝水的缸子，吞一口水，咽三片药，就是这样！……普布和西拉多德停止跑动，他们回头看着，听着……礼堂里的叫喊愈发嘶哑。才巴扎西没有想到自己的嗓子出了状况，嗓子眼里好像有鸟在乱飞啦。高高的礼堂，门楣上的五星凸出，但没有颜色，如果说有，那也只是水泥的颜色。普布看着西拉多德，他努力睁大眼睛，努力想把西拉多德从忧伤的境地中拯救出来，他做不到。西拉多德看着礼堂，他的泪水忽然就冒出来了。他用手背擦了一下泪珠，手背上的湿润在告诉他：离开，尽早离开。他俩手拉着手，步伐不一，踩着马路，由此往前便是他俩的“根据地”了。普布说：“我们要做的是把脚步放慢，没有人追我们，也没有人会把我们拉去批斗，只有渡鸦的耳朵在悄悄地听着我们!”

十分钟后，哑巴舅舅在礼堂的门口出现啦。

他是被人领着来找嘎玛仁青和才吉的。普布手里的马草再次断掉了。他掐断那根马草之后，嘎玛仁青坐在篮球上，看着哑巴舅舅安静地将巴拉姆搂在怀里。巴拉姆的脸上没有被阳光照过的痕迹。看上去阴冷，一种被冰埋过的感觉。普布想着如何伸手去摸一下她的脸，不是爱抚，而是要验证那种冰冷的程度。屋子一下就变得像是冰窟了，尽管铁炉里的火，在炉膛里轰轰地发威。可是，巴拉姆的脸色就是那个样子。屋里的温度不冷不热，但在普布看来墙壁上分明是有了一层白霜了。……那不是白霜，是石灰粉。普布纠正自己的时候，哑巴舅舅干净的脸庞闪烁着难以抵抗的诱惑力。嘎玛仁青坐在气鼓鼓的篮球上，心想，难怪那些“不爱红装爱武装”的女红卫兵们见到他会肃然起敬，她们猜测哑巴舅舅是个复员军人。哑巴舅舅笑吟吟地穿过人群，跟在才吉的后面，走在嘎玛仁青的前面，那一刻是多么的美妙，女红卫兵们翘首引颈，注目哑巴舅舅的背影，她们之中的一些人就此害上了相思病。……普布看着巴拉姆从哑巴舅舅的膝头滑到地面，她的双脚着地，你还能期待她会给你一个什么样的美好表情。她朝普布做了个鬼脸。那鬼脸严重到足以从树皮中浮凸出来。普布清楚巴拉姆的脾气，要是天上有鹰，她就会想着得到它投在地上的影子。如果她得到了，哼，立时会想着把影子揉碎。

巴拉姆确实是这样的人。她见到西拉多德时，开始叫他狗崽子。

“狗崽子，你不要找我哥哥玩，要找就找你自己的影子玩！”

“狗崽子，大嘴巴，你骨头都是黑的，心也是黑的！”

谁的心是黑的？你剖开来看看！普布大声吼叫。普布的歇斯底里把自己给吓着了。但根本就没有吓到巴拉姆。巴拉姆的鼻头上又出现了那种细细的皱纹，她的神情是轻蔑的。她开始眯起眼：她发现眼睫毛挡到视线的时候，面前的那些事物就变得渺小了。巴拉姆笑了笑，露出一排发黄的牙齿，牙齿上挂着食物的残渣。牙龈被口水浸了这么多年，一点毛病都没有。总之，巴拉姆笑过之后，骄傲地闭上了嘴巴。她几乎是以很规整的向后转姿势，用后背对着他俩：普布，西拉多德；麻雀病患者和狗崽子大嘴巴。巴拉姆想到自己如果在西拉多德的大嘴巴里洗脚，那是不需要倒洗脚水的。温温的口水里洗脚才舒服。巴拉姆回屋，她扯下母亲的红纱巾绑在右臂上。这花了她很长时间。她用嘴把红纱巾的一端咬住，再用左手将另一端做了个环绕，绑定。额头上已有了细密的汗珠——这是个合适的出场，当普布和西拉多德靠在马车右轮上，讲述着各自编造的诡秘经历时，巴拉姆突然就出现在了他俩的面前。空气好像一下子就散开了，逃窜，躲避，颤动。巴拉姆照着礼堂里革命小将们的样子，喊道，站起来！滚到墙边给我贴墙站着！普布走过去推了她一把，离开。西拉多德甩着双手，用力吸着鼻子，然后堵住一个鼻孔，把气往外喷，鼻涕激射而出，不是朝着巴拉姆的，而是向着那堵墙的。鼻涕没有喷到墙上，归宿自然是土地了。他俩的影子拉得很长，巴拉姆没想到胳膊上的“红袖箍”是一点威慑力也没有。她恼怒地扯下它，用脚踩了踩。然后捡起它，走出院门。红纱巾一下在她的手里飘扬起来了，巴拉姆突然松手，红纱巾被风送上了屋顶，像一团红烟。天空拉着它的蓝脸，云朵像是历史的阴霾在无声地哭。巴拉姆无法追回红纱巾了，她坐在尘土里，恼怒地看着生闷气的蓝天。她不想说话。学校的高音喇叭却在这时放声了，一首革命歌曲几乎要冲破云霄。有好多人听到了。他们没有办法不听到！哑巴舅舅，嘎玛仁青，才吉，普布，西拉多德……他们虽不在同一场所，却都领略着这激昂的声响。

哑巴舅舅在很多人的注目中往学校走。他心里想着明天就回生产队。

嘎玛仁青从另一条土路走来，他手里的大牛皮信封里装了好多的剃须刀片。他要把它送给哑巴舅舅。

才吉在铁炉上烧了一壶茶，他想到嘎玛仁青不需要太多的盐，就少放了些。

普布和西拉多德在一起。他俩面朝学校仓库的破窗户，一股霉味笼罩在那里。使他们不敢贸然出动。……马厩待在原地，因为它哪里都去不了。马草味在门口做着徘徊，从“黑夜”的脊背再到“不灭”的长脸，接着再钻入“雪牛”的鬃毛。再从门口探出头来，走动。红纱巾挂在了树梢上，向被押回家取行李的夏加校长招了招手。才巴扎西说，把他们下放去改造，我们无产阶级是绝不会给他们提供被褥的。才吉也看见树梢上的红纱巾了，它向她也招了招手。

7 篮球团伙

嘎玛仁青看着篮球。篮球一动不动，它待在原地，使他那审视的目光，忽然变得呆滞，像几只黑甲虫，头碰头挤在了一起。篮球先前是蒙着尘土的，可是到了县城，才吉在激动之余，坐在向阳的窗前，看着操场上的孩子，和孩子之外的大人。用湿抹布把它擦了三遍。每一遍，都由于看见的事情不同，心情发生着变化。可是，嘎玛仁青看篮球时目光移动缓慢，像贴着玻璃的黏稠鼻涕在往下滑。

普布终于发现了一个事实：父亲看着篮球时嘴唇在颤动。他拿起篮球时，目光里就有了一个比房子还宽敞的地方。有火塘，有床铺，有锅，硬实的木碗，白如奶色的酥油，烧火用的牛粪，什么都有，什么都镀着一层柔和的光彩。总之，他摸到它时，心里踏实，那种感觉他曾表述为：像一个水桶里装满了水，水里的涟漪自上而下，从左到右，生生不息。当然，他的目光里除了上述的那几样外，水桶也在其列。……普布在自己的眼前挥了挥手，像是要打断自己的注视。……嘎玛仁青拿着篮球，三步并作两步，快步往学校的篮球场走。普布知道，嘎玛仁青要把篮球投到篮圈里，或者跳起来抢那硬邦邦的篮板球了。……没有人来响应他。嘎玛仁青一个人也不觉得孤独。他投篮，他抢自己的篮板球，他沿着球场的边缘自己运球，这一刻，如果有人加入那就是打扰到他啦。可嘎玛仁青从没有那么好的运气。看，那两个人就是来打篮球的，在球场边缘。普布看着他们，一个是瘦高个，头发犹如一本书翻到了正中间。而稍矮稍胖的，头发一边倒，像是刚掀开的书页。他俩脱下衣服，甩到球场外，打吧，二对一，没有什么可婆婆妈妈的。我们兄弟俩，栽在你手里不是一两次了。打吧，开球。嘎玛仁青把开球权交给了瘦子，他毫不犹疑地将球传到胖子手里，投篮进球。轮到嘎玛仁青发球，不用发球，球本身就在自己手里，带球往前，两人上前来围堵，嘎玛仁青转身投篮命中，三分球…… “各自把各自的比分记好！”……“毛主席保证，我没赖，比分就是十比二十九。”……“输了，没有什么好打的了！”……尼玛扎西，端着瘦瘦的双肩，眼睛稍稍上仰，便看到了嘎玛仁青的自信。包在雪里的自信是易化的，只有在光焰中的骄傲才是真正的骄傲。尼玛扎西在一九七〇年和嘎玛仁青打过十一场球，二对一，输了的比分恰好是他和胖子班呷年龄的总和乘三，加七！天哪，班呷时常撑开双手，看着十指，他算术差，翻来覆去，就只有尼玛扎西在那里算了。兄弟，我俩输惨了！那一句话从尼玛扎西的嘴里掉出来时，班呷真想敲掉他那挂着话茬的牙齿。漏风的嘴不会说让他不高兴的话。班呷打球打得比尼玛扎西好，他的合理冲撞和带球突破颇让体委的大老王看好。蛮，合理的蛮！大老王如果组织一支球队，嘎玛仁青是主力，班呷是新生力量，而尼玛扎西会是板凳队员。班呷翻了翻眼珠，感觉太阳明明灭灭，像质量不好的灯泡，灯丝迟早会烧。班呷又翻了翻眼珠，尼玛扎西的话像个虫子钻进了他的耳朵。嘎玛仁青，打得好棒！这句话是虫子的头，使劲地顶着耳膜。看来，我俩是一辈子也打不过你了！这是虫子的脚，在耳孔里使劲地划拉着。班呷抠了抠耳朵眼，哇，把早上吃的糌粑全吐了出来。不是故意的，但来得正是时候。他抹了抹嘴，说道，嘎玛仁青我今天要和你比投篮。嘎玛仁青说，你今天病了，我不占你便宜。……胃受凉了，上吐下泻，已经好了，怎么现在又犯了，班呷说着，又抹了抹嘴，这个动作使他显露出他的卑微。而这种卑微，像奶酪一样使他迷恋。因此，他坚持了自己的卑微。没有革命来反对，他的卑微得以存在，继续。嘎玛仁青轻轻地抽动鼻翼，算是嗅到了风里头的那股霉菌味了。甜甜的，略带苦味。他说，你们闻，这个味道好古怪，像是有人给空气下了毒。尼玛扎西抽动鼻翼，过会儿，他嘿嘿嘿地挤出笑声，白牙齿的缝隙露出一点唾沫，小泡泡，算是否定。班呷紧闭着双唇，等待着嘎玛仁青的回答。现在，他的耳朵需要甄别的只是两种声音。嘎玛仁青的，尼玛扎西的，回答必须和他所提出的要求贴边，要不，他会认为自己被蔑视了。

“很无聊，你不这样认为吗？”尼玛扎西的声音。

“比就比吧，我不比，像是害怕你了，但是我也有个要求……”

哈，又是要求，很古老的行为。从前有个蜘蛛悬丝而下，它对墙壁提了个要求，让我荡到你的脸上，成为金子。班呷突然掩藏了自己的卑微。说出来的话，令嘎玛仁青感到风在往他的肚脐眼上吹了！

比，真比！一人投六个。篮球被放在地上，像是大地仅存的硕果。尼玛扎西想听听嘎玛仁青的要求，可是他没有再提。

六个，尼玛扎西摇了摇头。嘎玛仁青六投全中。班呷六投四中。

普布看到嘎玛仁青的脸上一点也没有得意的神色，可是自己却有了加倍的欢愉（得意的孪生兄弟）。奉还给班呷的是心里的冷嘲热讽。班呷听不到。普布的耳朵却听到了，不知怎么，他的耳孔里流出了腥臭的脓液。

嘎玛仁青带他去看校医，中耳炎。校医从药瓶里取出白色的、红色的药片，包到十二个正方形的纸片里。她脖子上挂着听诊器，她用细弱的声音交代了药的吃法（这种做派，使人相信她这里的药都很管用，她能活到现在就是一个实证），一天三次，一次一包，开水送服。药吃上四天，炎症就消了。普布的心，仿佛再一次掉入了群山的手掌。风是从群山皮肤最不好的一边滑过的。滑过时它可能很疼。县城的山真的很像是用斧头劈出的木头，纹理难看（皱褶一律往山根里扎）。古怪的表情，张着大嘴（普布老觉得它是张着嘴巴的，但他指不出嘴巴在何处），好像要吞掉所有的日子。然后，不吐出一根骨头。普布听着耳朵里的脓液在稀里哗啦地窃窃私语，它们好像知道这里更多的秘密。可是他听不懂。听不懂，那些话就是多余。没有才对。总的来说，四天，吃完这些药后，普布耳里的脓液消失啦。耳朵里一安静，别的声音就变得清晰了。他听到窗户下，尼玛扎西和班呷的絮叨声……又输了，嘎玛仁青这只鬼羚羊，怪山马，真是奇了，打不过，那就加入他。当尼玛扎西和班呷的臣服，随着嘴里的口水，被他们的舌头一再搅动时，嘎玛仁青进门了。他要给马饮水……尼玛扎西、班呷和嘎玛仁青他们三个，一人拉着一匹马，嘴里聊着篮球。普布想，如果天空真有蓝皮屑那就不住地往下掉吧，他们三个谁也感觉不到。但是，三根牵马的绳索真实地握在他们的手心时，一个篮球团伙就宣告形成了。

学校复课了。西拉多德逃课的次数逐渐增多。随着"旷日持久"的逃课，他脸上的阴郁被他埋在了自己的面皮下，那里有时会有小小的瘙痒，像是阴郁不甘被埋葬，像是它随时都有从某个毛孔冒出来的可能。用手挠挠吧，西拉多德，谁会对一个狗崽子逃课在意呢！书包越发轻飘飘啦，走到哪里都拍着他的屁股，像母亲在轻轻揍他。不听话，不爱学习，你父亲会回来的，那时看你怎么面对他。一下，两下，再往后，西拉多德就懒得数了。西拉多德总是带着普布，不，是普布总是带着他。他俩开始习惯在马厩最里头堆着温暖马草的地方睡觉。脱下鞋子，两双，这两双不被双脚控制的鞋子，习惯出卖。西拉多德的脑袋露在外头，马草幻变成蚂蚁往他的眼皮上拱。西拉多德把头埋在马草里，马草幻变的蚂蚁就往他的全身爬。西拉多德撩开马草，从里钻出来，可是普布却一如既往地将身子泡在马草堆里，双目紧闭，他的耳朵里爬满了自己与马草稀稀拉拉的摩擦声。要不是他俩的鞋子出卖，导致巴拉姆从外面闯了进来，这些稀稀拉拉的声音，很可能就变成了汽车的发动机声。可是再雄壮的声音也比不上巴拉姆的一声尖叫。啊——西拉多德逃课了，老师们全都来呀！你们不是一直在找他吗？他在这里呀！西拉多德一下从马草堆掉到了地上，他想爬起来，可是变得像是软体的虫子。哗，裤裆里发出这声响时，尿流转眼就从裤管漫到了地上。西拉多德努力地站起身，裤管上的尿液在不住地滴沥。巴拉姆没有像往常一样恶毒地取笑，而是退后几步，看着地上的那摊痕迹。……巧合，那天晚上巴拉姆也尿床了。普布骂道，报应！嘎玛仁青听了拍了一下他的头，没听说过，尿床也是报应的。母亲才吉却发了火，她用力扯了一下巴拉姆的头发，再尿床，我就拔光你的头发！可是，不要忘了巴拉姆是恶童。普布想提醒才吉，才吉完全沉浸在自己的恼怒里，那个时候，你说话她是听不进去的。你唱歌她会扇你耳光。你跳舞她会用火钳子捅你。你最好躲远点！马厩，嘎玛仁青在打扫。“根据地”，普布一个人不会去那里，即使有西拉多德在，对那里的冷落，却越来越凸现。……巧合，巴拉姆再次尿床了。哗，尿液在她的褥子上奔流，白天，太阳一照，就显出一摊摊发黄的污迹。巴拉姆看了好久，发现这里面没有一个和西拉多德的那摊相似。她嘿嘿地咧嘴笑，没有人发现她的那副恶童相有多讨厌。

她悄悄地去找西拉多德了，沿着学校的院墙：那些散落在墙角的枯草，踩上去像是踩到了死尸，女人的死尸。那些断裂的声音，疑似粉碎性骨折。巴拉姆由此前去，需要几个拐弯。每个拐弯，她都留意着四周的情况：墙面上满是被雨和风撕裂的大字报，翘起的边角，顽固地挑战着这年月。

巴拉姆说：“糟透了，糟透了，比老天的脸色还糟！”这句话最终成了她的口头禅。她的双脚再也没有踩到那些枯草———“女人的死尸”消隐之时，另一个地方就是学校的宿舍区了。……班呷带球突破，尼玛扎西阻拦他前进。可是，这两个无业游民见到巴拉姆时，收手，将篮球像一颗人头一样托在手里。小丫头，你阿爸在吗？巴拉姆头也不回，不在！父亲明明在家，他在用火钳子捅炉灰。可是，巴拉姆却让父亲在自己的话语里消失了。地上开始铺有砖头了。脚步声的变化，比年龄的变化还要来得快，巴拉姆去年八岁，今年九岁了。也许，可以倒过来说，今年八岁，去年九岁。总之，这决定了她在成年后，会把自己的年龄越说越小。巴拉姆继续往前走，一条小黑狗突然从斜刺里蹿出来，冲着她吠叫。邪性！真是恶童啊！普布和西拉多德都听到她的骂声了。恶狠狠地，“烂狗，我要杀了你！然后，把你的灵魂也杀死！”

普布和西拉多德听到这句话，也从斜刺里冲了出来。哈，原来你俩是恶狗的伙伴，原来你俩也是胆小鬼，我骂的是这条狗，但没想到把你俩给吓着了。巴拉姆的面孔上浮现出一丝得意。她突然推开普布，拉着西拉多德就走。

普布喊道：“你这是要去哪儿？”

巴拉姆头也不回，西拉多德不知怎么变得这样的顺从，比那条挨了骂的小黑狗还乖。

西拉多德不知说什么才好。他被巴拉姆拉到了什么地方，普布没有跟去。普布突然觉得自己跟去了不好。至于为什么不好，他自己也不清楚！

说实话，巴拉姆把西拉多德拉到普布和他的“根据地”去啦。哥哥的秘密没有她不知道的。在那里，巴拉姆甩开西拉多德的手，嬉皮笑脸地说道，狗崽子，你知道我为什么要带你来这里吗？我要批斗你！她像模像样地坐在了黄土间凸出的一块石头上，在她看来这是宝座，是审讯官的宝座。可是，西拉多德并不买她的账，巴拉姆想着恫吓的结果会使大嘴巴的裤管里再次有尿奔涌而出，可是她错了。她注意到小小的火苗像两只蚂蚱在西拉多德的眼里跳了跳，然后迅速消失。西拉多德嘴角一抿，脸上有了神采，心里有了点子。面对自以为变成了革命小将的巴拉姆，西拉多德伸出了小拇指，这只“臭虫”他是不轻易向人展示的。可是，他向巴拉姆展示了，小拇指，臭虫，如果在小拇指上沾点唾沫，那就是被唾沫淹死了的臭虫。西拉多德真的这样做了。他没有什么可高兴的。很早以前，他就知道自己的小拇指会亮给一个人，他讨厌的人，那个人会面如土色，脊梁打战，鼻尖上挂着发亮的、照亮他（她）怯懦的汗珠。西拉多德很镇静，他的镇静，他的小拇指，蠕动的臭虫，被“根据地”上枯了一季的草木看到。没有别的办法，巴拉姆从她的臆想中，审讯官的位置上站了起来。她突然伸出双手，手指弯曲，挖向西拉多德的脸！女人的伎俩，但小女孩不会那么熟练。西拉多德一把推开她。摔到地上的巴拉姆感到这个时候，自己的肠子都纠结在一起了，打了蝴蝶结，又打了很多乱结(肠道里的气体迅速被堵塞，很有可能从肛门里喷发出来)，时光也背叛她了，向狗崽子示好了！它与他勾肩搭背，头碰头，站在面前，将身影摞在她的身上，谋划着要审判她。巴拉姆坐在地上，突然尖叫起来，像一次又一次拉响的警报，西拉多德拔腿跑开。

你还能说什么，普布，一把钥匙，打不开一块石头。但是一块石头却能砸烂一把锁。你还能说什么，普布。你不懂。如果愿意那就闭嘴吧！世界在沉默中萌发生机，而生机却在很多的废话中成为过去。一个、两个、三个，你没有数第四个，那第四个才是才巴扎西，造反派头头。没有哪个人会比他更狠毒、更无赖。他拉走了我丈夫夏加，如果不是西拉多德我真的不愿意活了。呜，我这是过的什么日子。痛苦的日子，是撒在心上的毒药。普布听到这一声号哭，再看看西拉多德母亲的脸：这是一张行将就木的脸，额头发黄，面颊发青，眼圈发黑。她的脸色看得普布直想吐。普布强忍住，他扭头，西拉多德一副习以为常的样子，他在自己的口袋里放了个糌粑团。然后，背起轻飘飘的书包，示意普布跟着他走。这是一种解脱，真正的解脱，像是牙疼患者，拔掉了病牙。头疼患者，遇到了阿司匹林。走，这个词，多干脆。脚步一开拔，那就走了。

普布和西拉多德没有走出多远。

他俩分吃了糌粑团，然后看到学校的篮球场上，几个人的对峙显得有些可笑。深入观察，普布看到了父亲、班呷、尼玛扎西。与他们对峙的有那个刚才从西拉多德家的窗户里看到的才巴扎西。还有三个人——造反派的人。普布一下紧张起来，这个时候，他肯定会想起种种批斗的场面。造反派的拳头，武装带。普布生怕父亲吃亏。嘎玛仁青，怎么会这样？这是不小的麻烦呀（连小孩子都知道被他们缠上了是麻烦）。普布和西拉多德慢慢地往球场边缘靠，那个声音他一辈子都会记得，礼堂扩音器里传出的叫嚣声。那个极富煽动力的声音，失去了扩音设备，不像那么回事了。可怜！真是有老虎被扒了皮子的感觉。声音干燥，点把火就着。他用指头指着嘎玛仁青的胸口，一遍一遍地强调，我没有时间在这打篮球，要不然灭了你们三个，还需要理由吗？班呷低着头，尼玛扎西看着别处，只有嘎玛仁青直视着他。这是在犯忌！嘎玛仁青你不知道这有多危险吗？普布内心焦灼，他不知道事情的起因。但他似乎是看到了这样的事情如果发展下去，西拉多德的父亲会多一个赶马车的伙伴。才巴扎西继续用他那种干巴巴的声音说话，好，约个时间，你们三个来，我们几个陪你们打，说完，他捡起地上的篮球，扔到了尼玛扎西的胸口，嗵，声音很闷。尼玛扎西捡起球，怯怯地看着嘎玛仁青。嘎玛仁青咬了咬嘴唇，嘴唇上留下了一道牙痕。事情的起因很简单：路过的才巴扎西要求嘎玛仁青传球给他，也许力道大了些，因此引发了他的邪火。

才吉的神情最为激动，她的谩骂又从“地穴”出笼啦。

“你怎么敢招惹他们，嘎玛仁青你是想把这个家带入黑暗吗？你是个男人，你的心让这个圆滚滚的篮球迷惑得不成样子了，你这个猪猡！……我让你再打篮球，再打篮球！”才吉发狂地从厨房里拿出刀子，连着往篮球上捅了三刀，嗞，篮球立时扁了下去，贴在地上显得了无生趣。

嘎玛仁青连续三天没有出去打篮球。

学校派他给食堂拉了四五趟牛粪。

他赶着马车回来时，班呷在等他。嘎玛仁青坐在车辕上，他脚踩刹绳，口里喊着停车的信号，吁吁，“雪牛”听到了率先驻足。“不灭”和“黑夜”跟着也停了下来。

“没有篮球了，兄弟，打不成啊！”

“怎么？”

嘎玛仁青苦笑，“篮球让老婆给捅了！三刀，好惨！”

他们一直在等消息。普布也在等。他知道，只要那个讨厌的家伙，没有什么人可批斗的时候，就会想起要和父亲他们打篮球了（在才吉看来这是个可怕的约定）。当然普布的等待不止局限于此，有时候，他等着西拉多德会逃出课堂，随他玩耍，那只渡鸦，看来是埋伏在他俩的耳朵里了，只要一聚头，它就会在他们的耳朵里叫几下。有时是嘀咕，西拉多德将此释义为它在默念我俩的名字。普布不应声。可是西拉多德会连着回答好几声……嗨，别提了，这家伙快疯了，都是他神叨叨的母亲传染的。也许是被巴拉姆无休无止的骚扰给害了，再也许是被学校课堂上的沉闷气氛给逼的。否则，他不会这样！他逃课，老师不管。即使某一天，他突然出现在了课堂上，老师对他不闻不问。好像这个班里没有他了。他随着父亲的离开而离开，他是个自由人。是空气；是男老师烟头上的青烟；是女老师嘴角上时有时无的笑纹；他是他自己的悲喜剧。他拿着刀子与试图欺负他这个狗崽子的同班男同学对抗，结果扎伤了一人。这次，再也没有哪个老师把他当成空气啦。西拉多德被开除了。在三年级的时候，可是嘎玛仁青试图给巴拉姆和普布报名上学，两个都是大龄学生。在林彪从天空中栽下来的那月，普布和妹妹上学了，新生一年级，这下轮到西拉多德等待了。普布和巴拉姆的书包也是轻飘飘的。相对于笼罩在县城上空的灰色烟雾，这算不了什么，还有谁会介意?！没有，真的没有。这段日子，西拉多德忽然就变得乖戾，好脾气像是从高山上跌下来的水流急转直下。还有什么好说的，普布放学时看到他戴着蓝色的鸭舌帽，嘴里叼着从地上捡来的烟头，手里攥着难看的弹弓，脚上的那双翻毛皮鞋极度的污脏。……嗨，西拉多德，我放学了。我现在可不敢像你一样逃课，那么星期天见。普布和他击了一下掌，但是星期天，他没有见到西拉多德，他只是看到母亲在铁炉旁不住地恶心！

才吉俯身，张大嘴巴。她好像要把自己的心脏给吐出来。

她说："哎呀，最近怎么总是恶心来着，我没有吃什么脏东西呀。"

她走到屋外，朝向天空眨巴着眼睛。然后低头，呸呸呸地朝着地上吐口水。

这个仪式很好玩。可是普布不懂得内中的含义。嘎玛仁青告诉他，才吉只是想把嘴里的脏东西吐出来。说完，他竖起食指补充道，如果她吃了的话。

但是，才吉确定自己没有吃什么脏东西。她看着简单的食物，在碗里简单地诱惑着自己的食欲。糌粑，除了糌粑还是糌粑，偶尔的面食。自来到县城后，嘎玛仁青就不让家里人拿马饲料煮饭了，他一再强调，这会让学校的人知道。知道了不好，知道了就面临着清算。这很可怕！才吉有时很想来顿玉米煮饭。可是，她忍住了。但是，她不知为什么最近老想吐。

"嘎玛仁青，你得带我去看看医生。"

"嘎玛仁青，不用去医院，我觉得如果是病，你们的校医就能解决。"

嘎玛仁青说："好的，走吧。"

他牵着她的手，生怕她走路会摔跤。

半个小时后，嘎玛仁青和才吉回来了。嘎玛仁青的面色别说有多红润了，而才吉的眼神是放着光的。嘎玛仁青往炉子里塞了几块牛粪，双手相互揉搓了几下。他的眼睛看到了自己的指尖，继而看到了普布和巴拉姆的脸。他说，孩子们，你们知道医生是怎么说的吗？普布和巴拉姆摇了摇头。嘎玛仁青激动地用双手捂住自己的脸，然后取开，医生说，你母亲怀孕了！这就是说，你们要有小弟弟或小妹妹了。普布张大嘴巴，啊了一声。他觉得如果有可能，自己的牙齿将不受控制地在口腔里嘎巴嘎巴地跳动。巴拉姆拍起手，嘴里喊着，哦，我就要有妹妹了，妹妹了！才吉安静地坐在了铁炉旁，她心里在想什么嘎玛仁青清楚！

8 爱 哭

才吉感觉自己的肚子越来越大啦。嘎玛仁青看着她，慢慢地拧开收音机听着革命歌曲，然后，他抬起屁股把肚子里混浊的气体放了出去。屋子里那股淡淡的臭味不消一会儿就散了。这个时候，屋外响起了沙沙的声音，疑似沙子在跳舞，或者囚徒的脚镣发出的被缩小了十倍的声音。嘎玛仁青很紧张，他从窗子里探出头，一切正常。还没有什么事是可以违背自然常理的。沙沙的声音，自然是巴拉姆在本子上做数学题。巴拉姆的算术很好，超乎普布的想象。一匹母马会做数学题了，普布说出自己的感慨时，嘎玛仁青笑得肚子都疼。嘎玛仁青说，你还能要求一匹母马算出你本子上将有几个叉挂，可悲，只要超出你手掌中的指头数，你就会加错！给你一盒火柴，用火柴棍算，会方便好多。普布用火柴算加减法了，没想到这是他数学进步的开始。没几天，巴拉姆在算术上的傲气，从一只苍蝇变成一只蚊子了。藏汉文《毛主席语录》普布背得好，识字自然也不该差。总之，除了算术巴拉姆没有什么可以在普布面前炫耀的。但那种差距也只是一点点。记住，永远不要忘了巴拉姆是个不折不扣的恶童。如果把这事实忘了，就会像西拉多德一样吃亏。巴拉姆背着轻飘飘的书包，假传普布的话。“哥哥要你拿着弹弓在三年级的教室后面等他。”西拉多德一直在等，十分钟过去，三十分钟过去，可是普布没来，学校的老师倒是来了。面对早已损毁的玻璃和正拿着弹弓的小孩子，他没法不往那方面想："是你打碎了玻璃?""不，我在等人!""还敢抵赖，走，见你阿妈去。"结局可想而知：西拉多德的母亲又是一阵哭诉，那哭真有刀刮锅底的效果。现在，该是同情那个老师的时候了，他无法忍受，逃出屋子，管他打没打教室的玻璃。再待下去，耳膜肯定会出问题。可巴拉姆在那个时候，已安详地在本子上沙沙地做算术了。

普布不适应在那种沙沙中写字（即便铅笔被削得尖尖的，所有的本子敞开白皮肤等他，但他都会以此为推托）。他总是盯着才吉的肚子。那里面有个什么样的孩子，像青蛙一般大，像雏鸡一样睁着眼睛。他（她）蜷在黑暗里，是什么颜色，白的，黄的，花的，难受不难受?！他的脚如何弯曲，铁丝那样，或者像极有韧度的植物。反正，双手张开的应该像叶子。或者比叶子要灿烂，像花！要不真的说不过去。你敢说，他至今无手无脚，像个鸡蛋。普布摇摇头，他看出自己是在朝才吉肚子里的那个孩子摇头。不是不欢迎。他用手指抠抠鼻孔，挖出一点鼻屎，弹到地上，如果这个时候想不出是为什么，那真是想不出了。

才吉变得爱哭了。这一点，从她看人的眼神里就能感觉到，总是隐藏着无尽的幽怨。幽怨不是宝藏，是身体的祸害。它像岩缝里的滴沥，慢慢地积在自己的骨头里，总之害到的终究是自己。才吉暗暗地掉了几滴泪，她总觉得苦难会跟随自己肚里的孩子。那么小，待在子宫里那么脆弱，几乎一动不动。……那个孩子，校医在摸到她肚子时说，他（她）是个黑黑的孩子。以后，他挥着小手，走到黑夜，手电的亮光得跟着了。是啊，得跟着。才吉又掉了几滴泪，泪水变得很重，滑过面颊时，才吉可以感觉到，擦去它，待到眼泪干了，面皮变得紧绷绷的。……她很严肃，而且眼睛里的光，往回退了一二毫米。

嘎玛仁青说："不要哭，你最近为什么老是很忧郁呢?"

接着他又问道："不会是有了孩子认为是个负担吧？但你那天却是很开心的!"

才吉从炉子边站了起来，往茶壶里撒了一把盐。盐不会使茶的颜色发生变化，但是却改变了它的味道。也许肚子里的那个孩子，就是一块盐疙瘩。就是让你变得无所适从。就是要让你知道他（她）的生长是极端得不容易。

才吉又掉了几滴泪。嘎玛仁青叹了口气，摇着头走出去了。班呷一直在等他。手里拿着一个新篮球。新篮球，闪着光，哭丧着脸。对，是个很难看的篮球。嘎玛仁青甚至觉得它的体积要比正常的小。大概要小一圈。拿在手里还轻，嘎玛仁青打篮球的兴趣顿时跑了。他把篮球扔还给班呷。嘴里吁吁着，双臂横抱在胸前。那个姿态，像块不服岁月管教的大岩石。班呷不敢肯定新篮球是个废品，供孩子玩的玩具。他把篮球托在手里，甩向篮板，啪，篮板球的声音不是这样，重量也不是那么回事。班呷傻了，但嘎玛仁青却有了办法。……他去找学校的体育老师，换了个旧篮球，正规的。投在篮板上，每一下都结结实实，每一下反馈到耳朵里都会嗡嗡作响。这才是真正的篮球，班呷，胖子班呷，看好了，记清了，它的尺寸和重量。班呷拿着篮球，这一刻他忽然觉得自己明白篮球是个什么玩意儿了。圆圆的，散发着皮革与泥土杂交的气息。它是杂种（班呷的看法和嘎玛仁青的不一样），把杂种投出去，向着篮圈，进了，是个好投球手。不进，得跳起来把篮板球争到手。

嘎玛仁青的担心与日俱增。他担心才吉，也担心巴拉姆，就是没有担心普布。普布明白父亲的意思。如果巴拉姆是匹害群的母马，才吉的心被镂空，那么只有普布一个人正常。如果画个圈，让他们都站到里面，唯一不愿进那个圈的将是普布,这个家里就属他无可挑剔。包括嘎玛仁青自己,他也是被篮球迷惑得有些过了头。嘎玛仁青看着普布，普布被他的目光逼到了屋角。不是冷冷的，更不是热切的，这目光里的含义，普布看不懂。普布盯视着自己的鞋子，近而盯视着地面上的一个凹洞。没有启示的含义，更没有颓败的征兆，他的眼睛安详的时候，嘎玛仁青忽略了一个孩子如果过于正常，他可能是压抑的！

是啊，我多想逃课，像西拉多德那样！西拉多德，狗崽子，大嘴巴边挂着浑若无事的微笑，早上七八点钟时出现过的微笑（那时的太阳，开始在天空中睁开，独眼的天空）。从家里推门出来，头戴父亲留下的鸭舌帽，西拉多德突然发现上学并没有多少好。开除后，他一点也不伤心了。从早上到晚上，母亲自己照顾自己。西拉多德也是。他捡烟头，抽烟抽到呕吐，和一群像他一样的野孩子游荡，为一个馒头打架。让一个蓬头垢面的女孩子紧紧地跟在屁股后头，赶也赶不走（这个女孩叫多尼）。西拉多德能耐大了，不是以前的西拉多德了。普布几次去找他，都扑了空。后来，西拉多德和他讲，有什么摆不平的事情可以找他。他来摆平。在县城这片硬生生的天空下，乱糟糟的群山间，一条疲于奔命的吉曲河，养育了多少人。多少人把脚伸到它的身体里，获取了力量。嘿，我不是软蛋。普布看到多尼，也抽着个烟头，那双细细的腿，有节奏地摆动。巴拉姆再也不敢惹西拉多德了。恶童就是恶童，她总是知道恰到好处是指什么?！她看到西拉多德开始躲。西拉多德曾指示多尼去堵她。巴拉姆甜甜地叫了她声姐姐，拉了拉她的手，于是多尼就把西拉多德布置的事情给忘了。唉，西拉多德捡起地上的烟头，点了火，普布，你看看你妹妹多狡猾！

是啊，巴拉姆是狡猾的。她沙沙地写完作业。然后，看着才吉一个人坐在床边掉眼泪。才吉的眼泪，比不得雨滴，如果流了，那么就让她流吧。如果含在眼里，或者让它倒流回心里，那就不值当了。才吉掉了会儿泪，巴拉姆看到泪滴虽说透亮，但却有着暗黄的本质。黄泪滴，像是用酥油捏的。才吉轻轻地闭眼，那滴泪掉到哪里，她不知道。巴拉姆抓准时机，用明亮的咳嗽做掩护，让她的话语影响到才吉。

“阿妈，糟透了，糟透了，比老天的脸色还糟。我看出哥哥不喜欢你肚里有娃娃。他总是瞪你，在你不注意的时候，还朝你的身影吐口水！我看，他和那个西拉多德交往之后，就变坏了。那个小流氓，狗崽子，你如果不出面制止，哥哥早晚也会变成小流氓的！”

才吉又掉了滴泪。暗黄的泪滴不知道她要开始注定地改变了。从这个时候起，她的谩骂又复活了，从心田里冒出头，从眼里喷出火，它一见到普布就从才吉的嘴里跳将出来。“看看，你这个不折不扣的小流氓，把身上的衣服弄得那么脏！”“还有谁知道，你就是天生的贱骨头，还有谁会在乎你爱不爱家里人！”“普布，你妹妹把碗打了，你是怎么做哥哥的！”普布被这些劈头盖脸的训斥弄蒙了。他看着母亲的恼怒比她的忧伤起劲；他看着才吉的眼泪，在她开始谩骂的时候，返回了心里，这不值当了。

普布没有理会才吉。才吉也没有动手打他。

普布看着她一会儿掉眼泪，一会儿恶狠狠地骂他。有些骂人的词汇是他从未听过的。嘎玛仁青宽厚地笑笑，你母亲肚子里有弟弟（或妹妹），你就原谅她吧。他的大手，再次落到普布的头上。普布以为，父亲把他的头当篮球了。嘎玛仁青说，亲爱的儿子，你母亲就要靠你挽救了，你弟弟在她肚子里听着你说话呢。普布感到委屈，他哇的一声哭了出来，他把头扎在父亲的肚子上，软软的，那个时候他不知道自己会不会反抗才吉?！为了父亲的过去，为了自己的现在，也为了结束她毫无道理的谩骂。普布把头顶在父亲微隆的腹部，那里没有孩子。孩子在母亲的肚子里，普布的报复心突然就变弱了。父亲不知道才吉为何要哭？普布也不知道。父亲想了好久，才觉得自己找到了合理的答案：才吉是不是有什么不好的预感？……啊呸呸呸，怎么能这么想！嘎玛仁青摇了摇头。嘎玛仁青看着普布。普布歪着脑袋，斜靠在墙上。黄土，不失时机地染上了他的衣服，衣服领子早已污脏，纽扣只剩下了三个。另两个纽扣的扣洞，像眼窝，黑乎乎的，从里面传来的是普布肚子里咕噜咕噜的声音。普布嘿嘿地傻笑，西拉多德告诉他个秘诀，有主意了你就傻笑，没有人会注意一个爱傻笑的人心里的诡秘。普布的心里没有诡秘，但他就这么笑着，嘎玛仁青抬头看着月亮。不久，月亮便暗含了一个意思。只要它一抖身子就有好多的分币掉落下来，叮叮当当，面值五分，两分，一分。这会儿，普布已躺在床上啦。他没有理会月亮的暗示，脚丫子在被窝里安静地待着，脚趾头各个伸毕懒腰，双膝松软，肚脐眼好像散出内脏的臭味，口里的那根舌头，被口水淹没了。就这样入睡吧，别指望月亮会给大地散多少分币，它也是贫下中牧。

“会是谁来找我？”普布用手指抠着眉毛，疑虑道。

“是多尼，西拉多德团伙的多尼！”巴拉姆不满地嘟囔着。

普布走出门，那个女孩子就站在门前。她低着头，看着自己的脚。脚有什么好看的。除非大地的手抓住了她的脚，除非脚心有股热流在往心尖涌。要不，习惯看自己脚的人是没有出息的，走不了多远的人。可是，普布看见多尼抬起头看着他时，他的这个想法就站不住了，动摇了。普布用舌头扫了一下上牙，他记得自己见过几次多尼，她总是站在西拉多德身后，蓬着头，脏污的脸像是绘着军事地图。普布常常暗地里称她为西拉多德的地图。但现在无论如何他都无法把她跟这个绰号联系起来。她，干净柔顺的头发绑在脑后。脸上散发着雪花膏的香气。衣服朴素，裤子虽然有些短，但把她脚上那双半新不旧的皮鞋衬托得分外好看。简直是变了一个人。普布的局促，表现得有些直接。他嗓子眼里痒痒，像是爬着一只可恶的蚂蚁，顺着喉管试图到达他嘴里。普布干咳一下，多尼脸上的微笑像最寒冷的山顶有春天抵达。哥哥，多尼竟然叫他哥哥。也不知到底谁大些。普布继续动摇。局促继续往下发展，变成了不安。有多不安？嗨，就如看着手心里的一滴汗被毒太阳晒干那么不安。他有多动摇？

他开始发现多尼的脸很好看，之前可不是这样认为的。多尼说，普布哥哥，我有家了。普布好一阵疑惑，“先前你没家吗?”“没有，孤儿，可是现在我被土登桑丘阿爸收养了”。土登桑丘，那个脸上总是吊着可恶表情的老头。如果说他是一段历史，那么是一段跟拐棍和肮脏有关的历史（他除了肮脏好像就一无是处)。对于这样的历史，很多人没有兴趣。但他拄着拐杖，眼神含悲，左腿有骨病。衣服口袋上油迹斑斑，有人说这是他常年往里装肉的缘故。他的牙很好，他不停地咀嚼嘴里的肉，从不下咽，因此，腮帮子也特别发达。一块肉，嚼到最后，会在你的口里消失，会被你的口水冲走，不信你就试试。他常这样说。普布听到过父亲聊起他，但是聊他时就像是在聊一根木头，或者一堆木头。“这有什么好的?”普布的嘴里猛不丁地冒出这句话。多尼一下愣住了，“我还以为你会高兴。”普布觉得有些不妥，便发话道，“他是干什么的？家里还有谁?”普布明知故问。如果用天气形容多尼的脸，即使没有飞过沙尘，也是落下些小雪了。但普布后面的追问，是破解这些天气的太阳。多尼摆弄着自己衣服上的第三颗纽扣，她低着头，声音像湿沙子铺在了干土路上。“阿爸桑丘是邮电局职工，他没结过婚，家里再没有任何人了。现在我是他女儿。”普布点了一下头。“我要找西拉多德，你去吗?”多尼笑了笑，“最后一次，阿爸可不让我和他玩。”

这是一件非常有趣的事，两人手拉手向着西拉多德常去的地方走。他们预计会去三处地方，可是没想到一去一个准。显然，另两个地方就不用去了。西拉多德带着四个野孩子，生了堆火，在那里烧土豆。普布和多尼手拉手走到他跟前时，这小子，嗨嗨嗨地制止开来。普布松开手，满手是汗。他不知道是自己出汗了，还是多尼的汗跑到了自己手上。西拉多德从口袋里掏出一整盒烟，嗨，抽烟。他递给多尼一根，但没有给普布（普布不会抽烟，递了也是白递)。多尼接过烟点上，她看了普布一眼，“这是最后一根烟”。西拉多德和多尼在那里呼呼地吐着烟雾。那四个野孩子也抽着烟，用木棍翻着火堆。火烧得很旺，土豆在火里发出嘶嘶的响声。像痛苦的诉讼，像欢乐的哭泣，像土豆快要炸开了。……熟了，西拉多德用木棍叉一只出来，土豆被烤得黑乎乎的。“这是黑心脏。吃吧!”他递给多尼一个，又从火灰里叉出一个，递给普布，“这是扎拉多钦的黑心脏，你吃，狠狠地吃!”他又叉出一个，“这是才巴扎西的，由我来吃掉它。”普布的嘴角浮起浅笑，西拉多德朝他扬了一下眉。不是比赛，慢慢吃，还要剥皮，土豆还烫手。土豆的皮没那么好剥。可是，皮子终将会剥下来，这是定数。西拉多德恶狠狠地吃着土豆，普布把烫嘴的土豆用舌头在嘴里掂着。大家的嘴都黑乎乎的。手也是。“黑心脏”就这么被吃进肚子里。西拉多德再次掏出烟来抽，这次，多尼不抽了。野孩子们从不拒绝嘴上冒烟，一人叼了一根。西拉多德忽然解开裤带，掏出小鸡鸡，朝着火堆尿尿，多尼赶忙捂住眼睛。那四个野孩子也照做。他们发出咯咯咯咯的笑声，那一点点的器具，嗞嗞地喷射着四条像清油颜色的尿液（加上西拉多德的，是五条）。火堆腾起了一股烟雾，灰烬像是受了鼓动，狂热地漫上了天空。

才吉不该这样，才吉真的不该这样，她的肚子里卧着我的骨血，可是，她常常暗自垂泪。没有人知道这是为什么，她弄得我很担心，她的眼睛红肿，心窝里可能有积水。肺部如果漏气，那肋巴与皮肉间可能就有水泡了。她病了吗？不像，倒是有种说不出来的古怪，在她的乳房里潜藏着。哎哟，我只是在重复我的担心，我嘎玛仁青不能看着她再这样下去了。嘎玛仁青自言自语。或者可以说成是对着镜子里的嘎玛仁青自我述说。当他告别镜子，重又走到厨房时，才吉的叹气和吸鼻子的声音像沙子一样降下来啦。嘎玛仁青走到她后面，抱住她的腰。抱不拢了，肚子已经大到这种程度了。“嘎玛仁青，不要动了孩子，他（她）换个姿势好辛苦。”才吉说着就将一滴泪掉在了锅盖上，吧嗒，嘎玛仁青听到了这个声音。巴拉姆也听到了。

有个谚语，牦牛一吃草，立时就沉默了。现在嘎玛仁青家的境况就是这个样子。沉默！巴拉姆，嘎玛仁青，才吉，像是被一根铜线拴着，有电流经过，电流就是沉默。可是，普布没有被那根铜线连着，因此，他不必沉默了。门外，传着他的话，他的咳嗽。他丁零当啷地把一些东西倒在了床下。一些铁帽螺丝。他推门，关门，他喘气。他喊叫，阿爸，阿爸，嘎玛仁青走出厨房。巴拉姆也跟了出来。普布没有什么要告诉他们的。他的这声呼唤可以理解为，他在告知父亲我回来了。进一步去想，可以看成是他在问询家里有什么事发生。还可以看成是他要用他的嗓子驱散寂静。寂静里藏着的虫子也是沉默的。嘎玛仁青好像是忘了才吉的泪滴了。“儿子，你回来得好晚，你可比你妹妹晚多了。”普布撩开垂到左眼上的头发，“我走路慢!”嘎玛仁青摇了摇头，“我找西拉多德玩来着。”这是真话。嘎玛仁青要的就是真话。很久以来，他就注意西拉多德来着，他觉得夏加的这个儿子要变坏了。要从一只啾啾鸣叫的小鸟变成一只深夜鸣唳的猫头鹰了，甚至更糟。是柔软的酥油变成了硬邦邦的石头；是石头变成了一吹就散的碎石粉。我怎么能让儿子和这种人混在一块。嘎玛仁青下定决心，要出面制止了。“以后，不许你再跟西拉多德混在一起，明白吗?”普布没有说话，他走到了自己的房间里。

他打开书包，从纸团里取出一个黑乎乎的土豆。嘿，今天又烧土豆了。多尼没有来。多尼不来，火堆就不旺了。西拉多德勒令跟在他屁股后头的野孩子们，把火烧旺，不要让火堆里的土豆感到没有热情。他说着，手上的动作像是在开启一扇门，而后他脸上的表情，像是看到门里头站着一个他不认识但使他感到害怕的人。普布不知道他为什么会这样。即便今天的天气阴郁，即便西拉多德的肚子里蛔虫翻腾，他使劲地拉着皮带，嘣，断了！西拉多德找了根长布条，暂替腰带。倒霉，他悻悻地把皮腰带扔到火里。火，忽地站了起来，接过皮腰带。西拉多德忽然觉得自己看见火把腰带连起来系到腰上了，那上下两截烧起的火，大概是他害怕的根源。但他醒过神时，火已燃成一片。

嘎玛仁青这时跟到了屋里。“阿爸，吃土豆。”普布把土豆捧给他。哈，黑黑的心脏，剥了皮也没有多白。发黄，冒着邪恶的热气。难怪，西拉多德这么爱吃它。普布突然来了感受。他的手颤了一下，土豆往地上掉去。嘎玛仁青伸手接住了它。他的手上留下了黑黑的印迹。古怪的印迹。嘎玛仁青可没注意这些。嘎玛仁青除了知道这印迹脏，别的他没有多想。普布可是思虑萌动了。瞧，多可怕，黑手，也不去洗洗。嘎玛仁青看着普布那副没着没落的样子，便用那只手，拉了拉他的耳朵！普布赶紧去照镜子，黑耳朵，不，得洗洗。普布倒水洗耳朵。嘎玛仁青和巴拉姆把土豆分吃了。……没有黑手，也没有黑耳朵了。这倒是一件让人感到放心的事情。可是，没有黑耳朵，并不意味着没有才吉的谩骂了。才吉突然出现在普布的面前。普布知道挨骂是必不可少的。眼睛一闭，耳朵一关就过去了。可是，谁能办到，除非用手指去堵耳朵眼。可是，他不敢。完了！才吉的谩骂如期而至。“该享受了，哥哥普布！”巴拉姆这个恶童，嘴角挂着一抹黑，黑嘴巴，真正的黑嘴巴。她竟然这么说，这匹母马，嘴巴有毒，牙齿带霜，舌头结着冰凌。恶童，有没有收容恶童的机器?!

普布恼怒了。他的心里横着一张撒满骨刺的木床，谁先躺下谁完蛋。

才吉的谩骂落在了他的头顶上。带着口水点子，带着狠话里的骨渣、铁钉、呛人鼻眼耳口的石灰末，统统地灌了下来，自上而下，不管青红皂白，不管是对敌人还是对自己的孩子，不管自己在说出这些狠话时，表情有多狰狞，不管这些话有多伤人，心肠也会被划拉出血的！……普布的眼里慢慢有了泪水，慢慢这些泪水就干了。慢慢地，他心里的那张木床被烧着了。骨刺被烧得发出噼噼啪啪的爆响。什么叫一念之间？什么叫一瞬之间？这就是，这就是——你看，他的影子也在弯曲。你看不出来吗？仔细看，他头顶的头发竖起来了。这不是平常的现象。绝不夸张！他的眼睛，眼珠子在微微地凸出，鼻尖上开始出油。嘴唇在抖，更狠的话就要出口了。天哪，他血管里的血流在加速！

你看，他往后退了一步，往前又迈了一步。像是有迫击炮弹要发射，近距离，直接一发，就是冲着脑袋的，就可以把脑袋卸掉——轰，那句话出口，才吉立时瘫倒在地。

普布歇斯底里地喊着："你为什么老是骂我?！为什么？为什么？难道，难道我是在要你肚子里娃娃的命吗？我要他死。他死了才好！"

才吉发出一声深长的哭号，嗷，像是有只手从身体的入口，纵深，抓住心脏了。

她叫喊着，"嘎玛仁青，你听听，你儿子在说什么?！你怎么教育他的。他在咒我们的孩子死呐！"才吉把手放在肚子上，一遍一遍地哭着。

普布如梦方醒，斜靠在墙上，他的心噗噗乱跳。他的胸膛不住地起伏。……张开口，吐一口长气就舒服了。

快张开！快张开！快张开！

普布张不开口！

9 挂在火上

谁是真正的恶童，这有待进一步商榷，不能人云亦云。那要拉着时光的手，静静地坐下来。如果能拉住的话。但在人类的认识里，时光跑动来着，脚步无声。可是，他喘气的声音却是那样的粗沉。嘶，好像得了肺心病。时光得了肺心病，这很新鲜。普布是恶童，这更新鲜。巴拉姆的脸上闪动着得偿所愿似的得意。细细分析，那里面有三层意思。我聪明，我够聪明，我太聪明。恶童，普布还够不上。非巴拉姆莫属。长大了还会是个恶人。这一点只有嘎玛仁青才能洞察。嘎玛仁青指了一下巴拉姆的鼻子，巴拉姆不理不睬，她完全进入状态了。普布不理解。普布不理会。

中午，家里来客人了。不是陌生人，家里人都认得。生产队的会计翁青，他手里拿着个新算盘。他坐定后，在椅子上来了一通珠算。噼里啪啦，崭新的算盘珠，精神抖擞，不辱使命。翁青看着得数，然后将数字归零。一切了无痕迹。这很可怕。

翁青说出来的话，让家里的某些人感到了寒冷。哑巴舅舅和黑女人，不，是拉青大婶，他俩在一起了。才吉听了这话，面部表情从震惊，转入半信半疑，继而阴沉下来。他俩去公社领的证书（生铁变成熟铁了，熟铁又被打成某件固定的器具了）。反对成了多余又可憎的事。可喜可贺，才吉认为翁青的话很讨厌，差点就将逐客的话说出来。可是普布听了却阵阵欢喜。那就还原让他欢喜的事吧！

“拉青大婶总是对着哑巴舅舅说，你是我的救命恩人哪！说完她就哭。泪水顺着腮帮子流到她的乳沟，再流到她的肚脐眼，形成微妙的有待体温烘干的积水。哑巴舅舅听不到，至于他是如何感应拉青大婶的感激，这不好说。真的不好说，谁看了都觉得，那个黑女人对哑巴有意思了。就像风进入山谷，那种顺畅的发展，是必然，也是大势所趋。有一天，队里来了记者，她笑嘻嘻地给哑巴舅舅照相，看着他有点百看不厌的意思。于是哑巴舅舅便在报纸某个醒目的地方，在毛主席像前，神色庄严地打开红宝书学习了。底下的字到底写的是什么，社员们看不懂。哑巴舅舅也看不懂。但他把报纸送给拉青大婶看，这傻女人，再次晕厥了。某种遥远的信息，告诉哑巴舅舅她会成为他的女人。他把倒在地上的黑女人，抱上床，然后，他想走开。可是，那个晕厥的人突然抱住他。他便成了她的俘虏。向毛主席保证，他俩成了。还有一天，队里的山羊全部聚集在哑巴舅舅的门前，咩咩地叫唤。有人说，宰一只送给他俩做贺礼。贺礼？那哪成，这是集体的财产。要送，大家就凑凑钱吧，一分，五分，五角，一元，最多的二元，凑到一块便有了十五元的贺礼。还有些人给了布票和粮票。哑巴舅舅想哭，但掉泪没那么容易。每个山羊的犄角上都闪着光。人们轰开它们，它们咩咩地不愿走。这可恶的山羊，倒像是集体媒人。它们堵在那里向人们示威。好人倒是有一个，就是哑巴。从前没有几个人关心他。现在，你们以貌取人啊。

山羊们最终被轰开了。有两只不愿意走，站得远远的。两只公山羊，黑的叫加保，灰的叫楞保。后来，这两只山羊都没有逃过被宰杀的命运。队长亲自主持按工分分肉。哑巴舅舅除了分得两条肉肋巴，还分到了加保的心脏，楞保的肾脏。嗨，这绝不是刻意为之。”

翁青说：“他俩倒是去了一趟县城，但没有去你们家。想想都知道，有人不会同意，何必制造麻烦！”翁青走后，他留下了些余响。不是算盘发出的。余响是，才吉把锅盖、壶盖、火铲子、饭勺子扔得叮当作响。把摊在床上的巴拉姆的课本扔得张开翅膀飞了起来。把嘎玛仁青的篮球（班呷留下的旧篮球）踢得往床底下钻。还有什么余响是可怕的。还有什么人比才吉更蛮横。“蛮横的阿妈，我恨你！”普布一遍一遍地念叨着。这一遍一遍的低语把他带到了多尼那里。

学校又放假四天，可能是处在“批林整风”的节骨眼上，不得不停课。普布在县邮电局家属院等了好久，好久，那不可思议的风，吹来了多尼的气息。普布摸了一下自己的鼻孔，多尼的声音从身边像水泡一样浮起了。除了这个，四下里是一点动静也没有。多尼站在他跟前，两只手交叉在一起，“你怎么找到这儿来了？”普布摸了摸后脑勺，“没控制住自己，就寻到这啦！”多尼的脸上浮起了微笑，还泛起了红霞。普布这时听到四下里的动静逐渐增多。不可思议的风，又送来一种气息。普布难以分辨。可是，多尼却紧张起来，“我阿爸来了，你快走吧！”怎么走，已经到跟前了。土登桑丘拄着拐杖，面孔如阴郁的山羊。他面孔上的阴郁，正通过他的身体渗入大地。他用拐杖捅了捅地面，咚咚咚，好像在宣称这里就是大地的中心。“你这只老山羊，知道什么是大地的中心，走开！”普布心里暗暗骂道，但嘴上却没敢言语。土登桑丘嘶哑的嗓门，像是浮在空气中，“多尼，跟我回家！”这声音，一下在多尼和普布之间制造了距离，并试图带出一些回声，但最终没有如愿。“哎！我这就回去！”多尼匆匆地看了普布一眼，低下头转身离开了。“老山羊，是恶人还是善人，只有天知道。”“所以，你不必拄着拐杖装弱！”普布来了精神，反正下午用不着上课，那就四处走走。

“你不用上课吗？”多尼的声音突然指着普布的后背了。

“你不是回去了吗？怎么……”普布转身看着多尼。

他独自逛了近一个小时了。没想到多尼悄然地跟在他身后。

“普布哥哥，我阿爸睡觉了。他腿脚不好，他睡着后，我就出来了。”

普布暗暗打定主意要告诉多尼一些事情。关于老山羊土登桑丘的事情。从西拉多德嘴里，从巴拉姆眼里，甚至从那些野孩子们抽烟时冒烟的舌头上，或从更多的人那里得到的传闻。普布想，如果我不告诉她，她会更可怜。一天到晚，活在那个老头的拐棍声里，那声音一圈一圈地罩着她。干巴巴的棍尖指着她。多可怜啊！多尼，我不告诉你谁告诉你。那老头，拄着拐杖分明是在装弱。那老头，拄着拐杖是为了打人。那老头，别提有多坏了。人们都传遍了，就你不知道。多尼，看看他的脸，那表情分明是个老流氓的表情。他嘴里永远嚼着肉，有始无终，一块拇指大的肉他能嚼一整天。疯了，那老头没肉嚼的时候，会不会嚼你的拇指？！天哪，多尼，我担心你呀！

土登桑丘是一个只会诋毁他人的人。一个浑浑噩噩虚度时光的人。一个表情古怪的人。一个秘密恶棍。一个只懂得夸奖自己的人。一个嗜肉的人。一个丑陋的人。一个一无是处的人。一个谁也瞧不上的人。一个伪善的人。一个变态的人。一个不喜欢阳光喜欢黑暗的人。一个肮脏的人。一个老山羊。一个老冬瓜。一个热爱金钱的人。一个最终会用拐棍杀人的人。

多尼，这大多是大人们的看法。瞧我的记性多好，我能告诉你这些。

“这些话绝对是无用的！”多尼看着普布，面前的人是一个呆瓜，是一只猴子。他不识得好人心。这个时候，多尼想用自己整个的人生为土登桑丘辩解，如果她有整个人生的话。她瞅着山脉上有几个黑点在移动，她不想细究那些黑点是什么。低下头，她又看着自己的鞋子。鞋带松了，会是有人来找茬。今天，也不想想是个什么时候。历史上土登桑丘家铁炉里的灰漫得最严重的一天，而且落了多尼一头。今天，也是历史上多尼洗头洗得最干净的一天，以前没有过。土登桑丘面孔阴郁如初，不会改变。他只是说，娃娃，自己张罗着洗头吧，你这没用的阿爸，只能看着你洗了。他坐在椅子上，拐棍杵在地上，形成一个圆点。“这个圆点，可能是在告诉我，好好在家待着。”多尼洗完头这么想到。土登桑丘拄着拐杖上班去了，嘴里依然嚼着永远也不下咽的肉。他分拣报纸。一个木格子是一个单位。报纸上的铅字，像牛蝇，老实地趴在原位等待牛尾来拂。……他老是分错报纸。土登桑丘，该换个工种了。不换，不换，老山羊依然倔强（哎呀，怎么随了普布的口了，多尼掩嘴）。多尼找过他几次。每次，在分拣室里，小格子里总有报纸探出头，翘首期待读者。土登桑丘还能怎样？让自己的女儿看着自己工作呗！那得有礼物，苹果，梨子，从条件较好的职工那里要的。多尼坐在那里吃，土登桑丘随着她吧嗒嘴的声音把报纸往格子里塞。……哼，这样的人你们说他是坏人。咱俩打赌，看谁错了。谁错了，谁变成猴子。

来，拍手，吐口痰到地上，大家的脚往上踩。

普布好像被挂在火上烘烤，多尼的笑声忽然就钻到了他的双耳。

很久以前，有两个人打赌。不，是三个人打赌。后来，两个人输了。但他们忘了赌注。看看，他们是多么不小心。这也能忘。但是，赢了的那个人却始终记得。他说出赌注，那两人不相信。赢了的那个人说，我可以饶过你们其中的一个，但剩下的那人得变成猴子。于是那两人就在那里“石头剪子布”，当然是一个人输了，一个人赢了。赢了的那人在那里哈哈大笑，输了的那人很不服气。再比！但是，他却要那两个赢了的人比，谁输谁就变成猴子。结果，赢家依然是赢家，变成猴子的依然是他俩。

多尼继续发笑。普布不知道多尼有编故事的本领。这个故事是她根据另一个故事改编的。普布对于她的笑声有些茫然。在那样的时候，必须看看苍穹（天空的另一个名字）。只有悬浮在天边的云，是不能被书写标语的，是不能被描上历史硕大叹号的。普布听到过学校的历史老师们争论，什么是历史？有个老师掏着耳朵，在打比方。比方说——他东看看，西瞅瞅，指尖掂着一星发黄发湿的耳屎，什么样的灵感能够来到他简陋的大脑?！最后，他看到了一个铁炉——一块牛粪在炉子里燃烧，最后变成了灰烬，这就是历史。你们不觉得，我们人类也是世界这个大炉子里燃烧的物种吗？历史是我们不断产生的灰烬，弥漫在传统的冰冷空气中（还算幸运，这句话最终没给他惹祸）。普布又一次庆幸自己有一个好的记忆力。县城公民的院子里都有倒炉灰的地方。那些灰烬奔向苍穹的时候，也是历史在向天空靠拢。想想，真是个不错的比方。

才吉没有再扔东西的勇气了。毕竟有些东西已开始躲她。她以为的事情是她以为。嘎玛仁青不做肯定，也不做否定。你说，刀子是长了脚吗？瓷碗，木碗，老实地待在木条钉成的简易碗柜里，一脸的幽梦，比谁都光洁！你说，还有什么是不能让你安心的。你就认为这一切是我安排的吧！嘎玛仁青摊了摊手，一手篮球的味道。“又打篮球了？”但她知道这不该是被禁止的事情。才吉转身，她逃出了自己的问询。有些问询，不问，也就有人回答。而有些，问了，也未必有人应声。才吉依然掉泪，那泪管它往什么地方落，管它是热是冷。嘎玛仁青已不再计较泪滴的点数是不是和自己的思路合拍。……才吉没有动胎气，动了胎气可不是这样。哭哭啼啼，是她自己的问题。嘎玛仁青得到的回复是一根“热肉肠”，暖心了。回答他的问题时，校医在不住地干咳。好像要咳出心脏，送给他。……“这女人的手，倒是有几分好看。”离开校医室，嘎玛仁青回想起校医的手，熟练地打开药瓶，取了药自己吃了。还有，她倒水，暖瓶里的水直接见证了她单手的颤抖。嘎玛仁青摇了摇头，觉得这都是才吉让他连带着关心起别的女人了。从校医室往回走，他带回了一个人晃荡的普布。他还带回了普布的叹息。

“一个小孩子学会叹息的时候，那说明纸要变成木板了。”嘎玛仁青的脸上挂着迷惑。“哎呀呀，普布，你不要把自己的脸拧得如此难看！你这不是让阿爸也跟着难受吗？”嘎玛仁青朝他挤眉弄眼。普布好像是不太愿意听，他面孔里的东西又多了。“还不如变成一只猴子！”他嘟囔着。“一只猴子有什么好的?！你以为这样你就可以脱离我和你阿妈了吗？以我握鞭子的手发誓，打篮球的手发誓。我要把你的这个鬼念头，彻底地消灭了。”嘎玛仁青真是有点义愤填膺。他被自己心里的鞭子抽到了。嘎玛仁青的手放到胸口，那里如果不热，还会有什么地方是热的。

嘎玛仁青没有想到真正的问题不在普布身上，而在于才吉。

才吉对普布仍是不依不饶，她的目光里充满了怨气。当满天的红霞借着透明的窗玻璃衬托她的愤恨，恼怒，衬托她无与伦比的大礼堂般的蛮横。弥漫在屋子里的不只是来自天际的红光，还有她身上发出的不同往日的味道。酸涩(也可以指认为怨气的气味)，不依不饶地往普布的鼻孔里冲。再还有她的目光，是藏有缝衣针的，而且那针被她的眼泪侵蚀到生了锈，试图刺到普布。普布避开她的目光，看着桌子上摆着父亲的缸子，上面掉瓷的部位，形成的黑箭头，依然指责着才吉。他看它好像看了二十九天。如果，每一秒算一天，那就是二十九秒。普布走出小红光，来到更大片的红光里。才吉怨气冲天的目光，便从窗玻璃抵到了他的后脑勺上。不信，你可以问问大石头，也可以问问小石头。如果它们都不说话，那就说明这是真实的。

普布发现自己在不断地开罪一些人。先是小测验得了满分，但结果是下课后好多同学不理他了。接着，是那四个野孩子。他们来自离县城最近的生产队。可以说是紧挨着县城，与县城形同连体婴儿。他们深切地以为，对于西拉多德的友爱，普布是一剂毒药，在日光抛弃下逐渐发臭的烂牛皮。西拉多德时时表现出对他超乎寻常的照应，使其中的三个表兄弟很生气。他们分别在夜里九点二十四分，十一点十六分，十二点二十分，想到一个相同的事情(这种兄弟间的感应，使人觉得他们不怎么好应付)。他们决定：和普布计较计较。老大说："揍他，打趴为止！"老二和老三应和道："打他打到像沙地上的鱼。"只有老四觉得不妥。当他面前的一截蜡烛，越来越短，火苗摇晃，山谷在外面低语，这种感觉越来越强烈。所以，他决定退出。这样，他直接面临的问题是如何劝化他的三个表哥，怎么办？……有个亲戚曾对他们四个表兄弟说："老大巴桑兰周，老二曲松才仁，老三道朵勒桑，老四扎多杰，你们将来怎么办？"声音挂上树的时候，那个亲戚兀自看着树梢，没有表情。没有表情也就等于他对他们四个没抱什么希望。也就是说，多看他们一眼，不如多看树梢。但老四扎多杰只关注，该怎么办？把那个该死的白痴亲戚抛开，他自己才应该想想如何摆脱不高尚的问题。眼下这个"怎么办"才重要。……不是他的三个哥哥没胆量，而普布有胆量。也不是他们有多骄横，就可以把小拳头抡得高高……老大推开他，老二用肩膀撞开他。老三对他说："走开，娘娘腔，回家把姑姑的袍服穿上，哥哥给你买红头巾去。"

他们三个径自寻普布而去。一路是逢车踢车，逢水吐痰，逢树削皮，逢墙刻痕，真是嚣张至极。他们寻着普布了。

地点：县邮电局家属院向南五十米，放着扁头拖车空油罐的空地。

普布拍着扁头空油罐的头，在那里倾听天空下油罐中的嗡嗡嗡鸣响。隔着一层弓形铁板，那里面的声音依然不曾减弱。一个很好的理由是：没有了汽油，那里面就空旷了。空旷是有生命的。空旷的生命来源于一束光，一勺空气，还有……还有个屁！空旷就是空旷，它是没有生命的可怜虫。普布脑子里有两种声音在响来响去。可是，可怜虫也是有生命的呀？虫子没生命吗？……普布觉得脑子乱了，就靠在油罐上。一块铁板是可以被阳光烤热的。即使它是一块被弯曲了的铁板。假使它和穹隆的形状相似，假使它一开始焊接的缝隙就透风，那么它被撂在这片空地上，实属应当！……"就这么靠着，别动！让我们三个看看，应该揍你的左脸还是右脸。"巴桑兰周的影子过来了，唾沫星子也过来了。"嘿，又四处乱溅。"道朵勒桑擦了把脸，说，"揍他，没那么多废话。"曲松才仁是实干派，上去就掴了普布两个耳光。普布被两边抓着，无法动弹。看来，这顿打是挨定了。普布闭上眼睛，突然听到扁头空油罐后传来土登桑丘的呵斥声。……"老山羊来了，快跑！"接着是一阵慌乱的脚步声，摔跤声。爬起来再逃跑的声音。普布睁开眼睛，老山羊土登桑丘，拄着拐杖，离他一步之遥，从来没有这么近过……他的脸皮黑黄，像涂了一层泥，眼皮意想不到的耷拉，似是不愿多看人世，宁愿闭着。脸部的表情还是老样子，阴郁，像长了毛的酥油，没人愿摸。要不，也不至于以这种表情面世！空洞，什么也没有，细看之下，觉得连那种阴郁也不是真正的阴郁。哎哟，普布失声叫道。完全忘了是土登桑丘解了他的围。他强烈地感受着土登桑丘的意图：不是为了要让我变成猴子才来的吧?!

10 纸箱房与红宫

巴拉姆脸上的黑蛾子淡了，变成灰蛾子了。这个改变，对于巴拉姆来说根本就不算改变。当她脸上的灰蛾子随着她皮肤波动的纹理，翅膀看去稍稍在动时，巴拉姆作为它浑然不觉的主人，根本就不值得关注。她在吃，很长时间以来，普布只要一看她，她总是在吃。半个馒头，糌粑，甚至用碗在糌粑盒的隔箱里，刺啦啦地刮出的那一点点的奶渣，也逃不过她的口：那漆了白漆一样的牙，是工具。粉红色的肥舌头，是诱因。口水，口臭，来自喉咙的饱嗝之音，是结果。这一切构成了巴拉姆简单的生活链条。而在链条之上，悬挂的标签是恶。

“擦擦，用你的袖子，再哈一口气，那个标签会更亮！”

普布老早就有这个想法。可是，巴拉姆才不会介意，要不她不是恶童。巴拉姆看到普布在注意她，就故意吃纸。这还不过瘾，她还喝黑墨水。咕嘟咕嘟，几口下去，和普布说话时，满嘴的黑点从口里往外跳。普布惊愕地避开，巴拉姆伸了伸黑舌头，向太阳亮去，然后看着普布的背影嘻嘻直笑。笑声未落，就有人来找嘎玛仁青。

嘎玛仁青接受了那人的口头战书。看来，才巴扎西终于得闲了。

嘎玛仁青把一铜勺的清水递给了巴拉姆。巴拉姆含起清水在口里，然后，噗噗噗地将一条又一条的“黑蛇”从她的口中喷到了地上。

“明天，下午三点，体委篮球场！”声音不大，但洪亮。

“你们出三个人，我们也出三个人，不要裁判，各记各的分。”

“好。”嘎玛仁青一脸的淡定，可胸膛里却有鼓在稀稀拉拉地敲。

班呷和尼玛扎西下午来找他。他们三个靠着车辕，脊背笔直，脊椎里咔咔响的声音他们听不到，那是一种兴奋的点。……如果说，刚开始接到口头战书时，嘎玛仁青有些担心，可是这会儿不了。……太阳不但在他们的左肩上留了光痕，而且也在他们的鼻尖上留下一抹金。嘎玛仁青总得说点什么，要不这场球打得就没意思了。他说，这场球必须赢。你们知道才巴扎西不得闲的原因吗？他一直在整治体委的大老王，听说大老王也被他下放到夏加校长那里了。这不，他一得闲就想着用篮球把我们给灭了。问问我手中的篮球答应不答应！……班呷来了精神，尼玛扎西也来了精神。那些马车上的马草也来了精神，它们飘了起来。只有普布和才吉是蔫蔫的。巴拉姆的精神头更足，她看着父亲，伸出头从窗子里喊了一嗓子：“一定要赢！”

第二天下午，太阳在天上使劲地鼓噪热焰，它发出秘密的声音。嘎玛仁青、班呷、尼玛扎西，拿着篮球，走向体委篮球场。一路上他们的脚步声竟衬托沉默了。竟衬托了脚下沙子的沉沦。还好，嘎玛仁青的大手把篮球一托，又像多了个脑袋，望着球场的方向。……才巴扎西一定等急了。他肯定干咳了，咳出一口口鲜血才好！嘎玛仁青脚尖一踮一踮地走路，这是大老王教他的热身方法。很管用，纵身弹跳往往发挥正常。他们的身边有一排墙，墙头上扎着的玻璃碴把太阳光打到他们脸上。没有人注意。因此，那光再怎么神奇也没有人知道。何况它一点也不神奇，只是个自然现象！嘎玛仁青他们到达球场时，才巴扎西和扎拉多钦，还有一个大个子在那里等候。他们穿着统一的黄军装，胸前的毛主席像章泛着红光。他们把衣服脱了，也就等于把毛主席像章和衣服放到一块了。可嘎玛仁青他们三个不一样，早就商量好了。毛主席像章别在背心上，衣服脱了，毛主席像章就露出来了。天哪，嘎玛仁青这脑子，佩服。造反派要想再穿上衣服打，可就有点……嘿嘿，嘎玛仁青说过，从各方面让他们接受马车工再教育。办到了！班呷看着尼玛扎西，他俩的牙齿上都闪着笑意。……开打，简直就是一边倒。毋庸置疑，在篮球场上嘎玛仁青的强大，使才巴扎西猝不及防。在篮球场上才巴扎西分明就是一个小毛虫，低级的小毛虫。他想犯规都办不到。可怜啊，什么叫自取其辱，这就是。什么叫自不量力，这就是。嘎玛仁青不断地抢篮板球，扣篮，远投。班呷以他古怪的运球，让大个子连着跌了三跤。牙齿缝里嵌着血丝。而尼玛扎西不住地抢断才巴扎西和扎拉多钦的球。那球好像只听嘎玛仁青他们三个的。尽管是才巴扎西拿来的那个，但是，它尽躲着他。你骂它叛徒，它听不懂。反正，你得回去用刀子给它捅一个窟窿才解恨。要不，它还会叛逃。从一个人的手到另一个人的手，再从另一个人的手，飞向篮圈，应声入网，发出比太阳更秘密的声音。才巴扎西气喘吁吁，扎拉多钦挥拳打了班呷的后背，然后自己瘫坐在地上，累到眼珠都快出来了。只剩下大个子，像木桩，像石像，呆滞到张着嘴，忘了自己是谁。惨败，不用说几比几。大个子说："好像一个都没进过！"

嘎玛仁青的骄傲泡在了清凉的水里。嘎玛仁青想到这骄傲泡凉之后，如果能做成薄薄的切片，储存起来，那一定是亮光闪闪。他把头从盆子里抬起，水哗哗地在他的耳边喝彩。嘎玛仁青说："只是一场友谊赛，打着玩的。"但是他知道这场球赛的意义。替大老王出气了。大老王，遥远的大老王，他可不知道嘎玛仁青要把这场胜利送给他。即便他知道了，这场胜利会不会给他带来兴奋，哪怕一点点的高兴?！嘎玛仁青不知道。嘎玛仁青用毛巾把头擦干。才吉在一旁幽幽地说话："你可得当心，我总觉得那人会报复。"说完，她努力地吸了一下鼻子。伴随着嘎玛仁青泼水的哗哗声，把脸盆放到架子上的当啷声，才吉心里头的凄惶，敲着边鼓来了。它有着野牛的蹄子，绵羊的犄角，而她的记忆，被它慑服了。才吉一不小心又陷到回忆的窠臼。是有风霜雨雪艳阳天，从一出生就有。只是不想把它拿出来说事。可是，这次没办法了。往事这个小老儿上门时，用它生锈的铁链条砸门。门一被砸开，它们就在门口集合。一、二、三、四，一桩桩，一件件，清晰的模糊的，都有。哦，这件是快乐的。你看，在怀普布时，我没有流泪，我挺着大肚子，还参加劳动！你看，那时我笑得多灿烂。嘎玛仁青那时多听我的话，现在虽不赖，但远不如从前。嘎玛仁青的心思全跑到篮球上去了。还有这件，最近的，难过的，跳开它。可是再怎么绕也绕不开。那就看看……我的眼睛里窝着泪水。我又怀了孩子。是什么让我如此凄惶，连我自己都不敢说出来。总是担心肚子里的小生命呀，总是看着自己日愈隆起的肚子感到害怕呀！总是觉得这一天越来越近，我没有准备好啊！嗨，都是两个孩子的妈了。我害怕面对吗?！……才吉想到这里又掉起泪来。泪水滴在袍子上，幸好袍子上的泪迹无法分辨。……小刀藏在绘着古老花纹的刀鞘里，才吉拔出它看了一眼，又插了回去。刷，刀与刀鞘的连接严丝合缝，像她的手指合拢，总看不到缝隙。“这可是阿妈给我留下的。”她本来想着用它在自己的胳膊上划一道，可是想到会吓着肚子里的孩子就住手了。时辰越来越近了，靠近才吉的每一步都显得那么的惊心动魄。……才吉越来越紧张了！

对于这一点嘎玛仁青是帮不上任何忙。

才吉坐在屋子的阴影里，大树的阴影里，马车的阴影里，自己的阴影里。看着隆起的肚子，不眨眼，不乐观，不说话。整整两天，四十八个小时，除了睡觉的那点时间，才吉是一点话都没有。夜里，倒是说梦话了。嘎玛仁青听得清楚，才吉说：“你来吧，阿妈将来给你盖大房子，好大好大的房子……”

嘎玛仁青翻了个身，夜里的凉气好似被他压在了身下。巴拉姆在她的小床上也说梦话，只是断断续续的，嘎玛仁青没有听清楚。

一大早，她和普布就去上学了。下午，放假。巴拉姆猫着腰，躲在柜子后看才吉。好久，母亲没有变成她想象中的那个样子：面容像树皮一样，眉心的肉瘤鼓胀。奶头里响彻着孩子的歌。咿咿呀呀，无词的曲调，在乳晕标示的部位里，大放异彩，那才是空旷的歌声，奶头里的歌声。巴拉姆继续躲在那里，她看到才吉的脊背慢慢地弯下去了。一毫米，两毫米，三毫米。……巴拉姆眼睁睁地看着这样的事情发生。她一点办法都没有。她只有走过去，亲了才吉一下，而且故意把她的口水黏在了才吉的脸上，浓浓的，像化不开的药。才吉只觉得被亲的部位凉丝丝的，她眨了一下眼。这下好了，巴拉姆觉得母亲变不成了。除了她所想的那个样子，她还变不成铜勺，铝锅，剪刀，土块了。嘎玛仁青告诉她，一个人要是一直不眨眼，就会变成那些东西。巴拉姆高兴地跳了起来。……恶童，还有什么是你不敢想的。你当然想到是你的口水起了作用。你的口水吐到地上时，有二十，五百，一万的细菌迅速滋生。所以涂到才吉脸上，那些细菌的咬噬唤醒了母亲的眼睛。

普布一直躲着母亲。才吉就坐在门外。一个小椅子，承载了她全部的重量。她背对着家门。脊背上没有时光流淌，耳朵眼里穿着保险丝。头发虽辫成一条，但久未收拾，失去了柔顺。反而，巴拉姆的两条小发辫，被毛手毛脚的嘎玛仁青梳理得油光铿亮。她甩着两条小发辫，打着坏主意，令普布分外头疼。“哥哥，你看是该我去买火柴，还是该你去?”普布不理她。“你别和我说话。”这个方法倒是挺奏效。巴拉姆的任何坏主意都没办法实施。可是，普布最头疼的事情不是这个：他害怕才吉搬个椅子坐在门口。他想出去找西拉多德。但才吉的背，像是挡人的门板。普布硬着头皮，从后挤了几次。每次的感觉都不一样。这次，又得挤了。小心，别碰着她。要不，一顿谩骂又该上身了。唉，小心，再小心。普布终于成功地逾越了这道“天险”，奔赴光明的大自然。

大自然里有西拉多德，还有那四个野孩子。普布一点也不怕他们。倒是最近多尼有些怪怪的，眼神总是毛茸茸的。天哪，普布怕见她了。可是他们，嘿嘿，对着土墙撒尿时，普布笑了。……只来了三个野孩子，道朵勒桑不在。为什么不在？因为对着河流撒尿，小鸡鸡肿了。普布笑，三个野孩子就过来抱他。这是在表示和好的意愿。当然，还有两个孩子……“我们刚打了场群架，收服的。加入我们，他们挺高兴!”西拉多德叼着根烟，说道。普布看出他们的高兴并没有那么明显，悲伤亦不明显。日后，能不能在一块，那就难说了。西拉多德咧着大嘴巴，翻毛皮鞋脏得不能再脏了。“怎么好久不见你找我?”普布回答，“我这不是来了嘛!”他俩说话的语气，像是两条刚去尾上岸的青蛙在一块了，也像是吃了同一头死牛腐肉的秃鹫在一块了。西拉多德说：“知道我的铁拳多有威力吗？”普布说：“碎石碎骨碎玻璃！”西拉多德嘴里冒着烟，宽阔的笑容里有了更宽阔的得意。普布看了看刚来的那两个孩子，眼睛乌着，鼻孔前铺着血迹。西拉多德说：“他们一共有五个人，跑了三个。”

才吉，我将更爱你。嘎玛仁青对着她的耳朵小声念叨。才吉的嘴角抽搐了一下，好像更多的伤心被扯了一下。然后，她依然是老样子。嘎玛仁青叹了口气。他的马车好像蹲在原地也在叹气。嘎玛仁青自言自语：“怎么天气这么差！”他走出屋子，看着天。他试图找出天空的眼睛，鼻子，嘴巴，眉毛。如果它有胡子那就是男人的天啦。看看，阴云密布，低低的，好像伸出指头就能捅到它的胳肢窝，好像它是被远处的电线杆撑着。嘎玛仁青嘟囔着，“怎么会这样，看来要下雨了。”可是，老天没有像才吉一样落泪，说憋着就憋着。这雨下不来，一连阴了好几天。它的脸色比才吉的难看。后来，连嘎玛仁青都不愿看它了。嘎玛仁青烧好茶，倒到暖瓶里。普布趴在床上，装模作样地看书。其实他的神思早跑到书本之外了。要是这雨下不来，天不会永远阴着吧？普布放下书，推开窗子：比他想象的还要多的阴郁就堆在天上。这是土登桑丘的天气。可是天阴，他的腿就疼。多尼曾告诉过普布。这样看来，他也是不喜欢阴天的。谁喜欢阴天？没有人喜欢。普布关上窗子，好像是在拒绝。但不是表现得很强硬。巴拉姆在看到才吉进屋后，猛地关门，屋子里下了好一会儿土尘雨。“孩子们，你们看！”嘎玛仁青把手中的东西亮了亮，一枚纪念章。普布没有去看，巴拉姆也没有理会。嘎玛仁青见无人关注，就把它别在了窗帘上。窗帘上别了好多纪念章（毛主席像章除外，那是要别在胸前或珍藏在红布里的）。普布拿起书，那上面的字，像甲虫一样排成一行行，标点是它们拉的屎。没有厕所，所以它们走到哪儿就拉到哪儿了。嘎玛仁青禁止他俩把有字的纸当入厕纸，不管是藏文还是汉文。普布知道，那是他稀罕知识。……巴拉姆除了课本，如果不是老师安排，她从不摸其他书。现在，她像一条虫，蛔虫。普布老是把她想成那个样子。不是吗？她的脸色，就是和蛔虫的颜色有些像嘛。蛔虫是恶的，巴拉姆也是恶的。普布吃过打蛔虫的药，也曾拉出来长长的蛔虫。普布对着巴拉姆说：“蛔虫，你在干吗？”才吉听到这个声响，用阴霾的眼神扫视着普布。普布不说话了，他低下头看手里的书，巴拉姆朝他做了个鬼脸。

嘎玛仁青自言自语："这几天，怎么不见班呷和尼玛扎西了！怪事，再不来篮球都要长毛了！"

才吉的肚子疼了一下。她的脸色忽然变了，好像看到了墙上出现腹中胎儿的倒影。那个倒影，头朝下，有着要从那个缺口里发射出来的意味。才吉再次变得紧张了。她的面皮，你说还能像从前那样肃穆吗？不能，紧张是心底里刮起的风，脸上的皮肤被它吹过之后，开始颤动。才吉紧张地从椅子上站了起来，一手捂住肚子，一手扶住墙，她的嘴里开始倒吸凉气。嘶，嘶，嘶，一下比一下重。嘎玛仁青也吓坏了。他扶住才吉。嘎玛仁青说，去医院！可是才吉坚持要在家里生。嘎玛仁青叫来了两个会接生的女亲戚。她俩把才吉扶到床上。才吉的疼痛越来越频繁。嘎玛仁青坐在才吉的椅子上，普布的眼睛里充满了迷茫，就连巴拉姆的双眼里也充满了惊恐。屋子里的气氛说变就变了，这是普布看出来的。普布还看出，嘎玛仁青在发抖。从手指尖抖到脊背上，再从脊背上化成冷气在屋子里蔓延。"哥哥，阿妈没事吧？"巴拉姆拽着普布的衣角，用力拉了拉。普布没有骂她，"不会有事的！"说完，他发现自己也像父亲一样开始发抖，是从脊背到腿肚子。只有巴拉姆没有发抖。可是她的手脚好凉。才吉的疼痛一阵紧过一阵，就是不生。夜里，炉火在摇晃。它从锅底的缝隙里招着手。可是一旦把锅端起来，它就蹿出来，用眼睛扫视着四周的墙壁。太可恶，夜里停电。母亲躺在床上，十七支蜡烛从不同的角度照着她。她那个屋应该不会暗。嘎玛仁青把手电筒也递进去了。如果他是光，他自己也会跟进去。但是没办法，他不是，他只是嘎玛仁青。

嘎玛仁青，你的眼睛里怎么有泪花了？

嘎玛仁青摇摇头。站起身，他把巴拉姆和普布搂在胳膊下，就像掩藏一段小小的惊恐。巴拉姆鼻孔里的气走得不畅，呼呼呼的，加上炉子里的声音，嘎玛仁青粗重的喘气声，普布的耳朵里便有袍子被掀开，被抖动般的声响了。只是比原声要小几倍。

屋子里再次传来才吉的叫喊。"想必是那孩子在她的肉体上生了火，火着得旺了，她就疼了。她疼了，所以就喊了。一声连着一声，每一次发出的叫声，都像是有个锥子在捅我们的耳膜了。"普布不知自己在对着谁诉说。但他看到巴拉姆的眼珠好像凸出来了。而嘎玛仁青闭着眼睛，这样他的听力似乎就增强了。他是不是听到了我们没有听到的。普布眨了一下眼，才吉的叫喊声，似乎要掀掉屋顶了。

突然，才吉不叫了。这突如其来的沉默让人生畏。嘎玛仁青使劲用手挠挠头发，头发竖起，但不能打消他的担忧。屋内传来嘤嘤的哭泣，是那两个女亲戚的。普布可以听得来。她们打开门，泪花在烛光下闪动。嘎玛仁青摇了摇头，左手一下盖在了自己的脑门和眼睛上。完了！为什么会这样？

女亲戚甲，鼻尖挂着泪珠，“嘎玛仁青，是个男孩，但他走了！”

女亲戚乙，用手背擦了把泪，“窒息了。被他脖子上缠了三圈的脐带给勒死了！”

屋子里一下沉静了，巴拉姆突然哭了。普布没有流泪。嘎玛仁青的眼睛里泪水在打转。他一下看见了屋角的一个纸箱，打开，一个小小的、瘦弱的孩子安静地躺在那里，浑身黑漆漆的。是个黑孩子，没错。校医的感觉真准！“他要是去了黑夜，手电筒的亮光得跟着了！”一九七二年六月九日深夜，嘎玛仁青的嘴唇不住地颤抖着，上牙和下牙随着嘴唇的颤抖，发出哒哒哒哒的碰撞声。才吉安静地靠在墙上，身上盖着被子，衬衣领被解开，满脸的汗痕，像是经历了一次厮打。她突然呢喃道:“我的孩子，你一来到世上阿妈就给你准备了个纸箱房，来，阿妈再抱抱你。”巴拉姆突然发出长号,“阿妈，抱抱我吧！”她吓坏了，她跑过去扑到才吉的怀里。才吉摸着她的头，而后静静地看着普布。她的眼神很奇怪，像是经历着一场内心的厮杀。良久，她伸出手，“普布过来，到阿妈这来！”说完，她把普布的头抱在自己的左乳上。世界一下安静了，这种安静可能在地球刚形成时有过一次，以后就没有过。突然，才吉把脸贴到普布的头上号哭起来：“普布，你弟弟死了，真的死了！”普布的头像是被雨淋湿了。他心里对才吉筑起的那堵石墙就在那时一下塌了，塌得干干净净。老天也憋不住了，他甩开闪电的鞭子，啪嗒，啪嗒嗒，大雨倾盆。它像狂乱的钢琴曲，散发着世上所有眼泪的气味，在大地上冲出像泪腺一样的沟壑。

“孩子，我是你阿爸！你必须从你的纸箱房里出来。你必须进到这个坛子里来，这是你新的去处。阿爸将把你埋在一条干净宽阔的河边。这是我们民族的规矩。你们小孩子都喜欢水。是不是离水越近你就越高兴？虽然省略了一些程序，但阿爸保证，你的坛子离河水只有一尺远！……阿爸这就把你放到坛子里去!”嘎玛仁青蹲在地上，从纸箱里取出孩子。黑孩子。普布看到了，巴拉姆也看到了。黑黑的，像一块黑布揉成了一团。他的双眼紧闭，腿细成根棍。一左一右，吊垂着。因此，他的阴囊显得比其他孩子的大。像黑铃铛，但没有发出铃铛的声音。可是，阴囊的影子落到地上时，却像一个哑铃。嘎玛仁青小心地把自己最小的儿子放到坛子里，让他盘坐在里面。没有吵闹，没有不高兴。……“他带不走他的纸箱房，纸箱房是易朽的。”普布发誓要把它烧成灰烬。

普布一连几天都不说话，比哑巴舅舅还要沉默。哑巴舅舅是沉默在他的嗓子眼里了，而普布的沉默却是内心里有铁疙瘩了。一个坛子！普布想得最多的就是那个口里含着黑弟弟的坛子。他上课时想，坛子里进水了吗？嘎玛仁青说，坛口上是压了两块红砖的。埋得深，盖上砂土后，坛子是闭了嘴的。可是，他的脑子里总是弟弟黑漆漆的身子。在坛子的黑暗里，谁比谁更黑?！普布没有答案。想久了，普布会连带着想起普巴来。巴拉姆显然是没有伤心，而是受惊了。一回到家，她就把歌唱得每道墙缝里都有。才吉也不哭了，好像那场大雨替她把所有的眼泪都流完啦。她的眼泪干啦。很麻烦，她沉默，好像她的痛苦是装出来的。不真切啦！“唉，嘎玛仁青拉我起来!”她把手伸向他，嘎玛仁青拉起她。才吉想哭，眼睛一闭，但没有眼泪。“失去了珍珠一样的泪水不是个好兆头!”“那什么是好兆头?”嘎玛仁青握着她的手问道。才吉没有回答。……七七四十九天后，不洗脸，不洗头，不刮胡子，有丧子之痛的嘎玛仁青脏得要命。才吉待在家里还好些。嘎玛仁青嘴唇上的胡子长得像是被炸药包炸过。一洗脸，一洗头，脸盆里的双鱼戏水图被脏水完全遮盖。天哪，还要刮胡子。于是上嘴唇出现了两道血痕，它们像等号一样平行，之间的距离容不得一只蚂蚁爬过。哎哟，别提了，这鬼刀片，还有自己的鬼手。还有，七七四十九天，没有打过篮球。这可苦坏了班呷和尼玛扎西。嘎玛仁青拿起篮球，长出了一口气，一切都过去啦。还有什么是永远挡得住时间的！这一会儿，马路上的石头都变成碎石砾啦。碎石砾都被车轮和行人的脚步带到不一样的地方去啦。光头长头发啦，新衣服变成旧衣服啦，新自行车的轮胎爆啦，青年人举行婚礼啦，中年夫妻离婚划清阶级界限啦。乱糟糟中，一座红宫在靠近影剧院的地方出现啦。

“红宫，谁家的?”嘎玛仁青问道。

班呷回答：“才巴扎西的。他用红漆把他们家的房子刷了一遍。通体放着红光，老百姓把它称为红宫。”

天哪，红宫！嘎玛仁青赶着马车经过那里，他猛踩刹绳，口呼停车的信号。套在前面的“雪牛”和“不灭”驻蹄，“黑夜”跟着也停了下来。哇，红宫！嘎玛仁青叹道。他嘴里的唾沫随着这一声叹掉了出来，滴在车辕上。它可不是拉青的红房子。这是两个概念。造反派头头才巴扎西，他有什么样的脑子，真值得研究研究。嘎玛仁青的右脚松开刹绳，当他继续长叹时，马车往前走了起来。

他走后不久，西拉多德站在了红宫前。他紧握双拳，气宇轩昂。那四个野孩子分两边站着。红宫，闪烁着红光不说，还像招惹牦牛的红布。西拉多德这头小牦牛，鼻孔里呼呼地喷着气。才巴扎西在这里挂了块“红布”，西拉多德知道自己该怎么做！“你们说，我们该怎么办?”“当然要在夜里行动!”这一帮小孩子，越活越硬实。还有什么是他们不敢做的。弹弓，或手发石头。打他的玻璃。敢不敢?即使是苏联的克里姆林宫也敢打。西拉多德忽然觉得该回去看看母亲了。但今晚不行。……深夜，二十块石头飞向红宫的玻璃。每人两块，打完就跑。……中午，才巴扎西从师范学校造反派的总部回来时，惊呆了——玻璃碎片像鱼的鳞甲。你吞一块不死才怪！才巴扎西拿着一块碎玻璃，好像自己碎了。从来都是他粉碎别人，没有谁敢粉碎他。这个时候，才巴扎西想起了一句话：千万不要忘记阶级斗争！他踏着满地的碎片走来走去，脚下竟是玻璃的哭声。他的几个战友，叫来了县泥木社的工人，晚上，玻璃全部安装完毕。剩下的就是守株待兔了。可是，西拉多德不是兔子。“你们要明白西拉多德砸你的玻璃是你打人家的阿爸了！你们还要明白，西拉多德是野孩子们的领袖，跟造反派头头一个级别！他是我们的司令。你们是‘八一八造反派’，那我们就是‘捍卫派’。你们是‘捍卫派’，那我们就是‘八一八’。总之，是对立面。”扎多杰从远处对着红宫说。……才巴扎西终于明白，这么等下去是一点结果也没有!

西拉多德对野孩子们说：“每年砸一次红宫的玻璃就够了。他们永远也不会抓到我们!”

可是第二年，红宫的主人换了。西拉多德、巴桑兰周、曲松才仁、道朵勒桑还有扎多杰、普布，他们一字排开站在红宫前。普布看到一个小姑娘推开明净的窗户，红扑扑的脸蛋上挂着向日葵一样的笑容。他们一下呆住了。是谁使了这样的魔法？那天，他们不再敌视红宫了。一切就在小姑娘推开窗户时，消解了。以致后来，扎多杰每天都要来这里。他看着明净的窗玻璃(泥木社老张头的杰作)，希望那张红扑扑的笑脸从玻璃的那端看过来。可是，错了，才巴扎西会留下什么好东西！想也别想。阴霾随着日子的推移笼罩在红宫上空。扎多杰最终没有等来窗户里小姑娘的笑容。一个冰冷的故事降临！

这是谁听来的故事，它不会是真的吧？千真万确，这个故事一点也不带假。听了会比吃石子、碎玻璃、铁丝还要难受。你且听听吧，我不听，我不听，扎多杰堵住耳朵眼。可是，普布还得讲。他是从嘎玛仁青那里听来的。

你知道吗，那个小女孩，有一个清瘦美丽的母亲，还有一个装着花花肠子的父亲。你知道吗，她的父亲跟着一个革命女将远走高飞了，抛下了她娘俩。你还知道吗，随后小女孩感冒了，越来越严重，最后发展成肺水肿，死了。她母亲找来了三段绳子，黄黑白，连在一起就成了上吊的绳子，她在红宫里上吊了！……现在那里已经没有人住了，窗户上的玻璃又全碎了。它孤零零，悲戚戚，加上了那个死亡说道，再加上被晒得泡得到处脱皮的外貌，真是一处破房子了。没有人住就成了野猫屋，夜里黑漆漆时，野猫的眼珠点灯，游走着的淡绿光点，让人害怕！……天哪，红宫。扎多杰再次随西拉多德到达时，他感到破败得有些不可思议。可是西拉多德没有这样感慨。西拉多德捡起地上的缸子，吩咐扎多杰去洗洗。洗了之后，他就把那个缸子吊在腰间。“你要用它干吗?”扎多杰怯生生地问。“当然是用来喝茶的!”西拉多德用拇指和食指捏着一个短烟头，狠狠地抽了一口，然后撂在地上。地上又多了具烟头的死尸。

11 如此时刻

“用这个缸子喝什么，口感都是不一样的，不信你试试。这缸子里有股死亡的气味，只有够胆的人才敢喝！你是没胆的人就滚一边去。这个世界，是为有胆的人准备的。你不敢看台阶就不敢上万石堆起的高楼。你不敢把脚伸到自来水下，就不敢搏击长江。”西拉多德一把推开扎多杰，炫耀着把那个白缸子举得高高的。普布看到白缸子上印着他非常熟悉的几个字：“我们是毛主席的红小兵！”因此，他断定那是已夭折的小女孩的缸子。西拉多德的叫嚷声，像一只老鼠蹿入了谷仓，引发了青稞粒的大滑坡。那个声音很快就被野孩子们的集体冒犯给代替了。“这有啥不敢的，给我，我用三天！”“我用一个礼拜！”西拉多德说，停，大家就不再喊了。西拉多德用手挨个点名，你，你，你，用完以后再轮到你。然后是多尼，最后普布。第一接手的当然是扎多杰。

扎多杰把缸子捧到手里，他想尝尝死亡的气味啦。

唉，胡闹，恶作剧，无聊，不能写入历史。可是，个人的历史就是由这些琐屑似米粒、油菜籽粒、更小的草籽粒、沙粒的事情构成的。不要否定，历史上那些大人物的琐碎事，往往是被忽略了。可惜呀可惜，你们看——普布一直在等待缸子的到来。那些日子，除了期盼缸子，他就没有什么事可做了。当然，缸子到达多尼手里时，每一个用过它的野孩子都有自己的说道。“我看到了，真的，那个缸子自己在桌上移动，好恐怖！它还散发出白骨头一样的寒光！”“哦，我倒是没见到，可是我喝缸子里的水时，那水里有那小姑娘的倒影。”……普布摇了摇头不想听了。他知道他们在胡说。只有多尼一个人说了实话。“我把它放在柜子上，我一直没有用它。现在该轮到你用了！”普布拿着白缸子，洗了又洗。洗到那上面的十个字，一个符号，颜色都淡下去了。他倒了半缸子茶，开始喝，开始看，没有什么异样，有异样才怪。……哈，茶的味道也没发生什么变化，更没有什么死亡的气味绕着缸子旋转。普布摇了摇头，那个缸子变得一点也不神秘了。

“谁的缸子？”嘎玛仁青问道。他的问话似乎形成了一道拱形门让才吉钻。才吉的回答，自然是直截了当。缸子的主人是普布。是你儿子，也是我儿子。这些天也不见你关心他，整天除了打篮球，就是带着问题回来。才吉像是把那道拱形门的门扉重重地关上了。嘎玛仁青好无奈。他把篮球扔到床底下。那是个好去处，篮球安静地待在那里，耳听着家里的动静。……没有动静，这个时候，只有普布趴在桌子上看缸子。缸子一动不动。要想让它动，必须喝盛在里面的茶。普布拿起缸子喝了一口，又把缸子放回原地，持续地注视。有好长时间，这个故事几乎要中断了。一点名堂也没有了。可是就在这个时候，哑巴舅舅来了。这个神奇的哑巴，漂亮的哑巴，一脸的笑容，似乎是来驱赶笼罩在家里的死寂。第一个高兴的当然是才吉，然后是巴拉姆、普布（他俩的排名不分先后），嘎玛仁青是最冷静的。他先看了看才吉，想看出她是如何把哑巴弟弟娶了拉青的怨恨，变成巴掌扇过去。可是没有。她的怨气已经不在了。这不难理解。如果她怨恨，那就该想想是自己的蛮横造成了哑巴弟弟对她的疏远；也该想想无法与拉青达成沟通，只因怀疑她与嘎玛仁青有染。可是，这种怀疑慢慢被日子一再否定。现在，即使嘎玛仁青说有，她也不会信了。……普布看到哑巴舅舅拿着那个缸子喝茶。每喝一口，嗓子眼里就咕噜一声。显然是到了一个兴奋点了，哑巴舅舅开始比画自己的事情。没有人能看得懂，就连才吉也不懂了。可是，普布相信只有那个缸子懂得。要不它在哑巴舅舅的手里为何显得那么贴切？为何哑巴舅舅不舍得放下它，他的一只手在做手势，而另一只手拿着缸子，缸子里的热气使他的手势异于往常了。

第二天，哑巴舅舅坐着嘎玛仁青的马车回队里了。

嘎玛仁青拉回牛粪卸完车后，说他在路上无法告诉哑巴舅舅他有个外甥死了。一来到这个世界，就把自己的肺叶给关了。好像他脖子上缠了三圈的脐带，触动了哪个秘密的开关。……嘎玛仁青脱了劳动布工装，说是累了要睡了。他把头一放到枕上，就从鼻孔里呼出响动来。……普布也去睡了。在他单独的那间小房子里，他合上了眼睛。夜晚很静，静到要死。如果夜晚死了，一直是持续的白昼，那该怎么办？普布合着眼睛想办法，办法倒是有，到了晚间，用一块黑布罩着眼睛睡觉就行。普布睡着了。这时，他再一次梦见普巴了。一切都和父亲的谈话有关，要不怎么叫作日有所思，夜有所梦。……这次，他可不知普巴是从什么地方进来的。还是老样子，那么真切。皮肤上闪着一层淡淡的光。他把那只断腿小羊羔放到地上，它几乎无法站立，但最终还是站住了。普巴静静地坐在小板凳上，一句话也不说。倒是那只小羊羔先说话了，可满嘴尽是咩咩的叫声。普布下床走到了普巴跟前，他连喊几声，弟弟，弟弟。……隔得那么近普巴似乎是一点也没有听着。他突然站起来，走到桌边，拿起那个缸子细细端详。嘴里念叨着，死人的缸子，死人的缸子，然后俯身抱起那只小羊羔走了。普布拿起缸子端详，良久，他觉得自己的身子冷得像一块石头，便钻入了被窝。接着，他看见黑弟弟推开门进来了。黑黑的，像个小猴子。浑身上下湿漉漉的，每走一步，都有水滴落在地的声音。他的脖子上依然缠着那个可怕的脐带项链。三圈。他拖着坛子，走到屋中央，然后，站上小板凳，提起坛子一下一下地砸地。咚，咚，咚，咚……普布从睡梦中惊醒。他的心跳得好快！

“缸子，斟满茶我就不说话了。”普布对着缸子说道。缸子才不理他。理了就不是缸子，是人了。普布又说：“是我害死了我的两个弟弟吗？他们昨晚都找我来了！你说我该为他们做些什么？”在没有斟满茶之前，普布可以对它尽情地倾诉。可是，才吉提着壶给他倒了茶，普布突然缄默。……“你不喝茶，就把你的缸子给我。”嘎玛仁青凝着眉，把手伸了过来。他的手被太阳晒得黑黑的，只有指甲盖上闪着小小的亮光。他还在说话，“你知道茶叶多少钱吗？你知道一个马车工一个月的工资有多少吗？你知道那点微薄的工资养活一家人多不容易吗？”嘎玛仁青的手开始颤抖。普布没有把茶递给父亲，他捧着缸子吸溜吸溜地喝茶，茶水在他的口腔里，没有做多久的停留。嘎玛仁青见状，便把那只颤抖的手放在了普布的头上。普布感到他的手不抖了，倒是有一股热气从头顶往下灌注。“出去玩吧，别一天老盯视着这个缸子啦。”嘎玛仁青转身带起一股牛粪的味道。普布喝完茶，拿着缸子去找西拉多德。他要把缸子还给他。缸子“周游”了孩子们，缸子还测试了孩子们的胆量……“你的缸子该回到你的身边了！”西拉多德捧住普布递给他的缸子，可是缸子好像不愿意回到他那里，从他的手里跳了出去，跳到河里了。它在河水中几个浮沉就消失在了浪花间。好事情呀，他们的故事从此不会被那个白缸子牵制了。……这事情绝对是安在故事里的一个承上启下的螺丝，或者说是一个转折点。到了合适的时候，它会突然让故事拐弯，然后，继续发展。现在，趁这个故事还没有拐弯之前，把时间交还给普布。

普布普布,你终于轻松了，不是吗？被一个缸子扯动着神经不是什么好事情。现在好了，一切似乎又在掌控之中了。……看看，巴拉姆多得意。她的辫子如今又黑又亮，眉毛底下的红疙瘩像七星瓢虫，嘴角上的浅笑，更能衬托她的坏。如果你能听懂才吉吊在耳环上三粒玻璃珠的碰撞，那就是她对巴拉姆的赞美之词。……才吉没有赞美过普布，却赞美了巴拉姆。要知道她没小时候那么丑了。到了四年级，虽在别人看来相貌平平，可在母亲的眼里却是个大转变。啊，我们的姑娘多水灵，普天下的祝福都会集中在她一人身上。嘎玛仁青，你就只管赶你的马车，你的马车拉不来一座金山，也拉不来一座银山，只能拉来一堆牛粪。好闺女才是人间的一个宝啊！嘎玛仁青没有说话。暖瓶里的热水就在这时顶开了瓶塞。砰，像是有人在打枪。下课铃声也跟着响了好几下。……嘎玛仁青去取感冒药，可校医不在，校医正忙着筹办自己的婚礼。校医要结婚了，这是事实，可另一个事实是婚礼那天新郎跑了！

校医对着天空哈哈地狂笑起来，天空在她的眼里急速旋转。那些棉絮一样的云朵，像是被她的笑声扯开了，露着门缝般的缝隙。校医忽然收住笑声，她的身子像个麻袋一样摔了下来。还是嘎玛仁青，那时候已经来不及多想了，他扑了过去，像是在抢一个将要落地的篮球，他要接住她。他能接住她。虽然她不是篮球，可是几分钟前，那个受伤的心脏归谁管？……嘎玛仁青觉得该是报答她的时候了。她的身子软绵绵的。嘎玛仁青抱住她。他不知该怎么办？好多老师在喊叫，送医院，送医院。嘎玛仁青抱起她，就向医院狂奔。他跑，好多行人看到一个疯狂的家伙，抱着一个女人在和时间赛跑！他跑，西拉多德和他的伙伴们，连声高呼，加油！加油！他跑，那些驮着货物的汽车都快要被他追上了。……医生说，要不是送来的及时，很可能就完了。嘎玛仁青喘着粗气，看着一些女老师垂泪守在病床前，他便拿起自己被汗打湿了的衣服，回家。从来没有这么累过，像是打完上下半场，又加赛了一场。如果这时将一个篮球递到他手里，嘎玛仁青已经没有力量把它再投出去了。……可怜的姑娘，真是可怜，没有一刻不是可怜的。就连她的那个听诊器也是可怜的。她的衣服可怜，还有那个装着白药片、红药片的药箱可怜。医务室可怜。她的宿舍也可怜。嘎玛仁青真的想不通，那么好的姑娘，怎么还有人这般地伤害她呢？！……人家不喜欢她嘛，所以逃了！你还能枪毙他不成？才吉冷言冷语的。嘎玛仁青狠声说道，这样的人真该枪毙！……哦，那就由你这个马车工制定个法律吧。你定的那个法律一定有股饲料味。才吉忽然笑出声来，嘎玛仁青倒了盆水，洗脚。他的脚泡在水里一动不动，左脚压着右脚，他忽然又想到校医的狂笑声了，那么刺耳，那么疯狂。嘎玛仁青的心被什么揪了一下，他啊的一声，便把洗脚水踩翻。

晚上，嘎玛仁青听到巴拉姆也向才吉讲起校医的事了。看来，这事传得挺快。连学生都知道了。“除了石头，砖头，马车，还有谁不知道？”“普布。”普布也知道了。他说，“阿爸，校医真的挺可怜，你说，那个男人会回来吗？”……“肯定会，难道他不要工作啦，再领个离婚证嘛。这么古怪的男人，他的生活一定也是很古怪的。”才吉的这句话，嘎玛仁青听了倒是没觉得有多少反感。

学校的老师轮流守护校医。该轮到嘎玛仁青的那天，校医却出院了。

呀，这不就是好了吗！嘎玛仁青忽然高兴起来。他张着嘴打着哈哈，嘴巴便成了空气的巢穴。但他一闭嘴，便把那口空气给吞了。“我说了吧，会好的，一切都会好的。”嘎玛仁青笑嘻嘻的。他经过医务室，那股药味，以及潜意识里白药片、红药片的呼唤，使他停下来，看着医务室敞开的门扉里到底有什么。……校医在给一个割伤手指的学生，包扎伤口。那个小男孩举着食指，眼睛里充满了对伤口的恐惧（他肯定觉得伤口像墙缝，医生无法实施任何形式的包扎）。校医说，第一步骤，要给伤口消消毒，用酒精给你的手指洗洗澡。然后，我们把它包起来，也就是让它裹着纱布被子睡觉，这样好得快，懂吗？不懂，学生摇摇脑袋。校医很快包扎完毕，她轻轻拍拍那小男孩的脸，“好了，上课去吧。”……嘎玛仁青想走开可是已被校医看到了。“嘎玛仁青大哥！”她的声音里充满了亲密，充满了声带里最柔最甜的部分。带着一点点的鼻音。带着医用酒精、来苏水、白胶布混合之后最好闻的那部分气味，使嘎玛仁青打了个响亮的喷嚏。“真是没有过不去的草地呀！”嘎玛仁青感叹道。校医听了觉得这句话如果写在纸上，那末尾的感叹号，应该有捣药杵那么大啦。心里的伤自然不会好得那么快，嘎玛仁青当然明白。而校医正在经历：痛，苦，酸，楚，悲，凉。每一个字如果是一年，那么这个过程要持续六年。六年之后，自己会不会忘记那还很难说。“唉，心灵好像腐朽了！”校医喃喃地说道。嘎玛仁青自然不会让她这么想。他要把这个话题岔得远远的。“你好重，比我老婆重多了。别看你这么苗条，可是你的骨头根根像铁，是钢铁战士！”校医低下头：“谢谢你，大哥！”嘎玛仁青走到门口，说：“有空来家里坐坐，你知道，马车工的家就在马厩旁！”

校医来的那天，学校放假。普布、巴拉姆还有才吉眼睛里一致的空洞，像水井，但没有住着黑青蛙和白青蛙。总有什么会填充眼睛里的空洞，但是什么，先前不知道，现在知道了。校医来了，才吉的眼神出现了，但有些慌。而巴拉姆眼睛里的兴奋劲显而易见，比那只蛾子还招摇。普布的目光慢慢移向门口。……从天空被门框框住的部分可以看到天空的蔚蓝不是装的。但那是校医的背景。……校医苍白，她找了个地方坐下来，靠近普布的书包，巴拉姆的发卡。书包上的课本，像是有话说，敞开到第六十七页。而发卡用它的弧度体现如何闭口不语。校医翻翻书，再拿起发卡看看，然后，她点头示意普布过来，她掏出一支钢笔，“这个送给你了”。校医笑嘻嘻的，她的脸上没有痛苦过的样子。她又掏出一支示意巴拉姆过来拿。巴拉姆当然要了。那支钢笔到她手里时，一下就被握得紧紧的，生怕跑丢了。校医笑笑，手摸到巴拉姆的头上，仿佛看到了自己这般大的时候。……“我是牧民的女儿。真的，后来，学医……”嘎玛仁青用眼睛示意两个孩子走开。普布和巴拉姆回屋，可是他俩同时把耳朵贴在了门板上。校医的声音清晰可闻，透过木门的缝隙，敲打油漆被烤干后变化的外衣。她说：“那个人找我来了，我们领了离婚证。”……“他没说什么?”嘎玛仁青像是在压低声音。“没有。”……“唉，各走各路，你该忘了过去了。”“是啊，嘎玛仁青大哥，我的调动批下来了，过几天，我就要去一个公社的卫生所上班了。”嘎玛仁青一阵沉默，他明白校医要离开这伤心之地了。他没有话说。现在说什么都不合适!

嘎玛仁青试了试普布的那支钢笔，又试了试巴拉姆的那支，钢笔对于他来说是陌生的。不像篮球，不像赶马车的鞭子，这物什的陌生感使他在纸上写不出什么。要知道他不识字。文盲，只能写呆头呆脑的阿拉伯数字。嘎玛仁青一连写了好几个数字，直到普布认为那些数字是一帮野孩子站在了纸上为止。他把钢笔还给了普布和巴拉姆。他说，很好用。说完，搓搓双手，脸上堆着厚厚的笑，可是这种笑一点也不持久。从一九七六年一月到九月嘎玛仁青难过地哭了三次。十月，他又高兴地哭了一次。可是到了十二月，“雪牛”死的那天他哭不出来了。……“雪牛”的眼仁里粗糙地映着当时的天空。下雪了，石头凝固了。马车凝固了。马厩的裂缝露出惨淡的微笑。……铁锹像个怪物。嘎玛仁青也像个怪物。地上的坑越挖越大，大到足以吞噬“雪牛”庞大的躯体了。学校后勤上的人来看过“雪牛”的尸体了。卡车拉着“雪牛”的尸体来到了空滩上，嘎玛仁青还在犯迷糊。直到那个司机点了一根烟提醒，快点挖吧。嘎玛仁青才将那个大坑逐步挖了出来。他和司机从车厢里把“雪牛”推到那个坑里。“雪牛”的头还在坑洞的外边，它的瞳仁颜色变了。映在里面的，不只是粗糙的天空了，还有嘎玛仁青的脸，同样粗糙。……嘎玛仁青一点一点地掩埋了它。他遣走了那个着急的司机。卡车立时冒着烟滚蛋了。随后，嘎玛仁青在埋“雪牛”的地方做了最后的告白。他扔掉铁锨，嘴里冒着热气。“雪牛，我的好雪牛，我的力大无穷的雪牛，干得比吃得要多的雪牛，没有任何一匹马能够代替你的位置，领头马的位置永远是你的。我的雪牛，我的好雪牛，安息吧!”……几天后，学校卖了“不灭”和“黑夜”。没有了马，马车也就淘汰了。会计说，教育局要给我们配解放牌卡车了，司机从县车队调。嘎玛仁青你以后就是我们后勤上的人了。……嘎玛仁青头脑里的天空就此转移了。他内心骄傲的礼堂里，只剩下了孤独、光荣的篮球。

第三部

12 裁判哨呼叫

嗨，我都十七岁了，你还说我什么也不懂！我没变成猴子是因为老天不愿意把那身毛给我。老天早就跟我商量过了，那个多尼，漂亮是漂亮，可是她老早跟着那些野孩子们混，混野了。后来她又摊了个好老爹，你说她能变得不古怪吗？即便是你也得当心了！普布退后两步做出要远离的样子。多尼的脸上便是急切的春天。她选择在这样的一个中午，拉住普布的袖子有些不合适。天空的那层皮还没换。如果要换，不知从哪个角开始好。永远的蓝，和多尼身上的蓝布装很衬。多尼拽着普布的袖子就是不放手，普布连声说，远离，远离。多尼听了脸上就露出了笑容。她不是背着土登桑丘从家里走出来的。出门时，土登桑丘用拐杖杵着地，一声不吭。多尼明白，阿爸阴郁了。阴郁的根源是他的腿疼了。他的嘴里不停地嚼肉，那是转移注意力的好方法。可是，说给任何人都不会信。……好久没见到普布这只猴子了，多尼在他放学时，在路上遇到了他。看看，这小子，面皮上出着小小的红疙瘩，嘴上是细细的茸毛，眼睛里春光灿烂。再看看，书包变厚了，肩膀变宽了，罩着上身的衣服又大又干净，好像是嘎玛仁青的衣服改的，袖子卷着，靠心的左上衣口袋里插着钢笔，裤兜里鼓鼓囊囊的也不知装着什么。

多尼拽着他的袖子，继续叫他什么也不懂的小猴子！

普布便反问，那么你懂吗？多尼点头。她说，我也十七岁了，我懂。

你懂什么？你知道嘎玛仁青的篮球有多重吗？唱着“补补尺”的戴胜，飞过篮球场时，会落在篮球架上吗？这会儿，春天来到西拉多德心里，他会猛抽烟卷熏自己的心脏吗？……多尼听到这些怪问题，哈哈地笑出声来。……她不能回答。因此，普布的脸上就有了不可遏止的乐观。……多尼也高兴，想想，今天怎么就遇到普布了（蓄谋已久的遇见）。多尼看着眼前的猴子普布。……知己猴，她一想到这个奇怪的称谓，再次发笑了。知己猴，我的知己猴，哈哈，这次我来见你是要送给你一件东西，你可要保存好了！丢了我可是要找你算账的！……多尼眼里的春天就在这时好像宁愿当背景啦，她站在山根的土火箭(用来炸开云团防雹的)厂前，打量着这个世界。……她能送我什么？什么是她值得送我的？普布待在原地：从他身边经过的风，又开始往回吹，它们大概是想看看普布的表情。……一个银光闪闪的裁判哨，小巧玲珑，每吹一下,嘴唇上便挂着闪亮的颤鸣。结合了羊的喉音，青蛙的心跳音，鸽子的翅膀需要的气流。布鲁鲁鲁，前面的“布”音调重，后面的“鲁”连得更密，声音更清脆。每吹一下，普布的灵魂似乎要出壳，向着土火箭厂的方向：齐步走，正步走。多尼停止吹哨，她把裁判哨递给普布。她说，不管你何时何地吹起它，我都会听到的！……普布惊愕了！他把裁判哨装到右上衣口袋，然后离开了多尼。春天在他的身后看着他。他从裤兜里掏出那个鼓鼓囊囊的东西。一张揉成一团的纸，展开：是一道未做完的代数习题。普布厌恶地把它再次揉成团扔到地上，它像不像一块轻飘飘的石头。

“跟代数作对，不跟藏文作对；跟生物作对，不跟语文(汉文)作对。”这是普布上初中时的心态。可巴拉姆却突然成了歌曲迷了，她的大部分时间，都用在了抄写歌词和歌唱上。她的嗓子好差，随便找一个东西凑合着敲敲，都比她发出的声音漂亮。可是，有一种人，像谚语里说的那样，自己的脸自己喜欢。巴拉姆张着嘴巴：哆来咪发唆啦西，那些音符以前总钻到墙缝里，可是变声后，它们像黏液被喷到墙上，然后慢慢地往墙下滑。才吉捂住耳朵，突然叫了起来：我受不了啦，女儿呀，求求你了！巴拉姆嘿嘿一笑，阿妈，要不我出去唱。天哪，满树的麻雀被惊飞了！普布手里的裁判哨掉到了地上。还有什么比这更可怕。巴拉姆的声音，可以成为秘密武器，打击侵略者。她应该参军。普布捡起裁判哨，回屋。可是，巴拉姆的歌声总是追着他：哆来咪发唆啦西。普布用被子捂住头，歌声从被窝的缝隙里钻进来。他的身子也被喷上了那种歌声的黏液。从头部，脖子，往下滴。普布正欲发作，歌声却突然停了。……这是怎么了？巴拉姆的安静源于何处？普布走出屋，看到巴拉姆正从一个杂志里抄写歌词。

她的字真不赖，除了嗓音会令人痛不欲生！除了表情里从来就没有真诚！她的字是她身上最大的优点了。难怪，都喜欢翻看她的歌词本，一本一本又一本，像是自己给自己发的毕业证书。红皮的，蓝皮的，就是没有白皮的。连老师也会向她借歌词本。巴拉姆恶的本性，被掩藏得更深了。到地窖里啦，到冰窟中啦，到她眼眸的最底层啦，到她的肝里啦，等待着卷土重来的机会，反正，巴拉姆深受众人欢迎！

普布不喜欢巴拉姆，也不喜欢自己。这点一直没有改变。“这小子，也不知他会从心里掏出什么意想不到的东西！”嘎玛仁青常常对才吉这样说。他总觉得普布的心里有个很奇妙的结构，但无法找到与别的初中生有什么不同的依据！是啊，有什么不同？他长着四个耳朵吗？四只眼睛吗？或者说，他内心里有个歌唱着的留声机吗？唱片上刻的全是金字。“谨以此唱片献给孤独如古堡的岁月！”可怜见，天知道的年月：他们用石头代替心脏，用砖块代替肺叶，用嫩黄瓜代替年轻的阴茎，用下水道代替鼻子。不知道自己的皮肤是金色的还是银色的。……嘎玛仁青无法洞察这些。而普布总是一个人思考，不暴露任何信息。他拿着银色的裁判哨，面对一片树林。他想，吹一下，自己的灵魂会出窍。再吹一下，灵魂会跑到铁塔旁的军营里，尝试着摸走一把上膛的冲锋枪去练习枪法，哒哒哒哒，向远方的空气里发射。可是，他用力吹了两下，布鲁鲁鲁，布鲁鲁鲁，并没有发生那样的事情，却唤出一个陌生人来。(比嘎玛仁青的岁数要小，甚至比班呷、尼玛扎西的年龄还要小一些。)他，不是从去年冬天，就是从大前年的一场小雪里走出来的。看脸色，很冷，但说话很利索。“嗨，这不是嘎玛仁青的儿子吗?”他靠着一棵树坐下。春天就被他坐在了屁股下。“来认识一下，我叫才文，你叫什么?”“普布。”……那个人，也就是像从冬天的小雪里走出的才文，健谈到极点。普布记得才巴扎西（现在也不知他到哪里去了）也极有口才，可是听他说话很讨厌。但才文却不是那样，他的话普布很愿意听，听了很舒服。才文拔了根草放到嘴里，你学过哲学吗？……哦，对，初中还没开哲学课。所以你就不知道黑格尔，费尔巴哈，傅立叶……一帮天才，引领了像我一样的疯子！哈，我没有什么不敢说的。以后，我们的舌头会越来越自由。说中肯话的，胡说八道的都会有。普布你听到没有。普布点了点头。他想自己什么时候也可以学哲学?！他觉得那会很有意思。……一连几天他都在想才文。古怪的才文。普布开始猜这个人的来历，真的不好猜。以后能不能碰上他，也未可知。怎么办？再去一趟小树林。

普布拿着裁判哨，空气里隐隐潜藏着蜻蜓翅膀被摧毁的味道，到处是那种粉末与树脂的结合。普布一连打了好几个哈欠。是不是这种味道有少许催眠的作用?！……但是，最重要的还是要试着吹几下哨子，也许才文会来。……普布自己也不知道吹了几下。才文来时说，你一共吹了十八下。对于学哲学的人来说，透过现象看本质，这说明你非常想见我。想见我，说明你被我吸引或诱惑了，不是吗？普布摇头。才文说，别摇了，你的动作欺骗不了你的表情，而你的表情欺骗不了你的眼睛。普布停下来，看着才文。才文走来走去，话语随着分秒的走动，掉到了草地上。“还是说说我，相信你非常感兴趣。我以前是党校老师，现在调到广播电台了。学哲学的，开始操办广播节目了。……令人骄傲的是，我是我们电台集采编播于一身的‘海陆空’三栖王牌主播。我创办的栏目叫《牧人天地》……讲讲如何把牛羊放养得更壮，以及生活常识、科技知识、群众文艺……以后，时机成熟了，我会给牧人们讲讲亚里士多德、柏拉图、卢梭。（他们能听懂吗？他们会感兴趣吗？牧人有他们自己的哲学！）可是现在，无法办到。你看，那就是我们单位，离这片树林很近，可以看到铁塔的尖顶，播音员们把他称为巨人的独角，也有人把它叫作指天的铁指。可是我的叫法最独特，你猜，我会把它称做什么？普布摇摇头。才文笑了笑……跟哲学有关，我把它称作：逻辑塔，不是吗？它是很合乎逻辑的。铁与铁紧密相连，互成规律，完美的骨骼与完美的电波发散，哈，哲学的逻辑塔，让声音变成电波是多么的美妙！”才文说完激动地走来走去。……他搂住普布的肩穿过小树林把他带上马路。好多人都看着他俩。普布只认得班呷。班呷打量着他，又看看才文。他的面部表情里藏着好多的冰块，普布看出那些冰块在他的表情里互相碰撞，碎成了好多冰屑，锋利，闪动着要割伤人的锋芒。

嘎玛仁青阴沉着脸。他说，坐！便把一把椅子推了过去。普布不明白父亲要做什么?！父亲从来不会对他这么严肃的。他到底要干什么？嘎玛仁青也搬了个椅子坐到他对面，形成促膝谈心之势。是不是哪个老师告状了？最近，在学校里也没有什么劣迹呀。唉，不猜了，不猜了。嘎玛仁青自会讲起的。……话直接进入正题，一点也没有拐弯抹角。嘎玛仁青问道，你在和什么人交往？普布想了想回答道，好长时间没有和西拉多德联系了。嘎玛仁青说，不是这个，你有没有和一个叫才文的人经常在一起？普布点了点头，他一下明白是班呷告的状。嘎玛仁青突然站起来，蹲在他面前，你知道他是谁吗？普布点了点头，他以前是党校的老师，现在是广播电台的王牌主播！嘎玛仁青听到这里，拍了拍自己的额头，好像有一脑门子的官司。告诉你吧，他就是那个抛弃校医阿姨的人，以后，不要再跟他来往啦。他是个疯子。早晚，会把你带到沟里去！

"这就是轨迹，一切事物都有它发生发展消亡的过程。校医和我的关系也是这样！还要我说得更明白点吗？"才文突然掏出烟塞到嘴唇间，打火机上的火苗慌里慌张，像是偷来的。烟卷？他什么时候开始抽烟了。普布琢磨着。蓝色的烟雾，缭绕在他的脸上，使他看上去那么的不真切。"吃父亲肉的烟卷，使我的肺在不断地抽搐，尼古丁坐在它的宝座上，看一幕独角的戏剧。吃母亲肉的烟卷，狂烈的咳嗽冲口而出，这是世上最难听的广播剧台词。"才文心里想着，嗓子眼里的咳嗽马上就来了，咳到他把背都弓了起来。咳嗽完毕，他说道："我给你好好讲讲吧！"看来事情就是需要这样还原的。才文把手里的烟头灭了。他说到校医的名字，那么轻描淡写，那么不以为然，像是在提起早晨吃过的一块饼干，奶油夹心，嘿嘿，干燥的口感需要茶水来湿润，而这茶水就是校医。才文不提那事倒好，提起了老是让普布想象校医那副怅然若失的样子。……我看她是可以挺过去的。这对我俩都好，那天，在结婚的前一刻我是逃了。我想到她不是我真正要等的人。你明白吗？小伙子！我逃得远远的，家里人和单位的同志到处找我。哦，那时我在党校工作。……过了二十几天，我回来了。你猜我是怎么对校长说的，我只说就在结婚的那一刻，突然发现她不是我要等的人。……校长开始理解我了，他是辩证地看这个问题啦。

普布好长时间没再去找才文。这很怪，裁判哨现在不是他在吹了，而是大老王在吹。大老王回来了，官复原职，体委主任。夏加校长也回来了，仍然是校长。大老王手里的裁判哨斑斑驳驳，可是声音比普布的更清脆。他在体委的篮球场上吹了一下哨子，布鲁鲁鲁，嘎玛仁青就听见了。瞧瞧，大老王没死。他一手托着篮球，嘴里含着哨子，酝酿着一场盛大的篮球赛（全县职工篮球大赛）。嘎玛仁青参加了教育联队。三号球衣。……他拿起篮球，天哪，篮球好像燃烧起来了。那种冲动，说好了不表露，可是无法抑制。“篮球啊篮球，”嘎玛仁青对着篮球诉说，“终于等来这样的比赛了！”他跳了起来，手里的篮球冲向篮筐，在篮圈上滴溜溜地旋转了三圈，然后入网。刷，篮球擦着篮网的声音，美妙，无与伦比。噗，篮球掉到地上继续腾起它的身子。嘎玛仁青一把把它揽到手里，夹在腋下，像对待一个老朋友。他回到家，班呷和尼玛扎西已经等在那里了。尼玛扎西最近刚完婚，对于篮球不像班呷那样反应热切。班呷说，能不能让我也加入教育联队。嘎玛仁青摇了摇头，恐怕不行，不能有外援。这会取消比赛资格的。唉，算了，我只能站在观众席了。……班呷完全没有料到，比赛比预想的还要精彩，嘎玛仁青这只羚羊又复活了。……你看三号，天哪，没有人能防得住他。……哎呀，三号来了，快传球。没有人敢相信在嘎玛仁青的带领下，教育联队保持了全胜的记录，最终夺得了全县冠军。嘎玛仁青个人也得到了最佳运动员，最佳投球手的称号。在颁奖的那天，大老王把奖状和装有奖金的信封塞到嘎玛仁青手里，在他的耳边低语道，要不是“文革”你完全有可能在国家队打篮球！……接着，县教育联队代表县城去大地方参加比赛。……只要一开打，就能听到各个球队的教练在场外喊，防住三号，把那黑子盯死了。县教育联队打得不赖，最终获得了第三名。嘎玛仁青这只“羚羊”，又得到了最佳运动员的称号。那是一个辉煌的时刻，嘎玛仁青好像蒙了。论年龄，他应该是大龄球员了。可是，他完全没有想到会有这样的结果。……啊，篮球，没有一刻不是为你活着的。嘎玛仁青突然觉得自己以后再不会有这样的机会了。……当他回到县城时，这种感觉更加强烈。……大老王的裁判哨还在不断地吹。嘎玛仁青时去时不去。那些奖状，被贴在柜子高处的墙上，闪耀着红光不说，还闪耀着金光。

现在，普布又开始吹裁判哨了。他吹了一下，又吹了一下。他走到不同地方：墙角，屋顶，栅栏，车库，土火箭厂……不知他为什么如此痴狂。布鲁鲁鲁，会有谁出现？布鲁鲁鲁，他的孤独悄悄地蹲在瞳仁里，默不作声！普布没课了就这样晃荡。……嗨，普布，我说了吧，只要你吹起它，我就会听到的。……是多尼，她真的听见了。多尼，嗓子眼里藏有花蕊的多尼，不知从什么时候起，她变得如此好动，相反于土登桑丘的阴郁，成为那个家庭的两极。……来，张开嘴，我送你一样东西。普布突然变得很听话，多尼就往他的嘴里放了一枚红枣。别忘了吐核！普布当然忘不了，他噗的一声，把枣核吐到了多尼的脚边。多尼依然保持着嬉笑的姿态，额头上的油光，有史以来第一次大放异彩。两只眼里，站着普布，只有普布！可是普布不明白姑娘的心思。他眼里的孤独又迫使他吹了一下裁判哨，布鲁鲁鲁，多尼说，夜里你敢吹吗？我会听到的。普布点了点头。可是，他没有那样做。虽然它带给他幸运，但让它叫得久了，难免会让他厌倦。怎么让裁判哨变成哑巴，像哑巴舅舅那样可爱！他一直在想这个怪异的问题。……巴拉姆开导他，那就扔了它，砸了它，它不就变成哑巴了嘛。……可我认为，那是毁灭，是杀了它，摧残它。那太不尊重多尼的好意啦。……还是才文有办法。普布觉得关键时刻就得靠他。……才文放下手里的书，好些书都被他关在书柜里罚站。它们不知道何时会被再次打开，释放力量，控制读者的思想。……才文说，哲学家总是用他们的思想控制我们的头脑。那么，你也得控制这个裁判哨。办法是：你必须随身带着它。最好是把它贴身带着，你控制了它。你不想让它叫，它就不叫了。这就不是变成了可爱的哑巴吗?！……普布想到这是个好办法。他花了几天时间，终于找了条细链子，穿过裁判哨末端的孔眼，把它挂在脖子上，在衬衣里紧贴着自己胸膛的皮肤。在肚脐眼以上崇拜它。不要再叫了，做个可爱的哨子，不闹腾的哨子，幸运物般的哨子，多么光荣，多么让人珍爱！从此裁判哨真的不再叫了，它在普布的胸前等待着一个合适的机会。

13 逻辑塔下

唉，霉运当头，跳到河里也是洗不干净的。普布不要以为你戴上了幸运哨，诸事会顺利。那天晚上，天上的星星掉了一颗，拉着长长的尾巴，滑向了大山谷。菩萨啊，敢问它掉到了什么地方?！什么人捡拾到了碎裂的陨石?！那人可真是有好福气。可是，普布没有。看看，这个倒霉蛋第二天值日了。普布拿着扫把，打扫教室，关闭门窗。老师要求每个值日生，必须打一桶水放在教室里。据说那水能聚敛星光，可老师的原意只是为了保持教室的湿气。普布照做。……就在晚上，教室着火了。从普布班的那头烧起，风助火势，烧光了所有的课桌。在凌晨四点钟，只一个小时，就将初二年级的教室给烧光了。（有人注意到那桶能聚敛星光的水已被烧开。）……公安叔叔，你们不要这样看着我，我不是纵火犯，更不是小偷。普布坐在教务处的一张旧椅上，屁股下尽是咯吱咯吱的喧响。椅子都在替他抗议。可是，这种抗议有什么用，公安局的人只认证据。没有证据，没有任何人能为普布开脱。没有证据，也没有任何人能定普布的罪。纵火犯，哦，好大的帽子，这个帽子只要戴一天，那么就要背一辈子了。……你回去吧，等我们的排查结果。可是，要等到什么时候！普布回到家里，巴拉姆已经将消息告诉父母了。家里人都沉默了。只有巴拉姆这恶人在听着收音机里的歌，沙沙地抄写歌词。那漫长无际的歌词，像在预示某种未来，与笔、笔尖，保持着协调，宿命的合拍：收音机最终沙哑，没电池了。

结果终于来了。开除！为什么？嘎玛仁青去教育局说理。我也是教育系统的。可是局长说，正因为你是我们的职工，才做了这样从轻发落的处理。我们怀疑你儿子把外面的人领到教室里了。火，是从他们教室烧起的。开除，说得轻巧，你凭什么？那个局长也火了，他把帽子甩到桌子上，吼道，出去。……这就是普布内心一直鼓吹的未来?！哼，普布把书包撂在了沙地里，朝上吐了几口唾沫。书包像是沙地之岛，孤独，同普布一样孤独。普布回头看了它好几眼，最终没有捡回它。

孤独和可怜是谁的问题？诅咒和怨恨是谁的问题？心乱和烦躁是谁的问题？倔强和坏脾气是谁的问题？冷漠和不信任是谁的问题？厌倦和消极是谁的问题？逃离和无法面对是谁的问题？……这些都是我俩的问题！那么，各挑自己的问题带走吧！才文加重语气如是说。普布无法理解他的举动。他看着才文，好像见到的是个陌生人。这种陌生来源于他的嘴巴：这么奇怪的话他都能说出口，像一面解冻的土坡，土颗瞬间下滑了。……普布想笑，他稍稍咧了咧嘴，嘴里的牙齿立刻被一层空气包裹了。……我被学校开除了！才文看了一下稿纸上凌乱的字迹……知道了，这说明属于你的道路就此铺开了。……没有关系，你可以经常来我这里，在逻辑塔下，听听哲学。在逻辑塔下，看看我的《羊群》。“羊群？”普布有些摸不着头脑。对，我正写的一个广播剧，写大草原的上的事。……是不是有点像《草原英雄小姐妹》？普布的问题才文有点不喜欢，他摆着手连声说，两码事。……他把钢笔盖拧上又拧下，看来对这个题材他处理得分外小心。他的手指不知从什么时候起变得很瘦，骨节上的皮多皱，有未老先衰的迹象。目光里探寻的意味达到了极点，像是遇到了暴风雨之后，不相信房屋是真实的！……那里有口井被封死了。我到现在也无法理解他们为何要这么做。你把耳朵贴到井盖上听听，从里面传出来的，像是费尔巴哈的喉音。他用轰鸣的声调念着哲学的辩证咒语。才文尽量逗普布开心。普布凝着眉，嗓子眼里蹲着痰，舌苔上睡着口水。他一咽口水，把痰也就带进去了。

“我要走了。”

“你去哪里？”才文又将手里的钢笔盖拧了上去。

“找西拉多德。”

他信步走出广播电台。

远离了费尔巴哈用井的喉管发出的哲学咒语。

西拉多德在哪里？普布念叨着，他想不出自己有找到他的可能。

西拉多德，你这个大嘴巴，好长时间不见，也不知你在干什么？……是啊，他在做什么，这才是我们这个故事需要的实际问题。生活有它的两面性：一方面普布被开除了；而另一方面，西拉多德工作了——县政府通讯员。（他父亲的同学县长帮的忙，马车工的儿子无人理会！）他挨个地往各单位送文件，还被夏加校长勒令着苦学语文。西拉多德瘦了，嘴巴变得更大了。那四个野孩子，都长大了，身上或多或少地透着股煞气。他们规定好定期见面。一个帮派，是要有名字的。最后，他们五个组成了“铁兄弟帮”，好勇斗狠，拳头见真章。但西拉多德从不出面，他幕后指使、策划，活脱脱一个隐形的人。那几个兄弟，平日里在村里务农。没活了，也就有时间闲逛了。……普布后来慢慢了解到这些。可是现在，他真的想见西拉多德。

西拉多德把嘴从缸子上移开，普布看到它和那个不愿待在他手里，从而选择跳入河流的缸子一般大。它圆张着自己的嘴，像是对过去的日子做着表白。

讲讲西拉多德，你其实真的不了解他。你看到过他玩命时的表情吗？没有。只有巴桑兰周，曲松才仁，道勒朵桑，扎多杰见过。见见也无妨，你知道他在一九七六年十月，满大街找才巴扎西的事情吗？他一手提着菜刀，一手握着匕首，从街角找到街尾，就是没有找到他。甚至连他的帮凶扎拉多钦的影子也没见到。嗨，别提了，那时他的凶蛮和现在不一样。他的眼里凝结着血丝。菜刀磨了一宿。匕首，也就是割喉刀，不需要磨，磨了反倒会钝。他走在前面，竖着衣领，他们四个跟在后面，面色阴沉，满脑子里都是如何完成预先计划好了的刑事犯罪。可是那天才巴扎西忽然就不见了。这让西拉多德很不好受。你知道吗？后来他病了好长时间，直到他父亲放出来后，才好了。……如果说，你认为他就是以前的西拉多德，那错了。现在的西拉多德内心变得像石头，他只为达到目的而存在。不信，你叫他大嘴巴，他会生气的。

普布不会叫他大嘴巴。既然你不是以前的西拉多德了，我还有什么可跟你说的。……瞧瞧你的冷漠，我不喜欢！可是，普布既然已经到了他身边，就没必要马上离开。西拉多德把缸子推到一边，缸子像是停止表白啦。它根本就不会说什么。普布真的从西拉多德的脸上看出更多的冷漠。是变了。西拉多德自己也承认，以后有事不要来单位找我。明白吗？我只有表现好了，县长才会把我调到公安局。……看看，这就是他的目的。普布把舌苔上睡着的口水，吐到了地上。看看，普布也冷漠了。西拉多德突然从他的后背推了他一把，普布的头差点就撞到门上。怎么会这样？普布转身盯着他，西拉多德的嘴角挂着一丝冷笑，他说，快走吧，以后不要再找我了。

“有句话是怎么说的，比羊群还要多的是什么？”这是才文的广播剧本里的一句台词。有一段时间，甚至比这段时间还要早些的一段时间，才文一直思索这句话的含义，但是体现在剧本里的时候，他赋予了它新解。比羊群还要多的是人群，他们在大地上生长，享受着掠夺其他动物生命的权力。（凭什么啊?）才文的《羊群》从某种程度上讲，像是寓言。那些羊群和牧人之间突然发生的变化，有些不可思议。它们在一夜之间逃亡。可是，这个命题遭到了他的同学，文化局局长的反对。……你要考虑广播剧的受众，这样下去我无法支持你了！才文另起炉灶，同样是《羊群》，新的一稿大受同学赞赏。故事讲了牧人的日常生活，但不是照搬生活，而是用了变形的手法提起听众的兴趣。一波三折，有戏剧冲突，有文化因素，嗨，真行，但还得改。才文谈起《羊群》时兴致勃勃。他给普布念了其中的几句。牧人甲说："用一张皮子可以换十盒火柴，七包烟，三斤盐巴，就是换不了一块手表！（此时，羊群在他的背后深情地叫着。才文已开始想着如何用最深广的录音表达出它的含义!）牧人乙说："啊咔咔，你不要讲这些了，看看你的羊，是不是病了!"（接着是一辆卡车的声音。）有人在车上喊："喂，老乡，你知道这片草原叫什么名字吗?"两个牧人没有回答，他们一同喃喃低语："为什么要透露草原的名字!"然后，冲着车上的人高声喊："你去问羊群吧!"（剧本里写道：深情的羊叫再次此起彼伏!）是啊，他们应该问羊群。普布听到这里，耳朵里的草原比眼睛里的更真实。他突然问才文，什么时候可以录制。才文顿了顿，看局长要我改到什么时候。

一切都在向时间低头。才文翻开哲学书大段大段地念诵费尔巴哈的著作，从三个字到另三个字之间好像生锈了。黑格尔的著作，生锈得好像更严重，是一个字与另一个字之间。才文发现这个问题的时候，书柜里的书好像在低头默哀。那么多的灰尘从书柜顶上掉了下来，本来没有打扫的必要。……书柜玻璃上的反光，打在墙上。墙上挂着才文父亲的照片。这也是个厉害的人物。（有三分之一的汉族血统。）这个已经死去的人，曾经对才文说，不要研究哲学，要研究历史，最好是家族史，那才有意思。可是，才文不听。那个老头，脑袋枯干，眼球里的光晦暗无度。他死的那天还在骂才文，说不懂家族史的人白活了。还不如跟我一道走。（倒是才文的母亲在十天之后跟着他走了!）才文看着昏暗的蜡烛下，老爹的最后一口气，吐在了微弱的火苗上，枯干的脑袋被死亡那透明的布袋罩住。他一下掉泪了。他呜呜呜地哭。家族史：不是一个老人有枯干的脑袋吧？不是一个老人长着哲学脑袋却在抵制哲学吧？才文那时说了一句在他的历史里有一定分量的话，（这句话普布也分享了!）"何时才能逃出他的阴影!"唉，老人还在墙上不放心地盯视着才文。他脸上的皱纹像是从湖里提取的。展开的方式，像瞳孔散大的方式。嗨，老早就有征象，不能不认。这在哲学上叫作事物发展的客观规律。才文低下头，躲开老爹枯干脑袋上双眼的注视，即便是照片，他还是觉得目光里的晦暗，对他有威慑力。好长时间没和两个姐姐联系了。她们一定会以为自己的弟弟，又躲到哪里去了。什么是家族史，这就是：大姐嫁了个很无能的机关干部，生了一男二女，这些孩子在见到才文舅舅时，总是默不作声，一肚子的白菜汁液，混合着酱油、陈醋在暗地里诉说着家里缺钱。才文看得出来……二姐要好些，只有一个男孩，可是秃了脑袋的二姐夫，把精力完全用在兽医学上，他解剖麻雀的死尸，鸽子的死尸，终有一天发现这些飞禽的翅骨是空心的。……才文暗暗发笑，家族史，再往前推，一百年，二百年，没有什么是可以留住的。只有老爹的照片在墙上很失望地看着他。……两个姐夫，没有一个喜欢才文。不喜欢的原因有很多。他们不喜欢没钱的舅子在家里吃吃喝喝。他们不喜欢小字辈的舅子，总是说出些有预见性的话，而这个恰恰是他们最缺的。大姐夫，私底下把他叫“疯子”“可怜虫”。二姐夫则更不像话，把他叫作“软蛋”“无根（男根）货”。与他俩在一起时，他们总是摆足家长的架子，透过茶杯的玻璃看他。哦，才文真是受够了。有一天，他把五斤牛肉甩在大姐夫的案板上，用侮辱性的口吻，让他多想着给孩子们的肚子里添点油水。然后，又将一个玩具小汽车交到二姐夫手里，那一番话说得更是掷地有声，如果你还要解剖，那不妨把你儿子的眼睛也拆下来看一下，看看他的眼里有多少孤独，多少无人问津，多少缺失父爱……说完这些他再也没有去过两个姐姐家。嘿嘿，这就是家族史。老爹如果活着，那些已把他耳朵打磨得很光滑的话，会再次出口的。“才文，我发现你已经无可救药了！”“我觉得你没有责任感！”“我还能对你寄予什么厚望！”“我这辈子能指望你什么！”“我说出你是我儿子我脸上有光吗？”唉，老爹，只有你眼里的晦暗才是正确的。它像一座大宅子深藏在你的眼里，气势汹汹，想要使才文变得服从，是一个观念征服另一个观念的体现，是一片天空压服另一片天空的愿望。……已经没有再打扫的必要了。才文点了一支烟，把烟灰弹在地上。父亲严厉地从墙上盯视着他。才文想，没有再理会他的必要了！

剧本终于改好了。一个意识降临到了才文的头脑：如果再改下去，剧本很可能会变成一块草皮，或者一片磨刀石，再或者变成一溜鼻涕。他把笔扔出窗子，打算就此拒绝任何形式的改变，即便是局长说了也不行。我的《羊群》是我的羊群，不是其他任何人的羊群，我要把它放牧到天上，或者放牧到海里，我说了算！这需要多大的勇气啊。他从来没有感到，这个时候是自己解放了自己。一种从未有过的轻松从遥远的心底，缓缓而来，带着一股草香，带着费尔巴哈从井的喉管里发出的哲学咒语：嗯嗯呀伊赛万阿提斯呀！（这是什么声音，他听不懂！）才文整个人突然就振奋了，一个未知的信息在向他招手的时候，这会让他浑身的肌肉有节奏地跳荡。嗒嗒嗒，三角肌跳了三下！噗噗，腹肌跳了两下！轰轰轰轰，心脏的擂动使胸大肌好像拉起了风箱！不是吗？剧本已经完成了，全身都好像在庆贺了。才文拍拍自己的肌肉，穿上衬衣，（除了领子，宽松的衬衣已无可取之处！）然后穿上毛衣。毛衣有点紧，洗一次缩一次，过不了几次，就可以扔了。……他拿上剧本，给自己的头发来了个中分，像是一部哲学典籍在头上打开了。……费尔巴哈在心里端坐，尼采一点正形都没有，他总是在自己的脑袋里出馊主意。嗨，我是不是要疯了！黑格尔站出来，帮我解决目下的事情，做做预测，哲学是让人聪明的学问，我是不是聪明过头了。

他一直在等局长的消息（关于剧本的消息）。这段时间，普布找了他一次。星期六，他拿着一本《简明哲学读本》，书里的问题比书外的问题问得虚浮,但不好找寻答案。也许普布的智力有限，他用红笔在书上拉出一道栅栏似的红线，像是划定了自己的世界观，必须在红线以内，而非在红线以外。那些红线，有时因着他笔力不够苍劲，变成了直线。那个时候，它更像通向真理的路径。偶尔的凸出，又像栅栏远处沉思的山峰。……真的，哲学不好读，不好懂，但好听。尤其听才文讲起它时，那真是弹了一架举世无双的钢琴。键盘黑是黑，白是白。非黑即白，整体看又是黑白相间，体现朴素的哲理。

“学哲学对我有何好处?”普布问道。

“那当然是提高你认识世界和改造世界的能力!”才文回答道。

“那动物有它的哲学吗?”逻辑塔尖悬挂着一丝风和一束太阳光。

“听来好荒诞，马会哲学，那牛羊就会代数，而狗就会化学了!”

“不是，我要问你的是最基本的问题，世界是什么？而我们又是什么?”

“世界是世界，我们就是我们。”才文觉得这就是哲学的本质。

“那我为什么会被开除?”普布依然故我地执拗!

“因为，你被冤枉了!”才文不想解释太多。

“那冤枉我的人为什么不学学哲学?”

“因为他们没被哲学选中。”多么轻描淡写但切中实质的道白。

“可是，哲学能解决世界一切的问题吗?”

“不，世界上一切的问题都在解决哲学。”

“你这样说，我不明白了。”普布拧着眉头。

“这么好明白就不是哲学了。”

“那哲学是非常复杂的啦?!”普布的表情像是熔化的铅块。

“不，有时它浅显得像是溪水。”

从这一刻起，普布对哲学的兴趣开始淡了。才文当然不知道。才文在一种等待中绵延着自己的思绪。在逻辑塔下，他像是一个更小的逻辑塔。……他的广播剧本《羊群》里还有一句台词，赶羊的人对过路的人说：“天快黑了，找个舒坦点的地窝子多垫点草睡一觉，明天，世界又在太阳下了!”……才文也想对普布这么说。

14 伟大的圆形

只有才吉是理解嘎玛仁青的。嘎玛仁青蹲在地上，看着床底下的篮球：那么落寞，那么孤寂，他就有些于心不忍了。我要干什么？当然是去火炉边，把那个火钳子拿在手里，然后，用它把篮球从床底的阴影中解放出来。当他再次蹲在地上，后来是趴在地上，把篮球从床底勾出来时，才吉便幽幽地叹了口气。她眉心的肉瘤又发红了，但没有变大的迹象。一种想说话的欲望，使她放下手里的茶壶，摸着饭桌的边沿，（那里铺着的塑料布光滑、冰冷，像是在制止她的举动。）碰着瓷碗的沿口，袖子带落了散着的筷子，酥油盒里的酥油像群山聚集。才吉推开挡道的椅子，走到了嘎玛仁青的前面。

“我说，你离了我可以，但你离不开篮球。”她的表情一度看上去像是奚落。

“嘿嘿，没有吧。”嘎玛仁青拿着篮球有些手足无措。

才吉没有再说什么。她说话的欲望看来真的被那冰冷的塑料给制止了。

嘎玛仁青要做的只是拿着篮球走到学校的球场上。不当马车工后，自己都在干什么来着？嘎玛仁青把篮球投到篮筐上。不当马车工后，自己一直在给后勤打杂，给各办公室打打水，扫扫地，光荣的马车工，挥舞马鞭的气势已成过去。啪，篮球弹了回来，落在地上，嘎玛仁青竟然没有去接。他直愣愣地看着它滚到了球场的边缘。

嘿，兄弟！（这会儿，篮球成他的兄弟了，篮球的身份随着时间在不断地变化。）看看我吧，我是可怜的嘎玛仁青。（嘎玛仁青说到这里，停顿了一会儿，我真的可怜吗？他在脑子里想了一下。）你说，我这么长时间没有上球场了，是不是手心里长疮了，那疮触碰到你会要了我的命？不是，我自己都无法解释了。嘎玛仁青说到这里，缓步向它走去。他拿起它，端详它，感触它的弧度，看着它的边缘闪动着的光芒，没有绒毛，只是个圆蛋蛋。为什么？圆形的东西总是那么伟大。那么使人迷恋，至少他是这样！嘎玛仁青，捧着伟大的圆形，吁叹连连。他把篮球再次投到篮板上，啪，篮球又返回到他手里。嘎玛仁青拿着它，他被这伟大的圆形再次折服了。

可是新来的校医说他血压高。……你不能再上赛场了，剧烈的运动会要了你的命！那个小年轻，用听诊器敲着桌子的边沿，汞柱血压计测量出的收缩压、舒张压高得可怕。是飞鹰也畏惧的高度。适当的运动当然可以，如果你还想在球场上再创辉煌，那你只能把自己的身子交给飞鹰了。我不是吓唬你的，小年轻有着一双明亮的眼睛，他的眼睛里好像含着雪，比梦境更深的地方，那眼里的雪是有用的。可是现在，血压计、听诊器、酒精棉球组成的环境，那雪又能说明什么问题。小年轻呀小年轻，我不打篮球又能干什么？……适当的运动，当然是可以的。但你要彻底告别狂热的赛场了。他眼里的雪在很深的地方，动人地闪着光。嘎玛仁青无话可说了。他接过降压药。药瓶里又是一个天地，惨白的药片，像玛尼石堆垒得满满当当，就是没有刻上六字真言。嘎玛仁青把药瓶在耳边晃了晃，没有声音。他把药瓶装到兜里，手里拿着篮球，这伟大的圆形以千种诱惑为难着嘎玛仁青。嘎玛仁青呀嘎玛仁青，你为何不用酒精棉球擦拭自己的眼珠？你为何不用听诊器敲打自己的脑袋？遇上这样的问题时，你和药瓶里的白药片有何区别？你说话呀，嘎玛仁青好像挨了记重拳，他靠着土墙坐了好久。他一直在端详那瓶药。药瓶上的字，方方正正，嘎玛仁青不认得它们。篮球，篮球，我的好兄弟，以后，冷落的日子会如影随形。我，嘎玛仁青，为何要得这种病?！嘎玛仁青一怒之下，把那瓶药给甩了出去。可是，最终他又把它捡了回来。他拂去药瓶上沾着的土（那土不知以什么名义沾到了药瓶上?!）……不用说啦，药瓶是不需要土作为外衣的，是不需要光让它闪耀的。嘎玛仁青的心开始肃穆下来了。

一切都好像应了圆形的征兆。从一个点开始画圆，最终又回到了那个点上。这个事情说明，圆形即是规律，它是运动着的。它比方形先进，比任何静止着的三角、梯形伟大。当然这不是嘎玛仁青的所想。从普布带回来的消息看，圆形又一次验证了它的规律。校医阿姨回来了。普布告诉嘎玛仁青这个消息时，后面还依附了另一个消息，（其实这两个消息是一个消息的上半截和下半截。）校医阿姨和才巴扎西结婚了。才巴扎西当了县民政局的副局长了。(可是他的同伴扎拉多钦，却无人知晓在哪里了！）而曾经的校医，现在到县医院工作了，她改行当了会计。嘎玛仁青唏嘘不已，天哪，那个人，那个坏人竟然也能翻身，真不知他使了什么手段。事实是，手段是没有，而实干真是起了作用。县委书记喜欢他的那股冲劲，他把一滴滴的口水聚到口腔里，然后又把它咽进肚里，转化成具有韧度的话语，极具智慧的想法。县委书记好久没有看到这么精明强悍的人。啊呀，才巴扎西真是个人才，校医找了他，那真是有了坚实的依靠。普布现在才意识到才文说得没错。她会忘了他。而且，她真是不适合才文。普布把这个想法告诉嘎玛仁青时，嘎玛仁青突然觉得儿子比自己有想法。

家里只有巴拉姆不关心这些事。她打开收音机，一个人学唱歌。那嗓门，像是活塞裂缝了。不好听，真的不好听！普布捂住耳朵，可是，那歌声已钻入他的耳朵,在耳孔里不可一世。普布取开手，任凭巴拉姆把歌声的黏液，黏在自己的耳孔里，父亲的面颊上，才吉的头发上，甚至糊上收音机的喇叭……酱油瓶、酥油盒全都无法幸免。待到巴拉姆的歌声停了，一切又恢复原样。

“你们觉得我唱得很难听吗?”巴拉姆手捧着歌词本。

“还好，还好！”嘎玛仁青的回答像是小心地回避着高血压。

“难听，真的很难听！”只有普布如实回答。实话是伤人的，但伤不了巴拉姆。好长时间，嘎玛仁青忘了她的邪性了，只有普布认为她无法改变。

“你在学校里又干了些什么恶事？是不是干了恶事，还得到老师的夸奖？是不是害人的计划一旦在脑子里成形，你会悄无声息地把它干了，而且不留骂名？”

“我有那么坏吗？”巴拉姆轻巧地笑了一下，对于这个总结她不置可否。

只有她自己知道，她的故事里加了什么佐料。她不要泪水，不要空洞的衬托，不要一天只是唱歌。她在学校不唱歌，只是在家里唱：那些词家里人不关注，因为她的嗓音遮蔽了歌词，遮蔽了歌曲的韵律。……如果现在终结巴拉姆的故事，那她小时候的邪性，就算是到此为止了。可是，不是那样，恰恰又是时间画了个圆，来体现她的邪性。巴拉姆的故事在普布被开除之后，在学校里隐秘且生动着。只有她自己知道，脸上的灰蛾子（恶的标记）跑到灵魂里去了。它在她的灵魂里作威作福。有一天，她发现自己爱喝男同学的口水啦。是啊，这是在值日时干下的劣迹。她说：“能让我喝喝你的口水吗？”每当说到这句话时，她都要看看男同学们的表情。有发窘，脸部的肌肤里瞬间拉下红绸布的。也有呆站在原地，回味着这句话的意思，灵魂暂时犯迷糊的。……但无一幸免地答应了她的请求。巴拉姆多得意啊，像是吸取了琼浆玉液，体会到了控制人的快乐。巴拉姆不得了啦，她的邪性像是一只气球，被吹进气流，开始膨胀了。……普布真是有不错的观察力。这一点，才文也认同。巴拉姆写在脸上的那丝得意，像是被春天的花粉养大的骚疙瘩——红灿灿的！不用夸张，就能使普布把它盯牢。可是，嘎玛仁青为什么没有发现？才吉为什么没有发现？嘎玛仁青，一天看着地上的篮球，按时吃着他的药片，血压恢复平稳。嘎玛仁青没有了冲动，篮球也没有了冲动，舌苔上又是空旷的篮球场啦。……而才吉一天忙里忙外的，她说，我们何不在厨房的墙上画如意八宝图。她还说，嘎玛仁青我要干小工，挣些补贴家用的钱。说干就干，这二者之间好像没有任何冲突。在厨房墙上画扎西道及如意八宝图：宝伞、金鱼、宝瓶、莲花、白海螺、吉祥结、胜利幢、金轮。她用面粉，一点一点地在厨房的黑墙上抹出来。像那么回事，古老的记忆似乎复活了。还是小姑娘的时候，她那拖着羊皮坐垫的爷爷，在厨房烟熏的黑墙上，是用糌粑粉一个指印一个指印地摁出来的。现在，看看吧，厨房的窗户外，有小鸟冲着灶膛唱歌了。它扇动着翅膀，呼吁着好日子。啊，佛菩萨，我虔敬地跪在佛龛前，孔雀的翎毛插在装有净水的瓶子里。保佑啊保佑，让我远离穷日子，过上富生活。才吉眉心的肉瘤泛着红光，明天她就要去石灰窑当个小工。……她每天早出晚归，挣来的钱放到大衣柜上的白坛子里：（白坛子上画着浮云中的青山、青松，雅致得不得了。）五十，一百，一百五十……坛子每天从大衣柜上看着才吉。它是才吉的太阳，才吉的月亮，而才吉的星星就是装在里面的人民币。……可是，星星少了，少了多少？整整五十元。才吉的愤怒简直达到了顶点。看看，我这双烧石灰的手，粗糙得像是牛粪。谁拿走了我的“星星”，我的人民币！自己站出来。

巴拉姆无比镇静，没有比她更能面对这个世界的了！即使母亲的“星星”在她裤兜里待过。即使那两张十元，四张五元，五张二元的纸币，（才吉清楚地记得钞票面额的张数！）被她花去不少，剩下的还夹在歌词本里，幽闭了石灰的味道，她还是像潜在冰层下的鱼一样，毫无表情和情绪的变化。这事对她来说，根本不算什么。

可是，普布就不同了。他觉得自己的脊椎就要垮塌了。……还是圆形，伟大的圆形发挥着它的威力。（它的威力，像是一个小雪球，会滚成大雪球。然后，这个雪球会撞上什么意外的东西，粉碎成好多小雪球。那些小雪球，滚动，再变大。这只是个简单的比方。）普布再一次感到自己要被冤枉了。是的，才吉盯着他。……她发抖，她说不出话。她只是摊开手掌，伸到普布面前，无声地表明，拿来，拿来！拿来我的“星星”！……目光里的愤怒，有时看上去竟像是歹毒。巴拉姆在一边走来走去，手里拿着歌词本，石灰的味道就夹在里面，扁扁的。看来，普布没有辩解的余地。

巴拉姆无法摆脱灵魂深处那只蛾子的张扬。但那些日子，对于普布她始终保持一种退让的态度。这样，在才吉的暗中观察中，她更加显得没有任何问题。问题全部出在普布那边。你看他，一天到晚，游手好闲。没有学业，没有束缚和管制，变得像个社会青年。整天穿着那件松松垮垮的中山装，低着头，头发也不理，背对着太阳，走在公路上。他似乎有一种要离开县城的欲望，在心底蠢蠢欲动。

才文半开玩笑地对他说：“要我陪你离开这个地方吗？我早就有徒步去拉萨的念头，要不我俩结伴而行？”普布摇了摇头。

嘎玛仁青对他说：“儿子，你阿妈冤枉了你。但你要相信事情总会有澄清的一天！佛菩萨在天上看着你，我在地上看着你。幸运神，迟早会降临的！”

普布默不作声。

直到有一天，巴拉姆对他说："哥哥，那钱是我拿的。你去告诉阿妈，但我不会向她承认。我想在你面前承认算了。你不要记恨我哟！"这样，普布的眼里便有了一片太阳光。那个时候，他突然有点感激巴拉姆了。怎么，她会向我承认。这是多大的概率？百分之零点三的可能。可是，巴拉姆竟然在普布面前真真切切地说了这么一句。普布确实不能再小看巴拉姆了。这个恶人，她意识到整天被普布这么盯着，灵魂里的那只蛾子也会生病的。只要灵魂里的那只蛾子病了，巴拉姆就不是巴拉姆了。我巴拉姆，必须要像风一样自由，像花一样娇艳，粉扑扑地向大地散射迷人的花粉，那才是我的人生。我可不能让普布的目光紧锁了我。这就是巴拉姆的真实想法。普布永远也不会知道。……巴拉姆骄傲地跳着舞，自由地喝着她随时都能喝到的男同学的口水。抱着她的第十本歌词，第十三本歌词……连嘎玛仁青都说，小时候的丑女，长大还真不丑了。虽不是什么美人，但不会愧对自己的衣服。……普布不能理解的，在某种程度上，被巴拉姆深刻地理解了。普布不能认同的，在一定范围里，被巴拉姆认同了。就像刀子有两把，一把刀口上涂着毒，一把刀口上涂着蜜。而巴拉姆却不是这两把刀子中的任何一把，她恰恰是第三把，刃口上既涂着毒也涂着蜜。好可怕！普布永远只能很浅地认识她。对，没错，她是个恶人。但这只是个大概念。还有呢？普布不知道，嘎玛仁青不知道，即使才吉（自以为很了解女儿！）也不知道。（不知道这个词汇，多像是牙缝里在漏气！）……巴拉姆看着普布。她轻巧地转过身去，歌词本抱在胸前，像一面挡箭牌。她觉得自己真的解决普布的事了。她的自信是有道理的。普布不那么盯着她了。但是，骨子里对巴拉姆的看法依然没有改变。

多尼对普布说："我怎么老是见不着你？见到你怎么老是听不到你说话？听到你说话怎么才是只言片语？你怎么这么冷若冰霜？你怎么这么邋遢？你怎么会见到我不高兴？你怎么不经常吹吹我送的裁判哨呼叫我？那个裁判哨在哪里？怎么不见你拿着？你怎么能站在我面前，一动不动？！"

土登桑丘对普布说："嘎玛仁青的儿子，我女儿找过你了吧？我可不许你以任何方式欺负她，你这只猴子长毛又褪毛了，那再短的尾巴也逃不出我的手掌，我会揪住它的……也许你真不知道，这个多尼呀，整天张口是你，闭口是你。有一段时间，她念你的名字，就像在念真言。还有一段时间，她听到哨子的声音就往外跑，我真以为她得了什么癔症。……你被开除了，她伤心得直哭。你高兴了，她也会跟着高兴。嘎玛仁青的儿子，其实你这人挺幸福的，可是你自己却不知道!”

母亲才吉对普布说：“多安静呀，我的孩子。阿妈再也不怪你了。石灰烟熏得阿妈的眼睛整日发红，你阿爸不让我在石灰窑上干了。我想我该休息了，我想我没必要整日看着你生气。阿妈挣了钱，该谁来花，当然是你，要由你来花。只要你承认是你拿了，阿妈心里的疑团就消了。你阿爸现在也不怎么打篮球啦。先前，我真的不该说他。那么的生龙活虎，那么的……唉，人还是要满足啊，阿妈我其实挺高兴的！佛菩萨保佑，风调雨顺，万事大吉。一家人安安康康!”

15 才文死了

才文的广播剧获得了巨大的成功！那些来自牧人的反应和专家的反应一时让他手足无措。开初，他并不知道有牧人在遥远的山顶，头顶太阳，手拿便携式收音机，身后的羊群漫漶开来，他听得热泪盈眶。（全部是用母语，在大地方录制时，才文一下带过去十五人。）后来他知道了，有那么多人为之感动。这是一个有关亲情的故事，两兄弟分家，分羊群，最后在日子的磨炼中，慢慢找回内心的故事。播出的第二天，就有好些人来到逻辑塔下找他。台长不敢想象广播剧竟然有如此的魔力。像是搭了个彩棚，演出了一场魔术。台长猛烈地喝着玻璃杯里的水，眼镜片上一片雾蒙蒙。这是电台自成立以来，从未有过的大事。台长兴奋地拍着大腿。他要把这记到广播日志里去。以他的文笔，这事不走样才怪。可是，后来的人读到它时，是那样的生动，那样的真切。这里不再赘述。转过头来看看那些专家，当他们看到翻译过来的剧本时，一下被震住了，这是一个小地方搞出来的广播剧本吗?！看看，人家已脱离了“假大空”，而我们还在那徘徊。文化厅厅长在座谈会上几次强调。可是才文并不知道有人在夸他。

才文慢慢地走出自己的屋子。那些鸽子飞到逻辑塔上把白色的粪便洒在塔身上，从远处看去，铁塔依然迷人。耳听着不远处军营里的歌声嘹亮。那口被封死的深井，如今已没有费尔巴哈的喉音了。才文要做的只是，吐一口气，用舌尖抵住上牙床，这样做感觉才好。……普布找到他时，逻辑塔已在身后了。那些鸽子的豆眼里：没有他俩。没有他俩身边的那几棵树，只有铁架子和屋顶的烟囱。普布扶着树站定，才文看他时，觉得自己的目光像父亲了。

那个老头的枯干脑袋是毫无道理的。因此，他的目光也是毫无道理的。

紧接着，才文觉得自己也是毫无道理的。

“你怎么会用这样的眼神看着我?”普布说道。

才文像只鸽子一样眨了眨眼，眼中的山峰上白雪依旧一团和气。

“我的眼神有问题吗?”

“是，不像是很高兴。好像遇到了什么难事。”

才文突然不说话了。普布不知道那山峰上一团和气的白雪，原本停留着羚羊的死尸，那尸体冻僵了，冰裂了。无论是在什么季节，都是那个样子。那是暴戾的白雪，它的一团和气是伪装的。它是白色的灰烬，透露着大自然隐藏着的残酷。才文忽然想道：人世的哲学源自万物的沉默，万物的沉默是人世哲学最深刻的注释。……哎呀，脚趾头在鞋里蠕动不止，深刻，不深刻，它们争吵，打着旗，争着地盘。才文在脑子里如此编排着自己的脚趾头。他觉得这脑子休息不得，还得写个广播剧本。为了额头上的第一道皱纹，为了被空气打开的毛孔，为了逻辑塔上的鸽子屎，为了这忘年之交眼里的委屈，还为了墙上挂着的晦暗无度的眼神。为了一切的一切，不重要的，重要的……他想到这里，构思像沙底的金子，等着风来吹开。

你要是想让人记住你的眼睛，你就看着那人的眼睛。你要是想让人无法忘记你，你就给那人留点痛苦或欢乐的回忆。你要是不想让人了解你，那你每天不要对他说超过三句的话。……这都是什么啊，普布不能理解。才文的日记本对普布是开放的。可是，太晦暗了,对普布就不太合适了。普布将才文的日记本放到书桌上，日记本立时在同样陈列于桌面的一大堆书中，变得毫不起眼。普布再想拿起它已不容易啦。因为，它的颜色是那么适应淹没，隐藏。当他再次看见它时，才文把桌上的东西都收拾走了。桌面空荡，只有一个闹钟和一把钥匙，像是迷惑的眼睛和思考的头脑。“我得再写一个剧本了！”才文说道。许久，他面对着墙上悬挂的照片，也说了同样的话。声音微弱，空气中似乎有了一个洞穴，把这句话给吸走了。普布想，到了另一世界，那句话也许就变成，“我不要写剧本了！”普布看了看桌上的闹钟。时针突然在那一刻停止了。嗨，怎么说停就停。普布使劲地拧着发条。……时针依然不动。普布向它拍巴掌，高声说话，敲打桌子边缘。可是，无济于事。……你要是想让一件事情不再发展，你就要参与到那件事里去。你要是想避免一个人伤害你，你就要离开那个人。你要是看见你自己，那可能是在梦里或镜子里。普布看着桌上的闹钟，脑子里却记起日记本里的东西。足足罗列了一百零三十九条，每一条都标注着阿拉伯数字。那文字，有蓝色的红色的，酷似是一条河流里倾倒的牛血啦。

普布没有回家。他去了哑巴舅舅那里。他没有告诉任何人就跟着翁青走了。……哑巴舅舅一点也没老。这真是一件怪事。当他和拉青舅娘站在一起时，年龄的分界线就更远了。时光是有魔力的东西，可是到了哑巴舅舅这里，它竟然妥协了。它乖乖地绕着哑巴舅舅转圈，吐着舌头，像条卷毛狮子狗。(普布没有料到，自己竟将时光想象得如此低贱。)哑巴舅舅在这个时候，威风凛凛，站在家门口，一副锐不可当的模样。他没有甲胄，没有盾牌，手里只是拿着一口铝锅。铝锅里的热气，正无比热情地将他缠绕。……普布你怎么来了？这次，拉青舅娘见到他时没有想起普巴。可是，当她听说普布没有告知家里就来到这里时，却吓坏了。明天就回家去，家里人会着急的。她急切地给哑巴舅舅打手语。哑巴舅舅张大嘴巴，做出很惊讶的模样。……那天晚上真的乱套啦：嘎玛仁青打着手电筒，去了才文那里。夜黑得好像是在野地里蹲着。它的王朝或者宫殿，总是见不得人。嘎玛仁青心急火燎。几分钟之后，鼻孔里就出泡了。那些血泡，无言而又认真地堵在那里，使嘎玛仁青只能张着嘴呼吸。“你见我儿子了吗？”“没有！”当才文得知普布没有回家时，嘎玛仁青这个传球大师，算是把“着急”这个球成功地传给了才文。才文有多着急？他放下手里的钢笔，迅速穿好衣服，骑上单位那辆公用自行车。……他一手扶着车把，一手打着手电，嘴里呼唤着普布的名字。普布，普布，你在哪儿？……黑夜，无情而又倔强，它站在那里眼看着才文正在走向他的末路。没有什么注释可以说明这次事件来得突然，也没有什么人知道那根高压线怎么就断了。它悬垂并蜷伏在大地，才文骑着自行车，头部一下就碰到了高压线！嗞嗞，一串火花，才文大叫一声，“天哪，费尔巴哈！”然后跌倒在地。很快，不住冒着火花的高压线就将他的脸部，手臂打焦了。他的身子也被打焦了很多处。一股人肉的味道在静静弥漫。风吹拂起才文手臂和脸部的焦灰，一点一点地飘向夜空的宫殿，深渊，黑洞。唉，才文死啦！这是一个多么痛彻人心的消息。……普布听到这个消息，眼泪一下就从眼眶里冒了出来。……拉丁，（仙逝了的人！）我还能说什么！都怨我，如果不是我不告而别，哪会有这样的事！唉，我的心快碎了。普布看着宿舍里盖着白布的尸体，才文静静地停在那里，像是老山前线阵亡的士兵。是的，他的生命停了，意识飘散。那些哲学家是否还属于他？……才文的父亲依然在相框里，用始终如一、晦暗无度的眼神俯视着他。家族史，这就是家族史的一部分。……一九七九年五月四日，家里人通过问询隐秘在俗世修行的喇嘛，得知：“尸体已被灼焦了，不适应天葬，火葬为妙！”……火化的那天普布也去了。那是一处光秃秃的山顶：才文，被木材中的火裹住了，喇嘛和他的几个同伴嘴里喃喃地念着经，往里扔助燃的酥油。哎呀，我看不到他的身体了。普布不住地掉着眼泪。那火，夸张而又神奇，猛烈而又紧张。你听听它的声音，嘶呜噼啪嘶嗒咔……在你看不见的时候，它好像吞了才文的心脏。……才文的大姐夫和二姐夫各自抚着妻子的后背，他们看到一只红鸟，落在不远处的石头上，像是披着袈裟，它鸣叫着，似乎是要抚慰人心！……灰，灰烬，木材的灰，才文肉身和骨骼的灰，被火势带得飘扬起来。

一连几天，只要普布一闭眼，那火就会在他的脑子里烧起来。

普布不想睡觉。缺乏睡眠，使他的眼睛红肿得像是抹了豆瓣辣酱。

可是一不坚定，睡眠就把他带走啦。

普布睡得很沉。没有人来打扰。父亲和母亲走动时也是轻手轻脚的。就在这个时候，有人来看嘎玛仁青了。谁？校医阿姨和才巴扎西。来得真不是时候，他俩站在门口，背后是一堵墙的反光。校医阿姨，不对，现在应该称呼她为才会计，她的胳膊勾着才巴扎西的胳膊，某种想法来到嘎玛仁青的头脑之时，她的胳膊已经在无言地申辩。我俩的感情很好。这段姻缘是天注定。嘎玛仁青的脑子里缓缓地出现了一幅图像：在遥远的公社，在雪山的白发永远也无法被梳理的那个地方，孤独的校医被落魄的才巴扎西拯救了。拯救她也是拯救了才巴扎西自己。……他俩一起洗衣服，当长长的晾衣绳上挂满衣裤，被单，才巴扎西的“乞求”，获得了校医的“恩准”。他俩结婚了。多么幸福的一对，前造反派头头，失势的邋遢鬼，倒霉蛋，眼睛里布满的红血丝，在那一天之后就完全消失了。一口铁锅，一副床头、一张床板……他的全部家当连同他本人也无法换走全公社干部的一片叹息。“唉，真可惜嫁了这么个人！”“怎么搞的，好姑娘总是要跟着坏蛋！”可是，才巴扎西的运气来了。县委书记下乡时，看上了他。“啊，那口才，比《格萨尔王传》里的布琼卡带还好，领悟力也高，怎么就没有人培养?!”县委书记一直在观察他。他有心提拔他。……才巴扎西看着嘎玛仁青愣在那里，“怎么不让我们进屋?”他的笑脸，兴许是有那么点威力。兴许是嘎玛仁青想起了过去的礼堂，主席台，横幅，大标语，一下子懵在那里啦。还是才吉灵光。她招呼着让二人落座，说了很多的话。嘎玛仁青只记得他们说起有儿子了，两岁半。……才文死啦，他俩肯定也知道。现在，嘎玛仁青的同情已经转移。整个谈话过程中，他老是想着才文，还有自己的篮球。……才巴扎西夫妇走了之后，嘎玛仁青一反常态，拿着篮球来到操场，篮球在他的手里冷冰冰的。篮球让嘎玛仁青说，唉，好久没打篮球了！篮球还让嘎玛仁青说，不打篮球的日子真难熬！但是，他只打了一小会儿，就累了。篮球又让他说，悠着点吧，现在是高血压病号啦！

普布连着睡了三天。第四天头上他起床了。他一起床，就想到自己以后再没有才文这样的朋友相伴。嗨，真该把他的照片挂在墙上。背景最好是逻辑塔。塔身上的鸽子屎最好是清晰可见。最好……唉，肚子饿得咕咕叫。没有最好，只有眼前如何将肚子填饱的问题。普布穿上衣裤，坐到厨房里。饭桌上，那冷冰冰的塑料布，亮闪闪的不锈钢汤勺，映着面皮发黄的才吉，表情古怪的巴拉姆……普布的吃相简直就像刚从死人堆里爬出来的昏迷者，古老的礼仪没有了，被自身的饥饿给消化了。他的嘴遇到汤，吧嗒出声。遇到绵软的面食，牙齿在口腔里沙沙直叫。眼睛凹陷，鼻尖下垂。有好多时候，他几乎忘记自己是在一个孤独的时间，责问内心了。食物是苦涩的，水分已被胃囊蒸发殆尽。普布敏感于自己的指甲盖为何有很多的竖纹。……为什么？为什么？他忽然觉得自己的眼睛跑到太阳穴上去了。鼻孔就是肚脐眼。哈，哈哈，他耸耸肩，要想隐藏自己的郁闷是多么不易。即使连着打好几个哈哈，可是郁闷终究是郁闷。它是有颜色的，蓝色的，红色的，白色和黑色的。在这种色彩的轮流笼罩中，普布看着巴拉姆高中毕业了，招干也考上了。她被分到了商业局。而父亲还是老样子，那么神圣地看着篮球。打篮球的时间却越来越少。嘎玛仁青每次看着它，近乎是在举行一次仪式。高血压，与他更加亲密：它长着翅膀，随时升高。这段时间，大老王退休啦。他回老家的那天，嘎玛仁青拿着一条哈达去送他。他俩久久地注视，像是一个旧坛子看着另一个旧坛子。坛身上的裂缝，透露着彼此内部深沉的黑暗。……嘎玛仁青回家后对才吉说："整个县城，只有大老王理解我。可是现在，连他也走了。"因此，郁闷的不只是普布一人。有时，嘎玛仁青也郁闷。嘎玛仁青的篮球团伙，成员交往几乎为零。班呷忙着做生意，尼玛扎西去了肉联厂，他整天和牛羊肉打交道。嘎玛仁青在后勤更是待得毫无激情。虽然高血压这亲密的伙伴，从来都渴望他的激情澎湃，可是降压药瓶，在他的口袋里不断提醒。……普布看到这一切。到了这个时候真是无话可说，无事可做。唉，该遇上一个人了！我们的故事不能总是由哑巴舅舅出来解围。一九八三年六月十六日，正午，太阳最辉煌的时候，二十三岁的普布一个人坐在河边，他遇到了一个老阿卡。

当时，面前的吉曲河水是波连着波的。普布的脑子又被一个老问题萦绕啦。这个问题追逐他已好多年。……普巴，才文，黑弟弟，他们的死都和自己有关！……是我推了普巴，普巴才摔下山的！好像是又好像不是。可是，才文的死却真的是自己连累的。还有黑弟弟，是被我那句恶毒的话咒死的吗？……

老阿卡对他说："嗨，小伙子，你能帮我去买包洗衣粉吗？"

普布帮着他买了。老阿卡把袈裟泡在河水里，用一块石头压着。河水中埋着的袈裟，绛红，使透明的水有了颜色。水纹不知怎么变得不清晰啦。也许是那河水中，袈裟微乱的布褶在作怪。但你可以看到水底的宝藏：火，一团绛红的火，焚烧在水里。老阿卡取掉石头，把袈裟捞出来，洗衣粉飘飘洒洒地落在其上。唰唰，他开始有节奏地揉着布面，泡沫开始出现，立时把他的手包裹啦。这双点酥油灯的手，翻经卷的手，即使被包裹，也没什么秘密可言。这时候，普布的联想从脑子里冒出来：天空，如果有河水的味道，那么河水就会有木桥的味道。……那一系列的关联，被他不可思议地想来想去。老阿卡这时看出普布有困惑，便边洗袈裟，边拿话语点拨普布。

他说：“小伙子你有工作吗？”普布摇摇头。

他又说：“那你有家室吗？”普布还是摇摇头。

老阿卡使劲地拧着袈裟上的水，说道：“那我觉得你可以像我一样当个阿卡，你可以好好想想我的建议！”

是该好好想想啦。剃个光头简单，可确保一辈子的修行难啊！佛菩萨在天上看着你。国家开明到给你这样的自由，主意还得自己拿呀！你不是说，那三人的死都和你有关吗？那么，你为何不为他们多念念经？普布自己问自己。他发现，自己设问，自己回答，是一个会思考的人才会用的好办法。……“我现在不知该怎么回答你。我还得问问父母,也不知道他们同意不同意。何况，我还没有下决心。”“那你为什么不下决心呢？你不觉得这就是你能为他们做的唯一一件事？你不觉得这样才会让自己好受些？你不要再犹豫。犹豫可不是什么好的品质，到了抉择的时候啦，你是把自己的一生献给佛菩萨，还是深陷在毫不容你的世俗，想想吧？……”没有任何回答的余地了。普布很晚才回家。河水哗啦啦的声音附在他的耳膜上，那耳膜似乎有录音的功效。可是，那些陪了他半天的鹅卵石，却在脑海里变成一堆铅块，它们融化着，铅水像八爪的蜘蛛缓缓地往前爬。……普布入梦。普巴又来了，他推开门走到普布面前。蓝幽幽，冷冰冰的脑袋，被普布不住地抚摸。还是那么的娇小，缺腿的小羊羔依然抱在他胸前。他的身上已不是一股荆棘味，而是一身的草皮味。额头上有一道小小的裂缝，里面有光泄露出来。普布俯下身子，试图看里面藏着什么？可是，他的眼睛越是往裂缝前靠就越是睁不开。他缓缓地缩回头，脖子变得有些僵硬。一股冷气，（他确定不是普巴带来的！）逼退他面颊上的潮红。眼睛里的光退回到内心，内心里的热退回到肺叶，肺叶里的气体从口腔里出来。普布张着嘴，牙齿微黄，舌尖上凝聚一疙瘩的血，（自己咬的。）他睁开眼睛看着普巴。普巴缓缓地回头，面无表情，他说：“哥哥，你要去当阿卡吗？”普布说：“还没有定！”普巴抱着小羊羔，在屋子里走来走去。他说：“快决定吧！”说完，他推开门走了出去。……好大一片光！打开窗子，它们在普布的脸上灿烂，跳跃，新的一天来啦。普布真的是在这场梦境之后做出决定的。他想好了，想清楚了。为了不在俗世猥琐地活着，为了普巴、才文、黑弟弟的来世，他一定要去当阿卡。尽管家里只有他一个儿子，可是父母创造了他，生命却是属于自己的，得由他来定。……三天后，普布终于向父母挑明。

“你真的决定了吗?”嘎玛仁青问道。

“儿子再好好想想吧!”才吉的目光里充满了疑惑。

“没有什么可想的。我就是要去当阿卡。……阿爸，你难道不能理解吗?!阿妈，这是个怪要求吗?!”嘎玛仁青从自己的思绪里抬起头，再次看着普布那意志坚定的眼睛。他心里便有一个牵马在荒原游荡的人，那人就是他自己。嘎玛仁青的神思游荡去了。他突然不说话啦。才吉一个人面对着普布。……“普布，儿子，你以为阿妈不会同意吗?如果你真的想好了，我会跪在佛龛前，感谢佛菩萨的眷顾。可是，当了阿卡你可不能干反悔的事，如果有一天你脱了袈裟回家，那可算是辱没门风的羞耻，所以你必须要想好。……”“阿妈，我真的想好了。请你相信我，也请你祝福我。”普布肯定地点着头，那种坚定这次轮到他的下巴来表现啦。才吉当然看到了，她觉得自己没有必要再担心。她起身来到佛龛前，点了一炷香，袅袅一炷烟雾，在空间划出自己的轨迹。那架势，仿佛已经断定普布要出家啦!没有任何悬念啦!嘎玛仁青从神思的荒原回来时，没有带回那匹马，很可悲!他不知道儿子当阿卡的事已成定局。……可普布没有留意他。他只是感到才吉的脾气越来越好。（以前的看法顿时烟消云散。）自从黑弟弟离世之后，那个用红砖封口的坛子，似乎把母亲的怨气也封进去了。坛子在地底闭着嘴，嘴里含着黑弟弟，黑弟弟的脖子上依然缠着他的脐带项链，散发着异臭，或者……普布不敢想象。巴拉姆是最后得知消息的。她说：“普布，你真的想到一个洞窟修行吗?”普布说：“是寺院!”可是巴拉姆仍然觉得去寺院和去洞窟没有什么不同。她没有像往常一样怀抱着歌词本，她已不再需要它了。到了商业局后，她的头发烫着卷浪，手腕戴着电子表，一串呆头呆脑的数字，在表内的方框里有所显示，准确无比。可是现在，她却要摘下它送给普布。……普布接受。巴拉姆一身的香气，嘴角上挂着豌豆大的秘密。她要去大地方刮宫，以出差为借口。(嘎玛仁青和才吉的粗心再次得到验证，他们无法洞察巴拉姆的秘密。)那古老的贞操观，在她看来是张烂纸。腥臭不说，还阻挡视野。更可气的是，那上面出现的图案，会说她是婊子。……巴拉姆走回屋，一切秘密都将在她走后消失。（她固执地认为。）……普布看着妹妹离开。他将电子表戴在自己的手腕。……一九八三年，电子表上的月份、日期和时间显示：九月三日，上午九点十七分，普布当了阿卡。虽没有正式受戒，但已是一个在寺的注册僧人。……那天：多尼感到心慌啦。土登桑丘不停地嚼着口袋里的小肉块，那汁液不折不扣地分散了他的注意力。……嘎玛仁青和才吉，手拉手，仰头看着山上正俯视县城的寺院。……山谷里，秋天在行进。青稞金黄得让金子都想遁地，铜块眯起了羡慕的眼睛。

第四部

16 钥匙沙啦啦啦

让我们来讲一个阿卡的故事吧。他的故事是伴着长条经卷、金刚杵和胖头的铃鼓在静谧的时空里眨着眼的。故事会眨眼吗？怎么不会，你没听说一个故事要想走进你的内心，它先是眨眼，而后在你倾心留意时，钻进你的记忆里吗？啊，记忆是一片多大的野草荡，许多事情发生了，发展了，灭亡了。一场大火烧过，剩下的还有什么？……普布，我们的普布，现在是剃了光头啦。他的光头上除了清晰可见的血丝，还有一两处的疤痕。看呐，疤痕是多么难看，与青发茬的颜色不一样。许多时候，很多人会问起它的来历：普布知道。如果不知道，他不会整日抚着疤痕，手指尖感受颅骨，颅骨里似乎有一场大风刮过。……当阿卡了，那一袭的袈裟，绛红。看来，普布是被自己认可啦。虽然，他已得知离受戒的日期还远。（长则一年，短则六月。当然每个寺院的情况是不一样的。）可是寺院的规矩摆在眼前：每个新入寺的阿卡，必须先在“亦冉空”（教书院）学习藏文。但普布的藏文、汉文都不错。因此“亦冉空”的老师会告诉普布，去厨房待一段时间吧。在未受戒之前，厨房里的空心菜、土豆、茯茶和酥油会在那三口大铜锅里呼唤你。它们不知道你的名字，可常在伙房里转悠的涅巴他心里有谱。那么阿卡普布的故事里，涅巴就是引子啦！

涅巴是个什么僧官？

涅巴是管理寺院伙食、厨房及仓库的僧官。

普布一直以为，来到寺院以后，第一个见到的肯定是那个点拨他的老阿卡。可是，希望扑灭之后，换之而来的认识是：他可能是别的寺院的僧人。在此之前，他一直在寻找。在“亦冉空”的十六个柱子间是不可能有结果的。那就在众僧即将散毕早课的大殿外等，依然无果。这时，他却看到黑瘦的涅巴向他走来啦。过程是挂在他腰间钥匙的响动，由远而近。涅巴的名字叫多杰。在那个时刻，普布一下子就记住他了。没有一种时光是打了结的。那种流动跟厨房大灶膛里的火差不多。灰飞得让烟囱兴叹。涅巴，谁也不喊他的真名。阿卡们“涅巴涅巴”地叫唤。他也像是不管不顾自己的真名了。可是，寺管会的花名册上，多杰这个名字是无法抹去的。那个字是寺管会正主任用毛笔精心描就的，整个花名册没有一处涂抹的地方。主任的认真成了癖好。难怪住持活佛是那么信任他，而涅巴则被他所信任。涅巴一路走来，钥匙在他的腰间叫喊。普布习惯听到这种声音。

钥匙沙啦啦啦，涅巴的嗓音没它好听。“普布，把火烧旺些，让它的舌头把锅底舔得滚烫滚烫的，这样饭就煮得香。”

他的光头，油亮油亮。眼睛盯着灶膛，内心里也就有了灶膛。……还是要给你讲讲，这三口大铜锅的用法。涅巴用手摁住腰间的钥匙，让它们作声不得。……第一口铜锅是用来烧茶的，第二口铜锅是用来烧饭的，第三口是用来煮茶叶的，其他五个僧人早已知晓其中的道理。但对于普布而言，一切刚刚开始。他的故事里，除了涅巴，厨房里的那五位，是同一世界的五种元素。“金木水火土”，而普布觉得自己像一块石头。……我多像一块石头，笨拙，没有强大的外力就无法开裂，没有日光和月光的照彻就无法想得清楚。是啊，我多像一块石头。……普布每次的强调，像是真的要把自己变成石头啦。变成石头也无所谓，刻上六字真言就是玛尼石了。一块玛尼石和阿卡的身份多么相符。想到这里，普布的内心盛开了莲花。佛菩萨呀，这个年轻的阿卡是勤奋的。在一个没有办法省略的时间里：他的父母在寺院允准的地方，给他盖起了僧房。很简陋，土坯一垒，椽子一搭，盖上顶，加上个小窗户就行啦。啊呀，这房子多小啊，小到像牛粪房。但“牛粪房”里是有电灯的。灯光下，普布像模像样地背诵经文，那一部部的经文都要烂熟于心。嗡阿惹巴杂呐德……他背得兴起。经文像蜜蜂，似在灯光下飞舞。满屋子的香气是因为点了藏香。……涅巴当然听说此事了。这不足为奇，每个阿卡都应该这样。涅巴的钥匙再次沙啦啦响起，普布站在凳子上用大木勺搅着铜锅里的饭食。金顶上落了只乌鸦，另五个阿卡笑谈，涅巴的兄弟又来了。他们吃吃发笑，茶水在铜锅里嘟嘟嘟嘟冒泡。涅巴自己也想笑……“是像兄弟！有时候，我真觉得自己的黑和乌鸦的黑有关联。如果没有这身袈裟证明，这串钥匙印证，插上对翅膀，我就可以随乌鸦飞了。”

涅巴到底是没有飞，留着他还要指点普布。（在强大的现实主义面前，任何幻想都得退避三舍。）涅巴领着普布清点库房是祈愿法会以后的事啦。之前，厨房里的热火朝天是不怎么严重的。可是，祈愿法会那天，伙夫的工作真是忙不过来啦。茶，一道又一道的奶茶，都要送到诵经处。诵经处就建在被寺院俯视的山下，有个大玛尼堆的地方。在涅巴和普布的讲述里：那个用巨大的塑料布盖住的大棚顶，是有七个窟窿的。塑料布是普布和涅巴去买的，当时，真是一点裂缝也没有，更别说有窟窿啦。可是，粗心的“搭建师”，也就是本寺的几个阿卡，竟然完成了如此的创意。这样，即使在白天，也能看到北斗七星。那七个窟窿，七个心窍，七个灵魂的出口，在阿卡们念诵经文时，像是替老天睁着七只洞察世事的眼睛。……祈愿法会的主题是：祈祷世界和平，战争消亡，人类无病无灾，和谐生存。会场外，信徒们人头攒动，摩肩接踵。普布一直在临时建起的大灶上烧茶，帮忙的阿卡们分批分次地把茶送到法会会场里，分批分次地把茶水倒入阿卡们面前的龙碗。（这次是添加了奶粉的，平时不全是。）高音喇叭里翁则（领诵师）深沉的声音一经响起，诵经声就像水流漫动，就像在牛皮口袋里冲击着堤岸。……世界就是在一个牛皮口袋里，你不会不知道。在世界的手掌上，我们人类是多么的轻微渺茫。啊，嗡嘛呢叭咪吽。……普布给自己倒了碗茶。这时，在灶台的边缘，多尼静静地看着他。

多尼，换上一种眼神看我，我就不是阿卡了吗？

多尼，你的眼神分明是在指责我不告而别。

如今，你还能说什么？看看，我是多么神圣地面对你。没有尘世的喧嚣，人也就静了，不信你也尝试一下。你不用暗含眼泪，你的心思我不是不懂，可是，我没有那个心思。现在，我真想给你讲讲佛陀的故事。……多尼那么的沉静。她的眼里更深的地方积着泪湖，那里没有孤独的天鹅。（也许她的心境里有一只在独舞。）思维敞开的地方，普布话语里遥远遥远的迦毗洛卫国闪现……先知阿西陀拜谒了新生的王子……人们在欢呼雀跃。谁知道那是未来的如来？……祈愿法会到了这个时候，世界的本相即将在一口水缸里显形啦。（但这还是普布的幻想。）多尼离去时，是回头望了普布三次的，每一次将距离拉长，她都会紧咬一下嘴唇。第三次回望后，一辆卡车激起的灰尘，像是在他俩之间拉起了帷幕。时光的碎片跌落在地，清脆，碎裂，普布没有想到自己竟将茶碗给打碎了。祈愿法会的诵经声越来越悠长，人们绕着那个大玛尼堆开始转呀转，按着时间的轨迹……普布逐个捡起那些碎片，他的眼里：天开始逐格暗淡。（他的体内似乎有生物的格式来测定暗的程度。）……多尼，走吧！走进自己的生活里。我佛，菩提树下的释迦牟尼，在经卷深处，在庙堂，在人间，在梦里，在和谐之中看着你！……刚才你好像说了："普布，我走了。"这在普布的耳里引发了一场塌方！情况多么的严重！一地的瓷碗碎片。普布自己也觉得奇怪。为什么？为什么？为什么？……只有灶膛里的火不明不白！只有锅里的剩茶在暗自叹息！只有涅巴的钥匙还在沙啦啦啦。

钥匙沙啦啦啦。

"每个库房都有自己的故事。"涅巴说道。

普布忽然觉得涅巴要把管理库房的职责转交给他啦。

"看看，这些钥匙，它们急于寻找自己的锁孔。"涅巴觉得自己应该把每个库房的门打开。这样，里面发霉的空气和潮湿的物品会感激他。

涅巴突然取下挂在腰间的钥匙，在手里晃动。好像晃动的是一股水，一腔油，在这个时候，普布终于看出，涅巴是不会把钥匙交给自己的。那些钥匙似乎天生属于他。它们在他的手里，是一片银光闪动。（这当然要太阳的配合，月光不会有这样的效果。）之后，涅巴把钥匙握在拳头里，它们的身子被手指头捆住，光闪闪的效果消失。涅巴松开手，领着普布往第一间库房走。

钥匙沙啦啦啦，普布看着涅巴左手抓住一把锁，右手的食指和拇指捏住钥匙，锁孔一转，取下锁，木门就打开了：里面堆放着黑铁耳锅、大小不一的铝锅、短嘴大水壶、长把扫帚、矮木桌、成捆的白布匹、各类瓶装的调料，规格不一的塑料桶，它们在各自的位置上好似垂着头，蒙着灰尘，情绪不高。在冷寂的库房里关了这么些时日，它们的耳朵早变成寂静啦。该是让它们走动的时候了。它们的走动当然是普布帮着完成的。涅巴开始清点这些物品的数量。

普布让这些物品换了位置。普布的高兴不亚于涅巴的高兴。他的脸上虽然染着灰尘，可是他惊叹连连，好漂亮的水壶，瞧这颜色金灿灿的。……嘿，可不可以送我一个小塑料桶？……普布那天说了好多话。每一间仓库置放的物品都不一样。库房里的味道也不一样。……看，那长条大茶，酥油，面粉，糌粑，清油。……看，那铁锨，十字镐，各类劳动用具的木把子……它们，它们，都像是活过来啦。醒过来啦，都像是有生命，有意识。它们的话语已秘密地转化成涅巴笔记本上的数字：铜壶十一个，白布六捆，面粉三十六袋，铁锨十七把……普布的兴奋像是逆河游动的鱼儿，找到了清流，那兴奋一下子就长大啦。……啊，多好的时代，空气的腐蚀不会拒绝内脏，而内脏的血泡里种子在发芽。鱼上树了，小鸟下河了，这就是兴奋的实质。普布突然想到。

可是那天的事，你不说不行。涅巴要外出办事，可能要好几天，钥匙暂由普布代管。风迅捷地在普布的门帘上吹出了一个短暂的凹坑。普布从厨房出来，敲打着铜锣（开饭的信号）。锣声在自己的耳里炸开，六下。寺院金顶的麻雀大呼不好，呼啦啦向南飞去。涅巴的门帘也被吹出同样短暂的凹坑。（还有几个阿卡的门帘也是如此。）如果你迷信，这可以算是征兆。

可是，发生的事情与这个征兆毫不搭杠。普布光头上的疤痕被越来越多的阿卡注意。人与人更熟了，环境便存在于自己的呼吸中。光头上的疤痕又被自己的手指摁住。（跟笛子的吹孔一般大。）不一会儿，疤痕上便留下油渍。普布吃饭，瓷碗光洁，自己的眼睛被照出来了。眨一下眼睛，不是什么坏事。他突然听到身后传来一阵咳嗽声。那咳嗽怎么这么的耳熟，可真转过脸时，普布发现自己丝毫不认得这人。他来自哪里？（无论来自何处，有一点可以确定，他也是本寺的阿卡。可是从他的年龄看，他大概有六十多岁。在几个老阿卡里，可以算是比较小的。）为何这么长时间了，自己却从来没见过他？那副尊容实在是太值得描摹：要说台阶，那就是他额头上的七道皱纹。而淡淡的眉毛，恰如衬托台阶的两处花园。眼睛，说小不小，说大不大，分寸掌握得极好，像是被自己控制的。鼻子犹如牧人帐篷里垒筑的像模像样的土灶。嘴，薄薄的，一看就知道特别善于劝人从善。耳朵，微微发红，一副虚心聆听的样子。唉，普布真不知道自己该如何同他说话。不说就不说吧，钥匙又在沙啦啦啦!

这一天，普布连着碰到他好几回。在寺院大殿的台阶上，他站在第九阶，而普布刚好到达第三阶。老阿卡见到他笑了笑，普布惊觉，一个六十多岁的老人，牙齿竟然那么纯洁地与口腔保持和谐。一颗未掉，甚至是颗粒晶莹。（比他小一两岁的人，口腔里的雪白山峰也会倒的。）唉，时光是如此地宠信他。他的微笑展示着他与别人的不一样！他的白胡子上闪耀着古怪的自豪，覆盖在上嘴唇上，和鼻孔那么接近，你不要联想那是一片雪地，错啦，那是他经历的佐证呀。第二次和第三次相遇，间隔不长。可是，我们要忽略第二次，而正式展开是第三次！第三次，老喇嘛赤瓦益西——普布没有理由不打听他的名字——开口对他说话啦！还是风，迅捷地在他们的袈裟上吹出了短暂的凹坑。两扇朱红的木门，墙上描绘的六道轮回壁画，是喇嘛赤瓦益西的背景。而普布面对着木门，壁画在他对面，他却视而不见。他眼里只凸现着老喇嘛。

赤瓦益西听见钥匙在沙啦啦啦。

赤瓦益西舔了一下嘴唇，牙缝里的话，蹦了出来。

“你叫普布，我了解到了。”

普布回应道：“喇嘛，我也知道你的名字了。”

“多好，同一个寺院的，我们现在才见面。”

“我入寺不久。”

“我刚从圣地回来。”

“你，学过古梵文吗？”赤瓦益西问道。

“没有。”

“我这次就是去那里的寺院，向一个高僧请教去了。”

“多长时间？”

“一年。不长，只是手掌上的沙粒吹散又聚拢的时间。”

钥匙还在沙啦啦啦，一只乌鸦飞回来落在金顶上了，但涅巴还是没有回来。那么，把他的事情放一放，说说赤瓦益西吧。是呀，每个人都是有历史的。赤瓦益西的历史，普布也是听来的。大家都在讲，耳朵里的话语震荡耳膜的时候，你看，手里的茶碗都在随着手的颤抖不住摆动，好像冷得不行。……一切照旧，墙壁上护法的眼睛瞪得滚圆。石头台阶上的裂隙里可以听到地底下的声音：咻，像是气体在不断地往上冒，也可以认为是大地开始化冻的信号。

普布，手里的碗还没有掉下去，耳朵里的那些话语可要记住了。那是很久以前的事，它有多早，赤瓦益西现在已经六十四岁。从他六岁那年来寺院算起，已经有五十八个年头了，寺院不景气阿卡们回家的那几年也得算。五十八，不是在数自己的毛孔，而是真真切切吹皱皮肤的时光。主要的故事必定忽略不了他入寺的年月。现在不是一九八三年十二月吗？往过去倒退五十八年，那一年恰好是：一九二五年三月二十七日。赤瓦益西到了寺院，不久就受戒了。他在"亦冉空"学了三年的藏文。一九二八年他得了一场病，父母接他回家暂住，可是，奇怪的事情就发生在他回来之后。谁都不敢相信，那就是赤瓦益西，他好像完全变了一个人，甚至把学过的藏文也忘干净啦。"你不懂藏文了，我教了你三年，一场病就把你最有用的那部分记忆给夺去了？""亦冉空"的阿卡老师有些歇斯底里，（那个讲述之人，把他的表情和语气尽量复原。好像那时光不是五十八年，而是在昨天。）可是赤瓦益西只是眨着迷惘的眼睛，大雾笼罩在里头。那一年，他从头在"亦冉空"学起藏文。……普布手里的碗继续摆动。他急切地说道："再往后呢？"……再往后，显现出来的可是谜底了。有一天，阿卡们终于知晓他有个孪生兄弟。不用再往下说，你已经明白了。大家都怀疑，那场大病之后，是他的孪生兄弟替代他来了寺院。他叫赤瓦益西，而他的孪生兄弟则叫赤瓦罗松。明白了吗？现在我们的老喇嘛也许就是赤瓦罗松。普布失手把碗打在了地上。

真是这样吗？这个传闻让他慢慢地变得不能自拔。

"也许是，也许不是，但我觉得是比不是好。"普布对自己说。

他突然发现，自己的心态多少有点好奇。这样不好，一个阿卡应该把自己的凡心留在过去的湖面，而后静心修行。可是，好些时候普布做不到。因此，他断定自己成不了大喇嘛。

普布觉得自己应该造访赤瓦益西。是时候啦！穿过那道青石头片铺就的路面，转过一个不大不小的弯，最重要的是眼界开阔起来，赤瓦益西的房子独自立在山间的一块大土包上，风姿绰约。（这个形容不坏，比起恢宏、气派这样的说法，不知要恰当多少倍。）普布一点也没有料到，就在他的房门前，一只气势汹汹的恶狗，正朝着他龇牙咧嘴。普布呆站了一会儿，那狗的劲道更足了。它的喉咙里乌隆隆的似乎爆发了一场骚乱……啊，要不是在寺院，普布的石头早朝它的狗头打去了。可是，就这么待着吗？不行，往前靠。哈，那恶狗见普布不怕，收了喉咙里的声音逃开了。……一切都在沿着时间的轨迹发展。普布进屋之后，不该呆立着，所以他选择在椅子上坐下来。坐，赤瓦益西之前也是这么吩咐的。他的表情说明，对普布的到来他是满心欢喜的。早年间，这种欢喜不多。可是现在，欢喜的发生越来越频繁。这是不是修行的大忌?！赤瓦益西稍稍地思量了一下，他的脑海里有一尊欢喜佛显现。客人到眼前了，倒碗茶，放上一个糖果盒。普布没有吃糖，他捧着碗看茶水的颜色，太淡，像是直接在暖瓶里泡的茯茶。（在厨房里他也学了不少东西。）他放下茶碗，打量着四周：那么多的长条经卷码放在大柜子上，似乎是一尘不染。而它们的形状在普布看来似乎预示着未来世界的格局。四角，代表四方争霸。嗨，肯定是瞎猜。……但祖先教导我们，眼睛不能总看着一处地方：向左，既是残破的白海螺，罐头盒里竖立的筷子，酥油灯盏，一玻璃瓶黑色的藏药沫。向右，墙上贴着观音像，文殊菩萨像，其下的柜子上是蜷曲的念珠串，酥油盒，糌粑盒。……是有点凌乱，但普布不会介意。赤瓦益西咽下口水，等在喉咙里的话慢慢说出来了。

“嘿嘿，怎么就想到要来我这里?”他的嗓音里好像漂浮着很多锯末。

普布的回答好像很合理，但不是实情：“我被你所说的那个古梵语吸引啦。”

可是，赤瓦益西一点也没有显露出高兴的样子。他岔开了话题。

“看看，我手心的纹路好像乱了。”

他把手掌撑开，像一个大叶子，但普布对此不感兴趣。

他把话切到正题：“有人说，你是赤瓦罗松，而非赤瓦益西。”

赤瓦益西愣了一下，然后哈哈大笑起来。

他没有辩解，只是说：“我的孪生兄弟，听了这话会不高兴哟。”

接着他又面带笑意，说道：“作为比他早来世几分钟的哥哥，我可不愿意看到他把鼻子气歪，把骂人的嘴张得大大的。”

17 他们的事迹

涅巴终于回来了。“他带回来一群乌鸦。”厨房里的那几个阿卡就是这么告诉普布的。普布出门去看，金顶上真的落有五六只乌鸦。它们身穿黑袍，一动不动。普布几次想到它们的眼仁也是漆黑的，整个世界都被蒙上了一层哀悼的颜色。……“它们是从死了人的山谷里跟过来的。”普布的肩膀被轻轻地拍了一下。涅巴的手上散发着湿漉漉的溪水味。（他刚洗过手，神情肃穆地提醒着普布，那串钥匙该归还了。）普布取下挂在腰间的钥匙，这个交接很有意思，钥匙拼命地在太阳光下闪亮，像是一个孩子拼命地挣脱他，扑入另一个人的怀里。普布意识到钥匙终将是涅巴的钥匙，而这层关系早被确定。……普布的耳里，慢慢地有了涅巴的咳嗽，涅巴的唠叨，他这几天的遭遇在普布的耳里，与情节一并起起伏伏。

必须拣重要的说。

“先从那几只乌鸦说起，不，还是从我离开寺院的原委说起。有人知道我离寺的原因吗？（普布摇了摇头，这种回答已显示了大多数的阿卡有多关注他们的不知道。）……我这次是去给寺院的商店进货去啦。快开张了，第一次的货很重要。住持活佛安排的。仁波齐的声音虽不洪亮，但易于牢记。你知道有什么货吗？（普布的摇头再次显示了众阿卡那不知道的分量。）货物有大茶、绸缎、藏香、布匹、佛像、铜壶、礼帽、哈达、袈裟、衬衫、铜锅、法器、青盐、白糖、红糖，（涅巴每说一样就会让一个手指倒向掌心，现在他的手指已不够用了。）……满满的一车货。雇来的东风车司机开动马达，汽车像只甲壳虫一样开始运行。我坐在副驾驶的位子上，和我同行的还有一位寺院商店的阿卡售货员。嘿嘿，那一路真的是缓慢行进呀。因为，我不允许他把车开得太快。我一再嘱咐他，不要太颠簸了，以免使货物受到损坏。……那车开得可真够慢，像时光的指缝里漏出的亮。缓缓地，才照到多年后的人生。……可是，出事啦！不是我们的车，是别人的车。翻了，在山谷里，一辆小车（吉普）四个轮子朝天，车里的人全部甩到了谷底。哎呀，太惨啦。……在谷底，一群乌鸦在上下翻飞。人呐？全死啦。四个人，其中一个人的头找不见了。……你想，一个人的头，是一个人的太阳。再耀眼，可是在山谷里没那么好找的，它可能是顺着坡势滚下去的。……终于找到血迹，顺着它，最终也就找到他的头了。

“……将四具尸体搬到山腰的公路后，我和阿卡售货员已经累得不行了。黄昏，开始在我的眼里拉成了一条线。一条边缘上有锯齿形状毛茬的长线。在这条长线上，点点乌鸦飞动，它们的叫声回荡在空寂的山谷，使山谷更寂静。……那四具尸体一字排开。我把那头颅，放在了断头人的脖子上，可是，还是有一掌来宽的缝隙。……我盘坐他们的身边——清一色的男性，断头者显然是司机。还有两个中年人，一个小伙子。——开始念经，黄昏因着我的经声，不断黯然，眼看天就要黑了。……我肯定不能把他们的尸体就放在这里，可是，我们的车满载着货物。（唉，涅巴在讲述时，一脸的无可奈何。好像他又回到了当时。）就在这时，一辆军车来了。我起身挡车，下来一个黑脸，威风凛凛的军人。他向我敬了个礼，听完情况后，他命令车上的几个战士下来，把尸体一一抬到车厢上去了。”

“……唉，这下我放心了。”

“回来的路上，司机开得小心翼翼。……当晚，我在山下寺院的商店里过了一夜，一大早就听见乌鸦叫。阿卡售货员说，是昨夜的那几只乌鸦跟过来了。乌鸦是我的朋友，虽然有好多人不喜欢它们。可是，也有人说它们是守护祭坛的神鸟。看看，它们多么悲哀，穿着黑袍，倒剪着双翅，一身祭坛的桑烟味。”

涅巴说到这里忽然就不说了。他们一起回到厨房，那三口大铜锅里冒着的热气把厨房点缀得热情洋溢。像是一匹汗湿的骏马，抖抖汗，打着响鼻。早先，还在议论“乌鸦涅巴”的阿卡炊事员们，现在已没有劲头再议论他了。……涅巴的事迹就这么被普布镶嵌在脑海里了。有用吗？很多时候，不管有用没用，普布的脑子里总是先飞过来一只乌鸦，然后就是涅巴讲述的事情跳跃着重演一遍。嗨，这些人世间的事情：你知道的，你不知道的，你有必要全都知道吗？普布摇摇头，但不坚决。无独有偶，一班给死者天葬的阿卡回来后在厨房里吃糌粑，他们的眼仁一致显得过于漆黑，凸现雪般的眼白。……他们边吃边议论，“死者可真年轻。”“在死亡面前，没有年轻和年老之分。”“可是，我有点害怕。”“你这是头一次见，以后就不会害怕了。”

啊，多么惨烈的事实！需要常有人在耳畔提起。这样，普布想起的会更多：普巴，才文，黑弟弟。缺腿的小羊羔，广播剧里的钟声，“脐带项链”。……那些事情不但没有随风而逝，而且以更清晰的形式，在他的脑海里悬着，躺着，摇晃着，走动着。那每一个小动作，刻板的，活泛的，敏捷的，一律鲜活得像是刚发生在前一分钟。普布，还能怎样，好好念经吧，那部经文打开了：你吐字清晰，元音，辅音，在唇齿间闪亮。经文在你的脑海里生根，发芽。一座山，一条河，一块石头，一条板凳，还有一匹马，一条狗，一只羊……万物，万物之中的万物，全都包容在经文里啦。你不知道，你的悟性还浅，而那个叫赤瓦益西的老喇嘛却知道。……赤瓦益西在昏黄的灯光下，戴着老花镜，(普布第一次见到他这个样子。）老花镜的鼻梁架上缠着白胶布。他向普布招了招手，手影在灯光下，隐去手指头的缝隙连成一块大黑斑。没有别的意思，大黑斑是让普布过来。这是一个手势形成的阴影，不需要解释得太多。

“我说，你理解你背诵的经文吗?”赤瓦益西问道。

“不懂。”普布摇了摇头。

“那么，你要穷尽你的一生去理解啦!”

唉，这是很有难度的。普布从没有给自己设定过这样的任务。

赤瓦益西看着普布一副迷惘的样子。他看出这种迷惘的中心，有更大的迷惘在等待着普布。

星期六，普布下山去看父母。“乌鸦涅巴”（大家都开始这么叫，普布私底下也就这么叫了。）交代了一些要办的事情：去寺院的商店，让阿卡售货员送两大袋青盐上来。还有，最重要的嘱咐，告诉他们不要忘了按期上税。普布一一牢记在心。下山就是县城，上山就是寺院。一上一下，就是心的距离。……普布到家啦。

嗨，你完全不会想道：他家搬啦。嘎玛仁青一个人在马厩旁空荡的房子里，一手托着那个头颅般沉思的篮球，(在他的感觉里，那篮球真的像是在沉思。)一手提着暖瓶。窗帘在他的身后肃穆：这个时候，普布推门进来，屋里的空荡和呆立的父亲，让他惊讶。让他惊讶的不止这些，还有，运走了所有的家什，这屋变得丑陋不堪。“它赤裸了，丑死了！”普布摇了摇头。父亲上来和他贴了贴脸，说道，“走吧，回新家。……这全是你妹妹的功劳。”“怎么，她发财啦?”“嗯，可以说是。”但嘎玛仁青没有讲明妹妹发财的缘由。他手里的篮球义无反顾严肃地注视着远方，暖瓶却显得垂头丧气。……新家有四个柱子，土木结构，两间大房，五间小房。巴拉姆的卷发蓬松着香气，才吉干了一会儿活，身上便冒出热汗。多好啊，这一切，如果不是梦。……普布知道自己没有大白天做梦的习惯。他脱下袈裟，放在沙发沿上。（沙发有点脏，它来到这个家有点不合适。但来了，总得占据一个地方，显示自己的威风。）普布接过母亲手里的抹布开始擦拭家具，擦拭门窗，擦拭柱子，擦拭才吉放“星星”的白坛子。可是，他不知道母亲现在没有往里存钱的习惯了。……只有父亲一个人是黯然的。普布发现，他的脸正努力掩饰一种古老的失意。屋前，是一条土路。屋后，绕出院子就是一片湿地。可是冬季，它结着冰，像一面古老的护心镜，不闪亮，不招引箭镞和苍蝇。……最终，普布没有知晓房子的真正来源。他只当是巴拉姆赚钱买的，但真相即使他不知道也真实存在。

普布，不要忘了巴拉姆是个恶人。

你在吃冒着热气的糌粑，可是这个时候，真相却在另一些知情者的嘴里蹦跳。

那房子是被高利贷者占去的抵押。……巴拉姆，除了有工作，还是高利贷者，在男人口水的浇灌下，在没有温情只有利益的熏陶下，她喝着那个人有些清淡但呛人的口水，在他的怀里，一步紧逼一步地堕落。筹码，开出的条件，一旦得逞，她便会远离，使他陷入对波浪卷发的无尽怀想。唉，历史啊历史，就这样，那个男高利贷者，将这栋房子交给了这个女恶人。从此，巴拉姆将不再理他。她的历史里又一个男人，一种新的口水品种，会进入她的身体。

普布吃完糌粑，表现出没有附属感的乐观。才吉的脾气变得越来越好了，她微笑地看着儿子。普布那没有附属感的乐观，一闪而逝。伴着院墙上一声乌鸦叫，像是躲进某个墙缝里，自娱自乐去了。……普布疾步往寺院商店走。“乌鸦涅巴”的那只乌鸦在他的脑海里拉着一条黑线飞过。“快去办事！”“乌鸦涅巴”的话在回响，由细小变得肥厚无比，最后到了油腻的地步。……而后，事情办得妥妥当当。普布的步伐中便有了闲踱的意味。……他已是闲来无事啦。他一身的袈裟使他看上去像一朵红云。他不断地走动使他体悟到“云游”二字只是针对僧人而非俗人。他感到那么多路人的黑纽扣看着他，而眼睛却没有盯他。他立时被汽车喷出的尾气笼罩了，号牌上的数码像秘密。他看到一个人向他伸出一只手，那人脸上的某个部位那么的熟悉，令他要想起往事——哦，是扎多杰，他已经在电厂工作啦。

现在，你们打算怎么做，到一个地方聊天。饭馆，我觉得那里不适合普布去。干脆，沿着街道继续走下去，边走边聊。

话题，绝对是从“铁兄弟帮”开始，普布猜得没错。

对于西拉多德，扎多杰是这么刻画的：他简直有病，精神病，认为他老大的地位永恒不变，所有的兄弟都是他的陪衬，因此我退出了。除了我的那三个傻表哥，我想，没人愿意和他这么混下去。他两眼无光，内心无德，一切的一切只从自己的角度出发。唯我独尊，妄自尊大，自私自利，百般挑剔，这样的人也能混到公安队伍里。奇怪，他不真诚，更不真心。他对得起谁？谁对得起他，谁就会遭殃！他变成这样，肯定是喝了母狐狸的血。比这更糟的是：这个恶棍，无良无魂之鬼，竟然动着永久控制人的念头。哦，可怜我那三个哥哥，人不人鬼不鬼地一天跟着他瞎混。命运会抛给他们什么样的绳索?!

西拉多德在狠命地抽烟。那烟在肺里拐了个弯又从他的鼻孔里出来，像是在兜着圈子。他拔出手枪，取出弹夹，边吐出那呛人的烟雾，边往弹夹里放子弹。一、二、三、四、五，够了。“一个弹夹里放五发子弹，已有足够的威慑力啦!”枪被塞到枪套里的时候，西拉多德分明感到它是擦着自己的右肾区入套的。这有什么说法？有，他习惯把枪套别在那个挺脆弱的区域。那个区域也是最容易丢枪的区域。铁疙瘩，没有灵魂，没有思想，你想让它干啥它就干啥。只要你是对的它就是对的。但是，西拉多德当上派出所的副所长后，那些老公安就不再给他讲这些事了。……西拉多德，有出息！比这更有力的一个说法是，西拉多德是个好同志。……他猛然意识到，在某些人的话语里活着，是件幸福的事。尽管，他一再强调，“要向那些踏踏实实的同志学习”。可是，夜晚步入自己的宿舍时，那三个兄弟披着一身的星光味、烟草味到来，他们便会跑到县城里到处找乐子。西拉多德喝醉后，抬着枪到处打窟窿眼，可惜最多五个，其余的都是空枪。那五个窟窿在巴桑兰周、曲松才仁、道朵勒桑手电筒的追问下，总是演化成边角上有着灿烂的毛边，扭曲的裂缝，鼻孔般的小洞洞。“看，女人的鼻孔也不会有这么精致！”“我相信，老大想打什么样的窟窿就打什么样的窟窿！”“如果其中的一个窟窿，出现在一个人的身体上，那将是何等的灿烂！”……西拉多德做梦都梦到自己开枪打人，这比他从武装部里讨子弹要难多了。……一九八三年十月二十日，夏加校长荣升为教育局长了。同时，西拉多德的继母正式步入他家的“殿堂”。（屋子是后来新买的。）西拉多德不止一次地回忆起亡母在临死前，给他做的最后一顿饭：两个洋芋，一盘煮肉，三根血肠，袅袅飘动的热气和香气，在他的周围形成了一个不大不小的包围圈。西拉多德坐在那个圈里：身躯微斜，手臂在动，眼睛盯着盘子。嘴巴里，他的牙齿、舌头是兴奋的。……一九七九年三月四日，深夜，母亲心脏病突发去世了。这样，西拉多德心里的最后一道柔顺的沙幕被撕破了。他瞪大眼睛，让泪水在眼窝里不住地打转。最终，那眼泪还是从眼眶里滑了出来，以冰冷、滚圆、光闪闪的形式，在他的面颊上形成了几个光点。现在，他变得更不爱回家了。家是什么？他以为，就是继母用奇怪的眼神打量他，从他身上获取亡母的信息。有好几次，西拉多德有些不可遏制地想把烟痰吐到她脸上，但最终，他还是把痰吐到了地上。

“啊，儿子，终于回来啦！”

夏加局长夸张的拥抱，总是触碰到西拉多德的手枪。

可是西拉多德对父亲的拥抱没有显出多少的热情。

“这可能是时间的问题，离开我久了，父子感情就淡了。”夏加局长揣测着。

他看着儿子在家里走来走去，像个陌生人。在西拉多德的眼睛里，那些窗帘，都被换掉了，取而代之的是继母喜欢的那种暖色调，跟亡母喜欢的淡颜色是不一样的。西拉多德觉得自己有些待不下去啦。他摸了摸右肾区枪套里的手枪。手枪把是冷冰冰的，这时候，他突然想象着自己掏出枪，向继母开枪的样子。他的眼睛里是流着血的，继母的胸膛上是盛开血花的。西拉多德忽然觉得空气中敞开了一个洞穴。自己要做的只是一跃而入，从此他要把一些记忆吞到肚里，消化成遗忘了。冰冷的枪柄使他从不可思议的想象中挣脱出来。西拉多德的目光从窗帘落到了继母身上：她穿着古怪的黑条绒衬衣，那种黑色里布满了金黄的叶瓣。……在金黄叶瓣的反衬下，夏加局长表情严肃。这时候，西拉多德的喉咙里干干的，没有一点黏液。他把摸在枪柄上的手，放到裤兜里。他倒退着从继母的家走了出来。千真万确，他觉得亡母把家的感觉带走了。

后来，夏加局长不再拥抱儿子啦。……西拉多德把自己藏在没有家庭气味的空气里，那里常年有一副手铐挂在墙上，还有墙上的一个黑脚印轻蔑地对着他。……巴桑兰周的臭嘴总是吐不出什么好话："老大，要不要我给你找个女的?""你能找什么样的女的，又是些不三不四的。"西拉多德打量着墙上的黑脚印，有些窝火。那种窝火后来又发展成了懊丧。好久没有破过一桩案子，自己好像只能应付打群架的。西拉多德似乎嗅到自己的骨髓里有一股下水道的腐败味。他看着镜中的自己：大眼睛，眼皮稍稍有些耷拉。小鹰钩鼻子，多么招人厌烦。大嘴巴，这是众所周知的。……西拉多德突然拔出枪，对着墙上的黑脚印开了一枪，一个窟窿眼便出现在脚印的鞋跟部位。西拉多德又在墙上踹了一脚，两个黑脚印，它们一左一右，从此就不孤独了。西拉多德现在要做的是，带着巴桑兰周，呼唤曲松才仁，引领道朵勒桑，（除了那个不讲义气的扎多杰。）穿过这一条街，在这一条街之外的另一条街上，摸着桥头上油光发亮的石狮子，把该办的事情办掉。

一场斗殴发生之后，你终会明白他们是为了什么。西拉多德肯定是躲在幕后的。他的公安身份，他的暴戾脾气，还有枪套里随时都会被他握在手里的枪。这些都是十分危险的因素。那枪，现在必须仔细描述一番：六四式，小巧，一斤一两来重。手动保险，像沾在枪身上的黑毛虫。它可以装七发子弹，可是西拉多德常常只装五发。在这方面，西拉多德是多么懂得克制。一个弹夹可以支持射出七发子弹的手枪，如果只发射五发，那说明什么？……这把最终会使他被清理出公安队伍的铁家伙，在这个时刻，在石狮子的面前，倾听着西拉多德的交代。

西拉多德说："这次，你们三个必须把他们约到河边。不怕他带人，处于劣势的时候我自然会出场。如果赢了，我就不会露头啦。你们听明白了吗?"

巴桑兰周点了点头。他摸了一下油亮的石狮子。剩下的两位兄弟也依次摸了下石狮子，就离开了。这不是什么仪式，只是一个习惯动作。西拉多德把手放在石狮子的大孔鼻上，手指尖上就有了一股冷凉。那么，他们要对付的是什么人：以前的“学生帮”头头扎拉明嘎，才仁闹布（后来，一九八五年“严打”，这二人赫然入选县公安局严打名单。）……这是一场恶仗。西拉多德狠命地抽着烟。他拿出望远镜，靠在水泥桥的栏杆上，望着河滩：人已经到齐了。他们马上就要大打出手了。三对三，还算公平。西拉多德几次想到一定是那个骄傲的扎拉明嘎，制止了其他的学生帮成员参战。（他们只是看着。）……看哪，河滩上的气氛转眼就剑拔弩张啦。他们动手的时候，从望远镜里看去，一点也不显得激烈。河滩上，六个人扭打在一起。一个人摔倒了，一个人站起来了，一个人又被一个人踢倒了，一个人骑在另一个人身上挥舞着手臂，这像是一场闹剧。（你要是问，他们有什么仇，没有，只是一个帮派要打服另一个帮派。）西拉多德的望远镜稍稍往上一抬，就看到了远处的雪峰。……雪峰，古老的雪峰。看见了多少苍凉；看见了多少值得记住和不值得一看的事情。西拉多德的一生里有三种崇拜：第一，手枪；第二，自己；第三，能够解决现实问题的急需品。在这三种之外，他喜欢雪峰，也许只是那么一点点。……风，吹拂起河滩上的黄土和沙子。那些打架的人被它展开的大氅给包裹了。可是远处的雪峰，西拉多德的那一点点喜欢，在望远镜里不断地生动。……西拉多德无法听到扬起的黄土和沙子里，他们那充满颗粒质感的声音。

巴桑兰周推了扎拉明嘎一把：“又打了个平手。”

扎拉明嘎擦了擦嘴角的血，说：“下次再约。”

普布回到寺院，这里的一切，因着“乌鸦涅巴”越来越油腻的嗓门而感到稍稍不安。（普布所指的不安，当然只是在烟气熏天的厨房里。）“乌鸦涅巴”整天把手背在身后。那些方头的、圆头的钥匙照旧在他的腰间吵吵闹闹，这里不再赘述。“乌鸦涅巴”大着嗓门喊：“把火烧旺点！”他踢着灶台，“茶叶再多放些。冬天茶熬得浓了，抗寒！”“你的手脚能不能麻利些，再麻利些！”“我还要提醒你几次，把铜锅刷得干干净净，人是吃粮食的，阿卡也会生病！”……“记住，没有下次，如果真有，到了那时你自己找住持活佛去解释！”……有一段时间，他不再喊阿卡炊事员们的名字啦，而是直接用简便的“喂”来代替。

18 他们的声音

喂（指普布），你的电子表死啦，这主要还是你自己的责任。早上洗脸，你忘了取下戴在手腕上的表了。不过，也没什么可惜的，死啦就死啦。一个电子表，不代表一段岁月，它只是你鉴定时间的器物。对于器物不要执迷……现在几点了？不知道。这就是没有了电子表的坏处。……普布把电子表放到窗台上，披上袈裟，火的样貌便出现在他身上。他推门，口里念着心经。那一串串的经文掷地有声，像散落的珠串。珠子们落在地上会高高弹起……会跑得不知去处。可是经文，从嘴里出去了，心里还有。

普布明白这个道理。这个道理挺神圣，像是一炷藏香，插在他心里。

喂，尊贵的喇嘛（指赤瓦益西），请你以后不要再靠山的寺墙上写字啦。

你写道：嘎然索地，呐里哌索地，恩哈恩哈。没有一个人懂其中的意思。这是古梵文吗？甚至还有些人怀疑你乱写呢。你没有写错的可能吗？或者，你只是随便写写，用藏文表述梵语的音节。反正，我不懂。但是，请你不要像个小孩似的乱涂乱画。……可以在沙盘上写嘛，也可以在纸张上写嘛。你把它写在这里，是不是认为寺院里还隐藏着梵文高手。等着他夜里，悄悄地把意思答复到墙上。哈，寺院里的那两个堪布（相当于博士学位的高僧）能解答古梵文的意思吗？我看他们还不如你，你就别指望他们啦。答案，还得你自己皓首穷经地钻研。……喇嘛赤瓦益西一点也没有听进去。“乌鸦涅巴”没大没小地自说自话。他脚上的牛舔鼻式的藏靴里湿乎乎的，像是春天的泥巴烂在里面了。……“嘎然索地，呐里哌索地，恩哈恩哈。”“乌鸦涅巴”反复念着这个句子，充满悬念的句子。从青石板路上走向他的每一间仓库。

赤瓦益西真的还在念那段梵文。他坐在经卷、经轮、白海螺和新到他僧舍的半导体收音机环围的空间里，额头上的皱纹有增无减，像是岁月把他脑门上的台阶修得更高了。这样，它就可以大摇大摆地爬上去，在他的头发上刷一道“白漆”，虽然头发已被剃掉，但发茬可以说明岁月已得手了。……我们的普布，这个时候从厨房里出来了。他和赤瓦益西，一个在房间里，而另一个却在青石板的路面上挪步。普布自言自语：“我要不要去找赤瓦益西?”而赤瓦益西又将那句梵文念了一遍——“嘎然索地，呐里哌索地，恩哈恩哈。”

这梵文到底是什么意思?!

赤瓦益西自己也不知道。有一种说法很有意思：这句梵文不是出自任何一部经卷，而是从赤瓦益西的心里自然流淌出来的。赤瓦益西自己承认的那天，他身边的经文都离他远了，都退到放经卷的大桌子上去了。白海螺蒙尘不说，还沾上了几个小黑点。……只有半导体收音机不管不顾地在说话。你不会相信，“牧人天地”又在重播才文的广播剧《羊群》。

事隔几年之后，那片耳朵里的场景依然清晰。听来的草原，比眼见的草原还要阔大。普布努力地在记忆里搜寻着《羊群》留下的刻痕：那里面有个小女孩用绵羊般的颤音唱牧歌。现在，正好播送到那一段。过了这么几年，小女孩依然没有长大，依然是才文刻画的那个模样。她的声音表现她，她被自己的声音无数次地再塑造。普布感觉这个时候再听《羊群》，已不是过去所理解的那个样子啦。广播剧开头所说的那句开场白真是记忆犹新啊：“一九七七年七月，我随工作队下乡到绒达草原的边缘，在那里结识了两个牧人兄弟，其加和扎达。他们的母亲说，老大其加出生在火塘边，而老二扎达则出生在冬天转场的途中。”……接着就是那个小女孩的牧歌，在牧歌声中，羊开始叫了。马蹄声嗒嗒响起时，狗也开始狂吠了。……世界的一部分是由声音制造的。普布突然想到在这个由声音勾勒的地方，自己发出的是什么声音：普布有节有律地念经。(这个声音把他的信仰塑造啦。)普布切菜时在木案板上做出的刷哒刷哒的响动。其次，该听到的是水泡在锅里炸开的声音。灶膛里的火，不紧不慢地燃烧时，会发出呼啦呼啦的喘息。人着急的时候脚步声也急。钥匙在“乌鸦涅巴”的腰间发出的声音不再如以往响亮，那说明他的钥匙增多了。……是啊，普布突然觉得在阿卡们的呼吸声里，针掉入大地，转经轮咕噜咕噜转动，大殿门吱呀着就被推开。老喇嘛赤瓦益西再次念诵道：“嘎然索地，呐里哌索地，恩哈恩哈。”这句话普布开始懂了。它就是声音，没有实际意思。它就是老喇嘛赤瓦益西冥想出的，从心底淌出的古梵文的音节。

声音：老喇嘛赤瓦益西，开始甩动他的袈裟。他的袈裟上沾染着好多尘粒细羊毛时光的碎屑历史的皮屑，甚至是经页里剥落的金粉和自己的一两根眼睫毛。可是，他连着甩动了袈裟那么多次，每一次伴着墙皮脱落般的动静，他的双耳里：那一切细微的真切的可被记忆储存的但也可以被忽略的上述的一切物质，都被省略啦。

普布打了个喷嚏：阿提，这多像是人的名字。

他看着赤瓦益西甩动袈裟，试图把沾染在它表面的一切物质都扬到空气里，从而提高空气里杂质的含量。要知道世界的根本就是杂质，所谓纯度极难达到：以我打比方——普布使劲地摇晃着自己的左手，把右手握成一个空心的虚拳——如果说我的心灵净化得没有一点杂质对于我而言那是不可能的，那就达到佛的境界啦！……我是一个只会背诵经文而不能理解经文大含义的阿卡。那些美好美妙美丽的念头并不是没有杂质。历史拒绝我的手抚摸他的脸庞，岁月转身以她滚圆的臀部对着我。……他们都含有杂质。

杂质杂质，我看着浑圆的太阳下赤瓦益西的光头闪亮，他就是现在暂时要指引我的人吗？

嗨，要知道我的奢望有多生动。

喇嘛赤瓦益西，现在不得不说：普布的希望泛滥成灾了。犹如决口的大河，河水哗啦啦带着泥浆，流淌的速度快得惊人。普布的希望迅速浸湿河岸。听听，他的喉咙里涌上来的声音泥浆一样的黏稠。“喇嘛赤瓦益西，我能问你一个问题吗？”……对于普布的问题，他总是缄默不语。老喇嘛七次看着方桌上的同一木碗。七次，那木碗摆放的位置没有一次相同。普布的问题也一样：那问题里没有石粒和玻璃碴子，可是总能使老喇嘛愣在原地，灵魂从身体里出来，绕着自己走一圈，再返回身体。（这当然只是一种感觉。）普布张着嘴等着他来回答。他的这副样子，通常只出现在厨房门口，僧舍门前，僧舍昏黄的时光里。“你，这是在问我吗？”“对，除了你，我没有问任何人。”“可是你的这些问题不是问题。”“那么什么样的问题才算是问题？”“我觉得吧，你可以问我一些宗教教义上的，也可以问我一些人生体验上的，你问的这些，基本上是杂质。”……杂质？哦，这就对啦。我的这些问题是随随便便就在脑海里产生的。它是杂质，千真万确的杂质。就像杂草堆里母鸡下蛋了，公鸡的鸡冠红得连它自己都无法克制。我也是这样，我辛辛苦苦地背诵经文，总有一天会倒背如流。可是，我不明白经文的含义。我能问你这句经文讲的是什么意思吗？不能。所以，我只能问你些不着边际的问题。像是开玩笑，没有正形，你拒绝回答那是对的。

再次来临的声音：普布点上蜡烛，迎接黑夜。寺院里也有停电的时候。这个时候，一切黑暗里静止的事物都在更加努力地静止下去。……唯有老喇嘛赤瓦益西不是这样……讲讲事情，赤瓦罗松的事情。即便你们认为他是真正的赤瓦益西，那也无关紧要。名字只是个符号：赤瓦益西永远是赤瓦益西，赤瓦罗松永远是赤瓦罗松。你们认为我俩交换了名字也好，像本县民间故事里的那些孪生兄弟交换了身份也罢，在这个夜里，我要说说他的事情。

“我弟弟天生一副念经的好嗓子。我也有。”坐在普布身边的“乌鸦涅巴”听了这话，耸了耸肩，吐了吐舌头。他的舌头在蜡烛微弱的火苗下看不清颜色：没想到夜里的黑也能沉淀到他的舌苔上。舌尖，凝着最黑的那部分，这是浓缩了的一滴，不是谁想见到就能见到的。“可是，他却希望自己成为骑马放羊的好手，而不是当阿卡。”“所以，他便和你交换身份回家骑马放羊喽。”“乌鸦涅巴”的话语妄图引出真相。

真相在赤瓦益西的心里。……赤瓦罗松是如何拖着一副旧马鞍。四岁那年，（他有可能不叫这个名字；还有可能是哥哥而不是弟弟。）那个马鞍子，在贫穷的日子里，被他用一根牛毛绳子拴着，它不代表一匹马，但能够说明赤瓦罗松是何等喜欢这个物件。……三十岁的母亲，扶着帐篷的桅杆，便有了在草海里乘风破浪的感觉。她扶着的桅杆，支在地上,在她的手心里悄悄发热，可汗却从她的手心流出。而年届四十的父亲，黑脸被风吹着，额头被毒日头晒得像是在淌油。母亲在帐篷里沙哑着嗓子说：“看哪，他多想成为一个骑手！”那个马鞍子已说明了一切，一幕孩提时的闹剧，就这么被空气包裹着，被草棵目视着，被毒日头暴晒着。……我的弟弟，不管你们怎么认为的，他拖着马鞍子，绳子搭在肩上，身子不断地往前倾斜，那马鞍子一寸一寸地在地上往前挪动，极像把大地的脊椎一节一节地拉展。咯里咯啦，马鞍子底下不断发出这样的响动，冰破了也不会有这样的动静。何况是在那样的夏天。简单地说：一切热到像是要化了。如果化了，就成一摊又一摊的润滑剂了：石头的润滑剂，土块的润滑剂，（可是万物的润滑剂不会让万物发出那样的响动。）咯里咯啦，马鞍的顽固，大地的顽固和弟弟的顽固一个样。因此，黑脸的父亲和嗓音沙哑的母亲，有了一段可以镶嵌在我脑海里的对话。那对话，我至今一字不落地记得，甚至是长在我的脑海里啦。

父亲黑着脸，这样使我看不懂他的表情。“我可是想让他成为一代高僧的，他这样拖着一个马鞍子成何体统！”母亲的沙哑嗓子，其实最好听。“啊啧啧，瞧你说的。一个孩子，拖着马鞍，你就让他玩嘛。”玩，弟弟深谙其中的道理。终有一天，他给马的长鬃辫上夹杂彩绸的辫子。他把父亲站在黄昏里的告诫抛到脑后去啦。早该这样，那马深情款款地看着他。第一次上马就有这么大的动静，一面山崖崩塌了。哎呀，不得了啊！……讲到这里我还能说什么?！我不能说父亲气得掴了母亲两巴掌。为什么？不是因为骑马，而是因为这孩子只听母亲的而把父亲的话当作了耳旁风！……这么多年过去，双亲已离世，弟弟已老，我也老啦。

“那么你是拖马鞍的那个，还是旁观的那个?”

“你想知道?”

“乌鸦涅巴”当然想知道。

可是，赤瓦益西捻动念珠念起经文。

经文是深奥的不好懂的，但赤瓦益西的表情里却有了一丝生动：那么微小，那么渺茫，那么让人留恋，那么能勾起心中的战栗……赤瓦罗松来啦。

他不紧不慢地站在青石板路上，肩上的褡裢里好像装着自己的心脏。虽然这种表述有些言过其实，但是，从他捂在褡裢口的那只粗糙的手，还是可以看出里面装着的东西有多重要。他的手粗黑，指甲盖里满是黑泥。既然是赤瓦益西的兄弟，那就瞧瞧他的面孔。……像极了，甚至老化的程度：眼睛里的瞳仁，鼻孔里的白鼻毛，牙齿，额头上的台阶，再往上就有些不一样了，他的灰白头发比赤瓦益西的要长些。那些头发盖在他的头上成了他是一个俗人的象征。普布认为这很重要，不是吗？很多时候，头发垂到额际的台阶时，最重要的风景就可以被自己领略了：人类欲望有始无终的风景。普布对这个问题有过浅层的考虑，直到他的提问又一次被赤瓦益西拒绝。……“你又一次拒绝了我。”“不是，只是针对你那充满杂质的问题。”“那么，我不会再问你问题了。”“可以，但我会看出你的焦灼。”……除了头发长，赤瓦罗松的双腿也和他的喇嘛哥哥不一样，（不管他俩谁是谁，权且这么说吧。）这是后天造成的。哎呀呀，他是罗圈腿。即使不骑马，他的胯下也像夹着个马腹圆形。说说它的形成过程：这当然有些难度，要描述马腹的弧度对双腿骨骼天长日久的影响，那得从他喜好骑马的程度说起。他天天骑马，骨头经过了这些年马腹圆形柔顺的演绎，它变啦。就这样他迈开罗圈腿，即使不迈，风也可以从他的双腿间毫不费力地钻过。

赤瓦罗松来到赤瓦益西的僧舍里。“乌鸦涅巴”今天没来。只有赤瓦益西和他僧舍里不同物件构成的气味，转身围住了他。当然还有领他前来的普布。……普布看到他坐到椅子上，慢慢地放下褡裢，那是一对牛毛编织的“黑色洞穴”，赤瓦罗松不定会取出什么。

一坨酥油，上面肯定留着三天前或一个小时前的指纹。指纹甚至可以新鲜到是几秒钟以前的。现在他的指纹又留下了。当然，上面不可避免地还留有其他人数众多的家人中某人的指纹。赤瓦罗松有六个孩子，就算他帮着喇嘛哥哥完成延续家族基因的任务，可孩子还是显得太多。老大和老二分别来寺院看过叔叔，普布依稀记得他俩的长相，完全与赤瓦罗松不相干，肯定是像了他们的母亲。……接着，赤瓦罗松又掏出一坨酥油，从某种长远的角度来说，赤瓦益西吃不了那么多，一天顶多一小勺，如果吃不完，到了夏天，某个时刻，赤瓦益西就会看到酥油的正面或侧面长出瘆人的霉斑。这带着病毒的花朵，面带嘲弄，挤眉弄眼，那时，老喇嘛就该遗憾地把它扔了。……可是眼下，赤瓦罗松迈着罗圈腿，把酥油一坨一坨地放到糌粑盒的一个真实隔段里，(酥油盒里早放不下了。)毫不虚幻，哈，这就是从那对牛毛编织的“黑色洞穴”里掏出来的东西。

那两坨酥油最终勾起了什么？它们在糌粑盒真实的隔段里，身子挨着身子，像是要变成一坨大酥油啦。糌粑盒在僧舍的黑暗里，孤寂，身子被等了一天的黑暗抱住，没有叹息。熄灯之后，赤瓦益西除了打呼噜就不再给弟弟任何的讯息。该说的他都说了。赤瓦罗松躺在地铺上，墙壁上的细小土颗在不断跌落。每三十秒一次，这样的速度在告诉他什么？要是普布在，他又会提出充满杂质的问题。可是，赤瓦罗松考虑的不是这个。他只是一味地要求哥哥：“你可不能先走啊，一定要在我之后，我这把老骨头可就等着你来收拾！”赤瓦益西“嗯”了一声，这个声音像植物，在各种气味缭绕的空间竖立起来。要知道，熄灯后的黑暗中，那两坨酥油真的要变成一坨大酥油啦。在这对孪生兄弟不知道的时候，它们肌肤相亲，发生了古怪的粘连。它们从糌粑盒真实的隔段里散发出新鲜的气息，那是它们的召唤吗？

当晚，赤瓦罗松梦游了。普布也梦游了。相信生活平淡得毫无意外的庸人们可以否决这次梦游：对于普布而言，这是他的第一次，也是最后一次。(没有人知道他梦游啦，甚至连他自己都忘了那夜做过的梦。)他赤着脚，脖子上的裁判哨第一次暴露在寺院的空气里。他不住地嘟囔着：“我看着那只羊羔从这走的，怎么就不见了？”他摇着头，走动的姿势呆板，嘴里的嘟囔越来越啰唆，“怎么会呢，怎么会这样，明明是从这跑的，怎么就不见了！”普布的梦游自始至终都伴随着光脚丫子踩在青石板上的啪啪声。脚趾头碰到微凸的石板面，时不时地会翘起。可是赤瓦罗松的梦游却不是这样，他有严重的梦游症，从四十四岁那年开始，家里人都知道他会用一根绳子拖着马鞍在草原上梦游。可是没有人告诉他。(确切地说是没有人敢告诉他。)赤瓦罗松每次梦游之后，浑身酸痛，精力大减，视力模糊，他看着草棵不是变幻成林立的箭镞，就是变成一群野鸭使劲地伸长脖子看着天空。每次梦游之后，他感觉自己又老化了。肺里全是杂音，心脏跳动得更加缓慢，肚子里：胃只是摆设，消化功能大大减退。这时，他的眼睛总会出现挨拳之后的效果，闪出点点火星。……现在，他又梦游了。没人看见吗？普布的梦游就没人见到。可是他不一样，有人看见啦，谁？“乌鸦涅巴”。

“乌鸦涅巴”从来没有见过如此怪异的一幕。夜空下，赤瓦罗松穿戴整齐，即使打在他脸上的手电光有多强烈，他还是圆睁着眼睛，对这样的强光毫不理睬。有一段时间，“乌鸦涅巴”惊慌地手电筒掉到地上了。如果自己不是去查看仓库，也不会见到这样的情形。“乌鸦涅巴”跟在一边，不停地猜测，最后他觉得这人是梦游了。赤瓦罗松迈动着罗圈腿，肩上搭着个绳子（这绳子显然是他装在褡裢里带过来的），绳子的一端，被牢牢地抓在左手里，而另一头被拴在长及半米，碗口粗的木头上，木头刺啦啦地被他拽着，一步一步地往前挪。“乌鸦涅巴”用刚捡起的手电筒持续地照射，他几乎惊讶得差点将手电筒再次掉下去。嗨，那步伐有时看上去像是劳工的步伐，可想而知他的梦有多沉重。赤瓦罗松就这样拖着那根木头，（梦里他一定以为自己是拖着马鞍的。）在寺院大殿前的空地上兜着圈子，一圈两圈，直到第十五圈过后才回僧舍。……第二天，他病了。这病来得突然，让赤瓦益西有些摸不着头脑。可是赤瓦罗松自己却明白，只要那个拖马鞍或者牵马的梦一经出现：他身体里的房子就要裂缝了。还好，那房子没有倒塌的迹象，也就没有摇摇欲坠的感觉。……身体里的天空和头脑里的天空，心里的天空，是三个不同的层次，它们一个接着一个在各自应该出现的地方出现：幽蓝、漆黑甚至是墨绿、赭红。赤瓦罗松躺在床上一下睁开眼睛，呀，喇嘛赤瓦益西俯身看着他。"嘎然索地，呐里哌索地，恩哈恩哈。"他眼睛里的湖，即使朝下也不会倾倒出来，只会漾出细微的涟漪，一圈一圈往心里收。"哎呀，你刚才一直在发烧，现在退了。"赤瓦罗松说："老毛病了，哥哥，我还是那句话，你可不能比我先走啊。"赤瓦益西用手捂住他的嘴说："别说了弟弟。"赤瓦罗松额头上的汗珠看着他鼻尖的汗珠，而鼻尖上的汗珠，散发出的汗味往他的鼻孔里钻。好像那里有一道门专门是为它准备的……赤瓦罗松突然打了个喷嚏，他想到明天无论如何也得回去了。

19 早诵与执拗

你信不信，赤瓦罗松躺在僧舍的地铺上再也没有起来，他死在寺院啦。

对于这件事，一个更加去伪存真的说法是：他知道自己的日子不多了。他还知道自己即使死了也没什么可遗憾的：六个子女都长大成家了，不仅长大成家，还都为人父母了。因此，只要闭上眼睛，由哥哥送他一程，把身子交给秃鹫，把心灵交给蓝天，那真是最好的归宿……他真的死了。赤瓦益西看着赤瓦罗松这一段的人生谢幕，而新的一幕何时拉开，那要看他自己的造化。他没有掉一滴泪。即使他知道有种咸涩常年熏染着眼球，眼睛冰冷时还好，要是心灵涌动的波纹使泪腺发热了，它还是会流出来。但是，他好像是强忍住了。这样，阿卡们便说，喇嘛赤瓦益西一滴泪也没掉！对，不应该掉眼泪的，掉泪送亡者上路，那不好。……从此，再没有人提起那段交换身份的故事。可是却有人在心里想，（普布和"乌鸦涅巴"就在其中。）虽然，他找了人代替自己当阿卡，但是死的时候却回到了寺院。啊呀呀，真是匪夷所思。更让"乌鸦涅巴"感到不可思议的是，自己竟将他梦游的事，只字未提。……赤瓦益西请来住持活佛为赤瓦罗松念了超度经。然后，他找了一辆卡车，领着一干阿卡，把弟弟送回家。看来，他是要亲自把弟弟天葬。

普布看着天空忧郁地把乌云布置在了它的左边，兴许赤瓦罗松留过马鞍痕的草原就在那底下。这个季节，它需要萧瑟，它需要秃鹫们从冰冷的空气里滑落在地时，有呼呼的伴奏。秃鹫们身上需要有臭气，需要有风把那臭气吹散，还需要有喇嘛赤瓦益西叽里咕噜地念经。那经声更需要初春的风把它吹得远远的，让更多的人听见。还需要一块石头，几把斧子，把亡者分解了。石头上需要染上血、油！之后，这块石头需要变成油亮的石头。……那天，也不知为什么普布的脾气变得很坏。他不想理任何人，即使"乌鸦涅巴"也不行。

"乌鸦涅巴"一再强调，把铜锅刷干净些再干净些，可是他发现烧茶的那口锅，锅底粘着茶污。谁刷的？他们都说是普布。为什么？普布，连这一点事，你都干不好吗？"乌鸦涅巴"有些气恼，他的气恼从心里走到肺子里，再跑到肝里，用不了多长时间，"普布，你没在听我说话吗？"普布根本就不搭理他，这时候，他的耳朵像是关门了。"乌鸦涅巴"如果是一只乌鸦，那么，他再怎么扑打着翅膀撞这扇门也是没用的。他忽然意识到这点，就噤声不语了。"他不刷，我来刷！""乌鸦涅巴"拿起长把毛刷狠劲地刷着锅底。锅底发出嘶啦嘶啦的声音，像是有个锯子试图锯开锅底，那金属的锯末似乎随着这个声音带来的裂缝，全部要洒到灶膛里去。这个时候，普布却走开了。他终于退回到了内心。他转身看着"乌鸦涅巴"刷锅的动作那么生硬，嘴角浮出了似有似无的笑意。他走到厨房的外头，狠劲地咳嗽了一下，然后跺了跺脚，接着又抬头看了看天空。他在完成这些举动后又走回厨房，不着一言地抢过"乌鸦涅巴"手里的毛刷，用极其熟练的动作认真地刷起锅来。哈，普布的生活又要进入转折了。普布不知道，所有的阿卡炊事员都不知道，"乌鸦涅巴"也没理由知道。就在几天后，普布受戒了。厨房里又换上了一轮新的阿卡炊事员。……普布要按时进入大殿早诵啦。

这是第一次，普布换上干净的袈裟。那干净的袈裟里藏着洗衣粉的香气，棉布最大限度留住风的干爽味，太阳试图改变棉布的炽热味，但不管怎样，总算脱开了厨房里的烟灰味。……不要告诉任何人：墩布（司白海螺号的职事）松金，在吹第一遍海螺号时，普布的心里浮现出了一级台阶。台阶上没有尘埃，普布有些手足无措的感觉。普布闭上眼，间隔十五分钟之后，第二遍的海螺声嘹亮，那台阶开始出现很多级，多得让普布感到自己数不过来。……第三遍海螺号响起时，也就是八点三十分，普布已坐到自己早诵的位置上。一切正待开始：住持活佛居中，法座最高。翁则（领诵师）其美坐在他右前侧，法座比他要低许多。他开始领诵：嗡的一声，普布的耳膜被他打开了。头颅里的一扇门也打开了。那门里有什么，普布不敢看。他嘴里的那根红舌头，变得神圣了。有好多的感觉不请自来——对不起，普布是第一次加入合诵，请你们原谅他，真的，不是他不专注——他觉得自己开始长头发啦，头发长到十厘米长时又变成透明的，化到空气里了！他觉得浑身的毛孔像眼睛一样睁开，甚至能够看清尘埃在大殿的光柱里如何做着轻盈的转体空翻七周半！哈，普布的双腿像树根一样盘着，身子随着念经的节奏，左右摇晃。待到这一切感觉消失时，他睁开眼，看见离大殿门最近的是秋沙(戒律执事)诺布和秋沙文加的法座。他们的法座和翁则一样高。有迹象表明，确切地说应该是事实证明，翁则、秋沙的担任者，寺院规定必须是有闭关经历的阿卡。三年，因此，他们的年龄看上去都偏大，都有四十多岁了。他们盘坐在法座上，低头便能看到阿卡们在左右两侧的毡子上念经的表情：许久，他们闭上嘴巴，把山河日月统统关在了口腔里。许久，他们的沉默，使几个阿卡炊事员提着茶壶，给每个念经的阿卡倒茶。阿卡们开始在各自的碗里吃糌粑。这是在早诵的当间，可以腾出的一段时间，阿卡们享用他们的早餐。可是普布当阿卡炊事员时，从来没有提茶来过大殿，他的分工是烧茶、洗锅和帮着做饭。……后来，普布见到“乌鸦涅巴”的次数没以前多了。

“乌鸦涅巴”像是会淡出普布的视野。但不能否定，他仍然出没在厨房、仓库和寺院商店的货物间，腰间的钥匙依然在沙啦啦啦。普布听不到这个声音的时候，老喇嘛赤瓦益西就要给他讲经了。“你不会问问题，那么就让我把最近的思考告诉你吧。”

这是让寺院歇扎（佛学院）的堪布丹增和堪布享秋都会想很久的问题。

“什么?”

“这个问题看似简单，回答起来却很难。”

“什么?”普布再次追问。

“归根结底，慈航的方向问题。”赤瓦益西轻声作答。

现在，有人会告诉他哑巴舅舅的事情了。那人的耳语普布大可不必放在心上。在寺院里还有什么是可以隐瞒的事情？没有，在佛菩萨悲悯的俯视下，一切都要包容在和谐里啦。因此，你不要跟我耳语。你想说什么就说什么吧。翁青，这个以前的生产队会计，现在的个体卡车运输户，村子里的首富，从万元户发展到十万元户，可是到了十万元这个节骨眼，他止步不前。翁青相信这是一道坎，迈过去和迈不过去，只是隔着一道土坷垃。而这个土坷垃不是一般的土坷垃，他发现岁月和机遇赋予了它山一样的魔力。翁青再怎么折腾，十万元顶多发展到十一万，或者又倒回到九万，如此来来去去，使他信心的岩壁和雄心的土堡受到严重的风蚀。更让他难过的是，他的精力一天不如一天：嗜睡，肥胖，眼球上充满血丝，牙龈出血，部分牙齿松动，舌头总是干燥得像土块，肚皮下垂，提起男性功能他会羞得面红耳赤，想躲到太阳的背面，却总是被月亮发现。他感慨岁月的同时，手指缝里不知漏去了多少宝贵的东西。看看，翁青还有什么可以吹嘘的。算盘，只有算盘在他的心里噼噼啪啪作响。“二去八进一，四下五去一，八退一还二，九退一还五去四……”翁青终于决定，把运输的事交给儿子，自己要去寺院拜拜佛，烧烧香，点点酥油灯，祈求佛菩萨保佑！这样，他就遇到普布了。见到普布自然要说起他哑巴舅舅的事情。

哑巴舅舅和拉青舅娘至今没有孩子。对于这点，他们起初感到遗憾，可是后来觉得：要是没有这个命，再怎么强求也是没用的，还不如把子宫里长荒草的这回事给忘啦。毕竟以前那里也有不空旷的时候。想到这里，拉青大婶总是要沉默。就在她要陷入令空气散开，铜勺再次掉在地上砸出凹坑，缝纫机上的针头吧嗒断掉的回忆中时，哑巴舅舅总是把自己的表情凝固下来，咿咿呀呀地打起手语。他的手语表明："不要驱散你羊群一样的快乐。"手语表现得更复杂时，那种劝慰也变得极度复杂。"如果你想起忧郁，那是你心里的忧郁一直不曾离开。天哪，有我陪在你身边，你还有什么可悲伤的。我们的三分之二人生已在丑陋的群山，温吞吞的雪鸡，不负责任的时光中度过。哦，还有那顽固的缺陷。难道你真的还想再增加新的障碍吗？"这些手语拉青舅娘不一定完全懂得，但她也能明白个大概。他们的生活在很大程度上就是培养心灵的默契和创造手语的过程。哦，灿烂的手语，比他俩的历史还要久远。

哑巴舅舅继续打着手语，在透明的空气中比画，在冒烟的土灶旁，在成群土鸡的咯咯声中，(要知道他是听不到这些声音的。）在锅里的青稞仁稀饭一再冒起的热气里，在拉青舅娘柔软的身子上。"很久以前，一个国王征服了一片土地，一个哑巴征服了一个容易晕眩的女人。"哑巴舅舅的手语很会讲故事。那些土鸡是怎么一回事：拉青舅娘，以她巨大的热情，垒筑了鸡窝，土鸡来自村里。一只呆头呆脑的杂色母鸡，和一只威风凛凛的大白公鸡。（看，哑巴舅舅的手语，那么灵活，那么生动。他讲给谁听，只有拉青舅娘能看个大概。可翁青，从某种程度上讲，是个见证者。）再讲细点吧，母鸡来自村长家，村长夫人在收割时将手指割破，她不顾自己的手指还滴着血，把那只母鸡送给了拉青舅娘。它的杂色，即使染上了血，也不那么突出，也不那么明显。这只母鸡，与哑巴舅舅从翁青那里买来的白公鸡在大院里发展生命，鸡群最后扩大到了十三只。与翁青一样，哑巴舅舅的鸡群永远也无法逾越这个数字。不是被山猫叼走了，就是被老鹰掳去了。命，哑巴舅舅向拉青舅娘打出这个手语。然后，他又打出手语："今天煮鸡蛋吗？"在翁青的诉说里，拉青舅娘是个挺能吃蛋的人。她煮鸡蛋，一次煮十几个，然后藏到青稞粒中，不断地取食。最后发展成一个不住地放着臭屁，使所有的男人都要捂住鼻子的女人。可是，普布不信，后来，终于有村里人告诉他，翁青一直在打拉青舅娘的主意。甚至，他当着哑巴舅舅的面，在哑巴舅舅的家里，恬不知耻地告诉拉青："你跟我好吧，我不计较你和哑巴在一起，他也不会知道我俩在一块。"他知道哑巴舅舅听不见。可是，哑巴舅舅却有感觉，他从拉青舅娘的脸上看出来啦。他打着手语："不要气恼，让他走就是啦。"……翁青就这么一再地从哑巴舅舅的屋子里走出去。他不能逾越十一万元大关，他更无法逾越拉青舅娘的底线。直到有一天，他发现自己应该躲到太阳背面的时候，他的这种徒劳的兴趣不得不淡了。

哑巴舅舅的手语最后发展到能够描述心里的感觉啦。“心里的花王竟开在土岗，半坡上的歌声纷纷藏在皮箱里，晚上，在依然哭泣的蜡烛下，它们走到烛光中亮着身段。”对，只能是身段，哑巴舅舅听不见。（传闻说得没错，聋哑人的精神世界就是比大多数正常人丰富。）内心的感觉描述多了，他的手语变得更加的繁复，更加的精妙，更加的让那些没见过手语的人，摸不着头脑。哑巴舅舅打着自创的手语：“我饿了。”拉青舅娘就用手语回应道：“煮蛋吃。”哑巴舅舅的手语节奏不再明快：“你看着办。”拉青舅娘回应：“好的。”哑巴舅舅的手指极具弹性：“煮几个？”拉青舅娘撑开双手，十个。一切的故事就在日常中产生了。看，哑巴舅舅突然又亮出更繁复精妙的手语，他在形容女主人和鸡蛋的关系，那关系说简单是人与食物的关系，说复杂是一个动物和另一个动物杀与被杀的关系……一连串的手语好像还不够用，加上表情才能表达他的情绪。

普布慢慢从赤瓦益西的僧舍里退了出来。这个日子，老喇嘛在沉思。他把普布在自己僧舍里的久坐，看得像茶碗一样轻。他脑子里思维的步伐疾步越过一个又一个的障碍，可他眼里的光似乎要灭了。是的，普布慢慢地从他的僧舍里退了出去。他叹了一口气。（不是沮丧的。）唉，多么丰饶的收获。普布意识到这点时，身后时光的大门几次开合。（这只是几种假设中最不靠谱的一种。）从“乌鸦涅巴”那里收获友情，从赤瓦益西那里收获睿智，从墩布松金那里收获执拗。他对“乌鸦涅巴”说：“当你真的以为自己长上乌鸦的双翅时，你会飞过我的头顶，绕行三圈，停在我的肩头聒噪。”于情于理，“乌鸦涅巴”都不会对普布那样，就连他身上那么多呆头呆脑的钥匙也明白友情是怎么发生的。“几日不见怪想你的。”“你不要想我，想我久了，很多的乌鸦会落在我的僧舍上。”“它们那是在为你的僧舍遮阳，不至于使它凋敝得太快。”“那也不行。”普布轻轻地拍了一下他的肩膀，微笑着离开他往墩布松金那里走。“乌鸦涅巴”便在他的身后喊：“晚饭很丰盛的，不要像昨天一样不来啊。”是啊，昨天我干什么来着？我好像一个人呆呆地站在窗边端着一碗茶看着窗子外面的阿卡们走过来又走过去。我好像看到这个场面后，又走回到矮桌前坐定，打开经卷，诵起经来。那经文使我的身子左右摇摆，骨头在肉里打战。之后，我好像起身推门往前走了，指尖轻刮着寺院的红墙，走到墩布松金那里啦。昨天，我还发现，事实上墩布松金和我成不了朋友，但我想了解他的执拗。……普布不是想不起，包括这次，他已是第三次拜访墩布松金啦。

墩布松金的僧舍有点暗，采光极度不佳。算上前两次，这里的光以一种不欢迎的姿态——按照墩布松金的说法，它们向来是背对着他的——在僧舍里显得毫无热情。相反，那些暗却表现得相当活跃。它们在墙角的桌子上；它们在铺着被褥和体温的床上；它们在墩布松金的白海螺上；它们在普布的眼里，黑乎乎的，像在探着头，伸出手，表情极度夸张地显示自己有别于屋外的光亮。普布似乎被这里的昏暗震慑了。他突然发现自己坐在墩布松金的床沿，对着这个只大他四五岁的阿卡怯生生地说话。这种口气一定要改。当他觉得自己改过来时，已经说了好几句话啦。“你的白海螺是刚擦过的吗？”墩布松金显然没有料到普布会问这样的问题。随之而来的沉默就有些不恰当了。墩布松金的喉咙里刚开始有一个细微的反馈。他嗯了一声，但这个声音还没被放大时，又被他咽回到肚里了。他想说，我只在早上的时候碰白海螺，其余的时间，我就不会去碰它了。你看，它自己能够照顾好自己。就那么孤独地待在桌上，多好。偶尔的擦拭，也是在那时。可是，墩巴松金没有把这些话告诉普布。他的执拗真的是出了名的。早在一年前，或者可以说是两年前，在他的历史里，如果寂寞是小旋风，那么执拗就是这股旋风吹起的尘土。执拗呀，真是太执拗了。他无法答应许多人的请求，除了住持活佛，可那是命令、指示！他看到自己在玻璃中或洗脸架前的镜子里，日益消瘦、憔悴、孤独甚至有点楚楚动人。当他灵魂里那种可怕的执拗再次强大，（先前有过一次短暂的消退。）他就变成这个样子了。现在，对普布也是，那个问题他一直没有回答。普布坐在他的床上，一直没有听到他的反馈。普布接着又说：“屋子里很暗啊。要是能开个天窗，光线会好很多。”这次，墩布松金有回答了。“是啊，我也想过，到了夏天的时候，我一定要在这个部位（他指了一下头顶上的顶棚）开个窗的。”“哦，那会好很多。”普布想到这个执拗的家伙既然想到了就一定会付诸实施的。

“你，需要我帮忙吗？”普布显得很热情，“到那时？”

“不，我自己就可以。”墩巴松金的执拗，使他显得很冷静。

可是，你要知道有些时候，干任何事，无论是大事，或者小事，有人帮忙毕竟是件好事。这不会影响到你的执拗和我的热情。普布想到这句话，但没有说出口。他强烈地意识到，人与人的个体差异可谓是泾渭分明。即使在寺院里，你的热情是你的热情，他的执拗是他的执拗。

"哦，你看着办吧。"普布摇了摇头。这个墩布松金，抬起下巴，喉结明显地动了一下。

烦人的事情终于来啦。不是吗？烦人的事情不是产生在墩布松金那里，而是产生在山下的家里啦。对于父母来说，这也许是件好事——什么样的好事让他们如此紧张地思量，左右为难——巴拉姆要结婚了。这个消息，从父母的嘴里掉出来时，普布真的有些不敢相信自己的耳朵！结婚这个词，可能是木质的，要不钻到普布的耳朵时，为何那么发闷，像是说这话的人，鼻孔被堵了，耳朵也被耳屎侵占了。结婚？普布再一次问道。对，没错，她是要结婚了。那，那个人是谁？昂根，一个真正的老实人，一个让谁看了都觉得配不上巴拉姆的男人。黑黑瘦瘦，眼睛总是眯成一条缝，最要命的是，他没有工作。可巴拉姆却在商业局混到了副科长的位置。不是这个副科长级别有多高，而是他俩不合适，真的不合适。更要命的是，她说已怀上那个男人的孩子了。嘎玛仁青边说边摇头，他的头发开始白了。唉，不过是在人世待了四十八个年头，怎么说白就白?！之前，班呷曾说过这样的话。而尼玛扎西相对显得淡漠，像是被世事磨得很透彻了。"巴拉姆！巴拉姆！"班呷和尼玛扎西，这两个前篮球团伙的成员，每每在私底下念叨起她的名字时，都会连连发问：嘎玛仁青怎么会有这样的女儿？恶，典型的隐蔽型放高利贷者，生活作风混乱得更是一塌糊涂，还有……算了，真的不想说啦。她唯一做的好事，就是给自己的父亲买了个旧篮球架！……普布看着旧篮球架在院子里孤独地站着，篮圈上的网子在随风晃动……嘎玛仁青又叹了口气，日子已经订好了，昂根的哥哥也是阿卡，他看历书选了个好日子。下个星期三，你得提前向秋沙请假啦。……关于这件事的内幕，只有巴拉姆自己知道。谁是她肚里孩子的父亲？谁是那个让她恨得牙根痒痒，或根本就没有产生任何恨意的人？谁让她这个恶人没有选择打胎，而是要把孩子生下来？这一切，有些说不过去啦。……但那个叫作昂根的男人，却说孩子是他的，千真万确是他的。怎么不是？他抢过一个挑事者手里的酒瓶——即使是老实到家的男人，一旦被逼急了，他也会用酒瓶子在可恶的脑袋上开个大口子——他的眼睛里似乎喷着火，牙齿上闪烁着恨意。嘴里的话，一字一顿，往外蹦："你——敢——再——说——"他把酒瓶举得高高的，像是掌握着一颗手榴弹。嘭，那颗假想的手榴弹在那人的脑袋上炸开时，挑事者一下昏厥了。……"你怎么在这个时候打架，还有两天就结婚啦。"巴拉姆去派出所把他保了出来，（当然是西拉多德帮的忙。）昂根从派出所出来时，抬着头，像个得胜的大公鸡。那个酒瓶的碎渣，进到他的手掌里去啦。有一粒甚至嵌到靠近拇指的骨头深处待了下来，医生没有发现它。它的存在，会使他在阴湿天气里，右手拇指区隐隐作痛。……"昂根，他大你三岁，比我大五岁，他是你妹夫啦。以后，你想怎么使唤他都可以。"这是巴拉姆晃着她的波浪卷发，身体飘散着浓烈的香水味，对着普布所说的。……不可思议，她爱他吗？有些话作为阿卡，普布是说不出口的。普布长久地摸着光头上的疤痕，用手指感触，用眼睛回忆，那几处疤痕好像要限制他的思想了。

20 事关多尼

还得说说昂根，即便那个婚礼已过去一个星期了。该说的，我们还得说。有一个说法，他只是那场婚礼的主角，而非这个故事的主角。我们要指出，这个说法错了。在他的故事里，他是独一无二的主角。即便是别人的陪衬，也要从他的角度去了解他所陪衬的人。那场婚礼，说实在的有点乱哄哄，来了很多人：哑巴舅舅、拉青舅娘、翁青和他的儿子、村长、多尼、班呷、尼玛扎西、西拉多德、扎多杰，还有那个才巴扎西的夫人——会计才吉、夏加局长，以及昂根的亲戚朋友，巴拉姆的同事，嘎玛仁青的同事。……普布没有请寺里的任何人，但执拗的墩布松金、"乌鸦涅巴"和赤瓦益西老喇嘛却不请自来。嗡嘛呢呗咪吽！为了这个婚礼，嘎玛仁青宰了一头牛，三只羊，那洒了一地的羊血和牛血早被尘土掩盖了。人们在嘎玛仁青家的房子里，院中搭起的帐篷里，喝着酒唱着过时的歌，说着清醒或不清醒的话。没人去管那话是谁说的。他们在听，听了就忘。“新娘可真有女人味!”“真是一匹上好的母马!”“嘿嘿，我说她肯定不想喝酒，想喝我的……”“滚一边去，巴拉姆可是个极会挣钱的人!”……还得说说昂根，他不喝酒，但婚礼场合的敬酒不得不喝。人们用盛着酒的酒盅、高脚杯、瓷碗、小缸子、木碗轮番向他敬酒，嘴里喷吐着一个又一个美好的说道。昂根从起先的推托发展到来者不拒，酒从浓烈的口感转化得像茶水一样寡淡。“亲人们，不要再给他敬酒了!”才吉一再劝说，可是兴高采烈的人们，哪顾得了这个。……当一位婚礼歌手要给新郎新娘唱婚庆歌时，人们才发现新郎不见了，他去了哪里?!一长溜身着盛装的人沿着房子寻找，从远处看去像是在举行古怪的仪式。新郎昂根，按巴拉姆的话说，是一块僵硬呆板的木头，此时躺在走廊尽头的白毡子上，口吐秽物，身披另一片白毡子。……哈，是酒解放了他。

昂根的手指在隐隐作痛。多数时候，他不指望这种疼痛能够启迪什么，能够带来什么。这两者之间，其实就埋藏着他深深的自我矛盾。核心犹如：他张着嘴，喘着气，说出的那句话：“我还得做什么?”对，他厌恶这样的劳动。可是，又极力地克制着去把这些干好。这就是他自我矛盾的性格。巴拉姆天生就懂得如何控制人。她一如既往地去上班，忙她的工作，隐蔽的高利贷生意，在孩子未出生之前，除非肚子大到所有的人能看出来，除非孩子离出生已经不远了，她才会躺在床上。有人认为，昂根像是这个家的男保姆，佣人，门房，想把握一切却被一切所支配。“我这样做可以吗?”嘎玛仁青总是说：“孩子，你才是这个家的男主人，该怎么办，你自己看着办。”“我真的能决定吗？如果你不满意，不会怪我吧。”这不，又来了，性格里的缺陷是致命的。嘎玛仁青有一天发现这个问题时，他的手里恰好拿着一根羊骨筷子，另一根不知丢到哪里去了。据好脾气才吉的猜测，（才吉的脾气越变越好了，嘎玛仁青开始公开这种称谓。）另一支很可能在扫把的带动下，已经走出院子，在不远处的垃圾堆里变得臭气熏天，一无是处。因此，嘎玛仁青将手里的那根筷子轻轻一折，叭，那个断掉的声音恰好昂根也听得到。这很可能就是昂根这孩子的命。嘎玛仁青已经看出，在巴拉姆的眼里他什么也不是。巴拉姆的存在与巴拉姆的身份打击着昂根。巴拉姆先天看不起昂根在她的肚皮上干那事，可她却要找他做自己的丈夫。原因，大家可以好好地去猜一下，没有必要说透。说透的事情未必是真相。哈，嘎玛仁青觉得自己因着这根羊骨筷子想到昂根的命运，纯粹是无聊透顶。从此，昂根的命运是他自己的命运。（本来也是。）昂根，自己却从未把将来看得很坏。很多时候，他不顾好脾气才吉的劝阻——“孩子，歇歇吧，要不我来帮你洗碗，要不我来帮你清理毯子上的尘土，总之，该休息时就得休息，不要把自己累着。”——似乎休息会使这个家庭陷入停滞。毋庸讳言，他爱巴拉姆，发疯似的爱！对于这点嘎玛仁青和才吉有理解和不理解。但事实是巴拉姆是他们的孩子，他俩能说几句对她不利的话出来。就这样，老实人昂根在这个家里习惯下来。他习惯了巴拉姆对他的呼来唤去，甚至愿意去补她袜子上的破洞，可是巴拉姆不爱穿补过的袜子，因此，那些袜子总被她丢弃到衣物堆里。昂根还习惯了好脾气才吉的好言好语。每到这时，他总是要把毯子拿到屋外去掸土。掸子是一根细竹棍，他习惯了用它把毯子上上下下，左左右右，拍打七百二十九下，不多不少，约定俗成。他还习惯了，在嘎玛仁青练习投篮时帮他捡球，直到嘎玛仁青的投篮命中率提高到百分之九十七。直到嘎玛仁青认为，练投篮时没有昂根不行。昂根是他的降压药，而塑料瓶里的降压药只是终日紧张的白药片而已。昂根真的习惯了，连家里的那些个柱子、桌子、切菜板、菜锅、洗脸盆、毛巾、板凳、沙发、毯子、毡子、茶壶、碗筷、暖水瓶都习惯昂根的存在了。昂根亦是如此。他还习惯了，每天快上班时帮巴拉姆擦高跟皮鞋，把嘎玛仁青送到门口……好脾气才吉总结说：“我家的昂根，是个顶呱呱的老实男人。”

普布渐渐感受到更多的东西啦。无须打听，他的眼神里已流露出焦灼的期待。他的脑海里：世界慢慢地缩小，缩小到县城那么大，然后又缩小到寺院那么大，最后缩小成一颗牙齿的大小。这是真理，愚笨的我们之中定然会有人站出来解释这个问题，赤瓦益西就是那个人。嗨，赤瓦益西老喇嘛，时光也会同意你的解释将是我们唯一的选项。我们无须验证这样的解释是不是真理。真理是合理的吗？合理的即是真理吗？赤瓦益西说出他的解释时，树木的叶子为之颤动，打盹的草棵被惊醒，就连那些最小最小的石粒也尝试着被阿卡们的脚步带到青石板路上。赤瓦益西的语气坚定，他说：“我们的眼界是由窄到宽，由小到大。越是察觉外面的广大，我们便觉得自己所处的空间小了。”他还说：

"越是了解了未知的深远，我们才会知道恒河沙粒是怎样从一粒沙，被确认为是无数粒沙中的一粒沙。"赤瓦益西越说越起劲，越说越深奥，话题由此继续深入将要到达玄妙的境地。世界，世界的基本物质，基本物质里可分的因素，那些因素里的秘密。赤瓦益西再说下去，普布可听不下去啦！（因为听不懂，所以心浮气躁。）……普布借故走开，只有执拗的墩布松金依然在听。……墩布松金也听不懂。但是他的执拗在发酵，在慢慢变大。当他的执拗足以掩饰普布的离开时，赤瓦益西也就讲完了。……那个时间，一切都好像陷入回忆里去啦。赤瓦益西开始回忆赤瓦罗松的马鞍在那一年被疯长的野草给缠绕了。野草的灵魂使劲地渗透，使劲地想瓦解马鞍的结构。可是，它们的种种努力被赤瓦罗松一个小小的举动给破解了。他拿起马鞍，把它放到了不长草的柜子上。野草顿时愣然。这件事给赤瓦益西留下了深刻乃至不可磨灭的印象。……墩布松金在回忆自己十岁时离家出走的经历。那个时候，他的执拗只是一个小火星子，而今已燃成一堆大火啦。他在自家院后的一座山上徘徊，整整一年，从一个山洞到另一个山洞，饿了趴在别人家山羊的奶头下用嘴吮奶，甚至吃野葱，草根，有时还深夜潜回家偷食物。渴了喝山洞岩缝里的滴沥。哎呀，家里人还以为他死了。……"乌鸦涅巴"也在回忆，自己好像真的和乌鸦有缘分。小时候就有乌鸦在大清早，用尖喙敲打自己的窗户。……而普布却想着几天前的事情，被婚礼忽略了的那部分：多尼是主题。普布看到她被自己的表情控制了。"这样的表情很不好看，所以，你应该高兴起来。以后你也会有婚礼。在婚礼场合，人们都是喜笑颜开，没有哭丧着脸的。你的表情和你的举动已经出卖了你。你过得并不幸福。那个土登桑丘虐待你了吗？我想不会，他那么老了。老得都嚼不动嘴里的小肉块了。那小肉块，现在对于他来说，像石块。他的脸，那么皱，像是被胡乱揉成了一团。还有什么是你不开心的，说来听听。"普布以安慰和劝告并重的语气和多尼交谈。多尼能说什么？她的眼神里有一团云，不全对，应该是镶着黑边的乌云。看久了，多尼就不自在啦。她的表情在这个时候，可以看得更清楚了。凝着眉，嘟着嘴。眼神里的那团乌云，忽远忽近。她对普布说什么来着，刚开始声音确实挺小，可是到了远离人群的地方，普布开始听清楚了。"我阿爸对我很好，我很开心。可是见到你我就不开心了！""为什么？"普布感到疑惑。空气中开始有了桑烟的问候。那味道，好似撩拨着普布的心弦。普布一再追问："为什么？"他的话一经出口，便在多尼的耳边缭绕。好久没有回答。突然，多尼亲了一下普布的面颊，“我爱你！你可以回来陪我一辈子吗?”普布愕然……那不行，真的不行，我是个出家人。我怎么能娶你，罪过啊罪过，他用手擦了一下沾有多尼口水的脸颊，倒退了三步，每一步，脚跟上都带着咚的回声。那声音连到一块就成了咚咚咚，和他心跳的声音一个样。普布趁着多尼慌神的劲，跑开了。

普布被秋沙惩戒了。当秋沙诺布手里的“绛得”打在他的后背上时，普布才知道这“绛得”有多厉害。别小看它像彩布条编织成的鞭子，可谁见过鞭梢是用彩布条包裹起的一个皮疙瘩。像拳头，嘭，只一下，打在普布的后背上，疼暂且不说，那时普布的心跳似乎是停了六秒的。“再叫你走神，不好好念经。”秋沙诺布本来挥起“绛得”想打第二下，但始终没有再打下来。……嗨，瞧瞧，这日子倒霉的。普布不知该对谁诉说。只有僧舍的墙看着他，于是他对墙说起了心事：“那女人，怎么能这样?!”这话一出口，多尼的表情立时浮现在了墙壁上。普布捂住眼不敢看她。可是多尼的话,她说的每一个字都在空气中回荡，像是要钻到墙体里：有朝一日，这间屋子倒塌时，多尼的话便会从中释放出来，在寺院上空飘荡。普布无奈地叹着气从僧舍里走了出来。他漫无目的地在寺院里行走。他碰到秋沙诺布了。他想躲开已经来不及了，只有硬着头皮迎上去。秋沙诺布停下脚步，普布也停下脚步。那个“绛得”他没带在身边。“普布，喜欢‘绛得’的抚摸吗?”秋沙故意问道。“秋沙呀，那哪是抚摸啊！分明是……”普布把下半句话咽回到肚里。秋沙说：“以后可不兴那样啦!”普布点了点头。普布继续走了下去，他又碰到了墩布松金。墩布松金说：“早诵时挨的‘绛得’，力道大吗?”普布没有理他（这时，执拗好像是转到了他的身上)。接下来，听说此事的“乌鸦涅巴”也问起了这件事，普布依然没有回答。

“绛得”，作为阿卡谁没有挨过？肯定有，但那人不是自己。普布看着金光灿灿的金顶，看着寺院墙壁上的护法瞪着眼睛，看着“乌鸦涅巴”的乌鸦神秘飞翔，他似乎听到金顶对他说：“阿卡，考验来啦!”墙壁上的护法没说什么，但他怒不可遏，对普布吹胡子瞪眼。可气的是那些乌鸦，它们好像在喊着：“挂了，挂了，把念珠挂在树上。滚了，滚了，跟着那个女人滚吧，滚吧!”

多尼一刻也等不了啦，她上山来找普布。那个时候，土登桑丘已经退休了。他的漫无目的变得很具体，口袋上的油污依然存在，那里面的小肉块，被他放到嘴里，现在不是嚼了，而是像一块糖似的含着它。因此，他的脸颊看上去总是鼓鼓的。对于多尼来说，土登桑丘能把一块肉含在嘴里，不住地吮吸，肉的汁液化到唾液里，一股血腥，往往使土登桑丘觉得自己还能活很长时间。他的腿不疼了。就在退休之后，他的双腿死了。他坐在多尼定购的轮椅里，口里含着小肉块，一边变硬，一边回忆。是的，变硬的过程就是从腿部开始的。再往上就该到腰，肺，心脏。头颅变硬可能是在失去生命之后。土登桑丘准备好了。他等着这个日子的来临。多尼一点也不知道，土登桑丘为自己准备了两种变硬的姿势。坐在轮椅上，头颅高高地抬起好似看着天空。早年间，他出生后，当他能抬起脖子时，在他母亲的袍子里他也是以这样的姿势看了一下天空。他相信，只要变硬，这个姿势能够保持很长时间。还有一种姿势，是针对不同的境况。如果在床上，就应该直挺挺地躺着，眼睛闭着，好像要睡很多年才能够醒来的样子。唉，土登桑丘的心思重了。他看着玻璃中自己苍老的已经模糊了的脸。他盯着墙上挂着的相框里，一个陌生年轻的自己在微笑。他不住地感到有人在他的背后朝他的白头发上吹气，还呵呵地冷笑。“你笑什么？有什么可笑的？你的笑不是对我的嘲弄，而是对你自己的奚落！”土登桑丘感到玻璃里面那张模糊的脸情绪激动。这时，自己倒是冷静下来了。有一天，他躺在床上发现自己的阴毛在脱落，一抓就是一把。于是他眼里的恐惧越变越大。是啊，腰部变硬的过程来了。对此，土登桑丘羞于启齿。他不住地揪那些一抓就掉的阴毛，直到他们彻底掉光。接下来是大小便失禁。多尼的照顾无微不至。她给他擦洗身子。她将土登桑丘抱到轮椅上(他越来越瘦，越来越轻了)，推到她的商铺。……土登桑丘，土登桑丘，土登桑丘，这个名字不断地在寺院施主名单里出现。多尼看着阿爸投在地上的影子越来越小，看着他糊涂到认不出邮电局的同事。她悄悄地哭了。……普布，现在多尼已到你面前啦。她有很多话要说。她的眼睛如果是红肿的，那肯定是在来之前哭过了。对于多尼的话，请你注意听。即使她有很多的话，但汇在一块也就是先前说过的那句。……你惊愕了！你再次惊愕了！你看着多尼将带给你的食物都摆在桌子上。酥油，白饼，煮好的茯茶叶，红糖与白糖，干肉，它们都被装在塑料袋里。它们在塑料袋里体现着各自的颜色。……普布不知该说什么才好。这时，屋子里的寂静就开始唱歌了。如果有可能多尼带来的这些东西也可以秘密地交谈。普布和多尼的谈话内容，全由多尼掌控。普布说："妹子，坐吧。"他的床上铺着自己的气味，散落着看不见的体屑。多尼坐在床铺的边沿，她的手里拿着邮电局发给土登桑丘的皮包，心里头酝酿着何时把该说的话，尽快说出来才好。"哎呀，你的僧舍好小！"普布笑了笑。多尼也笑了笑。他们之间的距离是空气中的桌子，以及桌子边的椅子，而普布靠墙坐在窗子边的卡垫上。面前是一张矮桌，矮桌上放着一部经文。有好多时候，普布思忖：床，桌子，椅子划定的范围是他的生活区。而卡垫、矮桌这边则是他的学习区。这两个区域，一明一暗，有多少梦发生……多尼突然说道："我说的那事你想好了吗?"普布低下头，耳朵里尽是铃铛响过的余音。多尼又说："我真的需要你……"普布感到寺院墙上的护法神眼睛瞪得更圆啦。他打开门，"你走吧！"接着他又补充道，"在一个出家人的僧舍里，你说这样的话好没道理！"普布的手是指向门外的。他的眼却看着墙体钉子上挂着的念珠，好奇怪，它兀自在那里轻轻摇荡。（动力来自何处?）多尼的泪，扑簌簌地就掉落下来。这个时候，土登桑丘还坐在轮椅里，多尼已出去好长时间了。他的尿又憋不住了，哗哗哗地从裤管里淌了出来，在砖地上形成一摊元宝形的积液，但不消多长时间又渗到砖地里去了。嗨，这父女俩，一个在此时落泪，一个在此时小便失禁。他俩用各自的液体，诉说人世很多的无奈、酸楚！

21 公安通讯

给你们再说个事情，无论信不信都得听！（好霸道的开场白。）这个事情说的是巴桑兰周。一九八五年三月他被"严打"了，被抓的还有他的死敌扎拉明嘎。他俩同样被判了五年，可是结局肯定不一样。这位"铁兄弟帮"的铁杆成员，用不可思议的举动使自己的生命画上了句号。一九八六年七月二十三日，谁能想到，他竟然抢了一名狱警的手枪，那手枪在他手里，完全像玩具般轻巧，像玩具般以游戏的形态面对着世界。他用一只胳膊夹着狱警的脖子，手里的枪指着他的脑袋。这样，就成了一个胁迫的定式。他对着一个女狱警叫嚷着，脱，把自己脱光，否则他就没命了。哦，也不知他是怎么想的。一个女狱警使他想到了死，想到了要成为人民公敌。女狱警好言相劝，可是她的每一个词，每一个字，更加坚定了巴桑兰周的冒犯。更不巧的是，就在女狱警解开风纪扣时，他手里的枪走火了。子弹打穿了被胁迫狱警的脸颊。在场的干警拔枪射击，巴桑兰周顿时倒地毙命。他的天灵盖被子弹掀翻了，胸口上有了三个窟窿，不住地往外冒着带热气的血。就这样一个邪恶的生命，离开了。各位，讲这件事情完全是为了要引出下面的事情来……事隔两月，扎多杰仍然被表哥的惨样吓得从梦中惊醒。尸体是他陪同叔叔去领的。那一天，叔叔哭着握着每一个干警的手，说着谢谢。扎多杰谁都不怪，甚至不怪西拉多德。进监狱，与他有关。可是这件事，却与他没有任何关系。只能说巴桑兰周的命运多舛。一个邪恶的人，总是被心里的魔鬼驱使。因此，他试图就此让自己的另两个表哥，道朵勒桑和曲松才仁清醒。可他的一番话总是被他俩驳斥。“你懂什么？走开！”“西拉多德是我们的好兄弟，你让我们离开他，那简直是痴人说梦。滚开！”扎多杰被深深的忧虑浸洗了一遍，又被无理的谩骂伤害了一遍。扎多杰离开两个表哥，从此再没有做过任何的劝说。他一直把自己埋藏在忧郁、孤独、虚妄、脆弱的交界地带，那里……唉，说句老实话，那里没有什么希望，除非走出来。要不，整个人就会像一辆破车一样报废。扎多杰摆脱那个交界地带之后，西拉多德又跑到那里去了。谁说西拉多德不为巴桑兰周难过，他难过。他很难过。整个事件的来龙去脉《公安通讯》上有：“持枪罪犯当场被击毙！”“受伤警员已恢复健康。”……“我要喝酒，你们喝吗？”“喝！”曲松才仁和道朵勒桑斩钉截铁地回答。一瓶白酒醉不了三个人，是西拉多德一个人醉了。夜，在自身的黑里扯直一根铁丝，而后将铁丝伸到自己的喉咙里测量那黑会持续多长时间。（西拉多德说。）西拉多德又摸到自己的手枪了。他扣动扳机，五发子弹便逐个冲着一堵墙、路面、一个垃圾桶（汽油桶做的）、天空和一辆车去了。那五发子弹最终打出了四个窟窿。墙、路面、垃圾筒、汽车油箱，因此，汽油便从那美好的窟窿里流了出来。西拉多德当然不知道随后引发的事情都是由他而起！那时他已醉卧在宿舍的床上了。生活有时真的会进入一种戏剧程式。没办法，它想怎么来就怎么来！这辆车是县公安局的车，局长从朋友那里出来，取车上的烟，关门，再次向朋友家的方向走，他点了一根烟，火柴头一扔，轰，那车就在他身后着火了。哈，好大的火，在深夜，路上已没有几个过路的人了。这壮观的一幕只能由局长和随后跑来的司机欣赏。他们想象着随后可能发生的惊心动魄的爆炸，电影上总是这样，可是没有，很快汽车被烧焦了，车架噼噼啪啪地变形了，油箱也是如此，那个可爱的窟窿被隐藏啦！焦皮的味道充斥了三条马路，影响着人们的梦境。第二天，关于车是如何着火的传闻以多种面目在县城出现：暴力版的，色情版的，神秘版的，黑色幽默版的，古怪版的，就是没有一个版本接近真相。

土登桑丘在轮椅上也听到了这件事。其版本恰恰是他最需要听的那种，黑色幽默版。多尼尽量使自己的讲述变得生动有趣，诙谐幽默，她把自己的语调做了一番调整。开头的那个词，必须是带着沉吟感的。“嗯，我说啊……”感觉便是这样。土登桑丘听着多尼以这种可笑的语气对他诉说，一度，他感到这个语气很荒诞，是传闻，也是多尼的语气使他的脸上浮现出笑容。他似乎忘了自己的腰部就要变硬了。那辆车着火的情形，他在脑海里看到啦。

多尼是如何感叹的。土登桑丘老阿爸，任何感触对于即将变硬的人来说，已没有那么多的唏嘘了，何况你已有些糊涂了。可是多尼不一样，多尼在她的商铺里说：“整条马路都弥漫着轮胎的焦皮味，还有座椅的焦皮味。”那个味道，真的，就在鼻孔前游荡。多尼以为，那种味道侵略了其他的味道。比如说，饭的香味，那股焦皮味，好像渗透其中。多尼的饭量急剧下降，一张瘦脸使她更漂亮了。再就是体味，所有人的身上似乎都附着了那股焦皮味。再也没有什么吸引人的味道了。香水，去他的香水，喷在身上也掩盖不了那股焦皮味。那段时间，澡堂的生意很好。可是再怎么洗，身上依然有那股味儿。土登桑丘也有所感觉，他坐在轮椅中，在多尼的商铺里，在绸缎的光华提醒下，他使劲地吸着鼻子。这让多尼多少感到了一点安慰。土登桑丘，换句话说，多尼是感到阿爸还不至于马上被秃鹫带走，那种硬，还不至于马上从腿部、腰部，蔓延到肺部、心脏。……燃烧汽车的传闻最终也到了寺院。它给人的感觉是，戴着个黑礼帽，披着件黑披风，但不是黑色幽默版，也不是其他的几种，而是神秘版。普布，赤瓦益西，“乌鸦涅巴”，墩布松金，所有的阿卡听了这个传闻之后，也闻到了那股焦皮味在寺院里弥漫。普布在经卷上，窗台上的死电子表上，插在花瓶里的塑料花上，袈裟上也闻到了这股味道。他跑去墩布松金那里，使劲地吸着鼻子，无一幸免，那股焦皮味已遍及寺院的各个角落，除了大殿和其他几个小殿，日夜长明的酥油灯，使那里没有遭到焦皮味的侵袭。酥油味冲撞了焦皮味，它无奈地耸耸肩，在殿门口徘徊了一阵就走开了。既然神秘版的传闻被阿卡们视作合理，那么，这种说法也应该合他们的胃口。墩布松金执拗地说："这股焦皮味，好像是从厨房里来的。""不，我觉得不是。"普布直言不讳。普布甚至觉得它来自山下，从它的发源地，它飘了半个时辰才到山顶。它有点累了。只是那该死的风，多事的空气让它一刻也不能停下……赤瓦益西也这么认为，他在一个干净的盆子里洗他的白海螺，洗了三遍，再放到鼻下闻，依然有那股焦皮味。只有"乌鸦涅巴"一点也不担心。他觉得这味道，迟早会散去，因为它不是这个世界的原味，而汽车燃烧的传闻将会像木头一样腐朽。

"我们家顶呱呱的老实男人昂根，把毯子又拍打了七百二十九下。"好脾气才吉看着客厅中心铺着的地毯。眼睛里的毯子又大又干净，自己眉毛下的眼睛便闪闪有神，屋里的其他家具也泛着光亮。"我们家顶呱呱的老实男人昂根，把家收拾得像金子一样锃亮。"巴拉姆挺着大肚子，拖着一双红拖鞋，在走廊上刺啦刺啦地走。当然，这句话不是她说的，依然是好脾气才吉说的。好脾气才吉的脚上也拖着一双红拖鞋。两双拖鞋全都是昂根从民贸公司买来的。他还买了咖啡色的拖鞋。自己一双，嘎玛仁青一双。总计四双。嘎玛仁青不常穿。他再次被伟大的圆形吸引历练着。这消耗不了多少体力，只是轻微运动，投篮，现在他的准头又提高到百分之九十九左右。每当听着篮球在篮圈里穿心而过，刷，一球落地，篮球弹跳得可以俯瞰院子外的马路。生疏了这么多年，重又拾起篮球，使他感到格外开心。于是，那双拖鞋被他忽略了。他感觉自己穿着篮球鞋才舒服。篮球闻不到一股焦皮味，而嘎玛仁青却闻到了。"你们闻到焦皮味了吗?""嗯，闻到了。"好脾气才吉吸吸鼻子。巴拉姆随之也吸了吸鼻子，她也肯定地点了点头。昂根扶着巴拉姆坐入沙发。然后，他关上门窗。巴拉姆感到肚子里的孩子在伸腿。好脾气才吉感到自己要忘了古怪版的汽车燃烧传闻。昂根扶着墙一直站到月亮把光洒了进来。……屋子里静悄悄的。嘎玛仁青梦到昂根在打扫屋子，等他醒来时，看到昂根真的在打扫了。屋里和屋外，一样有焦皮味，不同的是一个浓些，而一个淡些。对此，嘎玛仁青开始采取忽略不计的策略，那股气味，一旦在他的鼻孔前伸腿舒腰，那无疑是要进入他的肺里游荡。“走开！”嘎玛仁青大喝一声，同时把手里的篮球投出去。篮球入网，又从地上弹起，在那股气味之上，篮球不做任何短暂停留，落入到嘎玛仁青的手里。嘎玛仁青说：“哗，说进就进，一点也不含糊。”嘎玛仁青突然觉得篮球见证了自己的历史。从第一次，到无数次投篮，它总是以伟大圆形之魅力，以投身篮圈为己任。啊，篮球万岁！……好脾气才吉一直在注意嘎玛仁青，在焦皮味中，他无法屏气凝息。即使忽略不计，那股味道依然存在：是汽车烧焦的轮胎、座椅的味道吗？这股味道加重了人们对传闻的转述。由此派生的荒诞版传闻，在各学校中流传。……昂根扫完地，又去帮巴拉姆收到期的高利贷。这次很顺，没有发生口角，没有发生谩骂，也没有人感激。没有，除了钱什么也没有。这些钱也散发着一股焦皮味。嗨，虽然昂根的拇指区又开始疼了，但包里这些很重的钱，使他开心起来。昂根觉得自己不高尚，可是高尚的人都贫穷着。巴拉姆开始在家里不住地呕吐，因着这股焦皮味，她每吐一下，肚子里的孩子就动一下。哎呀，他（她）动得很有力度，是当领袖的料！他（她）不住地伸腿，好像是在拒绝巴拉姆灵魂里的那只蛾子！他（她）不知道家世，不知道娘肚子里是潮湿还是干燥，不知道自己的历史将从公元几几年开启。昂根把钱交给好脾气才吉，扶起已停止呕吐的巴拉姆，他说：“长命的(对巴拉姆的昵称)，如果我能替你吐，那该多好啊！”

《公安通讯》又登出两则消息。那时候，弥漫在县城各处的焦皮味消失了。消失得有些突然。在一个早晨，那股味道不告而别，像一个异乡客，如果它带走了什么宝贝，县城的公民也不会追回它。人们暗自庆幸，但又怕好景不长。他们不住地吸着鼻子，一天，两天，到了第三天，他们确信折磨他们近一个月的焦皮味真的走啦。“走吧，走得越远越好！”人们用送罪人的口吻对着风说。“走了就不要再回来！”这句倒像是对着背叛爱情的女人说的。人们的表情各异，手势各异，话语各异，但对于焦皮味的离去，都表示了高兴。当然，焦皮味肯定是存在的，但那只是短暂的，不会长久的像这次，一待就是一个月。事后，有好多人都洗了自己的鼻孔，黑鼻毛因此乌亮乌亮的。越来越多的人开始听说《公安通讯》上的消息了，那字与字之间的间隔是有回音的。因此，回音会被更多的人知道。一则消息是："近日，县公安部门抓捕了一个盗窃团伙。该团伙成员盗取县车队回收的废旧轮胎480余个，用作熬炼旱獭油所需的燃料……"这大概就是那股焦皮味的来源。还有一则消息，很短，也可以说是一个通告，关于西拉多德撤职并开除党籍的通告！……西拉多德又喝醉了。他的手枪想喊想唱想喷火，西拉多德满足了它也满足了自己。他朝着水泥电线杆连开五枪。在黑夜里，电线杆站在他的面前像是一个挡道的人。西拉多德潜意识里老早就有开枪打人的愿望，这次实现了。五发子弹，其中的一发变成流弹，打伤了过路的人。

现在轮到他倒霉啦，平民的历史里倒霉的坏人。

西拉多德，被撤职前是县派出所副所长。现在，他被调到县公安局，暂任档案管理员。（不配发枪支。）他终于有机会，一个人面对那么多的案卷，它们站在档案柜里，看着西拉多德。它们感觉不到他的落魄。而西拉多德可以感到它们被封存在这里，终将被历史焚毁。一九七九年三月八日，一桩入室盗窃案至今没有告破，被盗物品是佛教前宏期的一尊罗汉像。……一九八一年二月二日，一桩强奸案告破，犯罪嫌疑人从水塔上跳下来自杀，照片上，他的眼珠已从眼眶里喷出来，定格在他的左手边。西拉多德猜测它滚动的声音一定是咕噜噜的。……一九八二年八月二十六日，草山纠纷，杀人在逃的两个牧民，通缉令上一脸的憨厚，根本就不像罪犯。……西拉多德一天天沉浸在这些案卷里，他感到整个档案室里有一股阴郁的气流，影响着他的脊椎。他觉得自己的脊椎冷飕飕的。即使在夏天，待在档案室里他的后背也像是结了冰。他俯视着办公桌上的案卷，档案柜里的案卷却集体俯视着他。他开始找来笔记本，一本又一本地抄录这些县城案例。他极其小心隐秘地行事。没有人会告发他，档案室里只有他一人。西拉多德越记越感到心惊肉跳。他把记有案例的笔记本带回宿舍，锁在一个正方形的铁箱里。他觉得这些案卷是邪恶的，在教唆他把这些邪恶的事情记下来，传出去。哦，更可怕的是，他每次喝醉后，总是不由自主地向曲松才仁和道朵勒桑聊起那些人的事情。"他当时没有喝醉酒,可是他转身抓起一把菜刀，把那人的耳朵砍了。那血，流下来，不停地流下来，他的衣服简直就成了血糊的铠甲啦。"……西拉多德说到这里总是要摸摸腰带，也就是右肾区那个部位，手枪已不在了，甚至枪套都不在了。哎呀，西拉多德放下酒瓶，酒瓶放空，从桌子高的地方摔到地下，一地的碎片，一地的酒臭，一地的危险，一地的不可思议。他晃悠悠地脱下鞋，脱下袜子，要赤着脚从玻璃上踩过去。曲松才仁和道朵勒桑及时制止了他。……他又按时回到档案室里。他继续在笔记本上抄写案例。今天，他发现一个不一样的案卷了。里面有“文革”时期县公安局的一份审问笔录。天哪，竟然是县城解放前“骡耳朵帮”的主要成员。他的绰号也叫“大嘴巴”，真名叫久迈。久迈的口供，竟然是一份即将被历史遗忘的“骡耳朵帮”的事迹。西拉多德很快就把它抄完了。……他开始研究这份笔录。“我们从来没有杀过好人！真的，解放后就解散了。在那之前，倒是干过一些漂亮的活……”西拉多德没有料到，那个被称为“大嘴巴”的人，竟然讲得那么好，（不是他们所干的每一件活，而是讲了主要的几件。）丝丝入扣，有理有据，真可谓是行动诡秘，令那些富人闻风丧胆。“竟凭着几件活，我们四个就富了。可是大家都不愿意收手，时不时还干几票，即使劫不到财，也会吓吓那些富人。”……啊哈，西拉多德手舞足蹈，发出怪叫，他的左手夹着烟，肺里面更是有烟气回旋。这就是历史，平凡亲切可恶神秘单调复杂的历史。……西拉多德的眼睛里开始有裂缝了。最后从鼻梁延伸到了他的下巴，他知道自己在做梦，醒来，星期天，他又面对着那个笔记本。……“‘骡耳朵帮’到底干了些什么?”“他们打家劫舍，成了一个了不得的匪帮。”“他们劫富济贫?”“不，从笔录的内容看，他们只是为了自己。”“那么，‘骡耳朵帮’与你有什么关系?”“关系太大了，铁兄弟帮要更名为‘骡耳朵帮’了。”“那个叫久迈的人，还活着吗?”“做这份笔录时，也就是一九六九年，他八十一岁。”“那么他应该不在了。”“是啊，应该不在了。”西拉多德自问自答，如醉如痴。……他把笔记本锁进了铁箱子，黑色的铁箱沉默着，闭口不言。是的，它给西拉多德的感觉是以冷漠和传统的死板保守着秘密。一九八六年五月一日，西拉多德正式向曲松才仁和道朵勒桑宣布，“铁兄弟帮”更名为“骡耳朵帮”。你们不需要问我为什么，也不需要担心我会让你们干什么违法的事，“骡耳朵帮”靠抢劫最终成了富人，那是在他们的年代。而我们新“骡耳朵帮”必须要靠头脑挣钱，只有挣钱，才是目前最重要的事情。

如何制定一个计划?！这很重要，西拉多德挖空心思地考虑着，甚至到了期盼风把自己头脑里的聪明都吹出来，摊在眼前的纸上。赚钱，这个目的一经提出，曲松才仁和道朵勒桑就看着他的嘴，希望从中跌出诱人的红月亮。可是，没有，没有下文，就意味着没有实实在在的计划，没有计划也就意味着构想停在空想的阶段。“我们该干什么?”曲松才仁一脸的焦急。“好好想想吧，开动你聪明的脑袋。”道朵勒桑反倒显得不急不躁。宿舍里，一股臭袜子的气味在涌动。西拉多德的床底下十几双臭袜子沾着尘土，蜘蛛网，米粒，饼干粒和老鼠屎，在破坏他房间里的气味。档案室也是，霉菌开始对一些纸张发号施令，一股即将腐败的味道在一天天加重。西拉多德无法收手。他一边看着办公室墙上的保密条例，一边往他的笔记本里记着令他目瞪口呆的案子。以前在派出所，他接触的只是户籍管理和社会治安这一块，做过的最大处罚是对违法者处以拘留。现在可好，一天到晚可以了解这些触目惊心的案件。这些档案，分明是想害他。即便做得再隐蔽也会有败露的一天。那时，一双手铐……对了，西拉多德想起自己有一副手铐没有上交。那副手铐放在什么地方了?！抽屉里?枕头下?或者褥子边?西拉多德收好笔记本，提前下班去寻找。他打开铁箱把笔记本放了进去，里面已躺着两本。西拉多德最后在枕头下找到了手铐，手铐的钥匙却在抽屉里。“你的归宿也是在这个黑铁箱里。”……他把黑铁箱锁上，抱着它坐在门槛上。……道朵勒桑带来了好消息，“老大，县邮电局招待所要对外承包!”西拉多德知道这是个好消息，但是他没有表现出任何的兴奋。他抱着铁箱，在门槛上，静静地感受着，铁箱里在长草。那些草棵穿透了三本厚厚的笔记本，牢牢地抓住笔记本的封面，使它根本无法动弹。而另一些草，却缠绕了那副手铐，紧紧地依附着不锈钢，像是长上去的皮肤。它们还吞没了手铐钥匙，像保护心脏一样保护它。西拉多德知道这些感受是虚妄的。……一九八六年六月七日，《公安通讯》上登出一则消息：“为了更好地管理档案资料……近期，县公安局调动两位年轻警员，投入相关培训，培训结束后，他们将以饱满的热情投入到这一工作中……”看来，档案管理这边也没有西拉多德什么事啦。

22 还 俗

唉，他看着天空，天空也看着他。他知道自己有秘密。一九六八年，一九七六年，一九八三年，这几个重要的年份，在他的脑海里闪来闪去。他坐在轮椅里，他甚至失去了“老山羊”的绰号。那根拐杖，已经离开他好久了。他有些想它啦。四周是静谧的，连个针掉下来的声音也听不着。多尼呢？她出门买菜去了。土登桑丘，这个时候你没有感到那最后的时刻就要来了吗？土登桑丘深陷在轮椅里，透过窗户看着天空。天空那样的虚假，像是用画笔画在玻璃上的。他还能说什么？他突然感到咽喉堵了个东西，气憋的感觉让他痛苦不堪。他的身子开始不住地抽搐，心跳由狂烈骤然减弱。咚，看来肺和心脏变硬的过程来了。来得突然，像不速之客，从不敲门，从不给人任何防范的余地。咚咚，它带着肋骨间的一阵刺痛，土登桑丘的大脑突然清醒得无与伦比，从来没有这么清楚过，真的，脑部像是通了电流！刹那间，他想起自己准备的那两种变硬的姿势。既然是在轮椅里，那就要抬起头来努力地看着天空。透过窗，那天空一点也不美好。土登桑丘不知道自己这是在干吗？咚咚咚，他的脑子开始不清楚了。意识将在七分钟之后涣散，但是气憋的感觉消失，整个身子突然舒服起来。啊，真舒服。咚，太舒服了，咚咚，啊，我这是要去哪儿？咚，怎么我会变得像气体一样？在飘，在扩散，不断扩散，咚咚咚咚咚咚，咚，咚，多尼，咚，我的轮椅，拐杖，咚，咚，我要带走秘密，咚咚咚咚，咚，心跳停止。

土登桑丘于一九八六年六月十一日离世。

多尼哭得像个泪人。

他坐在轮椅上，就那么看着窗外。

他没有来得及吃我做的晚饭就走了！

那天的乌云丑陋不堪！

我一进门，就感到不对，手里提着的土豆、大白菜、辣椒，因此撒了一地。

现在除了你，普布，我再也没有亲人啦。

“如果你不能陪我度过余生，那我活着还有什么意思!”

多尼眼泪汪汪的。她的诉说和她的哭声很容易让人心碎。普布先是看着她毛衣上金闪闪的饰花，随后，他又看到她的那对黑玻璃耳环，在暗示人生余下的部分，不会金光闪闪也不会是暗无天日。他说：“不要哭了。你不明白，历史就是一些人走了，而另一些人出生了。”他用手摸了摸多尼的头顶，多么美妙的安慰。真的，很管用。多尼一下就安静啦。她用手背擦着泪，低着头，一切都得由普布来安排。普布请来住持活佛主持法事，赤瓦益西负责天葬。他，墩布松金，还有三个阿卡当副手，一切都顺理成章啦。……但历史的风时不时地会往回吹，它携带着迷茫、恐惧、厌倦、悲戚、愤懑……不懈地吹拂。看看，多尼成什么样啦，她的生意不再那么兴隆了。因为，好久没有去进货了。在店铺，她发呆，有时还会算错账，找错钱。在家里，她看着土登桑丘的轮椅，和它对话。哎呀，如果有人看见了，一定会以为她神经错乱，全面崩溃了。她对着轮椅说：“我阿爸还需要你吗?”轮椅结构严谨，默不作声。多尼又说：“现在他不需要你啦，可我看着你总会想起他。”轮椅被她推得默默地往前滑，两个轮子上的辐条，亮晃晃的。多尼嘿嘿嘿地傻笑起来，然后又突然痛哭起来，呜呜呜呜呜呜，那无望的哭声回旋在屋子里，从走廊到饭桌上，再从饭桌上爬到墙上的挂毯，再反弹到厨房的碗柜里，掠过瓷碗，筷子，勺子，刀子，然后，落到地上，在多尼的脚边，和她滴落的泪水一道消失。

普布越来越多虑啦。他坐在毡子上或站在青石板地上，他身处僧舍或庄严的庙堂，多尼的那个声音总是无法回避地在心里响起……如果你不能陪我度过余生，那我活着还有什么意思！……怎么？你还想做什么？……普布猜不透。他需要有人启示，他去了赤瓦益西那里。……赤瓦益西戴着鼻梁架上缠着白胶布的老花镜。眼镜片上尽是白花花的光亮，那光亮使普布看不到他藏在镜片后的眼睛。眼珠如果是咸涩了，还可能挂着泪滴。那泪滴，还可能像钟摆似的晃上几下。当然，这也是看不到的。普布没有说话。等待某种启示是不需要说话的。赤瓦益西低着头看着几张老旧的经页：黑底金字，跟梵文有关。那金字是金色的绳索：绳头柔软，绳条轻盈，绳尾带颤，一下子就把他拉到对梵文的遐想里去了。……普布多么的尴尬，多么的不合时宜。他想到赤瓦益西老喇嘛可能面对的是一个大发现，自己的出现很可能是个错误。换而言之，赤瓦益西的发现很可能是个误会，一切皆有可能。……普布就此走开，门被轻巧地带上，但还是发出“哐当”的响声。哐当，不是没有启示，一切启示都藏在自己的心里。哐当，不要寻求启示，这就是最好的启示。哐当，这一声响竟然在普布的心里引发出三次回鸣。

“我要对你说，你最近变得有点神经质。”“乌鸦涅巴”突然说道。普布发现，空气在厨房里是受油烟控制的。而控制“乌鸦涅巴”的，不但是他的情绪，还可能是腰间倒悬的钥匙，或者在铜锅里噼噼啪啪炸开的水泡，再或者是仓库里散发出不同气味的物件。他又说：“你，看看你自己，整个人都被一副瞌睡的样子占有啦！”是啊，瞌睡，一副没有睡好的样子，诵经时两位秋沙(戒律执事)不停地打量着他，疑心他心不在焉。普布，既然你看不到镜子里的自己，就看看心中的自己吧！（这可能难度更大。）不需要成天睁着眼睛，不需要在一个发光发亮的物体里看着自己的影像傻笑。只要闭上眼，心中的自己才是最真。这不是谶语，一言成谶的时代早不复存在，连“乌鸦涅巴”都知道。“乌鸦涅巴”还知道什么？……厨房的切菜墩是圆的。铜锅脏了得洗，得刷。仓库时不时地需要清理。还有，金顶上落着的乌鸦其实不是自己招来的。（那会是谁？如果有人反问，“乌鸦涅巴”还是会再度陷入思量。）这就是一些事情的真相，而有些事情你得不到真相。如果，赤瓦益西老喇嘛和堪布旦增或者堪布享秋辩论起来，谁更厉害？还有秋沙诺布和秋沙文加哪个更严厉？听到这样的问题，“乌鸦涅巴”会紧闭双唇，不言不语。……他一直有个想法，一直有个无法付诸行动，但随着时间的推移，这个想法会变本加厉衍生出其他的想法。“乌鸦涅巴”觉得很兴奋。在一个无法把握的时刻，他放弃对普布瞌睡模样的质问，说道：“你能听我讲件事情吗？”普布点点头，脸上还是那副瞌睡的模样。（多尼的那句话，总是折磨得他夜不成眠。）“嗨嗨嗨嗨嗨，振作点！”“乌鸦涅巴”提醒道。五个“嗨”连到一块，使他的语气显得很霸道。“听我说！”……“一直以来我都认为，我，‘乌鸦涅巴’，好男儿多杰，可以为寺院做大事，更大的事！”普布期待着下文。“我想……”普布终于明白，他是想让寺院做生意，更多的生意。既然已开了商铺这个头，还有什么正当生意是不能做的。开旅社，收购畜产品，开加油站，寺院应该有这个便利条件。“乌鸦涅巴”真不愧是阿卡里做生意的。他的脑子一开窍，想法是层出不穷。普布惊讶于他的脑袋和自己的不一样。天哪，他会有这么多的想法。他把寺院当什么了，难道寺院是个商业机构吗？不，他的计划不能成立，也不该成功。普布慢慢地觉得自己该关上耳朵，面对“乌鸦涅巴”的喋喋不休，他有些厌倦了。他打了个很深长的哈欠，然后说道：“我觉得寺院开个商铺已经可以了。住持活佛最多会同意再开个旅社，其他的，你就别想啦。”普布说完，一阵困顿再次侵袭了他。……一九八六年八月三日，巴拉姆生了个女孩，这个消息从某种程度上驱散了他部分的困顿。而之后的一个星期，多尼食物中毒，住院治疗的消息，则彻底驱散了他遗留的困顿。

“她其实是不想活了，才自杀的!”

普布总是这么认为。他的负疚感，一度达到了极点。

“啊，我这是怎么啦，面对多尼的请求，我怎么那么铁石心肠。这是我该有的慈悲吗?”普布不住地质问自己。“唉，算了，连这点慈悲心都没有了还做什么阿卡。”普布感到墙上的护法见到他时把眼睛瞪得更圆了。这是一种什么样的心情：失落很多。……经卷上浮着一层土。腐烂的气味从寺墙外传来。山上的流浪狗可以发出六种不同的叫唤。赤瓦益西写在墙上的所谓梵文，已被擦去，墙上的擦痕，明显，决绝，不可忽视。……所有可以容忍的都被容忍啦，所有可以原谅的都被原谅啦。但无论坐下来，还是站着，或躺在床上，再或者走来走去，也无法原谅自己的铁石心肠！……普布很懊悔。就这么，他坐在多尼的病床旁。他低着头，双手触额，眼睛紧闭，鼻尖朝向人中，嘴唇关住牙齿，舌头上尽是苦味。……多尼的呼吸起起伏伏。洗过胃之后的恢复期没有那么漫长，却充满期待。她嘴唇干裂，裂开了两条血口，血口上的两滴血，像两个血珠子。她舔了一下嘴巴，那两个血珠子，便被舌头掳去了。……“你终于醒来啦，你知不知道我很紧张?！你知不知道，我的心紧张得都要从嘴里跳出来了?!”普布冲动地在病房里走来走去。这时候，他脑袋上的疤痕都显得很冲动，耳朵则显得很紧张，眼睛看到的尽是满屋子的药味。(他的鼻子被忽略啦。)“你，你你你，为什么自杀？我值得你这样做吗?”多尼想解释，不是自杀，而是食物中毒。不是……她刚呢喃出这样的字眼，眼睛里突然闪出的希望使她把后面的话硬生生地咽了回去。隐瞒，纯粹的隐瞒有时候就是欺骗。生没有你，活亦枉然！多尼的中心思想是如此的突出。她的表情更加的幽怨，她的意思全在眼睛里了。普布，你能陪我度过余生吗？你看着我的眼睛，我眼睛里对你的渴望是那么的突出！仁慈点吧！对我再仁慈点吧！普布叹了口气，唉，你要好好活着，给我点时间，让我再考虑考虑！

多尼出院了。

普布陷入忧伤。陷入了一种两难的境地。左边，右边，他无时无刻地回顾着这两个方向，该怎么办？眼下，这才是最重要的。墩布松金听了他的情况，执拗得不再说话。即使他想帮普布，他也给不出什么意见。所以，执拗的种子演变为执拗的结果。他呆坐在普布的对面，一声不吭。“唉，连你也帮不了我。”普布摇着头，从他的僧舍里退了出来。“唉！”他再次叹息着。心里的苦闷，像越缠越紧的纱布，使他想放声痛哭。“我该怎么办？”这种焦虑慢慢地演变为发烧上火，躺在床上几天起不了床。墩布松金，“乌鸦涅巴”轮流照顾他。贴额的冷毛巾，从厨房里端来的饭食，一个瓷质的小勺是他们轮流喂他的工具。从山下带来的小白药片，使普布逐步好转。几天后，普布能下床走路了。可是他的心依然在不住地哀鸣：“怎么办呀？”“我该怎么办呀？”“一头是我的信仰，一头是一个女人生命的托付！”普布一脑门子的官司。……终于有人要启示了，是赤瓦益西。许多时候，他总觉得自己还想得不够明白，枉对了这把年纪。可是，当他倾听了普布的忧虑，话匣子还是如期打开。普布啊，他语重心长，开诚布公，你觉得自己的信仰和多尼的托付有抵触吗？（普布说不上来。）我觉得没什么抵触。你的忧虑是，如果你不还俗，多尼还会像上次那样自杀。你的信仰倡导的是慈悲，佛说，我不入地狱谁入地狱！那么，面对没有你就活不了的那个人，你应该怎样？（说得再明白不过了，可是普布还是说不上来。）赤瓦益西有些懊恼了。为了救人，你还俗，这不是放弃信仰……这不会有什么异议，我的意思你听明白了吗？普布点点头，一切迷雾似乎拨开。借用赤瓦益西的手，那手，第一次有了莲花的意味。即使老相，即使不好看，但它在普布的面前真实盛开。怒放！赤瓦益西的手，怒放。……一九八七年二月二十七日普布还俗。那天，“乌鸦涅巴”看着金顶上落了很多只乌鸦，这难道是一个兆相?！一个即将离开寺院还俗的阿卡，他哪有心情听乌鸦的喊叫在耳朵里连成一片。它们以每秒钟叫两声的速度，呱呱，（普天下的乌鸦都是这种叫法。）不住地聒噪。“乌鸦涅巴”挥起袖子，连声高叫：“去，去，去！”意在轰开乌鸦。乌鸦果然被吓跑，普布腋下夹着经卷，随着乌鸦飞去的方向离开。“其他东西你不要了?”“乌鸦涅巴”高叫着。普布不想说话。剩下的，除了被褥，他什么也不会带走。事情过后，他会叫昂根来取。父母给他盖的僧舍，住持活佛安排给哪个阿卡都行，包括僧舍里的桌椅都可以送给他，也包括自己留下的气味。普布紧紧地夹着经卷，害怕它掉下来会散落一地。墩布松金执拗地待在自己的屋里，发誓不去看普布的背影。“他的背影有什么可看的。”“他就这么离开，也不和我道别。”墩布松金自言自语。身体的阴影落在地上像皱巴巴的黑绸。那个时候，如果他想明白了，应该让白海螺表达。布呜——有个阿卡离开了，他要掉入世俗生活的苦水里啦。布呜——有个阿卡下山之后就不是阿卡了，是俗人普布啦。布呜——太多太多的来来去去，去去来来，世事就是如此啊，不用大惊小怪，你们听明白了吗?——布呜！墩布松金感到普布已经走下山了，他又鼓起腮用力吹了一下白海螺。

思想下流的世俗，我又回来了，我不愿美化我的动机，我甘愿做你的奴仆。不知情的人们，你们要唾骂我。如果不是这样，我会为我的信仰伤心的。我是普布，俗人普布，不被欢迎亦不被遗弃，不被牢记亦不被忘怀。那么时光，就让发茬掩住我的疤痕，头发长出来吧！头发长出来吧！……普布看着好脾气才吉已不再怨他还俗了，嘎玛仁青也没有过多地责怪他。他打开电视，习惯在同一频道看篮球比赛。他指着一个正在带球过人的黑人说：“看呐儿子，那就是迈克尔·乔丹！他是23号，我曾经是3号，我和他的号码有一半像。”那个迈克尔·乔丹真是了不得，他飞起来把篮球砸进篮圈里，啪，这就是世俗生活的震撼！普布立时蒙了。昂根看到这一幕也发出呀的惊叫。

他怀里的女婴，娇小玲珑，除了身子发红，没有一样不值得夸耀。昂根在那声惊叹之后，离开了电视，离开了嘎玛仁青和普布，他抱着女儿，来到了走廊。没有一样事物不是迎接他女儿的。白毡子在墙角，闪着白光，你可以尝试着把小才仁措毛放在上面，我们家顶呱呱的老实男人昂根，你可以让她在白毡子上晒太阳。天哪，她那么的红，除了脸，她的身子简直就像是涂了一层淡红的水彩。看看，桌子上的镜子也是亮闪闪的，你可以让小才仁措毛看看自己这张漂亮的脸。真是的，不像巴拉姆，也不像昂根。巴拉姆早早地就去上班了。这恶人，你不要介意她。昂根早就习惯了她早出晚归。上班，放高利贷，自收回一处无法还贷的抵押地产之后，高额利润使她又迷上了倒腾地产。现在，她已经有三处地产啦。她头上闪耀着的隐形标签现在改成，暴富！县城知名人物！还有早年的一个嗜好复活——喝口水！巴拉姆就这样被无尽的欲望驱使着，挣钱，喝很多男人的口水。注意，现在她的要求更高了，对象必须要比她年龄小，十九，二十，最多不能超过二十一，而她只是个年仅二十五岁的年轻母亲。哎呀，昂根，你的命真不好。她，只是在利用你。巴拉姆，这个巴拉姆，灵魂里的蛾子又开始精力充沛地扇动着翅膀。它，感受着躯体里的邪气，灵魂里的鬼火。它，在漫漫岁月里陪伴着巴拉姆，直到她的躯体毁灭。昂根，好多事情不是你能够洞彻的。不是说，我们的故事有你没你都行……“住嘴，昂根在充分享受他自己的生活。”那么，听听，那么，瞧瞧……昂根把才仁措毛放到白毡子上。那娇小的肉体，发红的肉体，被冬天的冷空气侵袭的肉体，在铝壶里的水蒸气顶开壶盖叭叭叭作响的第一分钟，就被好脾气才吉抱起来，拉开袍襟，塞到了自己热腾腾的袍子里。“怎么能这样，孩子会被冻坏的！”当然，她没有一丝要谩骂昂根的意思。才仁措毛的身子贴在她的奶头上。才仁措毛只露出小脑袋，脸上挂着迷茫的笑。她看不出，五米之外的那道门槛，(在她开始走路的第一天。)会绊着她，使她的额头出血。嘎玛仁青会用斧子砍门槛三下。她还看不出，自己长到五岁时，在公认的漂亮外表下，那颗度母一样的慈悲心，会在胸膛里大放光芒，让众人交口称赞。他们不会说，这是巴拉姆的女儿，而会众口一词地称呼她为昂根的女儿。啊，昂根的女儿，此时脸上还露出异于其他孩童的笑……天气干冷干冷的，屋外的群山表情被冻僵了，身影被大地没收了。啊，昂根的女儿眼睛亮闪闪的，“你们怎么可以忽略整个县城最美的人儿。她不在别处，就在好脾气才吉的怀里。”

土登桑丘的轮椅像是粘在原地了，多尼一直没有动它，直到轮椅上积了厚厚的土。哎呀，普布是多么不小心，他一进门就使轮椅靠墙站着。屋子里原先凝重的气氛一下就化开了，不是一摊水，也不是一摊油，而是空气在颤动。噗啦迪嘎，这是听不到的响声，权当空气颤动的响动就是这样。普布推开轮椅，手上便有了一手的尘粒，一手的不可思议。“怎么，这么多土？也不擦擦。”他一身的俗人装束，头上的发茬掩住疤痕，哎呀呀，已没有一点阿卡的样子。多尼几次回忆他当阿卡时的眼神，已想不起了。那个记忆是模糊的。那个记忆甚至可以被认为还给历史啦。多尼，眼睫毛上附着湿气，心里的地窖开始有冰在融化。那水滴，滴滴答答，在心里逐步积少成多，很快又从眼里溢了出来。呀，你怎么还流泪？你怎么还没有从悲伤的境地里解脱出来？人死不能复生，你可要保重啊。普布变得语重心长。多尼破涕为笑。那笑，烙在普布的心里，普布惊诧地发现，自己变得不能自制。啊，俗世的岁月，俗世的火在体内烧起，俗世的言说，俗世的潜移默化，俗世的一切中的一切，你还能让普布怎样！他已经是第七次来到多尼家啦。你还能让他口吐第几遍的飞沫？他说话开始变得结结巴巴，甚至到了语无伦次的地步。从来没有的感觉降临了，普布有些不知所措。多尼，就那么靠过来啦，你说风讨不讨厌?！你说，你说说看。普布紧张地看着被风摆动的窗户。那窗户，把玻璃震得当当作响。屋外，起大风了。看看，那风分明是要把普布从紧张中解脱出来。不凑巧，真不凑巧。多尼关上窗户。轮椅站在墙角，默不作声。

……

“你什么时候搬过来？”

“我还没给阿爸阿妈讲。”

“瞧瞧，你还有阿爸阿妈，可我却成了孤儿。”

“人生，谁能看穿人生啊?!”

第五部

23 存在，忽略

一九八七年五月一日，普布和多尼终于走到一起啦。终于那么多绚烂的梦想在他们的脑海里一下盛开了。那天，夜空中的礼花是县城自有五一劳动节以来的第一次。七枚，虽不太密集地出现，但每隔一分钟来一次，却足以加深印象……普布和多尼打开窗户，看着空中绚烂的火花，他们花了足足七分钟的时间。七分钟的时间，他们有时间考虑一些重要的问题。虽然，不会考虑得那么详尽。但是，他俩的脑子都没有闲着。多尼靠着普布，普布在她的身后，有可能被她想成是一面墙，或月亮粗糙的表面，再或者山最有可能喷发山泉的部分。多尼，说实话的多尼，隐瞒真相的多尼，她看不到花火掉落的余烬。她只能靠着普布，在窗子前，想想未来生活那很多的可能性。……你吐口唾沫，再往上踩一脚。那才是笃定地对我忠诚。普布离开窗子，来到院中，他真的那么做了。哈，你还是过去的那只猴子。多尼嬉笑着，笑得花枝乱颤，耳环微动。……到了这个时候，试试看吧，跳过去，从他们有孩子时开始讲起吧。一九八八年七月二十日，他们的大儿子尼玛出生了。一九八九年十一月三日，他们的二儿子达瓦出生了。连续的生育也没有使多尼变成水桶腰，不仅仅是这点，多尼焕发青春的理由变得多姿多彩！天天有两个孩子缠着，两个孩子天天嘴里倾吐着咿咿呀呀，这在外人看来，蹊跷，怪诞，她容光焕发的微笑，油光闪烁的额头，还有，从不离耳的亮锃锃的标志性黑玻璃耳环，这都成了人们起疑的方向。“她是在用母乳喂养孩子吗?”“有这么小的两个孩子，她哪来的时间打扮?!”多尼，一整天一整天地陪着两个孩子。尼玛和达瓦，两个从来没有拖着鼻涕的小男孩。他们在多尼的岁月里，重要性不容置疑，最后终于超越了她对普布的爱，对土登桑丘的爱。……多尼，换下刚被孩子尿液浇湿的衬衣，她忽然感到，自己的人生被这两个孩子支配啦。从衬衣里掉出来的两个奶子，乳晕，像两只眼睛。哎呀，它们在深情地注视着这两个孩子。

普布不知如何做生意，他尝试着用加法原则去经营多尼的商铺，（所谓加法原则无非是进价加各种费用的传统计价办法。）那么多的绸缎，那么多风格迥异的袍子，那么多让众多女性怦然心动的镯子，还有诸多的小商品……对于古老的商业逻辑，普布谨小慎微地揣摩。有一天他发现一切都没有他想象的那么难。这个概念出现的时候，一个叫作桑嘎的商人，像牵着毛驴浮出地面的鬼怪出现啦。独眼桑嘎，这是人们对他最惯常的称呼，在这个称呼的周围还有诸如大头鬼、眼尖鬼的称呼散落着，像长短不一的钉子。桑嘎何许人，多尼对此最清楚。她认为，在讲这个人之前，你们最好静静心，定定神，以免听到他的恶行会心跳加快，喘气不匀。这个四十多岁的男人，他的种种劣迹更甚于巴拉姆！现在，我要咽一口唾沫，然后让牙齿在口腔里充分地享受食物的秽味。哈，古时候，不，讲错了，他是现代人，肮脏龌龊，邋遢丑陋，没有一个女人会看上他。但是，他有个大优点，就是有自知之明。“我人丑，但心跟明镜一般。”是的，他明白一个最浅显的道理，某方面的不足要由另一方面来补。人们说，独眼桑嘎的钱，装在一个大铁箱里。铁箱子中还藏着家传的玛瑙珠串银腰刀。他对银行不放心，认为，把钱交给他们保管，指不定哪个方面会出错。有一年，丑陋的桑嘎连着充当了五次第三者，竟然有三次得手。那时，他的内心在欢呼雀跃。他真的很有自知之明，他知道是钱的魔法在生效。那种日子，我们称之为魔鬼的节日。可是他却把它归结为自己的幸运日。这就是独眼桑嘎，人们不敢说他的钱不干净，可我敢说，他是县城最隐秘的放高利贷者，最小心的地产商，最大的砖窑主。看看，听听，说说，一个人能做这么多的生意，他要是没有三四个脑袋，脑筋能转得过弯来吗？还有，他看上我的商铺了，几次要求我转让，我都没有答应。……普布终于明白这个拖着毛驴般影子的独眼人，原来是在打这间商铺的主意。

“真的，没有商量的余地。”

“我劝你考虑考虑！”

普布没有什么可考虑的。他摇了摇头，脑子里像是有个铃铛在摇。

独眼桑嘎，他左眼皮严重地耷拉。谁都知道那是一只瞎眼，可是县城里的人不知道它为什么会瞎。桑嘎不说，没有人猜得出。现在，就让他的眼睛还原到即将瞎掉的前一分钟。但是，即便还原了，瞎眼的原因县城的人还是不知道。独眼桑嘎,那时“独眼”这个前缀词是隐藏在未来的某一时区，不明显，不绝对，不生僻，更谈不上熟识。桑嘎，小年轻桑嘎，十七岁的桑嘎，他不知道在一分钟之后，从山体滑下来的石头会打在自己的左眼上……叭，眼珠子碎了。独眼桑嘎这个称呼，倒是在半年之后才叫响的。桑嘎，现在还原部分只能到此为止了，就像放映机倒带重放，不能没完没了。……独眼桑嘎最终还是不满意普布的回复，可是不满意他又能怎样？他强忍怒气，面带虚伪的笑，他想，沟通还得继续。

“嘿嘿，不再考虑考虑?”

“没什么可考虑的!”普布的回答斩钉截铁。

独眼桑嘎突然发现自己的影子有些疲惫地瘫在地上。这是他最深刻的记忆，在那个时候，好像是有一把割肉的刀，把这深深地刻在他靠心的那根肋骨上了。独眼桑嘎，忽然意识到自己购买多尼商铺的行动再次严重受阻。心里还有个声音在不住地对着他吼，“你这个笨蛋，大笨蛋……你还有什么手段，才能得到这间商铺?!”独眼桑嘎开始解构自己的计划了。无非是，这个商铺是整个市场上地段最好的。还有，隔壁的几家都被他买下了。如果不买下这家，那，只能说，不完美，不圆满。破坏了他要在此开一个大商店的计划。他悻悻地在地上跺了下脚，然后，用那只独眼狠狠地瞪了普布一眼，说道：“你等着!”那话语的回声，轻飘飘地好像趴在了普布的柜台上，贴着玻璃，看着底下陈列的那些闪亮的耳环，（耳环隐隐透着不耐烦的表情。）戒指，腰带上的银鱼挂饰，（那些鱼吊在银链子上，银链子是它们吐出的气泡。）火镰，（失去了实际用途，混在装饰品中，像个窃听者。）……在那个时候，独眼桑嘎的话像是白说了。普布不知道自己要等多长时间。

现在，该往另一条线索上走啦。西拉多德，那个开枪打人的西拉多德，就从他开始吧。很久以来，人们似乎忘了他曾经被叫作大嘴巴。曾经，他张着布满黄灿灿脏牙的嘴巴，巧舌舔着上牙，下牙被满口的热气簇拥，这是一个很糟糕的记忆。现在，他已经辞职了。从县公安局出来，人们说，那个打枪的混蛋，早该被开除！可是，等到现在他自己辞职，这不能不算是一件坏事。对于西拉多德来说，正相反。……县邮电局招待所，不，现在已经更名为高原明珠宾馆啦，在夏加局长的帮助下，西拉多德成功地获取了人生的第一笔贷款，他雇用曲松才仁，道朵勒桑，除了遣散几个年老的服务员，年轻的一律续签新的用工合同。这时候，西装上身的"骡耳朵帮"，目光里慢慢地堆砌起傲慢。保险柜里开始了西拉多德最原始的财富积累。黑铁箱也放在其中，除了三本记满案件笔录的笔记本，里面还放着一副手铐和手铐钥匙。现在，它们的旁边多了一个新的伙伴，一把来自化隆地下黑作坊的六四式手枪。西拉多德找它找得好苦。那把枪的来历神秘得一塌糊涂。黑漆漆的枪身，像一个黑美人在炫耀着自己的身体。（可是乳房却是隐藏了的。）它在西拉多德手里，虽不合法，但适合他把握。叭，他在经理办公室里间的大卧室墙上打洞。每个枪眼，每道震开的墙皮上的裂缝，每次开枪，光荣总是属于右手食指的力道。这样的枪眼，慢慢地布满了整面墙壁，曲松才仁和道朵勒桑的描述，一度充满了怪诞。很可笑，一个说，那些枪眼像是龙牙颗颗钉满天。另一个说，这不是一幅星象图吗？如果有人看得懂，那一定是我们"骡耳朵帮"的发迹史。可是西拉多德却不这么认为，他把手背在身后，长久地凝视着那些枪眼，墙皮上的裂缝，他忽然看出，那上面除了枪眼，就是斑驳的墙皮，还有最主要的，这是一面布满金属弹头的墙壁，（那些子弹同样来源于那个见不得天光的造枪作坊。）西拉多德感觉它们在墙里嘀嘀咕咕，自言自语，或互相交谈，热烈讨论。有时候，整晚整晚地说话。西拉多德夜里醒来时总认为是被它们吵醒的。最终,他决定不再向这面墙壁射击了。做出这个决定并不使人感到惊讶。……他把手枪关到黑铁箱里，那里面的草（如果说真有），又会把它缠得紧紧的。

拣重要的说吧，被遗忘的事情有时必须重新提起。遵照这个原则，先说说西拉多德的个人问题，他结婚了。妻子一点也不好看，甚至有些难看。她是西拉多德继母的远房亲戚，在他最失意的时候，他听从了继母的建议，草草地和她结了婚。啊，不怎么美妙的婚姻，使他有了和昂根的女儿同岁的儿子。也是个大嘴巴，加措，西拉多德二世，即使他降生也没有把西拉多德牢牢地关在家庭的樊笼里。他把老婆和孩子留在夏加局长的家里，使他们有了牢不可破的家族关系。更多的时候，夏加，这个以官职掩饰自己的窝囊废，（他的第二任妻子对此有着切身的体会。）常常抱着西拉多德二世，把屋顶的阴影当成巨大的皇冠，把屋后的草坪当成徜徉的领地，不可一世地自我炫耀。那真是一个谜，不得不说的谜。后来，夏加局长撑开报纸把西拉多德二世又挡回他母亲的怀里。这个时候，屋顶的阴影和屋后的草坪已不再重要了。夏加，夏加的第二任妻子，偶尔回家的西拉多德，西拉多德的老婆，还有这个以童稚的眼神有意或无意地打量着每个家庭成员的婴孩———西拉多德二世，他们都感到自己被忽略。夏加的感觉，来源于无法再晋升官职的困惑。他的第二任妻子则迷茫于每晚性事的空落。西拉多德则认为，自己本来就不该属于这栋布局奇怪的屋子。被忽略完全应当。而他的老婆，总感到西拉多德在有意忽略她。（其实有一点她最明白，被西拉多德这么养着，比起她在乡下过的日子，要好很多。）而西拉多德二世，未来的大嘴巴加措,他哭哭啼啼地感到自己被母亲的奶头忽略了。断奶了，西拉多德二世嘴里柔软的乳头和嘴唇前闪耀着母性之光的乳晕被塑胶奶嘴代替。西拉多德当然不知道这些。他坐在办公室里，桌上摆着小加措的照片，里边卧室墙上的金属弹头在墙壁深处隐隐作痛，像脉搏的微跳，（这些感觉全由他一人而起。）如此时刻，必须言归正传，他是如何积累财富的，这也是被忘怀的部分。（除了每年必须向县邮电局上交的承包费，给员工发放的工资，缴纳的税金，剩下的全是他的。）他是如何把高原明珠宾馆打造成自己野心的帝国，说来真是话长……西拉多德接手那个招待所后,一系列的计划开始在脑海里萌生,每一步,他都仔细考量。他没有像惯常的那些生意人一样，先搞装修，而是在明珠宾馆核心区的一个大厅里搞起了婚庆宴会的承包，什么都有第一遭，县城首富嘎嘎，给他的聋儿子在此举行了一个奢华、大型的婚礼，从此在明珠宾馆举行婚礼在县城人看来，是一件体面，值得炫耀的事，人们争相效仿。天哪，西拉多德就是有财运，紧接着，他开始腾出一些资金逐个装修屋子，一步一步……带有赌博性质的老年桥牌馆。……第一次有人愿意提供隐蔽有偿性服务的洗澡堂。（后来这些都被他转包给别人了，他善于躲在幕后，提成，收钱。）……他还割出明珠宾馆的一小部分后院，搞了个明珠修车厂。后来，西拉多德慢慢明白了，成功是怎么一回事。他独自一人在自己的办公室，嘴里叼着烟卷，手里提着那把黑枪走来走去。全世界都不知道他在想什么，就在那天，他第一次对着自己卧室的墙壁开枪。……人们，请记牢这些事情。西拉多德手里的钱慢慢多得可以买下一个魔鬼跟班，或天仙侍女。要说西拉多德，你就想想他小时候常穿的那双污脏的翻毛皮鞋。想想他弹夹里的五发子弹。想想，他是如何处心积虑，变本加厉地挣钱，挣钱！还有，要想到他有三个身影，地上拖着的那个，曲松才仁，道朵勒桑这两个，如果巴桑兰周有阴魂，或许也会飘荡在他们身边。

昂根一大早就把毯子拿出去拍土。噗，噗，噗……面对这样的声音，好脾气才吉没有再感慨什么。她的耳朵眼里，这个声音已经熟悉得不能再熟悉了。嘎玛仁青早早地从单位回来，（到了学校后勤，他变得可有可无，通常，他只是象征性地在单位出现一遭，然后就跑回家。）他手拿遥控器，念叨着迈克尔·乔丹，电视屏幕上荧光闪闪，他翻遍了所有的频道，很不巧，没有乔丹的身影。那时，巴拉姆已经心有杂念地开始上班了。小才仁措毛撕扯着一张白纸，继而，她把纸塞到嘴里，吃了起来。好脾气才吉从来没有想到日子是一张白毡子铺开，你要尽你的力把黑脚印踩上去，可是，有几个人能留下不可磨灭的印迹?！哎呀，她说，看看，看看，把日子过简单了是我的错，把日子过复杂了也是我的错。好脾气才吉，不知道自己说这话的意思。反正像是有情绪了。对谁？当然是对她自己。一切的家庭生活，都无法幸免有磕磕绊绊。……好脾气才吉困惑地看着小才仁措毛满嘴的纸浆，她张开口时，纸浆上残留着几个铅印字，它们漂在纸浆之上，好脾气才吉认不得它们。“真是有其母必有其女呀，你母亲小时候喝墨水，你吃纸，你说，你俩个到底是在想什么?”才仁措毛能想什么？把毯子铺到客厅里的昂根有了自己要思索的问题。她把满嘴的纸浆吐到垃圾桶里，那几个漂在其上的铅印字也就消失啦。可是舌苔上最终还是留下了一个字，诺，这个字最终随着茶水被她吞到肚里，没有一个人知道。……昂根听到，呃，呃，呃，一长两短的打嗝声，小才仁措毛从好脾气才吉的怀里挣脱出来，跑向有两扇窗户的客厅，客厅里所有的家具都看到她跑了过来，不顾一切，她的小脚丫藏在洒满鲜花图案的布鞋里，她，小小的度母！她的身后有好脾气才吉用无限担忧的声音在叫，当心，当心。她跑过地毯。方形的，边角上的云纹卷曲。之上，是一片红色垫底的空白。之后，是弯曲的花茎。花茎上的花骨朵精致，盛开的花朵，空前灿烂。只可惜毯子上烂了个大洞，小才仁措毛的脚就踩在上面，昂根抱起她，惊讶于毯子上的破洞像只丹凤眼。看来，毯子该换了。呃———小才仁措毛又打了个不大不小的嗝，昂根便抱着她从屋里走了出来。……对话，我们的故事里需要对话。可惜没有，只有昂根在自言自语。……故事继续。昂根走出院门，看到巴拉姆回来了。

巴拉姆一脸的怒容。

“茶烧好了吗?”

“长命的，茶当然烧好了!”

呃———小才仁措毛又打了个嗝，兴许是肚子里的那个“诺”字在作怪。昂根抱着她，这时候，他觉得人生的美妙莫过于此。丫头，好闺女，柔软的酥油疙瘩，心尖尖上顶着甘露的小乖乖，甚至有时候他不知该如何称呼她。她，看到受伤的小动物会心疼得掉眼泪。……一切，一切的一切，怜悯中暗藏着莲花，莲花早已被眼泪浸泡。昂根看到女儿就会想到这些。佛菩萨呀，他惊呼，他暗叹，他不知应该用左手抚摸女儿的面颊还是用右手。天哪，天哪，天哪，昂根低下头，一下子跪在佛龛前，他用膝盖往前走了七步，松木地板上发出刷啦刷啦的响声。他嘴唇颤抖，鼻翼微动……“感谢佛菩萨赐我这么好的孩子!”昂根说着说着就泪水涟涟。他跪在地上。他的身子很重，双膝似乎灌了铅，像是再也站不起来。他吧嗒吧嗒地把几滴感恩的泪吊在胸前。这时，巴拉姆要召集家里人宣布一件很重要的事情。……出什么大事啦?巴拉姆表情严肃,像是大礼堂的门森严地关闭着,那是一种拒绝的姿态。她坐在家长席上。（沙发最中间的部位。）她的对面，嘎玛仁青低垂着头，头发上悬挂着发屑，他竖起耳朵，好像将要听到的消息会要了他的命！这就是嘎玛仁青现在的状态。有句话是怎么说的，那句话掰开了说是凉的，不掰开则是热的。啊呀呀，那么嘎玛仁青想听凉的还是热的。这由不得他，决定权在巴拉姆。巴拉姆说，“我的一笔高利贷要不回来啦!”她的声音里有几种不可分辨的因素存在。“现在，那个倒霉鬼已经跑了，抵押给我的一辆破吉普存在单位的车库里，还有牧场里的三十只羊，我已让人办理。……车会开过来，羊，不日也会赶到家。唉，惨了，败兴，没赚到钱。这样的事怎么会落到我头上！高利贷是不受法律保护的，我也没处去告他！从明天起，昂根得去卖羊。家里的事得由母亲来照管。”呃，小才仁措毛再次打了个嗝，一股奶子被烧煳的味道从她的口腔里飘了出来。（诺，谁知道那个“诺”在她的胃底蠕动?!）……对于昂根来说，那辆吉普只有他一个人会动。除了他，这个家里就没有人会开车了。昂根，看着嘎玛仁青从篮球架前走回来，把篮球扔到床底，他坐在电视机前，手拿遥控器搜寻着迈克尔·乔丹的影子。这次，乔丹在场。荧光屏上，“飞人”飞了起来，他来了个漂亮的盖帽，体育馆里的观众欢呼雀跃。……昂根没有打搅嘎玛仁青。(照理说嘎玛仁青应该看孩子。)昂根开着车，带着小才仁措毛，车内塞着六只绵羊，他开始了他的贩羊生活。……如果说一天卖六只，那得辛苦五天。呃，小才仁措毛坐在驾驶室的副座上照旧打着嗝，她的眼里那些漂亮的肮脏的丑陋的绵羊被一个又一个的人牵走啦。那些羊的叫声或痛苦或不痛苦，她能怎么样？哦，小才仁措毛，换上是别的小孩，他们一定乐得合不拢嘴，可是，看着那些羊，小才仁措毛的表情一点也不轻松。看，它们挤在车厢里，眼神里的草都蔫啦！有雄壮羊角的，那羊角成累赘啦！还有黑头羊，额际白斑羊，茬角羊，羊毛上沾着羊粪蛋的邋遢羊，鬼样子羊，小才仁措毛心里的难受，随着卖羊的人越来越多，她的眼睛里已泪光莹莹啦！……她默默地，藏在昂根的影子里。(那里可能是最安全的地方。)可是阿爸昂根却是兴奋的。“这只更壮！”他的语气里显露着牧场佬的霸气。可是他不是。假牧场佬昂根，顶呱呱的老实男人，在这个季节，同女儿，同一辆破旧的北京吉普，过足了担当的瘾。(每个男人或多或少都有这样的情结。)他哈着气，说着令自己上气不接下气的话，(只是有些累啦。)“嗨，我明天再拉过来五只。”“不，不不不，这个价钱巴拉姆是不会同意的，就连我女儿也不会认可。”呃，小才仁措毛打着嗝，肚子里的“诺”嵌入胃底，更加的没有人知道。(这只是一种假设。)昂根在第五天，拍拍吉普车的引擎盖，拍拍即将被人拉走的最后一只羊的犄角……然后，他开上车，陪着女儿在整个县城里转了一圈。

这一天，他对女儿说了一些很不重要的话。

他说：“如果阿爸走啦，你不会变得不开心吧?!”

“好女儿，你一点也不像你母亲，那是你的幸运。”

吉普车突突地喘着气，把疲惫的情绪传染给县城。

“看看，那些房子怎么突然就冒出来了，像是魔鬼的呕吐物。”

“甚至连呕吐物都不如，看着都觉得会被风吹飞。”

昂根的耳朵里尽是小才仁措毛的打嗝声。

呃，呃呃，呃……我听到那些绵羊的叫声里有惊恐。……我听到风把它们的羊毛吹得倒立起来。我，我，我……我还听到吉普车的惊恐比羊要重！

我，我……我看到羊的蹄痕被大地吞了，它蠕动着自己硕大的胃囊，扬言不吐出一根像样的骨头！这是四岁的小才仁措毛的心声吗？不，不是，绝对不是。……如果没有人为她代言，那么权当是昂根对女儿的种种猜想吧。

24 黑狗头效应

独眼桑嘎，岁月，与古老的动词匹配将产生什么样的效果?！可是，最可怕的变化只来源于化学，核，原子裂变！因此，普布没有想到独眼桑嘎的瞳仁里正映出他那肥胖老婆的脸，（“看”，这个动词有比它更古老的吗?）而在他肥胖老婆的眼里，二十一岁的肥胖女儿正在小心地对付一块手抓牛肉。撕吃，粘着肉丝的牙齿，肉与口水在口腔里的接触，其后果可想而知。普布不知道，这一家子都和丑陋沾亲带故。而多尼，很早以前就知道桑嘎有一个丑陋的老婆，一个丑陋的女儿，一栋贴着丑陋瓷砖的大房子。但丑陋，不是他们的专利，县城里好多人都和它有关系。这样的关系有时候竟然是一个家族的象征。独眼桑嘎，仍然沉溺在他那大商店计划的余波里。他在一张纸上罗列了一些已把商铺卖给他的商人的名单，六家，只剩下多尼，不，应该叫户主的名字，也就是普布的商铺无法达成转让的意愿。那家伙是块铁板，没有缝隙！那家伙完全是想阻止我的计划，借此，让我也尝尝失败的滋味。独眼桑嘎以前失败过，一出生时就拥有的丑陋算一次，后来落下独眼只是加重那次失败的程度。听听他自己怎么说的吧：我不想失败的滋味像个戒指一样永远地箍在我的手指上。他举着那个中指，竟然毫不羞怯地对着天空。天空在那时似乎闭着眼，对此不理不睬，要不，这可不是什么好手势。

“我想说，我拿那个扎露（对还俗阿卡的蔑称）毫无办法！”

他的肥胖老婆，（据说，连她也看不上独眼桑嘎，只是为了钱才嫁给他。）在离他五米开外的地方，像她女儿一样对付着手里的一块牛肉。独眼桑嘎，不知道一块肉对于她有多重要，即便油腻在她的手上尽显本色。即便肉屑沾在她肉嘟嘟的手指，嘴唇上。肥胖的独眼桑嘎的老婆，她，还是借助一把利刀（谁叫它解放了人类的牙齿。）把肉割下来送进嘴里。因此，独眼桑嘎的话像是白说了。独眼桑嘎退回到十米开外的坐垫上，靠着墙，企图说一些让自己也糊涂的话，可是他办不到。

“哎呀呀，真是急死我了！”

风开始窃窃私语。原来历史那么私密那么琐碎。原来一个平民的命运紧扣着另一个平民的命运相互影响相互作用，最后构成所谓平民的史诗。唉，是谁想通了，是风还是你？但绝不是独眼桑嘎。……独眼桑嘎狠狠地咬着牙，从垫子上站了起来，跺了跺脚。他满含愤恨地看了看肥胖的宗萨，看了看她手中正在不断变小的牛肉，他心里有个计划开始借助内心的不安愤懑动荡在脑子里萌生出来。……这是个坏念头。真正的坏念头。独眼桑嘎自己也没有料到，他的歹毒竟然是如此的出类拔萃，如此的不可告人。啊，（记住，只要一感叹，不是好事就是坏事来啦！）独眼桑嘎的阴谋，预谋，与三只黑狗有关。怎么回事？……那三个黑狗头是独眼桑嘎雇人扔到普布的商铺门口的。一天一个。血，黑狗头，普布倒水拖干净店门前的水泥地，一天安葬一个黑狗头，天哪，他竟然处变不惊，面色凝重，嘴角挂着若有若无的浅笑。这件事情，要不是别人告诉了多尼，他会一直瞒着她。普布，好样的。

独眼桑嘎，恶毒的诅咒是属于坏人的。三只黑狗的狗头来得就如此容易吗？问问你派遣的那两个人，杀狗时他们怕不怕?！怕，不怕，这是他们不同的回答。可是，有人看见，他们用小口径步枪消灭狗，割狗头时手却是颤抖的。用盆子接狗血时眼珠发红，鼻尖冒汗。任何的恐吓，都是怯懦者留给自己的记忆。你的老婆，会支持你这么干吗？对此事，胖宗萨是一无所知。胖宗萨与独眼桑嘎的女儿胖曲珍，更是毫不知情。他们，像是天空中三个不同方向的星星。独眼桑嘎常说：“不狠，怎么能发家！”胖宗萨听到这样的话，总是慢慢地抬起头，她不去看天，而是在尝试能不能看到最远方的石头。她看得眼珠生疼，这时候，她嘴里冒出来的话总是和天气有关。“哎，乌云来了！”“要刮风啦！”她扭动胖身子和四周的山逐个遥遥相对。那个过程极其缓慢。缓慢得有些不可思议。她的女儿胖曲珍便在屋子里，对着镜子吹口哨，嘶，索索索，她看着自己肥厚的嘴唇，噘得就像是马的肛门。嘿嘿，她顾不得自己的脸在镜子里走样，眼睛笑得眯缝起来。嘶，这个时候口哨是吹不出来啦。唉，好奇怪的家庭关系。好奇怪的家庭。独眼桑嘎一个人在卧室里清点钞票。胖宗萨一个人在卧室里看电视。女儿胖曲珍则在客厅、厨房、储存间里走来走去，像个幽魂，像个失魂落魄的疯子。还像个，唉，这第三种比方确实不好打。总之，接下来的事件彻底地改变了这个家庭。起因，一件藏式立领红衬衫，鲜红，大红，用这两种说法都是可以成立的。胖宗萨，三十九岁，从古至今在县城没有比她更热爱红色衬衫的人了。她，肥硕的上身被“火”烤着，她不觉得有多热，但她把手臂从袖子里伸出来，这样，红衬衫就彻底地暴露啦。她把两条袍袖，交叉着绑在腰间，嗨，她不知道的事情又有谁能知道。这时，一头在路边吃垃圾的公牛，看见红色便冲了过来！她来不及躲避，它的尖利犄角就顶入她的肝区啦！这是一个噩耗，独眼桑嘎不能够接受的噩耗。胖曲珍跌坐在尘埃里久久不能站起来。……一切改变都发生在这之后，独眼桑嘎嘴里咀嚼的不仅仅是难以下咽的肉，米，面条，还有一些回忆，像是时不时地会从牙缝里冒出来。胖宗萨如果没死，独眼桑嘎可以毫无顾忌地在自己的卧室里清点钞票。可是现在，她死了，她被天葬了，好大的块头，最起码可以吃撑十五只秃鹫。独眼桑嘎想到这里，他的心凉透了。他顺着卧室中间的立柱转来转去，他一直在自言自语：“怎么说走就走！”“唉，人世不就是这样吗？将来我也得走。胖曲珍也一样！”黄昏在窗外落下来的时候，他又补充道：“所有的人都得走。一个一个地去死！”独眼桑嘎说完吐了吐舌头。

胖曲珍一直在念经，六字真言。

她不知道阿爸一只眼里的光辉，够不够慈善。

她心里隐藏很久的一个愿望又萌生了。晚上，她拿着一支蜡烛，赤着脚在家里走来走去。独眼桑嘎一开始没有注意到，后来他打开门去取胖宗萨生前用过的脏绸缎枕头，（他们分居已经三年多啦。）他看到这个场面，只能退回去，轻轻地把门关上。这样，女儿的事就是她自己的事啦。胖曲珍，屋子里有电灯，她没点。她拿着蜡烛，用微弱的光引领自己的眼睛。她的脚下一片冰冷，松木地板兴许是在呻吟，咯吱咯吱，兴许是在兴奋，咯吱咯吱，兴许是在发表议论。兴许，是她的脚踩痛了它。胖曲珍，说说自己在想什么？拿着蜡烛，目光关切。嗨，那些柱子，桌子，垫子，仿佛在退让，没有一样会碰着她的身子。胖曲珍想说，阿爸，可否利用我们家另一处宅基地上的空房办个敬老院？……她在想，用何种方式，选择何种时机去说。胖曲珍慢慢地感到了脚下的冰凉，蜡烛的泪也烫到她的手啦，她呀地叫唤了一声，伸出手，指尖上沾着烛泪。……她忽然想到，遥远的过去和正一步步走开的现在，即使回头，也不见得能看个真切。

敬老院离普布埋葬三个黑狗头的地方不远。普布每次经过那里，他总是感到那三个黑狗头，在地表半米以下的地方龇牙咧嘴。嘴里含着土，狗眼已成了两个黑洞。那黑洞幽幽地盯着地表之上的敬老院，一切来之不易。……普布没有想到独眼桑嘎会在这么一个地方搞个敬老院出来。对于这里沉寂的空气而言，多少有点离经叛道的意思。多少有点要打破什么从而要赢得什么的意味。嗯，敬老院，胖曲珍的敬老院，有她在，独眼桑嘎跟敬老院的关系被人们慢慢忘记。胖曲珍的敬老院，说说基本情况，这很有必要。

敬老院养了七个老人，更直接地说是七个孤寡老太婆。她们脸上的皱纹加起来总共有八十一道，甚至更多。她们的哀伤，她们的喜乐，现在变得和胖曲珍有关啦。在这个没有期待，没有遐想，没有冲动，只有等待死期的日子里，胖曲珍真的和她们达成了命运中的默契。哈，那些空了的酱油桶，张着嘴的糌粑口袋，污脏的门帘，一直在揭示着敬老院的惨淡。但胖曲珍做到了最起码的：不使老人们饿着。她用独眼桑嘎交给她的那六家商铺的租金（每月都有。独眼桑嘎把事情做到这一步，已经是到了他的极限。），在一定范围内，使这七个孤寡老太婆，比以前过得好多啦。可是，这很不够，胖曲珍掰着指头，踩在那三个黑狗头之上，她不知道在地表半米以下的地方：那三个黑狗头是如此的紧密团结，它们嘴里的舌头，早就腐烂成灰了。

普布自然意识到了独眼桑嘎的转变。独眼桑嘎的独眼里，那种阴霾减少了不说,普布甚至看到他的注视里,有把自己当成老朋友的意味。他，主动跟普布打招呼："看看，朋友，今天的天气是多么的适合人怀旧啊。"说这话时，他站在普布商铺门前倾倒有狗血的地方。（只是血迹早被洗净了。）普布不会很快就把这三个黑狗头的事忘了。他故意说道："是啊，但对于三个黑狗头来说，不是这样的。它们享受的只是地底的黑暗。"三个黑狗头，对于独眼桑嘎来说，是一笔业债！他和他毛驴般的身影站在一起，黯然像脑后的天空一样深刻。

他想说：“我错了。”可是没有说出来。

但普布却说话了。

“哈，没有什么事情是过不去的。更何况，你我又没有杀父之仇。”这样，普布便有机会在十天内三次造访那贴着瓷砖的丑陋房子。每次去的感觉都不一样。失去了女主人，房子的气势日渐消退。先是屋子角落里开始悬挂的蜘蛛网，（蜘蛛网是一个家庭冷清的迹象。）然后，有六七片瓷砖从房子的表面自行脱落下来，摔在地上，变成碎片。加深了房子的丑陋不说，还让它曾有的那种无法形容的气势大打折扣。每次去独眼桑嘎那里，他总是端出一盆炒黄豆招待普布。他把豆子在嘴里嚼得嘎嘣嘎嘣乱响。他回顾自己的大商店计划，认为心里有很坚硬的魔障！“如果想要克服，必须放弃大商店计划。这不，我才有机会交到你这样的朋友。”是的，交到像普布这样的朋友是不容易的。普布也像独眼桑嘎一样嚼着豆，嘴里那嘎嘣嘎嘣的响声，一度到达了咽喉，又从咽喉下到了腹内。普布听到这个声音消失的时候，自己也在说话。“一切都是缘分注定。你，我，还有和我们有很多关系的人，他们，在我们的生命里来回穿梭。他们，对我们的历史置若罔闻。可是，好多因素是真实存在，无可回避的现实。”啊，又是现实。独眼桑嘎有点犯怵。现实是不是因为一件红衬衣的招摇而导致的杀身之祸？现实是不是三个黑狗头招来的诸多效应?！独眼桑嘎，嘴里的豆子已被牙齿磨成粉了，用口水搅拌成糊了。这些黏稠的豆糊粘在牙齿的表面，使洁白的牙齿“蒙羞”。他说，（他觉得自己的回答毫无必要，但不出声应对却是没有礼貌。）“唉，有谁能说得清楚，做得明白。我看，一切都是糊涂账。”独眼桑嘎说完又把一些黄豆倒入嘴里嚼着，嚼着，不停地嚼着，……普布没有再逗留的意思。黄豆在他的嘴里嘎嘣嘎嘣地粉碎……嘎嘣嘎嘣……嘎嘣嘎嘣，这个声音普布听不到。但如果作为他离开时背景的衬托音隐秘地存在，这是没有人会跳出来反对的事情。

故事到了这个时候,必须说明:普布和独眼桑嘎的关系会波及另一些人，(这可是黑狗头生发的因缘。）发生另一些事。普布完全不清楚，自己的所作所为会对多尼有何影响。由此事震荡开去，就像敲一个坛子的侧面，它的另一面必然会感受到颤动。那么，多尼去了好几次胖曲珍的敬老院，是不是适用这种规律去定义？答案非常直接，当然是。那么多尼又做了什么？……多尼慢慢看出普布与独眼桑嘎的关系日益好转。她对普布说："那个人值得你亲近吗？"普布没有直接回答，他只是摇头说："没想到他家那丑陋的房子虽然冷清，但一点也不使人感到隔膜。"答非所问，多尼肯定会追问下去。多尼又问："他，可不是什么好人。他对你说了什么？"（好人与坏人的界定，对于多尼而言，非黑即白，她不会想到有些时候颜色是可以掺杂混合的。）普布回答："他的女儿办了个敬老院，他把那六间铺面都给了她。"这话语的震荡真的指引了她。之后，多尼去了好几次敬老院。每次见到那七个孤寡老太婆，她的眼圈总是红红的。红眼圈太太，那七个孤寡老太婆在背后总是这么称呼她。"看看，红眼圈太太又给我们买菜啦。""她，是个红眼圈的好心人！"多尼领着尼玛去了好几次敬老院。尼玛以为这么多老太婆一定是关在这里的妖精。第一次去时他被吓哭了。可是，第二次，第三次，他一点也没有感到害怕。胖曲珍是何等地希望见到多尼，老人们眼中的红眼圈太太，在接下来的日子，她放下家里的事情，成为自己的伙伴，同谋，但这几乎是不可能！谁都知道她有两个儿子，一左一右地缠着她。终于有了一个机会，她俩像约好了似的，在一张由木板钉成的大桌子前落座。（桌上堆着大白菜，土豆和酥油，苍蝇的歌唱从来是拒绝气味的骚扰。好像是，又好像不是。有些事就是这样，你不敢确定，但又觉得必须下个定义。）胖曲珍一如既往地感谢个不停。这是她自办了敬老院之后，养成的一种习惯。多尼的眼圈又红啦。"我还能做什么？"一阵沉默之前，一股白菜的味道在浮泛。"我还可以筹集老人们的过冬物资。""是啊，一切都应该早做打算。"可是她俩的谈话结束后……第二天，七个孤寡老人中最年长的那个去世啦。这次多尼不但是眼圈红了，而且是落了泪啦。她抱着达瓦，领着尼玛，看着胖曲珍领来的阿卡们在做法事，她忽然闭上眼睛把他们关在外头啦。

多尼好长时间没有再去敬老院。

她不知道，在这之后又来了个孤寡老太婆把敬老院搅得一团糟。

后来，她听说这件事后，就没有要去敬老院的心思了。那里发生的事，都是由那个最后到来的干瘦老太婆引起的。

普布听多尼讲这件事情不下十次。当他能复述得滴水不漏时，县城里的好些人都知道这件事了。

普布和独眼桑嘎决定到敬老院去看那个干瘦老太婆。星期三下午，他俩迈着不怎么轻快的步伐，(步伐不轻快的原因,无非是对于干瘦老太婆的揣测，影响了步幅与迈步的节奏。）哦，普布，还有独眼桑嘎，出于什么动因，你们要去看她？如果仅仅出于好奇，那大可不必。干瘦老太婆是一股污浊的祸水，她的拐棍是凶器，眼睛是阴毒的源泉，心灵藏着什么肮脏的东西大家不知道。游荡的只有她接近事实的传闻。她，坐在太阳底下是一块干巴巴的骨头。而在黑夜里如果考虑她的气息那是有毒的。现在，这行走在路上的两个男人，他们在复述她的劣迹。普布说：“你根本不会想到，如果她在晒太阳，别的老太婆就别想那么做。如果有人想靠近她，享受全世界全人类共用的太阳光焰，那她的拐杖就会落到那人的头上。有些老太婆挨了她的打，还不敢说，谁说暴力只是年轻人的专利?”独眼桑嘎接过话题：“是啊，她想打人就打人，不分时间地点，而对象始终是她的孤寡同伴。也不知是什么人把她弄来的?!”一切的原因都归结到了这里。普布不说，独眼桑嘎自然也会知道。三分钟之后，她的女儿就会告诉他。“阿爸，是我把她从大街上领来的。”“你知道她是哪里人吗?”“不知道，问她她不说。现在我才觉得她是个疯子。当时我真的没看出来。”“是疯了，现在你该怎么对待她?!”“还能有什么办法，尽量把她同其他人隔开。县城可没有疯人院。”哦，明白了。胖曲珍就是这么做的。有些时候她还强制性地把干瘦老太婆锁起来。万幸，她从不像别的疯子那样自残，(也许她根本就不是疯子。）只是以少有的平静坐在屋子里数数字。现在，普布和独眼桑嘎就要看看她。她的门没锁。在胖曲珍的陪同下，他俩看到一个干瘦的老太婆坐在床沿，灰白的头发像片破毡子顶在头上。她抬起头猛扎扎地看了独眼桑嘎一眼。突然，她叫喊道：“看哪，割黑狗头的教唆者来啦!”叫喊完毕，她站了起来。普布和独眼桑嘎面面相觑。独眼桑嘎想，她怎么会知道？但普布没有把这事想得过于复杂。是啊，独眼桑嘎的标志太明显了——独眼!事情又在县城广泛传扬。但没人知道干瘦老太婆是在什么地方听人说起此事的。

25 生活，孤独度母

普布给嘎玛仁青买了个新篮球，尽管刚用起来并不怎么顺手。尽管风吹眯了他的眼睛，可是他凭着感觉还是投了个漂亮的三分球。“漂亮!”普布拍手叫喊。嘎玛仁青裤兜里的降压药瓶，那些白药片也在里面叫嚷。他太熟悉这个球场了。而巴拉姆买来的旧篮球架，它的气息，它的阴影，更让他回味。“那篮球架，旧虽旧，但它立在那儿，我就有投篮的欲望。”这句话，他不是对班呷，尼玛扎西说的，（他们几乎不怎么见面啦。）而是对着自家简易球场四角上分别放着的四块石头说的。那四块石头在他眼里分别代表着四个方向的承诺，而这承诺虽是他想象，但他不会对任何人说出。嘎玛仁青接过普布递过来的毛巾，擦了擦汗，然后将新篮球拿在手里。新篮球，没有什么新名堂。只是它表面的弧度上飘逸的皮革味，使嘎玛仁青想到了他的那三匹马。还有，那个马鞭子。马鞭子一直没丢，它被好脾气才吉用一根布条缠了起来。取出它，嘎玛仁青花了足足五分钟的时间。啪，他在空旷的院子里甩响马鞭。普布一直待在好脾气才吉那里没有听到。只到离开，也没有见到嘎玛仁青挥舞着马鞭的景象。嘎玛仁青默默地用那条长达七米的布条，再次把马鞭缠了起来，放到原处，它斜靠着储藏间的屋角，一文不值。这就是嘎玛仁青的生活，被普布忽略了的生活。它的解释权归好脾气才吉。它的目击者是顶呱呱的老实男人昂根。嘎玛仁青一再被自己的生活操纵着沿着一个虚线似的轨迹不断老化。他的头发花白，嘴里的牙齿开始松动。眼睛凝视的意味越来越重。慢慢地，在客厅那张大幅的迈克尔·乔丹跳跃投篮的画像前，嘎玛仁青第一次有了要退休的念头。第一次，他拿着篮球无限感慨泪流满面。他想退休的念头滋生的很不是时候。“我该退休吗?”他双眼闪动着疑惑征求好脾气才吉的意见。这个时候，好脾气才吉眉心的肉瘤再次泛起红光。她说：“嘎玛仁青，不要问我这个问题。你自己决定吧。”说完，她起身走到走廊里。嘎玛仁青迷茫了。问昂根，昂根不语。

（昂根不赞成他退休，学校后勤其实很清闲，再坚持干上几年应该没问题。）问巴拉姆，她坚决支持。“退，家里又不缺钱。”问才仁措毛，她笑而不语。嘎玛仁青只能自己拿主意。他裤兜里的降压药瓶，嘴里的降压药片隔三岔五地暗示，该退啦！一九九二年六月，嘎玛仁青退休啦。

退休的第一天，就有个青年来找他。嘎玛仁青完全不会想到，他就是大老王的侄子。如果单从面部特征去寻找与大老王血缘信息相吻合的地方，那是不够的。他，没有大老王那么高的个头，也没有他身上散发的那种强烈的体育气息。有的只是他身上的那股子韧劲。“叔，我叫王小平，我来看你来啦。”王小平一点也不拘谨，他坐在客厅的长沙发上，那些弹簧在沙发的内部拼命地支撑，试图把他的身子再抬起些。可是它们的韧度不足以完成这样的使命。王小平，给我讲讲你叔叔的情况。王小平从包里取出几张照片摊在茶几上，这是我叔在给中学生篮球队当教练，这是他在打太极拳。……哈，大老王过得真是不错。嘎玛仁青完全被照片内的大老王给吸引啦！他拿起照片看了又看，直到王小平要告辞离开时，他才记起问王小平来县城做什么？“叔，我是来给一所村办小学支教的。”王小平微笑着向他鞠了个躬，离开了。

“好青年，不愧是大老王的侄子。”

嘎玛仁青由衷地赞叹道。

那几张照片，王小平给他留下了。

嘎玛仁青突然看到大老王微笑着出现在球场上，他拍着篮球，嘴里叽里咕噜地说着什么。嘎玛仁青一跃而起，他感觉自己是从沙发上跳了起来。受到了弹簧的鼓舞，那种热情在他的耳膜上轰轰地鸣响。哎呀，他的胸口一阵灼热。手指与手指的缝隙有冷气缠绕。篮球滚圆的召唤，使他的手指自然而然地也变得弯曲。自然而然地要从大老王的手里抢走它。他横跨一步，大老王侧转身子，将球藏在了身体的另一面。那里，篮球在他的拍击下，噗噗地在地上激起灰尘。大老王哈哈地笑着。嘎玛仁青，来，抢走它，像过去一样抢走它。瞧瞧，嘎玛仁青坐在沙发上，看着自己。大老王一再地炫耀着手里的篮球。大老王说，嘿，你倒是快来呀！他运球，嘎玛仁青忽然觉得自己的身形像是一只老鹰，它左扇翅膀，右扇翅膀地拦截。大老王突然将球扔给他，“接着！”篮球噗的一声就来到了他的双手里。大老王转身跑开，嘎玛仁青从沙发上惊醒。照片，落在了地毯上。

现在，就来清理一下这很多的线索。话说到这个时候，就像灰尘落在了地毯上必须要清理啦。昂根的毯子，总是要被他拍打七百二十九下。那么我们的线索需要如何清理？来吧，普布，跟嘎玛仁青喝喝茶。而好脾气才吉，要做的只是看着镜子，眉心的肉瘤如何在那神奇地泛着红光。那么多尼，照看好两个孩子的同时，请擦一擦土登桑丘留下的轮椅，将来这把轮椅肯定会被你带走。剩下巴拉姆，她照样喝着一些男人的口水。在昂根的怀疑之内，她知道自己应该怎么活着。……昂根，拍拍毯子上的土，鸡毛掸子断啦。巴拉姆一头的波浪卷发，七月的高跟鞋在泥泞的路上踩出一个又一个的小坑洞。昂根看见那些小坑洞时，忘了鸡毛掸子断了会是什么征兆。他看着女儿坐在院子里，静静地瞅着鞋带上沾着的泥巴。泥巴，是可以用来捏小动物的。可让它沾在鞋带上慢慢地干掉就有点不划算啦。才仁措毛之前用这样的泥巴捏了小马，小牛，小羊……放在窗台上后，它们也慢慢地干透了。昂根一再地忽略了女儿的童心，他注意的只有七月的高跟鞋留下的小坑洞里是否有积水。这一切，除了他也只有好脾气才吉会关注。好脾气才吉，吐掉嘴里的茶梗，清清嗓子里的痰，一天中必说的几句话里，最关键的那句脱口而出："我们家顶呱呱的老实男人昂根，你不该因为折了鸡毛掸子，就烦闷起来。"昂根没有解释。他知道风吹冷了好脾气才吉眉心的肉瘤，肉瘤因此没有那么红了。昂根看着院子中独坐的女儿，以及在他面前走来走去的好脾气才吉，他无法使自己清闲下来。忙碌，有一段时间他真的像个忙碌狂，也像只拼命寻找食物的饥饿老鼠！他的眼里充满了血丝，话语少得更是要命！比困惑还多的是他使用过的劳动工具，它们排列起来足以围绕他，跳一个古老的圆圈舞。抹布不说话，扫帚也没有说话的兴趣。忙碌的昂根，用布满血丝的眼睛，盯着屋子的每一个角落，他是想要做到家里一尘不染呢还是要做到处处闪闪发亮?！这二者都不好说。昂根弄脏一片抹布或者擦亮一块足以照见自己面庞的玻璃，这绝对不会比巴拉姆带给他的伤害来得轻巧！巴拉姆总是把伤害轻巧地带给他。如果他不知情，那种伤害是永不存在的。可是一些话还是传到了他的耳里。"巴拉姆是高原明珠宾馆的常客，她常常带着小男人在那里开房。"不会吧，昂根几次思忖这件事的可能性。有一次，他甚至尾随跟踪她，他真的看到她和一个小男人进了高原明珠宾馆。不要脸，也不想想那是西拉多德开的！那一刻，昂根崩溃了。他捂着胸口，把背靠到墙上，他没有勇气闯进去证实什么。甚至在巴拉姆回家以后，他的质问也被她轻巧地瓦解了。“我那是在打牌。”然后，她掉转矛头，痛斥昂根的尾随跟踪行径，连一只老鼠都不如。

一只老鼠，昂根?

他拿着扫帚，系着烂了三个洞的围裙，被这一通骂，搞得垂头丧气。他站在自己的懊悔，或半信半疑中，无力反击巴拉姆的脏话。必须要确认，那是一盆脏水。很脏很脏的水，里面好像泡着蚂蚁的内脏，蜘蛛的口水，天哪，还有什么比这更脏的东西，巴拉姆恨不得把它们一股脑地装进来，泼出去！昂根红着脸从那间充满谩骂的屋子里退了出来。嘎玛仁青，好脾气才吉同情地看着他。昂根，走到厨房。女儿才仁措毛跟了过来。她说：“阿爸！”昂根蹲下身子，女儿亲吻着他的脸。女儿说：“阿爸，你好可怜！”昂根听她这么一说，眼泪一下子就从眼眶里冲了出来。他站起身，对着墙。他不想让女儿看到他这副样子。

一九九四年四月，才仁措毛八岁时，“我们家顶呱呱的老实男人昂根”，在巴拉姆酒后的谩骂中突然暴怒。他甩掉手里的饭碗是有原因的，所有涉及才仁措毛不是他女儿的言论都将导致这样的结果。可是，巴拉姆却接二连三地说了好几次。她说：“你不是才仁措毛的父亲，连我自己都不知道她的父亲是谁！你说，我的男朋友有多少！”老实男人昂根一下子蒙了。在这之前他一点预感也没有，天空幽深的像是颀长的咽喉，而云朵像是嗓子发炎时产生的黏痰，它们多么想长久地萦留在那里，可是风不同意。云说开就开。老实男人昂根，听了这话，把饭碗甩到地上，扯开身上系着的有三个破洞的围裙，他离家出走啦。

连着两个星期他都没有回家。嘎玛仁青之前在那张迈克尔·乔丹的画像前听着降压药片在药瓶里哗哗喧响。他预测，不出一个星期昂根就会回家，可是他错啦。

好脾气才吉三天没有和巴拉姆说话。

巴拉姆还是表现得满不在乎，好像天生的冰块能经得住任何火的烘烤。好像灵魂里的那只蛾子飞来飞去，没有什么能够阻挡得了它。她变得更加的明目张胆，更加的轻佻……那些小男人的口水，使她认为昂根不要回来才好！

“他回来干什么？他回来无非是要鸡毛掸子一再地断掉。”巴拉姆剪着指甲，看着新雇来的女保姆，明显不如昂根地在干着家务活。“明显，太明显啦！”好脾气才吉再也听不到昂根清理毯子的叭叭声了。篮球跑远了，再也没有人愿意为嘎玛仁青捡球。而才仁措毛深切地感受到，父亲走啦，自己漫长的孤独期来了。这是怎样的时刻啊！才仁措毛从未感到自己与父亲的距离相隔到那么远。她，背着书包，从放学的路上一次一次地走向县城与草原连接的路口，（那里，其实是个山垭口，皮袍里灌满风的牧者，总是从这里进入县城。）才仁措毛多么渴望自己的声音能够从一块石头传到另一块石头，再通过无数块石头传入昂根的耳朵，如果不行，进入他的梦也可以。才仁措毛走到山垭口,看着这个古怪的“喉咙”，（它的确是这个地方的咽喉要道。）他深信父亲昂根是从这里走向他的那一顶帐篷。呀，阿爸昂根，阿爸昂根，才仁措毛呢喃久了便开始狂喊起来，阿爸昂根，你在哪里，快回家吧！……一九九三年七月，才仁措毛的孤独终于被大家看明白啦，一个七岁女童的孤独，一个度母一样慈善的小女孩，她，能够使县城里的人感到什么?！她，终于行走在他们的瞳仁里，在他们的听力之外不断地呼唤着自己的父亲。县城里的人感到了什么？他们感到，昂根的出走使这个小丫头倍感孤独。于是有人偷偷地称呼她为“孤独度母”。孤独度母却永不知晓自己有这样的名号。“看，她总是低着头，领着自己的影子，书包的轻飘使她看上去不怎么好学。”“她的学习很差吗?”“哪里话，她的学习真的很好，出奇的好。”可是，没有几个人知道，她面朝乡野呼唤阿爸的事情。星期天，她再一次来到山垭口，山垭口这古怪的“喉咙”，已没有呜啦啦的风了。她又喊：“阿爸昂根，快点回家吧！我想你啦。”“阿爸昂根，你要原谅巴拉姆，我知道你原谅了她，你就会回来!”才仁措毛夸张地从那古怪的“喉咙”处呼号，一度她的双手在嘴巴前撑开成一个喇叭。这似乎很管用。“阿爸昂根不一定能听到，但一定能感应到。”才仁措毛在这个漫长的孤独期，以连她自己都不知道的孤独度母的身份煎熬着。（可以这么说。）而且打嗝的毛病自昂根走后又一次地困扰着她。她捂着嘴，生怕那个“呃”冲口而出，但她不知道曾经有个“诺”字长久地嵌在了她的胃底。就这样到了三年级的时候，也就是她九岁那年，她在古怪“喉咙”处的呼唤好像是起了作用，昂根终于回来啦。

他开着一辆拖拉机，面色凝重，但他见到才仁措毛时，那股凝重就变得如浮云一样轻。他俯下身子，才仁措毛扑到他有机油污迹的怀里。拖拉机上，一个抱着小男孩的女人，见到这个场面不住地抹起了眼泪。她好像是被感动啦，她的感动好奇怪呀。孤独度母在这个时候真的闻到了离别的气味，（长久到十年，二十年。）她在昂根的怀里看着那个女人，突然感到自己的父亲是要跟这个女人走啦。这时，车厢里又冒出三个孩子的头来，才仁措毛从他们一致的长相里看出了血缘。但那女人怀里的孩子却一点也不像他们。可以确定，他是他们中不一样的那个。后来，才仁措毛听说他就是昂根的私生子，为了给他真正的名分，昂根回来和巴拉姆办离婚。对于巴拉姆来说，这是一件无所谓的事情。“离婚?”巴拉姆站在台阶上俯视着昂根。“是的。”巴拉姆说：“好的，民政局见。”她走下台阶把才仁措毛拉了回来：“走吧，小宝贝，妈妈保证他不是你父亲!”才仁措毛被拉回到台阶上，她回头看到昂根的眼睛一直在看着自己！……拖拉机突突突地开走啦。孤独度母的孤独在那一刻上升啦。她趴在窗台上，看着拖拉机的烟筒里冒着一圈一圈像绳套一样的烟，它们没有往任何人的脖子上落，而是在空中自行消散啦。孤独度母，也就是爱发善心的才仁措毛，她打了个嗝，呃，她紧张地用手使劲捂住嘴巴，很巧合的一件事是，从那之后，（除了正常的打嗝）那种时不时从嘴里冒出来，使她倍感羞涩的不正常的打嗝停止了。才仁措毛从嘴巴上取下自己的那双手时，并没有意识到这点。她听着嘎玛仁青的篮球砸在球场上的嘭嘭声，自己的心也有了那样的节奏。……好脾气才吉一直在高声说话，对那位保姆她实在是无法满意。可是，她是好脾气才吉，自然不会大动肝火，但也无法柔声细语。她说：“清理清理毯子吧，那上面的土多得可以弄成泥巴糊墙啦。”保姆点点头，但她不知道巴拉姆因此找到了赶走她的绝好理由。……毯子被她弄烂了，好脾气才吉无法改口地说：“我们家顶呱呱的老实男人昂根，每次要拍打毯子七百二十九下，也没见到他把毯子弄成这样。”毯子直接烂了长达半米的大口子。巴拉姆依然修剪着指甲，她看都不看保姆一眼：“你可以走啦，但你的工钱得用来赔我的毯子。”新的保姆要来，旧的保姆要走。孤独度母对于这个家庭的认识，随着保姆的频繁更替，逐渐明朗起来。……她再也不去那个古怪的“喉咙”处呼唤父亲啦。昂根只是一个旧有的回忆了。

26 关　键

那时，一切都到了节骨眼上。

不是吗?

一切。

孤独度母的孤独到了节骨眼上。

昂根的离去使巴拉姆灵魂里的蛾子也到了节骨眼上。

还有，好脾气才吉的脾气经过一段不平静，也到了恢复的时候。

嘎玛仁青对于迈克尔·乔丹的崇敬之情也到了相当的地步。

他的投篮技术更是有了巨大的提高。

那么，普布呢?他的生意不行，到了这个节骨眼上，多尼思量着是不是由她自己亲自来经营。你看，那些陈列在柜台里的首饰，黯淡啦，萧瑟啦，银子的颜色不像是银子的颜色。它的苦就在于无人问津。是啊，一切都到了节骨眼上。

那个曾与巴桑兰周一同坐牢的扎拉多钦赚了很多钱，独眼桑嘎也比不了。到了这个时候，也只有西拉多德才能和他比一比。西拉多德和他的“骡耳朵帮”，在这个时候，他们决定在平民的历史舞台上跳一段“兄弟情”舞。他们的成功反衬了扎多杰的失败。到了这个节骨眼上，扎多杰太失败啦，他爬电杆时摔下来了。工伤，失去了一条腿。残疾，拄着拐杖就改行当了电厂看大门的。

而西拉多德的乡下老婆，随遇而安，她才是一个想得开的人。西拉多德二世，更是聪慧，在孤独度母被孤独笼罩的节骨眼上，这个与她同岁的人，他过目不忘的记性也到了被四处传扬的时候。因此，夏加局长的骄傲也到了节骨眼上。

西拉多德看着那面隐藏有诸多金属弹头的墙壁，他的心又跑到自己那个小黑铁箱里去啦。一把六四式手枪对于墙来说，是罪魁祸首。它把一粒粒弹头分期分批地送进墙壁里，始终不变的是，他总是认为自己可以听到它们在墙里说话。反过来说，他说的每句话也会被它们听得无一遗漏。道朵勒桑说："你看，我是应该给她们加点钱，还是维持老样子？"西拉多德站起身，他把脚下的毯子踩得咕兹咕兹响，这个声音就像是他的脚下暗伏着一只鸟。而那只鸟本来是不存在的。"那就维持老样子吧。"金属弹头如果有耳朵，那真的应该是什么也听见啦。可是它没有耳朵，子弹就是子弹，再怎么夸张也无益。（前面讲过，西拉多德暗下决心，不再向那面墙壁开枪。可是这么多年过去了，他终于忍不住了。）西拉多德听到道朵勒桑的步伐在走廊里拉起一贯的回声。他打开小铁箱握枪在手。铁箱里的手铐像尸体，手铐钥匙像问号,笔记本却像是恶之典籍。十二发金黄的子弹，是他在一年前放进去的。如果上述说法成立，那它就是如假包换的陪葬品。草，铁箱里真的长草了吗？它只是西拉多德想象中的，关起铁箱时它有。打开了，就没有啦。西拉多德提枪在手，在办公室里间的卧室走来走去。这个时候，那把枪的嘴是何等渴望倾诉。它渴望吐出一枚金属弹头，渴望这枚金属弹头弄出点事情，哪怕是小事情也行。西拉多德完全不知道，把手枪握在手里，是本能还是什么?！大约四点钟那个样子，曲松才仁带来的消息，诱发西拉多德向墙壁开枪。的确，那个消息足以使他扣着扳机的那根指头痉挛。曲松才仁的话语里有大事不好的意思。他说："西总，工资不长，好几个雇员辞职了！"西拉多德静静地站在原地。等到曲松才仁走出去后，他抬手，手指痉挛，砰，枪嘴里的金属弹头冲着墙飞去。哦，出事情了。（但是一件小事。）那一枪，竟然在墙壁上打出了脸盆大的窟窿。哗啦啦，砖头掉到了墙外。从那个窟窿里往外看，只能见到一堵刷有标语的老墙。（即使子弹穿透西拉多德卧室的墙，还有这堵墙挡着，这绝对是一件幸事。）哦，怎么回事？道朵勒桑分析说，这墙挨了这么多子弹，这个部位显然是先前就打松了的。曲松才仁也随声附和，是这样，即使表面被抹了白涂料，可是内里……所以，这一枪打得真是地方。赶紧找人，修墙。与此同时，一件真正要紧的事紧锣密鼓地展开。

这无疑是对"骡耳朵帮"的严峻考验。

西拉多德，曲松才仁，道朵勒桑坐在一间有些昏暗的办公室，他们知道目下的处境已到了举起一把刀要切烂案板上的肉的时候！西拉多德，还可以搞出什么名堂？如果不求变，那么作为老大，“骡耳朵帮”颜面何存？（骡耳朵帮，你们注册了吗？有提供这种注册的地方吗？没有。所以这个名字谁都可以用。好在县城里没有人对此名讳感兴趣。）有一天，曲松才仁找人在自己的右胳膊上刺了一对骡耳朵。可是，西拉多德看来看去都觉得那是一对兔子的耳朵。因此，他失去了在自己的胳膊上也留下这种刺青的雅兴。现在，空气是多么的紧张。生怕这种气氛会一直延伸到这三人的灵魂里，控制他们的人生。西拉多德，大嘴巴里横着的牙齿，由于长年的烟草熏染，微黄，像某个生物不可多得的变异标本。他的上下牙床一上一下地碰撞,牙齿发出嘎巴嘎巴的响声，一股震颤迅速在牙床间传递。他说：“看来要动真格的了！”他这话，总是让曲松才仁和道朵勒桑想到他会持枪造次。可是，西拉多德不会，一个更深的计划在他的脑子里萌生之时，他已看到自己的未来和更多的财富牢牢地拴在一起了。办公室依然昏暗，西拉多德考虑的事情慢慢地借助这种昏暗，通过慢吞吞的语言，在他们的脑子里现形啦。关键词：入股，开金矿！一个月前，他没有料到找他的那个人竟然是曾经购枪时在化隆结识的牵线人。（他曾表白自己在造枪黑作坊里当学徒。）那个人和他有多熟悉？不熟。只是曾经的同谋关系,使他俩有了信任彼此的契机。那个人，看哪，他坐在椅子上，用西拉多德办公桌上笔筒里的一支钢笔，敲打着自己的左腿。当当当，一阵不怎么清脆的碰撞声，不像是肌肤能够发出来的。西拉多德突然惊愕啦，那个人，将裤腿扒得更高些，假肢就露了出来。西拉多德看着他的假肢，微张着嘴，嘴里微黄的牙齿被倒吸的冷气弄得有些发凉。“怎么，你的腿？”他的手指不知为何弯曲，没有直指的胆量。那个人再次用钢笔敲了敲它，说道：“要知道那时我们也造子弹，作坊发生了爆炸，我的小腿就成了这样。”西拉多德说不出任何话，他听到假腿先生接着又说：“后来，我就退出了。其他人干了几年，一个接着一个地栽进了监狱。你说，是不是老天及早地制止了我，才不至于我也锒铛入狱。”西拉多德点了点头，假腿先生趁着这个火候，鼓动西拉多德入股，一起挖金矿。“一切都已准备就绪，我只是想给你一个发大财的机会！”西拉多德是个聪明人，他知道假腿先生信任他是真，想利用他在县城里的人脉也是真。假腿先生将手里的钢笔放回到桌子上时，西拉多德嘴里的言语猛不丁地多了起来。哦，他知道这是一件充满诱惑的事。他还知道对于金子他天生就敏感。他多么渴望自己有一个牧民们常用的那种皮口袋！用来做什么？当然是装金子。他看着假腿先生，把假腿上的裤管扒拉下来，站起身，用最简短的语言说："我等你消息！"……假腿先生的离去，把西拉多德的目光拉扯得很长。一度，有点剪不断的意思。……现在，那样的目光已不存在啦。西拉多德，等待着曲松才仁和道朵勒桑的意见。瞅瞅，办公室依然昏暗，好像任何事情都不会有什么起色。太阳在屋子外头，挂在山尖，像是被扯破了衣衫的可怜虫。时间，大胆到通过西拉多德手腕上的双狮手表发出倒数数的威胁！（没错，是威胁。）西拉多德的等待在这个时候，显得有点意思。"骡耳朵帮"所面临的考验是空前的。

听听，这些发言是多么的关键。

曲松才仁说："机会就在眼前，稍纵即逝。一定要入股！不入股绝对是大傻帽。"

道朵勒桑也说道："西总，一定要入！非入不可。"

三天后，西拉多德入了三股。假腿先生和他在高原明珠宾馆签了文件，定了协议，还合了影。如果那张照片被人瞧见，一定会成为笑柄。且看他们（包括曲松才仁和道朵勒桑）站在一个高及一人的大花瓶前。假腿先生，那条假腿的裤管好像是故意被卷起一层。西拉多德努力微笑，在定格的一瞬闭上双眼。而"骡耳朵帮"，那两个永恒的兄弟（西拉多德从那一天起就如此称呼他们），一个表情像是家里死了人，而另一个像是听了什么笑话，喜笑颜开，嘴巴大张。如此古怪的照片在五天之后洗出五张。一人一张不说，剩下的那张，还被西拉多德用小相框框起，放到了办公桌上与西拉多德二世的照片相对，一左一右，保持着某种禁不住推敲的平衡。……一九九五年九月，西拉多德没有想到自己将一把金子倒在乡下老婆的面前时，她眼睛深处的"积雪地带"被迅速点燃了。乡下老婆的食指和拇指间夹着一粒金子，那上面的光点以逐个闪耀的方法诉说着入股矿山的行为是多么的靠谱！之前，西拉多德并没有和家里人商量，甚至夏加局长也不知道。但他把假腿先生领到自家结构古怪的房中做客时，夏加局长对客人的到访表示了最大限度的热情。继母亲自将家里最好的干肉端到了桌上。雪：干肉中的油脂，开始在假腿先生的胃里融化。这当间，夏加局长让西拉多德二世表演了过目不忘的神奇记忆。要求假腿先生在一张旧《光明日报》上尽情地书写阿拉伯数字。然后，这位神童将它镇定地扫视了一遍，接着，就将这些数字毫无遗漏地背诵了出来。其精准程度达到百分之百！哦，这个家庭就这样赢得了假腿先生更深的尊重。西拉多德二世因此也获得了他随身携带的两颗金疙瘩的见面礼。嘿，世俗，请向金子敬礼！可时间行进到这个时候，关键是西拉多德二世对金疙瘩的态度，是啊，他根本就没有表现出对金子有何兴趣。他把它们塞到母亲手里，然后就自行跑到院中玩耍了。……西拉多德慢慢发现儿子的识字量相当惊人。有一天，他甚至惊奇地听着儿子把他抄录在黑皮笔记本里的案例，摘要背诵出来。一切都是由他引起。看来，取出笔记本后，西拉多德是忘了将它放回到保险柜中的小铁箱里了。这样，西拉多德二世趁他不在，有意识地选取几个时间段，将内容全部记住，这是很自然的事了。西拉多德，听着儿子嘴里冒出一个个血腥的词。他的恐惧在那一刻不亚于曾经在最初时间记录这些案卷的人。他捂住儿子的嘴。他说："住嘴！小孩子怎能看这么邪恶的东西。我要求你现在就把那些东西统统忘掉！"可是他不知道，一个好记性的人，最大的缺点就是不善于遗忘。同样，西拉多德二世的遗忘功能弱得出奇。他努力地想把这些忘记，可是，种种的努力，好像只是为了加深记忆。

现在，趁着西拉多德二世不断地过目不忘，西拉多德手里的金子日益眩晃着自己的眼睛。因此，说说同时期的哑巴舅舅有何不可?！他同样到了节骨眼上。人生的分水岭是那么的明显，此前与此后的生活将有多大的不同?！……哑巴舅舅终于等到土鸡的数量发展到了二十三只。在这个关键时刻，他不知道自己该如何呵护这些土鸡,才不至于它们的数量再次锐减。他蹲在土墙上用灿烂的手语向拉青舅娘讲话。背后的那些山峦起起伏伏，低头或者抬头，但不在手语的表现范围内。手语一：到了这个时候，真的该加把劲，把土鸡的数量再往上提提。拉青舅娘明白他的意思。拉青舅娘想到这些咯咯叫唤的土鸡，明里暗里都在和他俩作对，可是他竟然看不出。嗨，这个漂亮的哑巴。这么些年过去，他还是显出不符合他年龄的年轻，可是我却老了。拉青舅娘摸摸自己的额头，线条的触感明显。哑巴舅舅蹲在土墙上，灿烂的手语再次怒放。手语二：这个时候，不是摸自己皱纹的时候，而是要考虑好如何照顾好自家的土鸡。拉青舅娘的眼睛盯着蹲在墙头上的哑巴，他像土块，草皮，一截木头，砸铁的榔头，镰刀，但最像的还是一口水缸。像，真像。拉青舅娘忽然被自己灵光一现的想法给震慑了。哑巴舅舅再次亮出他的手。手语三：说说，你有什么好的建议。当然是要用手语。你知道的，在没有比这更伟大的语言了。哑巴舅舅蹲在墙头，微风轻轻地吹拂着他的屁股。（那绝不是什么好现象，但却真实地发生啦。）拉青舅娘还是刚才的那个想法，那些土鸡从来就没有放弃和他俩作对。你看，哑巴，那几只就是它们中最不老实的。贼头贼脑，黄豆大的眼睛里也能泛着凶光。她说了半天，用嘴，可是哑巴是半句也没有听着。他从墙上跳下来，影子从墙后跳到了墙前。这个变化，他和拉青谁也没有注意。手语四：看你，竟顾着数落土鸡的不是，虽然我听不见，但我会看你的表情。拉青舅娘没什么可说的啦。到了这个节骨眼上，哑巴舅舅终于有了一个想法。这个想法就在他跳墙的一瞬，在脑子里扎根啦。他想，去雪山看一看那些雪鸡。这没什么不好，只要不带弹弓就行。拉青舅娘丝毫不知他心里的想法。她看着那些土鸡，骄傲的，疲惫的，自顾自地吃沙粒的，热衷争斗的，还有为了反击而怒火万丈的，最老实的是那些抱窝的。它们在拉青舅娘情绪时好时坏，而哑巴舅舅情绪很好的这一天，用爪子扒开土，咯咯咯地叫唤，每隔三分钟就惹得拉青舅娘要大呼小叫一次。村里人说："没孩子的人，也只有这样才能分散精力。"可是，哑巴舅舅和拉青舅娘不这么看，他们夜夜为了生个孩子而努力。"村庄，我们的村庄说到做到，它答应给我们孩子就会给我们孩子！"看看，这手语五是多么的灿烂。

还能有什么比这更关键的。

去，还是不去?！走，还是不走?！

哑巴舅舅看着雪山。看着拉青舅娘。（村里的好多人都把他们当亲戚。舅舅或舅娘叫顺嘴了，就无法更改啦。甚至有一些年龄比他们大的人也这么叫。）普布，想听哑巴舅舅的逸闻吗？一切在向前发展，故事也同样。……哑巴舅舅在那一刻，看着雪山就像是看着拉青舅娘的乳头。而拉青舅娘，站在他面前像是他身体里掉出来的铁。（说白了，就是影子。）从那个时候起，她知道拉青已默许了。他走进屋子，带了十个土鸡蛋，还带了一个小铝壶，火柴，糌粑口袋里装着碗。一切准备停当，哑巴舅舅用手语说："你能和我一起去雪山吗?""去看雪鸡，那我们的土鸡谁来照管?"拉青舅娘被哑巴舅舅的提议吓了一跳。她的回应看着像是手指在抽搐。嗨，还是自己去吧。哑巴舅舅转身面朝雪山，胸廓里有雪鸡在飞来飞去。自家的土鸡重要吗？当然重要，可是看雪鸡的念头已成了一意孤行的念头啦。他迈过门槛，雄赳赳气昂昂地向着雪山迈进。他在他无声有色的世界里就这么看着雪山想着雪鸡还想着赶晚饭前回来。中午，哑巴舅舅到达雪山。雪山的挺拔自不用说，要说的是那些雪鸡的死尸，让哑巴舅舅心惊胆战，寒意顿生。哑巴舅舅每走二十步就能看见一只雪鸡的尸体。它，它，它，都是把头挨在积雪上，脚爪朝天，好像那最后一刻的来临让它们猝不及防。哑巴舅舅坐在山根，雪山不会用手语和他交谈。可是风会，但它不是讲述哑巴舅舅想要知道的事实，而是用它那冰冷的手轻抚他的面颊，表达关爱。哑巴舅舅坐在那里，一连吃了两个土鸡蛋。当他吃到第三个时，那些冰雪就借助自然的力量，在他的脑子里用手语说话啦。“在冰雪的世界，雪鸡崩溃，万物哀伤，除了你不会再有人亲眼得见。”哑巴舅舅使劲地摇了摇头，想驱走脑中的幻象。可是，冰雪的手语继续在他的脑中施加影响。“除了你还会有谁留意雪鸡的死活？当针对禽类的瘟疫到达雪山脚下，你自己的土鸡还能存活吗？”哑巴舅舅怅然若失。他看着风吹散了脚下的鸡蛋皮。那些鸡蛋皮越过小草丘，越过小山石，沾在积雪上，不飞不舞不动，在积雪面前显示出对雪山的俯首帖耳。显示出某种与它似有似无的关联。哑巴舅舅好久站不起身子。……深夜，他回到家。他不仅错过了晚饭，还错过了拉青舅娘的“蜕袍”时间。一切情形都在第二天被哑巴舅舅的手语展现。拉青舅娘的担心不是多余。哑巴舅舅已是另一个传染源了！“去把衣服换掉！”哑巴舅舅听从了拉青舅娘手语的安排。他换上巴拉姆捎给他的衣服，（昂根没有带走的，巴拉姆自然不会留着。）在一只只趾高气扬的土鸡面前显得有些不自在。除了鞋都换过了。可关键是：只有这一左一右的家伙才真正触碰过他所见到的全部死雪鸡。……已来不及换鞋了。那一只只的土鸡，从他的鞋上跳过。哎呀，这可怎么办？但愿不会传染。……两天后，土鸡开始以每天五只的速度死亡。到了第五天，那最后的三只土鸡死后，拉青舅娘发誓从此再也不养土鸡啦！

土鸡被一只一只地扔到了土坑里。那坑天然形成，哑巴舅舅看到坑底转眼就被这些扁毛畜生的尸体占满。即便它们的眼里没有对天堂的渴望，即便地狱之火已在另一个世界熊熊燃烧。可它们却是一副无动于衷的死相……哑巴舅舅拿着铁锨，一锨一锨地往里倒土。土，松散，相反于社会结构，经济结构。

还有，它起到的只是一种掩埋的作用。第一个发现他在土坑里埋土鸡尸体的是翁青——生产队前会计，村里的第一运输户，也是第一个让运输车四轮朝天的人。他的车在经过大修之后，由儿子经手运输，惨淡经营。在满脑子都是怪念头，气焰嚣张的人间，他的落魄已成定局，注定毫无起色。哑巴舅舅不一会儿就汗流浃背了。汗水在他的脊背上流出道道污脏的汗迹，像蛇吐出的信子。翁青站在土坑旁，看到那坑不一会儿就被填平了。哑巴舅舅用铁锹拍，用脚踏。最后，还往上放了块大石头，算是留了记号。翁青看着这一切就这么结束啦。

27 高尚与背叛

一直在死人。没错，真是这样。在你看到或看不到的地方。那些人，你认识的，你不认识的，他们在死去。你无法回避这个事实。就像你无法回避吃喝拉撒睡。一直在死人！不是吗？嘎玛仁青，普布，西拉多德，包括巴拉姆……你们这些人，忘了人类的脆弱源自自己的血肉之躯，源自自己高尚或不高尚的思想。一直在死人！这个事实你否定不了。历史会证明给你看。顺着时间所指的方向，那一幕已经拉开。（可是它的手指或多或少的有些弯曲，它指给你看，也是在指给自己看。）这次，嘎玛仁青第一个出列。他看到是大老王的侄子王小平死啦。他静静地躺在医院的担架上，左耳里结着血痂，右耳里可能结满蜘蛛网，所以没有一滴血掉落。嘎玛仁青，对这个前来支教的小年轻，志愿者，最初的认识来源于他带来的那些照片。尽管，是大老王的照片。可是，你认定他像大老王一样，是好样的。现在，不用说更多的话啦，他的同伴，一个戴着骨质大耳环的牧人，（他的耳环，随着他说话的节奏在晃来晃去。）身上的袍子已被血浸染的分不出本来颜色啦。他痛心疾首，语序颠倒，但嘎玛仁青还是听明白了他在说什么。(嘎玛仁青在自己的脑海里，把他的语序像码牌一样重新排列，所得出的结果，让他同样伤心。)王小平老师，无数次地向这位家长讲起过，他有个爱打篮球的叔叔嘎玛仁青。……标志太明显，因此车祸

(翻车）之后，这位与他同车的学生家长便找到了嘎玛仁青。为时已晚，没有任何救活的可能。只是王小平老师，在被送往县城救治的途中，留了话，如果死了，就埋在烈士陵园。（也许是有预感。）……烈士陵园？他的家人会同意吗？教育局夏加局长听了嘎玛仁青的悲声，把自己的思虑变成两个问号加以陈述。唉，嘎玛仁青的叹息里带着一种苦涩。对于这两个奶钩般的问号，他只能解决其中的一个。“怎么不能，他是为了去给孩子们买教辅读物，才出车祸的。”夏加局长摇了摇头，“我是说落叶归根，他的亲属会同意他的尸骨留在异地吗？”一阵沉默，衬托出夏加局长办公室电话的“端庄”。（不来电话，它就得这么端庄下去。）嘎玛仁青走后，夏加局长打通死者亲属的电话。电话那头，王小平的父亲哭得一团糟。即使在电话里，夏加局长也能感到他情绪里有很浓很绸的悲观在里头。“娃就这么走了，没有留下半点血脉，你说值得吗？”……他的尸首停在肉联厂一间空余的冷冻车间。七天后，大老王和他最小的弟弟（王小平之父）王和祥来了。哭———深长的哭号，鼻腔里有共鸣的哭号，眼泪流干之后的哭号———之后，我们除了给烈士开个追悼会，还能做什么？烈士临终前的意愿大家都知道了，你们觉得该咋办？夏加局长在退休之前，最后一次做了温柔陈言，等待回应。大老王一头白发，呼吸急促，手抚胸口，万分悲痛。“青山处处埋忠骨！我们商量好了，要尊重娃自己的意愿。”次日，也就是一九九六年八月三日，烈士陵园里又添了新的坟茔。大老王环视群山，群山以古老传统中最默然处之的方法对他不理不睬。……“你说，嘎玛仁青，我还能做什么？除了让自己的头发变得更白，除了掉几滴眼泪洒在土里，我还能做什么？”嘎玛仁青静默得有些出奇。王和祥坐在小板凳上显得心事重重。天空下，那些群山的默然处之相对于大老王的发问，真的不怎么样。大老王拿着嘎玛仁青的篮球，站在他家的简易球场。身后旧篮球架的影子缩成一团，像是在瑟瑟发抖，也像是不太愿听大老王的话，因此在那里独自闹别扭。大老王说完，把篮球扔到地上。它跳了几下，滚到不远处的地方停了下来。好脾气才吉嘴里不住地呢喃着经文。而孤独度母因着王小平的事迹，哭得眼睛红肿。第二天，大老王和王和祥坐着班车离开啦。嘎玛仁青目送班车出城……尾气拉起的一道烟幕，多像是王小平的人生就此闭幕。……出列者嘎玛仁青返回队列。而接下来的出列者将是普布。老喇嘛赤瓦益西的圆寂，使他用清水洗面，试图掩盖自己的泪水。在此之前，“乌鸦涅巴”和墩布松金有好几次光临了他的商铺。当时，他们没有带来赤瓦益西生病的任何消息。倒是“乌鸦涅巴”向他讲起了豹子深夜闯入寺院，喝光厨房一水缸水的事。“豹子是沿着山脊而来，豹子眼亮如一对黄灯，它跳入水缸喝水；豹子喝完水后，从水缸里一跃而出，甩着水珠子，即便打着手电筒照它，它也视我如无物。”后来，执拗的墩布松金告诉他，他不信“乌鸦涅巴”的讲述，寺里的好多阿卡都不信。……再后来，老喇嘛赤瓦益西圆寂的消息突如其来，令普布有挨了一闷棍的感觉。（普布和好多人一样，确认他是无疾而终。）一九九七年一月五日，火化赤瓦益西的那天，普布也去了。他看着阿卡们把赤瓦益西用白布包裹的肉身放到火化塔里，木柴一经点燃，其上的酥油就开始融化：火焰像“乌鸦涅巴”讲述的那匹喝水之豹，一下蹿到了火里。它张牙舞爪，火舌乱窜，斑纹在火光中闪耀。……塔顶的烟孔里不住地冒着烟灰。……普布忽然想到，赤瓦益西老喇嘛的灵魂如果脱离了肉体，站在一边看着自己的肉体被烧成灰，那可真是一件匪夷所思的事。

生活仍在继续。如有停顿，止步不前，东张西望，那全是时间的错。可是时间从来不授人以这样的话柄，它是何等的严谨！人们，它穿透我们。它设计我们的命运。“一切都由它安排！”当普布再次意识到这点，多尼不再对普布经营商铺的事听之任之了。是啊，这是必然。普布领略的经商之道，不及多尼十分之一。多尼，商人多尼，对于绸缎戒指首饰……她有一个非常简单的交换定律：“不看人面看货面。”这个基本定律解释开了无非是任何人，即使天王老子来买，是什么价就是什么价，绝不把商品贱卖。可是普布却做不到。还有，如何迎合消费潮流那真是绷紧神经才能感悟到的事。人们，面对一个再也无法忍受不温不火经营现状的女人，我们不必大惊小怪。可是，拖着毛驴般影子的独眼桑嘎却无法理解。（他那毛驴般的影子似是轻摇着驴尾巴。）他把充满不解和怀疑的脑袋垂在胸前。独眼大放异彩，可这是视力减退的征兆。……多尼重回商铺之后，对于普布而言可真是轻松了许多。家里雇了保姆，她是被巴拉姆辞退之后，由好脾气才吉推荐而来。黑黑瘦瘦的，干活还算可以。大家都叫她群群玛（小小的），普布和多尼也这么叫。她不仅要在商铺干活，还要做家务，照顾普布家已上学的两个孩子。“像是朝着三个方向飞的黑鸟。”普布慢慢地就不去商铺了。独眼桑嘎的独眼瞅到了其中的变化。普布煞有介事地取出从寺院带回的经卷念经。哦，他嚼着黄豆，将充满不解和怀疑的脑袋从胸前抬起来。嘴里尽是他早已习惯的嘎嘣嘎嘣的声音。他没有忘记自己的变化比普布还大。“普布，我已经不放高利贷了。”普布的视线从经文转向他。独眼桑嘎不遗余力地在牙齿间粉碎黄豆的“梦想”。他的不解和怀疑多少有点牵强。不解：如此让男儿“大展宏图”的地方，怎能让见识短浅的女人再次掺和进来？怀疑：普布是不是在这个家失去了主导地位？砖窑主桑嘎，并兼具正在衰微的地产商身份。他大嚼黄豆，不知自己仅剩的那只眼，视力会下降。他离开普布，打算大步走向自己烟雾腾腾的砖窑。……这个时候，“乌云”来啦，他遇到了好多人在谈论的“乌云”扎拉明嘎。

扎拉明嘎?！是那个同巴桑兰周一道被严打了的“学生帮”头目吗?

是，当然是。

那么，就让我们的故事回溯到重要时刻，拣他被放出来后，与西拉多德见面的那段讲讲。……那时候，扎拉明嘎完全明白西拉多德的用意。西拉多德目光里装着的问询比曲松才仁、道朵勒桑要突出得多。回答有关巴桑兰周事件的问题不需要沉吟。“他，后来……我发觉他精神失常难以自控。所以……”一阵沉默源自那三个人，与扎拉明嘎无关。扎拉明嘎转身走出西拉多德的办公室。他抱怨这糟糕的天气毁了他的心情。看看，天空中乌云密布。他还抱怨没有人问起“学生帮”的另一个头目才仁闹布。他也被严打啦，难道他的知名度不够吗？扎拉明嘎自言自语。那个曾五次试图越狱的家伙至今还关在牢房里。看来，他是不想出来了。……可不要紧的是，当他为了填饱肚子，一路打拼，步步为营，混成山城民族用品公司代理批发商时，他遇到了独眼桑嘎。他俩之间没有任何的生意关系。说白了，扎拉明嘎不需要盖房子的砖头，独眼桑嘎不需要从他那里批发民族用品。嗨，他俩相遇，只不过是一个巧合，顺带着迎合了故事的转承启合。……现在，还是要回到普布那边。普布收起经卷，闻到厨房里传来一股饭香。听到放学回来的尼玛和达瓦在客厅看动画片。见到多尼推开院门回家，他忽然觉得一切都各就各位啦。……星期四，他去看望父母。嘎玛仁青和好脾气才吉的状态不一样。嘎玛仁青站在迈克尔·乔丹鱼跃投篮的画像前，眼神里再次充满崇敬。这个黑子——曾经也有人叫他嘎玛仁青黑子——真是不简单。嘎玛仁青额际发红，口袋里的降压药片开始在瓶中有所反应。这是一个惯常现象，孤独度母才仁措毛知道。她还知道，降压药瓶开始出现在一些很显眼的地方：床头柜，厨房的饭桌，客厅的茶几，甚至是走廊的窗台。以孤独度母的常识，这些药瓶一模一样，像是从一个地方，跑到了另一个地方。其路线图是床头柜，茶几，饭桌，茶几，走廊窗台，床头柜。但事实并不是这样：嘎玛仁青把几瓶药分别放在了这些不同的地方，口袋里的那瓶才是常用的。其用意不好说，但明眼人会看出他的病症加重了。……孤独度母看到外公吃药吃得很辛苦，不由暗自掉着眼泪。普布对于嘎玛仁青新近状况的了解，大致如此。……好脾气才吉只能告诉他这些。她眉心的肉瘤再次泛着红光，透露着必将长寿的信息。她和颜悦色，言语轻柔。和风细雨般的言谈使倾听者大受脾益。孤独度母听着外婆同舅舅交谈。好脾气才吉的意图飘到她耳里："一个月后，由你搞个家宴，把亲戚们聚拢到一块，让几个孩子也认认亲。"普布点头应承。孤独度母和她的身影（娇小的惹人爱怜的），闪动在窗帘之后。

准备似乎要花费大量的时间。普布和多尼商量和群群玛商量和自己商量得出的结果，一页清单似乎写不下。多尼对家宴之事，不投入过多的关注。她只说，你看着办。问群群玛可能知道得更多。"群群玛，那就由你来为我释惑，请不要让白牙齿紧锁你的口腔。"普布不知道自己为何变得如此文雅。群群玛一张口，普布才知道需要的着实很多。……需要羊肉手抓需要牛肉手抓需要煮五个羊头需要灌羊血肠和牛血肠需要酸奶需要化酥油拌人参果需要做奶酪酥油糕需要去饭馆订开胃凉菜素的荤的十到十三个需要用羊油牛油清油炒上七到九个热菜需要奶茶酥油茶清茶需要青稞酒啤酒红葡萄酒白酒小孩子们喝的饮料需要糖果水果……就这些，想起什么再补充吧。

一切就绪。一九九七年十月七日，香港回归的第四个月，好脾气才吉第一个来到了普布家。嘎玛仁青和巴拉姆，孤独度母，也尾随而至。孤独度母的孤独这时候已深入骨髓，就像她的慈悲心已深入灵魂。她在屋子里来回走动，穿过走廊一长列的桌子，桌子上的羊头冒着热气。牛肉手抓，羊肉手抓还没有端来。可是，客人们鱼贯而入。在普布的眼里，他们的身上携带着沙子的气息土颗的气息衰草的气息。哈，我的亲人们，有好多人我认识却不知还沾着亲。这一切，多像是一场荒诞剧开幕啦。普布，这不能怪你。嘎玛仁青悄悄告诉他。普布露出微笑。怎么没有哑巴舅舅和拉青舅娘。太远，没传到话。负责传话给亲人们的可是嘎玛仁青。而制定名单的则是好脾气才吉。她眉心的肉瘤，红扑扑的。“你说，她有多高兴!”孤独度母对于外公的问话，只是报以浅浅一笑。她也看到了，外婆同来客们一一打着招呼。多尼满脸堆笑地陪在她的身边。群群玛有条不紊地将她所罗列的“必需”，逐一端了上来。热气袅袅，气氛热烈。没有一个人不显露欢畅，就连巴拉姆也受感染了。尼玛和达瓦，还有几个孩子从屋子里跑到院子里，再跑到走廊里，像蝴蝶一样穿梭不停。而孤独度母的欢畅就是看到有这么多人高兴自己也开心。普布这会儿，忙着招呼客人喝酒。酒味开始弥漫，人声开始鼎沸，气味开始混合。普布普布，嘎玛仁青看到他喝了一杯白酒就涨红了脸。他哈着气，亮着舌苔，不打算再接着喝酒。巴拉姆打开一瓶红葡萄酒，倒在瓷碗里喝了起来。（普布没有准备高脚杯。）食物食物，人们开始选用适合自己口味的食物。拿起刀，肯定是吃手抓的。拿起筷子，肯定是吃热菜和凉菜的。……这样一番热闹的景象中，有人想象在明晃晃的白昼下有黄白黑三个赤裸的鬼魂端坐在墙头，流着口水又吸着口水。哈，想象之人就是巴拉姆。巴拉姆喝干一瓶红葡萄酒，开始与人分食一颗羊头。她吃着羊舌头，打着酒嗝。孤独度母看到母亲像是撒了欢，看到外公与他同年纪的人稳健地交谈，看到外婆也和两个与她同年岁的人手拉手畅诉心曲。（他们喝着酥油茶奶茶清茶。）她猜不出她们在谈什么。可是普布一眼就认出了她们———曾经的接生婆，目睹过黑弟弟脖子上的脐带项链。唉，如果弟弟那时没死，没有住进纸箱房，而后又住进那个坛子，那该多好！……普布又被人逼着喝了杯白酒。白酒辣得他把舌头亮在空气里。空气中没有电流。如果有，那他的舌头一定是焦黑了的。尼玛、达瓦和另几个孩子一安静下来就开始撕吃起羊血肠牛血肠。而孤独度母则吃着苹果，静静感受着热烈的场面。……用牛油羊油炒得热菜受到夸赞。群群玛只是想变着法子让来客们感到不同的口味不同的做法。“现在，很少有人用牛羊油炒菜啦，这味道，让我想起过去。”老人们感慨万千。“那年月，皑皑雪山托起过我们年轻的身躯。”“可是现在，诚实的大地不一样没有背弃我们吗?”“我看着这些食物，想起了自己丢在风中的白牙齿。”老人们说话时齿间露风，身体里的器官大不如前。后来有人打了一个很好的比方，说时间这个小偷，嘀嗒嘀嗒地就偷走了我们身体里最值钱的部分。唉，不说这些。毕竟今天是个高兴的日子。……孤独度母轻轻地把苹果核扔到垃圾筒里。而巴拉姆依然喝着瓷碗里的红葡萄酒（她打开了第二瓶），盯着光天化日下的墙头一片空无。空无啊……这时，电话铃突然响了。多尼去接电话，电话那头的声音她听得出，扎拉明嘎的。“多尼，新货到了，过来看看，我在仓库。”多么简短的一句话，像是没有陷阱，没有期许，没有欲望，没有对多尼的“虎视眈眈”。没有，没有，没有。多尼放下电话，她对普布耳语来着：“既然新货到了，我必须去看看！”“早去早回。”普布没有任何理由不让多尼做生意。事实摆在眼前：扎拉明嘎从来都是以最低价给多尼发货。他站在黄财神的影子里，频频对多尼招手。眼神充满示意，言语充满挑逗。可是多尼不为所动。对此，普布一点也不担心。没有巨大的变故，什么能改变多尼的心？……家宴继续进行。胃被填满之后，人们心里头的愿望越来越浓。不算孩子们，这十七八个成年人，每个人的内心都有一个愿望，（有的甚至有两三个。）五花八门，不一而足。普布突然看到巴拉姆喝醉了，她把所有吃进肚里的食物都呕吐了出来，包括自己的胆汁。孤独度母看到撒了欢的母亲如此难受，她也跟着难受起来。……烫了波浪卷的头发乱了，乱了。……硕乳扁了，它没法不扁，被桌沿顶着，顶着。……高跟皮鞋上溅满了呕吐后的污渍，污渍。……墙头上依然呈现一片空无啊空无。……人们道着感谢，开始逐个离去。甚至喝醉的巴拉姆也被几个年轻的亲戚扶走了。走廊突然安静了。安静成为主人的时候，寂寥开始唱起了歌，空虚不请自来。群群玛不紧不慢地收拾残局。普布坐在椅子上，看着大门口，他的眼神呆滞，心莫名其妙地慌张。多尼回来得很晚。群群玛看到她头发有些凌乱，（也许是风吹的。）步履有些蹒跚，（经过这么忙碌的一天，神也会感到累。）她径自走回卧室就寝。今天，谁来说那总结性的一句话？……普布？不行。他坐在椅子上，心里头的慌张像小时候梦到的妖怪。多尼怎么样？更不行，她蒙着被子一定被什么事折磨着。群群玛？只有她才是合适的。……“今天好累。但累得值，那个辞退我的恶人，嗜口水的巴拉姆，眼神里好像流露出一丝后悔，太解恨啦！”

一切都逃不过独眼桑嘎的独眼。此语一出，满堂皆惊。没有一个人相信，他的独眼会看到一切，这是悖论。显而易见，独眼桑嘎的那只独眼，在未瞎掉之前，还是有所发现，但仅限于自己的生活圈。（超出部分只是混沌中的迷茫，有如脚穿雨鞋穿过一片广大的稀泥地。）那么生活，可以向独眼桑嘎致敬吗？如果允许，在认真端详那只独眼之前，双眼明亮的人们，应该暗生愧疚。（明亮的双眼竟不如独眼。）独眼桑嘎发现了什么？容时间之舌慢慢鼓噪吧。……情景重现。那只独眼中反复出现的人物是扎拉明嘎。地点是普布和多尼的商铺，扎拉明嘎的仓库。事实是扎拉明嘎这片乌云一旦进入多尼的商铺，多尼就会紧闭店门停止营业。而多尼，进入扎拉明嘎的仓库，扎拉明嘎亦是如此。这个发现，使不停地嚼食黄豆的独眼桑嘎震惊！独眼桑嘎手里的黄豆掉在马路上，它们弹跳着跑远。他看着黄豆们四散逃开，心里的气愤自不用提。……如何对普布讲。这是个问题。但独眼桑嘎不希望它成为永恒的问题。有一段时间，他窝在自己贴有瓷砖的丑陋房中，反复踱步，唉声叹气。这样，手里的黄豆会再次跳到地上，集体逃逸。这个问题使他憔悴。……可是，普布却毫无察觉。你看，他的脸上洋溢着从未有过的傻笑，步子迈得如此自信。独眼桑嘎觉得自己到了非说不可的时候啦。……一九九八年一月七日，独眼桑嘎找准机会约普布来到了他的丑陋房子。情况和你想得不一样，普布并没有暴怒，并没有摔东西。（如果他连这点素质都没有，那真是白当了几年的阿卡。）普布静静地听着独眼桑嘎的义愤填膺从口里倾泻而出。那个时候，他的心情真的复杂到了极点。他能说不信吗？不能。即便是独眼桑嘎造谣中伤，搬弄是非，即便独眼桑嘎说的是真的，无论心情有多复杂，都不能说。……独眼桑嘎的释放使自己彻底轻松了。而普布却沉重了。尽管他表现的……但这消息对他来说确实是冬日的晴天霹雳，有五雷轰顶的效果。他的腿像是灌了铅一样，怎么走出来的，怎么走回家的，自己一点也不知道。群群玛看到普布失魂落魄的样子，没有上前安慰，这不归她管，得由多尼来。多尼？她回来了吗？没有。普布安静地坐在椅子上等。多尼按时回家，和尼玛、达瓦有说有笑。……一九九八年五月二日，事情终于败露。（败，是留给普布的。露，对于多尼来说只是公开化了。）普布终于看到了那一幕，这一对不知廉耻的人竟然在仓库里抱作一团，亲吻，抚摸。那种迫不及待是仓库门没有关好的原因。他，她，体内的火烧得太旺。普布安静地看着他们从亲吻到抚摸，再从抚摸到亲吻，最后干脆又吻又摸，准备进入实质时，一声咳嗽打断了他俩。到了这个时候，没有什么是不能讲的。回家，回家再说。普布不管他俩怎么想，大踏步往前走。天哪，他俩竟然趁此机会，把剩下的事情也做了。……普布，你不会想到多尼竟然变成这样。她头发凌乱，双颊潮红地站在你面前。现在真的是没有什么不能讲的。那就回溯到他俩的第一次，也就是大摆家宴的那天，扎拉明嘎竟然在仓库里把多尼强奸了。那时刻，扎拉明嘎的言辞空前的震撼。（对于多尼而言！）他说："你告吧，有这么一次，我真的是没白来人世走一遭。值！"他帮多尼穿好衣服。衬衫撕烂啦，他从库房里找了一件新的，丢给她。他还说："我这就回去准备再次坐牢！"并强行吻了多尼。多尼踉踉跄跄地从仓库里跑了出来。人们，这是不是一场巨大的变故？告诉普布。告诉他。如果不是，那真的再没有什么可以改变多尼了。多尼没有上告。相反，第二天她去扎拉明嘎的仓库取走了那件撕烂的衬衣。这还有好吗？……她在这条背离的路上越走越远，脚跟碰着石粒,鼻子嗅着来自仓库附近的臭味。她的背叛让不明情理的人感到不可思议。好多人试图用精神分析法去分析，她的背叛为何如此的突出?！曾经扬言没有普布就活不下去的那个多尼哪里去了？她，停留在那个年代，形象模糊，绝无被时间定格的可能，只是留在了记忆里。有种说法，她迷恋扎拉明嘎的"巨型器物"，被最原始的生殖崇拜裹携进欲望的洪流。但这种说法拿不出证据。唉，不用再分析了。生活是如此简单，她迷恋扎拉明嘎只是他能给她带来诸多的快乐，但这种说法一经出口就显得畏畏缩缩。普布就不能给她带来快乐吗？加上尼玛和达瓦，这边的快乐应该更多些。……扎拉明嘎向着厕所便池呲尿时，所谓的"巨型器物"被人发现与普通人毫无二致。因此，那样的传言不攻自破，随尿液一同流走。……可能，也许，大概，关键还是那场象征暴力的强奸，用多尼最私密的话来说，高潮更迭，乐此不疲。那么，强奸中所有的反抗都促成了双方的快乐吗？……不要再分析啦，人们，在靠近真相的同时我们又在远离真相！……一九九八年七月，普布和多尼这对长达十一年的夫妻正式离婚。老大尼玛归普布，老二达瓦随多尼。财产和房子多尼没有要，全部留给了普布。离婚证一到手，多尼和达瓦就被扎拉明嘎幸福地接收啦。

第六部

28 跟随野蛮人

嘎玛仁青静静地坐在白毡子上，看着墙角夹缝一只不知名的虫子，翘起尾部月牙般的尾巴向他打招呼。“嗨，小虫子，也不知你在向我示意什么?!”他摇了摇头，摆动了一下身子。裤兜中的降压药瓶里，只剩几片药了，它们随着轻微的晃动，像是在呻吟。“嗨，没那么悲凉吧?!”嘎玛仁青凝视着墙缝，眼睛一眨不眨。那个虫子便从那里跑出来，钻到了另一边。“它什么时候出来?”“它叫什么名字，反正不是蜈蚣。”嘎玛仁青思来想去，一点结果也没有。他觉得非常困，便趴在白毡子上睡下。四周安静的好像所有人都昏迷了。(昏迷就昏迷吧，即使昏迷一天，这世界也不会变得更乱啦。)他躺在白毡子上，就像躺在一片雪地。他慢慢地睡着了。世界是多么的广阔啊。它，总在我们的头颅里。我们的头颅是篮球。嘎玛仁青突发奇想。在睡梦里突发奇想最最不易。这是在一九九九年一月十三日，嘎玛仁青和县城里的好多人都不知道，这一天，在遥远的美国芝加哥，迈克尔·乔丹宣布第二次退役。可嘎玛仁青在这一天，看到了一个叫不出名的虫子在向自己打招呼。他睡着了。（如果时间安排他就此永远睡过去那是不行的。）醒来后，他看到一张鲜红的请柬放在桌子上。

它是不真实的。即使用手触摸它，也觉得不真实。

后来，孤独度母念给他请柬的内容，嘎玛仁青才觉得自己的想法错误。

明天，校医才吉（会计才吉）儿子的婚礼。必须去。

高原明珠宾馆的婚宴大厅，几乎鼎沸了。

那么多，那么多的人。那么多，那么多的头颅像篮球。

嘎玛仁青，左顾右盼。他一直在寻找适合自己的位子。跟不熟识的人坐在一块是很尴尬的。有时候，这种尴尬会像一个上树的蛤蟆，（蛤蟆会上树吗?）掉入脖子，令他浑身不爽。这种感觉，挺讨厌。嘎玛仁青打定主意，即使多走几步，也要看到熟识的人才坐下来。他觉得有点头晕。他低头，用手摸自己的额头。这时候，他的头看上去就在自己的手上了。只是连着脖颈，要不，会吓人一跳。嘎玛仁青把头从手里抬起来，他竟然看到昔日的篮球团伙，另两个成员就坐在眼前的圆桌旁。班呷、尼玛扎西！他俩意味深长地看着他。哈，从指缝里漏下去的沙子，终于会合啦。他们互相贴面碰额，三个老家伙搂到了一块。……你坐中间，我俩一左一右。……多少年了，我们篮球团伙，终于聚到一块了。……这要感谢才巴扎西和会计才吉。三个老家伙，你一言我一语，在嘈杂的环境中，开始了他们事隔多年的谈话。谈话很重要。嘎玛仁青看着面前的茶水，水纹微颤，没桌上的纸巾镇定。饭菜，冒着热气。碟子里横七竖八地放着的香烟，被它的气味缭绕。耳朵里也有它们。它们无孔不入，见缝插针。它们，它们，它们，它们混合，变大，膨胀，使整个婚宴大厅都在它们的笼罩之下。哦，嘎玛仁青觉得自己头晕的症状好像加重，还伴着一阵又一阵的恶心。他想，喝茶会缓解目前的症状。他把水纹微颤的茶水吞到肚里。班呷的话匣子一开启就好像收不住了。他还是像以前一样，配得上胖子的称号。眼角的皱纹，像是了模拟了吉曲河的波纹。

他说："看看，时间把我们都变成了怪物。"他的话没有人响应。

接下来，胖子班呷要做的事情好像就是要解释这句话。

"不是吗，时间把我们都变得怪模怪样，眼睛花了，耳朵也没以前好了。最可怜的是那个部位，尿尿时缩到都有些抓不住啦!"

尼玛扎西，耸起他突兀的瘦肩，笑了一下。

"不是吗?"

嘎玛仁青和尼玛扎西没有言语。

班呷继续说道："到了这可恶的器具都不争气的时候，身体上的其他部位也可以倒计时了。"他的话，突然充满了一种忧伤的味道。

唉，尼玛扎西也想叹息。他不能不叹息。无论是他瘦骨嶙峋的肩膀，还是搓衣板一样的胸部，加上圆规双腿，都在为之叹息。你听不懂。你看不到。他端着肩膀，搓衣板一样的胸部莫名其妙地疼了一下，圆规双腿腿肚抽筋，这是它们在一起发出叹息。嗨，多诱人的描述。此时，嘎玛仁青突然把头靠在他的肩膀上。尼玛扎西完全不知道他在经历什么!？他把篮球一样的脑袋放在他的瘦肩上，一点也不担心被硌着，整个身子都朝尼玛扎西倾斜过来了。班呷看到他面部肌肉抽搐，像是在朝自己做鬼脸。……新郎新娘身披哈达，开始挨桌敬酒。可是到了这里，大家怎么叫嘎玛仁青都醒不过来了。一九九九年一月十四日十二点五十五分，嘎玛仁青因脑出血在尼玛扎西的瘦肩上去世，享年六十二岁。

那阴霾忽然走进这个家里，妄图长久地发号施令。不是吗？它看出来了。它看出那个好脾气才吉，眼里早就没有泪水啦。她哭不出来，只是把眼睛熬得红红的，眼底的血丝像倒伏的闪电，根须在哪里？好脾气才吉，在那一刻没有了好脾气。她愣愣地盯视着铁炉。铁炉的影子，不管在白天还是点灯的夜晚，都像是虚幻的。它，被好脾气才吉熬得红红的眼珠子盯久了，就好像不存在啦。好脾气才吉从不介意它。她捻动佛珠，嘴里的经文在嘴唇间蠕动。这时候，那一粒粒佛珠，被她的大拇指轮番拨动。她，好脾气才吉，身边只有巴拉姆和孤独度母。孤独度母连着一个月都是眼泪汪汪的。我的小孙女，在更多的时候，眼眶里的眼泪可不是什么好东西。它们是贼，坏蛋，借着我们的悲伤流露，带走我们身体里的好东西。……好脾气才吉几次劝诫自己的孙女。可是，孤独度母总是无法克制。她一次又一次哭肿了眼睛。她的眼泪，有时停在她的鼻尖，下巴，被阳光照见时晶莹透亮。可巴拉姆却不一样，她的痛苦来得快去得也快。天葬之后，七七四十九天没到，她就开始忙着打扮自己啦。这女鬼，真的没办法再说她。好脾气才吉摇着头，用后脑勺、后背对着她。巴拉姆一头的波浪卷发，香水扑鼻，高跟皮鞋没有个正经样子。她的良心早就泡在口水里啦。哼，这该死的东西，很多年了，才吉没有这样诅咒过人，因此她觉得自己很不仁慈。她，捻动佛珠，用手轻轻地打了一下自己的嘴巴。看来，好脾气又要回来了。不管内心的悲伤有多深，这应该算是值得庆幸的事。

嘎玛仁青去世后，普布可谓是受到了双重打击。

他觉得自己像一个弃婴，一来到人世,不是风吹,就是雪埋,何其不幸！他摊开双手，眼里充满困惑。嘴里散发的臭气足以熏到自己。好长时间没有刷牙，好长时间没有换衣服。好长时间，普布看着吉曲河对自己的境遇无动于衷。它们哗哗地流远，流远，几个月了，奔流不息，真该挨枪子儿！他开始忙忙碌碌地找牙刷、牙膏，刷完牙，口里的清香萦绕白牙。……该换衣服了，这是你的衬衣衬裤。群群玛把洗好的衣物放在床上。多尼走后，她一直没走，她不走的原因，据她说，出于同情普布的炉子，普布的桌子，普布的床铺……一点道理都没有。这个群群玛，别人都要说三道四了。可是她毫不理会。她说，炉子得有人生火。桌子得有人擦拭。床铺得有人叠被子洗床单。还有,那个爱打篮球的尼玛需要照顾。就这样，一年，两年……尼玛越来越像他爷爷啦。他时不时地带着篮球回来。有一段时间，他会把一干同学带到家里。他们组成了一个叫“老实人联盟”的球队。哦，中学生。尼玛让群群玛挨个给球队成员倒茶。他挨个给她介绍他们。群群玛，一个也记不住。她也不想记。很多时候，她真想轰走他们。一天闹腾腾的，没个正形。把篮球从左手（通过手臂胸脯）传到右手。即使喝茶，嘴里也嚼着泡泡糖。直到有一天，她再也忍不住了。看看，他们竟将冒着热气的臭脚放到桌子上。她挥着抹布，骂道，你们这些没教养的小狼仔都给我滚！从此，“老实人联盟”再也不敢来了。尼玛很少和群群玛交谈，但普布却不一样。普布从商铺回来，衣服上沾染着绸缎的丝线。它们牢牢地依附在他的后背，白的，红的，像色彩各异的草屑。看看，这么多的废丝线。尼玛走到父亲的背后，开始逐一拿下它们。普布问道：“今天打篮球了吗?”尼玛回答：“打啦。”“我要问你个问题，你可不能瞒着我。”尼玛说：“阿爸，问吧，我不会瞒着你的。”“你们的球队为什么叫老实人联盟?”尼玛回答：“因为，另一所中学有个球队叫狂人联盟，所以我们选择做老实人联盟。”“哦，是对手。”“对，他们打不过我们。”尼玛扔掉手里的丝线。它们飘飘荡荡地落在了地上。

没有达瓦的消息是不行的。在观察者独眼桑嘎的眼里,他的脾气像多尼。面容像普布。哼，这么长时间了，不缺胳膊断腿的他竟然没来看父亲一次。普布和多尼有约在先，不能因为达瓦搅扰到她和扎拉明嘎的生活。言下之意，就是让普布死了看望达瓦的心思。母狗，骚货，这是什么破烂约定，真该用鞋垫堵住她的嘴巴，用袜子塞住她的鼻孔，憋死她。观察者独眼桑嘎有些愤愤不平。他看不惯这孩子和扎拉明嘎亲密的样子。坐在车里，他竟然对着那该死的乌云继父微笑。恶心，这背叛血缘的孩子真让人倒胃口。独眼桑嘎几次向普布谈起达瓦。“老弟，不像话。你这儿子真的太不像话啦！也不知多尼给他灌输了什么!”普布不言不语。独眼桑嘎觉得自己没把话说到他心里。他觉得自己有必要调整语气，用一种柔中带刚的语调和他说话。可是，看到普布呆愣在那里，显然，他听不进去独眼桑嘎说的任何话。唉，那孩子，真是没劲透了。独眼桑嘎说完这话，就从普布的商铺里退了出来。像往常一样，普布一犯愣，就会持续好长时间。……他真的想见见儿子，摸摸他的脸蛋。（不是尼玛，尼玛天天在他的身边晃荡。像个孤魂野鬼。啊啧啧，天哪，我怎么会这么想。普布痛心疾首。）有好几次，普布和达瓦在路上相遇啦。可是，这不争气的东西，总是低着头，躲开他。有时，普布强行拦下他，跟阿爸说说话吧，你还好吗?达瓦只是说，我要走了，回家晚了，阿爸阿妈会怪罪的。……达瓦，难道这么多年的家庭生活，也换不来你跟我说说话？普布困惑。扎拉明嘎和多尼到底施了什么魔法?！……达瓦，你这傻小子，如果想背叛自己的血缘，会被众人耻笑的。如果只是喝了多尼给你灌得迷魂汤，迟早有一天你会醒悟。不说啦，这时候满天的星星都竖着耳朵呢，它们听见了会笑话你。你不该这样，你真不该这样。

尼玛不是孤魂野鬼。不是。他也不是一个一无是处的人。对，他总是想把篮球打好，似乎是得了爷爷的隔代遗传。这不好说。(很多事都可以拿此搪塞。)这个时候，尼玛一个人像是受了某种召唤上路了。他不是孤魂野鬼，但像个野鬼孤魂。他自己也不知道要去哪里。脚，被路牵引着。书包，可怜的书包，在他看来永远是个摆设，幌子。这时候，他想着路把他带到哪儿，自己就去哪儿。那路，七拐八拐，一点章法也没有。（一个中学生，你还能让他计较什么章法。）他只管走路。有时显得兴致勃勃，有时又显得吊儿郎当。真是的，浑小子，你竟然发现自己到了爷爷家。这时候，顶门的立户的是姑姑巴拉姆。但是，尼玛始终感觉爷爷会在那个旧篮球架前徘徊。他穿着线衣线裤，神叨叨地绕着旧篮球架走动。一圈，两圈，三圈，他一遍一遍地数。这个热爱篮球的老头子，现在只能出现在尼玛的大脑里。他是回忆的产物了。……安静，太安静啦。这个家怎么会这么安静？……真相在尼玛不知道的地方真实存在：巴拉姆上班去了。好脾气才吉的好脾气使她走到大街，坐在水泥台上看着来往的行人。今天见到的都是些生面孔。她抬头，只有老天是她的老熟人。……这个家，现在只有孤独度母，安静地坐在闺房里。……尼玛开始逐一推门，喊人。“有人吗？”孤独度母捂着嘴不说话。她悄悄地走出屋子，跟在尼玛的后头。她的步子轻极了，脚上的布鞋发出的响声，很小，根本听不到。尼玛推开这扇门，又推开那扇门。……没有人，还是没有人。……他有些泄气啦。他不知道自己要找的人，唯一在家的，就跟在他身后。……尼玛终于推开命里的那扇门啦！吱，开门声被拉得好长。门口的架子最终被门板撞到，受此震动，放在架子上的篮球咚咚咚地自己滚了下来。“是外公的篮球！”孤独度母突然说话。这时，尼玛被架子上掉落的篮球深深吸引啦！（嘎玛仁青只用过它几次，这是他最后一个篮球。）他毫不理会孤独度母的出现。……本能地拿起篮球，不发一言地离开。

这就是宿命。普布当然认得这是谁的篮球。

孤独度母对好脾气才吉和巴拉姆也这么说：“是篮球自己走出来找尼玛弟弟的。如果不信你们可以去问问。”

尼玛背着装在网兜里爷爷的篮球，幻想爷爷在他的后背低语：“小孙孙，小孙孙，保管好我的篮球。”篮球待在网兜里配合着尼玛走路的动作。“小孙孙，小孙孙……”沙沙沙，沙沙沙，那是尼玛走路的声音。时间在匆匆地流走，不变的只是县城周围的山峰，表情依然故我。尼玛要走到哪里去，哪里去？——一个又一个的篮球场。……群群玛懒得再找尼玛了。尽管普布时常吩咐。可是，找不到他的情况基本不会出现。他只能是在篮球场。因此，群群玛放任了他。有一段时间，她确实很忙。忙到手里的扫帚，抹布，甚直切菜刀，没有一样不与她作对。扫帚忽然散了。抹布油腻到从手里滑落。而切菜刀几次割破了她的手，流血了。她把指血滴到铁簸箕里，嘀嗒，嘀嗒，还有什么事是她想不开的。嘀嗒，嘀嗒，秘密正在酝酿，群群玛的秘密。

群群玛悄悄地使自己的身体发生着变化。（欢迎观察，像独眼桑嘎这样的观察者，总是第一个看出问题。）独眼桑嘎来看普布。他坐在沙发上。他的独眼滴溜溜地转动。他好像没什么话题要和普布聊。可是，那只独眼总是打量着进出的群群玛，像是有什么非分之想，这不能不引起普布的注意。普布说："不要再看了，群群玛的脸上又没长花？"这个问题来得突兀，把正在喝茶的独眼桑嘎给噎住了。……有一个近在眼前的事实要给你讲，给你讲！普布，你听好了。独眼桑嘎突然觉得自己的发现比天大。不是我好色，耍流氓，不是我不讲道理,给自己做辩护，我发现你家的群群玛怀孕了！普布惊到目瞪口呆。他不敢相信自己的耳朵。你再说一遍，他猛地从沙发上站起，半天，他才嗫嚅道，你拿出证据。……独眼桑嘎说，时间会给你证据的！他讪笑着从院子里走出去，把问题留给了普布。普布怎么看群群玛都不像是怀孕，为什么？怎么搞的？……但随着时间的推移，群群玛的肚子一天比一天大。我的老天，观察者独眼桑嘎说的没错，就是那样。她怀孕了！现在，整个县城的人都看到了。人们看着群群玛提着装有白菜、青椒的塑料袋，面容没有显露一点的憔悴。相反，她挺着大肚子（在人们看来，这个孩子的父亲是不会有着落的。）高兴得不得了。群群玛，这个小小的女人，面孔黧黑，身体里藏着别人的骨肉，不是吗？她睡在普布家里，怀疑普布应该是首选。大家听好了，一点问题都没有，这种怀疑是成立的。

普布不想做更多的辩解。这时候，面前的水壶呜呜地叫唤起来。"你信我还是不信我？"他在这种呜呜声中对着独眼桑嘎说话。独眼桑嘎用他的独眼，冷静地看了他足有十几秒，从眉毛到鼻尖再到下巴……他看不出任何端倪。表情里藏有水的时候，肌肤再怎么伪装，也会有波动的。可是普布的脸上没有那玩意儿。这让我怎么说。独眼桑嘎第一个相信了他。他看着群群玛挺着大肚子在拖地，便小心劝告她："当心，肚子里的骨肉，可是要见亲阿爸一面的。"群群玛，没有听出他话里有话。她没有搭理这个独眼放光的人。从那时起，普布的追问也就开始了。———群群玛对此好像有天生的定力。她不回答他。普布的目光从她的脸，跳到她的手，再跳到她胎音明显的肚子。当然，这样的胎音也只能群群玛自己去感觉。再跳，只能跳到她手里的抹布，跳到她切开的菜瓜、土豆和青椒上……啊，群群玛太镇定啦。她的镇定，让普布想到菜锅里的热气是热烘烘的。废话，普布，你没有理由驱散群群玛的镇定。这个家里最大的有功之臣，拿十条哈达装饰她的脖子都不为过。普布看到她辛苦的样子，有些过意不去。“要不我来!”他伸出手。群群玛摇摇头。“你干不来的。”普布是干不来。可是，他的耳朵比他的心灵更清楚，要不，这样的歌声引不起它注意。……群群玛，挺着大肚子的群群玛，她一边干活，一边唱歌。那首歌好长。普布，务必要听仔细听明白。第一段：啊索索,歌的开头要唱黑，黑黑瘦瘦俏厨娘，爱上一个野蛮人。那人和她一样黑。他和她，没有谁能拆散的了。相遇不是偶然事，缘分真是天注定。第二段：啊索索，歌的开头要唱他，野蛮人不是他真名字。只因干活干得蛮，脾气蛮，泥匠木匠都会做。众人喜他又惧他。野蛮，野蛮，真野蛮，歌头歌尾都夸他，神采奕奕大眼睛。第三段：啊索索，歌的开头要唱索清索（没有实际意思），等他等到锅烧干，盐粒开出幸福花。嘎瓦伊拉吉瓦呀，野蛮人啊野蛮人，黑塔般的野蛮人，快快带我回家乡。……哈,这就是真相。群群玛的声带似乎是充了血的，她唱着唱着声音就嘶哑啦。普布第一次听到这样的歌声。你说她忧郁吧，有，那快乐是浸透了流出来的眼泪。普布听明白了，听仔细了。……群群玛挺着大肚子坐在土灶前，那根被火燎黑的烧火棍趴在脚下，像条狗。她手里干净的瓷碗，一如昨天，前天，大前天那么安详。情绪是否会像病菌一样传染？不知道，但群群玛是多么的安详。你看，她的头略略抬起，耳朵里那首歌的余音袅袅。她的眼睛，试图从空气中看到野蛮人被阳光折射的幻影。这么多天了，他都跑到什么地方去了？她的心理活动普布不知道。可是，她那安静的样子，却被他牢记。……一分钟后，群群玛开始念诵卓玛祈祷文。祈祷文被她那小小身子的丹田之气运送出来，有着不一般的韵律。———南莫阿亚达惹亚，昂，即巴即西马拉桑嚓罗，扎西邦邦马拉桑嚓罗，年松贡戈马拉桑嚓罗，托冉琅真马拉桑嚓罗，岛德却吉东巴斯，达咚特吉夏德索。

那一天真的来啦。……那个黑塔般的汉子，(据普布目测他的个头大概在一米九或两米一之间。)他来的时候,可真不是在开玩笑,普布听到他的步伐沉重得就像在打鼓。可就是这么个人，群群玛歌里唱到的野蛮人，领着群群玛走啦。她的顺从，使普布大开眼界。普布的惊愕，好像是看出石头里滴出血，听到秤砣里有白胡子老头在咳嗽。他无法理解群群玛连围裙都没解……饭锅里煮的土豆白菜和切成块的肉嘟嘟嘟地在汤水里浮沉。……群群玛把勺子扔在灶台上，盐罐味精调料盒的盖子被丢在地上……一切都在说明，她见到自己歌里唱过的野蛮人已不顾一切啦。普布一直在等她回来。……没有女人，家里的气氛怪异不说，空气也变得凶巴巴的。可是……唉，多说无益，时间不会转身走回来。第三天，群群玛打来电话说，她要跟着野蛮人走了。……“去哪里?”……“他的家乡。”……“我还欠着你的工钱。”……“不要了，给尼玛买几套运动衣吧。”……电话挂断之后，群群玛就从普布的生活里消失啦。

29 不是假象

不，确实不简单，就连四周的树木都看见她的红拖鞋了。她习惯穿着它在好脾气才吉种植的丁香间走来走去。红拖鞋蹭着地上的草皮，发出叽咕叽咕的响声。已经不会再想那是某种鸟的叫声了，已经没有必要为这种叫声浮想联翩。她已过了那种年龄。巴拉姆将左手放在自己的左乳上，这既不是地雷又不是炸药包。而右手插在裤兜里，手指虽然隔着一层布，但离自己的出水口很近。嗨，还有什么是你不满意的。巴拉姆好像有心事了。好脾气才吉老早就看出来了。你怎么啦?脸色好差劲。孩子，有什么事也跟我说说，别一个人扛着。好脾气才吉说完这句话，巴拉姆站在丁香丛中盯了她好长时间。……她突然发现，好脾气才吉眉心的肉瘤，比她的红拖鞋还红。换一种说法，这个肉瘤被很多人看作是长命的征兆。倒是自己，现在不知该怎么办了。……巴拉姆蹬掉脚上的拖鞋。头上的波浪卷，松软地哀悼着这些日子。没有理由，一点道理也没有。那夜，她失眠了，红拖鞋被黑暗遮蔽，在她看不清的地方，它确实像两处经血的污迹。还有，不说了，就此打住。……巴拉姆躺在床上,身上盖着的被子花团锦簇，知更鸟停在花叶下，不知意欲何为?

她得了乳腺癌，体检时发现的。她自己早觉得“这家伙”有问题了。

巴拉姆一个人拿着体检结果，在卧室里喝红酒。

哼，没什么大不了的，说这话时她嗓音发颤。她看着空气，似乎是对着空气里的幽魂说话。那个幽魂对她不理不睬，因为它根本不存在。巴拉姆把杯子举到自己眼前，红酒，时间的红酒，人性的红酒，命运的红酒，生命的红酒，好喝的红酒，无聊透顶的红酒，我巴拉姆向你起誓，我要选择把左乳全切除。不管结果怎样，该是赌上一把的时候啦。……巴拉姆决心已定。透过红色的玻璃，她发现一切都改变颜色啦，除了自己脚上的红拖鞋。“我要喝醉啦。”巴拉姆干了一杯又一杯。“我要活，不要死。”可是，她不知喝得烂醉如泥，是对活的亵渎。“哎呀，美酒加咖啡加口水，呸，我再也不要喝口水啦。”巴拉姆手舞足蹈，最后摔倒在地上，酒醒时，又一个失眠的黑夜来啦。……孤独度母一直陪在巴拉姆身边。……床单上是她呕吐后散发着酒臭的污迹。不得了，这个夜晚真的不得了。它竟然用它的黑唤醒了巴拉姆些许的责任心。孤独度母十四岁了。她的毛茸茸的眼睫毛，杧果般的乳房，闪耀着青春光泽的皮肤，修长的手指，无一不在提示巴拉姆现在还不能离开。我不怕死，唉，这是假话。我怕死，那倒是真的。看，我女儿陪在我身边，这个爱哭鬼，如果我离开了，她不定会哭成什么样子，也许会哭到死！哎呀呀，巴拉姆躺在床上，一只手摸着自己的胸口，一只手轻轻地抚摸女儿的头发,她给自己拟定了一个很好的计划。……保密是最重要的。……以收账为借口去省城做手术。……不管多长时间。……不惜花多少钱。……一定要活，不能死。……死了就什么也没有啦！……尽管我们讲来世，可谁知有没有那回事。……她是个恶人，她怀疑一切。就是不怀疑自己。……巴拉姆下定决心之后，在三天之内，给好脾气才吉和孤独度母找了个保姆，尽管，她根本看不上她。可是，没有选择的余地，时间不等人。她还去了一趟普布那里。她想，如果完蛋了，最好见见这个让她所不齿的哥哥。呸，呸，一定要活！巴拉姆见到普布时没有和他说过多的话。她只是看着厨房已乱得不成样子：碗筷胡乱地堆放在一起，头碰脚，脚碰头，这个感觉瞬间在她的脑海得出了这样的定义。唉，没有女人，一个男人活着就是受罪。她闭上眼睛，乳房上有汗，乳头上有溢液弄湿衬衣。“哥，不要为难自己，还是找个女人一起过日子吧。”说罢，她用牙齿狠劲地咬着自己的拇指盖。天哪，这时候，她突然有哭的欲望。眼泪，在你看不到的地方，打着转，像是洗衣机搅动的水涡，像是……巴拉姆突然站起来，将身子冲着普布的墙壁，那里悬挂着一幅看不懂的画像，那人的鼻子在脸颊上，眼睛却跑到额头，嘴巴里长出鲜红鲜红的树叶。……她那脆弱的眼泪在见到这幅画时被吓回去啦。

对，巴拉姆这个恶人，一去就是三个月。余下的时间里，好脾气才吉和孤独度母竟忙着给她打电话啦。母亲的感应是最直接的。好脾气才吉一提起她，总是觉得心慌气短。她把这不祥的感觉，告诉了孤独度母。“我的好孙女，我怎么老是觉得你阿妈躺在病床上了。”孤独度母的心一紧，眼泪又飘在了瞳仁里。她脚蹬巴拉姆的红拖鞋，她的担心从心里跳到了嘴里，被白牙齿挡着，只能返回到内心里冲突。“不会的，不会的，我前天才打的电话。在手机里阿妈的言语平和，比在家时还好。”一种假象，在形成时需要三种条件。你看不见，但听得见。你看见了，但听不见。或者，你既看不见又听不见。好脾气才吉和孤独度母对于巴拉姆现在的事情正好应合了这三种条件。看不见，听见的又是假的，而假的只能造成一种假象。就是这样，不用再分析啦。孤独度母一直被她的声音蒙蔽着。她躺在病床上，用逛商场式的口吻，让孤独度母和好脾气才吉觉得她一只手提着塑料袋包装的甜麦圈，一只手拿着手机，波浪卷发在肩膀上散发香气。耳环，闪耀着不可预测的红光，也可以是绿光。……她的左乳被切除了，手术非常成功。可是割去左乳之后，她突然感到自己的身体失去平衡。左边比右边轻，真是这样。左乳，起码有半斤肉，就这样没了。……巴拉姆一度变得很恼火,可即使在这种状况下，接到孤独度母的电话，她还是用佯装无事的口吻说话。……她拿着手机，哈，那手机的重量像一块石头越来越沉。巴拉姆说，我的情况很好，比任何时候都好。……左乳被切除之后，那里的空荡多像嘎玛仁青的篮球场。……过一段时间我就会回来，到时我就会带来很多很多的甜麦圈。……天哪，阿妈，没有人提起要吃甜麦圈。你怎么了，怎么了？外婆很担心你，你快回来吧。……巴拉姆终于在星期五那天回来了，那天的情形适应描摹：（不描摹不行。）天上的云朵胡乱地连成一气，像一条拴着发电机的铁链子。巴拉姆隔着班车的玻璃，看着县城老气横秋，污脏破败。她把自己涂了亮甲油的指甲来回在衣服的第四颗纽扣上擦，然后，又看着指甲盖用嘴往上吹气。她带着一副前所未有，忧伤而又朦胧的表情下车，大包小包足足有三十七个，所有的亲戚她都带礼物了。更不用说好脾气才吉和孤独度母，乃至普布。……她分配那些礼物可谓是煞费苦心。……除了五个包，静静地待在床尾。一致的黄颜色。一致的款式。内中的东西，你猜不出来。乳罩，左乳部位经过特殊加工了的乳罩，总共九十七个。哈，只要带着它，看上去两边一样大。巴拉姆是多么有能耐呀。……她给好脾气才吉送了一串念珠。孤独度母得到一个随身听，这样她可以更孤独啦。普布得到一套西装，可是他从不穿它。没有甜麦圈，一个，一粒也没有。……从那时起，收到礼物的亲戚们感到巴拉姆变了。但没过多长时间，他们又发现自己的判断失误。她照样在放地下高利贷。到了收账的时候照样毫不含糊，毫不客气。甚至是气焰嚣张。……只有巴拉姆自己知道，失去左乳之后，她那爱喝男人口水的毛病被抑制了。

不说她了。让她脚蹬红拖鞋在家里走来走去吧。顺着时间指引的方向，让故事继续，那才是硬道理。

有一个传言，相信会有很多人感兴趣。说的是西拉多德家里的事。那传言，绝不是空穴来风。西拉多德家里，人人都有微型录音机。那录音机烟盒般大小,就连西拉多德的乡下老婆都会操作。夏加局长，不对，现在应该称呼他为夏加老头，夏加爷爷，或者别的什么，总之，他的身份变了，从领导岗位下来之后，他真的不适应，太不适应啦。这个家的一切好像都处在他的阴影之下：钟表从来就没有个准头，总是快五分钟，这是夏加故意调快的。时间就是金钱，多走五分钟的表，总归是个好兆头。还有，他规定这个家里不许有人吃大蒜，味道好臭，容易引发鼻部神经的抽搐。这个时候，夏加不知道自己像个法西斯，不可一世，妄自尊大，独断专行，除了对西拉多德。西拉多德总是满嘴蒜味地回家。有时还摇摇晃晃的，老不正经，蒜味加上酒气，那可真是在火里浇了汽油一般。临早，他还会看着自己的手表，把被拨快了的钟表再拨回来。这是一场暗地里的时间之争，一个将钟表拨快，一个将钟表拨回。这两人，都知道自己不针对谁，但必须这么做。……不急，还有夏加老头，有一天突然发现自己的孙子有很强的背诵欲。他明眸皓齿，嘴里的一列列小山峰，比围住县城的那些真的要干净多了。它们，处在他的大嘴巴中，被他朗诵的字词环绕……他想到应该记录它。显而易见的是，这个家不缺钱，缺乏的是乐趣。

这个想法，夏加和儿子西拉多德一拍即合。因此，那些微型录音机就像县城里传言的那样，被他们随时带在身边了。

西拉多德一点也不知道儿子会干出什么大事情。他，还小。尽管是个天才。可是，在阅历等诸多方面，不能让他满意。脑子好，那是绝对的。但这不等于他有生活。他坐在自己的老板椅上，抽了一支烟，烟雾袅袅，像是有个虚幻的美女站在了办公桌上。滚，他吹了一口气，那虚幻的美女就散开了。他打开录音机，那里面的声音不只是儿子一个人的。有时，他还会用来录一些别的东西，诸如今早来了个求职的年轻人。西拉多德看着他，在抽屉里按下了录音键。咔嚓，现在他按下的却是放音键。录音带上的杂音在那年轻声音的背后噼噼啪啪。西拉多德闭上眼睛，吐出一口烟，对办公桌上再次站立的虚幻美女视而不见。稍后，她自己散开了。……噼噼啪啪，西总，西拉多德不喜欢这个称呼，可那个年轻人就那么叫着。我是来求职的。噼噼啪啪，西拉多德闭着眼睛回想起他的面容。不难看，也不好看，不会给人留下太深的印象。可是，他一说话就不一样了。我叫格桑。噼噼啪啪，我是来求职的。这是我的简历。多么不要脸的简历，竟然敢提到曾坐过牢。这样的简历一递上来，通常，就可以转身走人了。可是，西拉多德想听听他想干什么。噼噼啪啪，我想求得高原明珠演艺厅经理的职务。……口气不小，你有何德何能?!（高原明珠宾馆被他买下来之后，西拉多德就将修车厂停掉，办起了演艺厅。）我，没有什么能耐，但我知道经营一家演艺厅，最重要的一件事是什么！噼噼啪啪，噼噼啪啪，西拉多德沉默良久，小子，连我都不是太懂，你知道什么呀。……格桑沉默了好一会儿，噼噼啪啪，西拉多德等待着他说话，录音带在嘶嘶地转动，像是响尾蛇在用它的尾巴发出警告。……哈，这时候，西拉多德没有理由不再次为他的回答倾倒。……噼噼啪啪，我觉得打造品牌最为重要。哦，他说对了。他的话语之箭算是射中西拉多德了。……噼噼啪啪，努力吧，这是西拉多德自己的声音。……你被录用了，明天就是高原明珠演艺厅的经理了。

西拉多德觉得自己不够慎重。这段对话，被他翻过来覆过去地听了很多次。噼噼啪啪，噼噼啪啪，那种杂音很讨厌。可是，它再怎么跳跃，也只能是这段对话的背景音。嗨，不要再多想了。看问题，要看实际效果。西拉多德的身子深陷在老板椅中，桌面上一支钢笔咕噜噜地滚动，掉到地面时，却一点声音也没有。（因为，它掉在了毯子上。）道朵勒桑和曲松才仁一直坐在他的对面。一排黑色的皮沙发，多像是一列皮质的火车。他俩坐在那里，像是仅有的两个乘客，多余，不多余，或者介于这两者之间。……西拉多德想听听他俩的意见。……没有意见。……哼，没有意见是不可能的，说说吧，兄弟之间，最好开诚布公。……那好，我们就说说呗。（以下谈话，被西拉多德录音啦。）

道朵勒桑说："在我看来，你这不是求贤若渴，而是胡来。"

曲松才仁接过话茬："仅仅因为，他会说打造品牌？这好多人都会说。"

"老大，他可是蹲过牢的。蹲牢是因为诈骗，这你知道的。"

"老大啊老大，他轻而易举地骗得了你的信任，这会让人笑话你的。"

"我还得补充一句，你怎么就看出他有能力经营好演艺厅，是他眼里放出来的电告诉了你，还是他的姐姐是老大你的相好？"

"哦，道歉，我失礼了，老大，跟了你这么多年，第一次看到你也有像我一样冒傻气的时候。"

"不说了，如果老大你是对的，那就让那人拿出结果，把赢利的消息给我。"

"我看他那样子，八成会辜负你。"

30 变　故

格桑一点也没有辜负西拉多德。仅仅三个月，高原明珠演艺厅便在县城声名鹊起。多场演出，好看，像是使出车轮战法，针对各个阶层，稳扎稳打的战略，生意经，使西拉多德对格桑刮目相看。"看看，我说错了吗？"这回，轮到西拉多德数落那两个永恒的兄弟了。"我早就看出他是个人才，你们就是不信我。当老大可不是那么好当的，你们说说，你们数落了格桑那么久，哪一条对了?!"曲松才仁不说话。道朵勒桑在挖鼻孔。曲松才仁的舌头在他的口腔里轻微地蠕动，好像是紧张了。道朵勒桑的手指，在鼻孔里挖出了一星干鼻屎。他的头发里似乎有虱卵，轻微的痒痒，使他很不自在。这一切，当然都在西拉多德的观察之外。西拉多德要的就是在山上种冰雪，在海里养鲨鱼，在火里化金块的效果。嗨，不说了，我说你俩，不就是在说我自己吗？走，去看看格桑在干什么。西拉多德的兴致总是说来就来。他走在前头，步子迈得豪放，那俩永恒的兄弟跟在他的后头，一脸的歉意。

不对吗？格桑在为他们赚钱。

有这样的歉意，理所应当。

“看，他在那儿打篮球。嗨，打得还真不赖！”

又是篮球，头颅般沉重的篮球。夸大后，有着金光毛边的篮球。

西拉多德一点也不喜欢它。可是，他喜欢这个打篮球的人。

西总，你说来就来，真像是一阵风。格桑手拿篮球，脸上有着鲜明的感激和敬意。这种表情，如果被误解，那么会有人认为他的讨好是如此深重。不是的，绝对不是。西拉多德知道。格桑自己也知道。只有那两个永恒的兄弟不知道。西拉多德拍着格桑的肩膀，每一下都结结实实。“走，跟着我喝酒去，有个好消息要告诉你。”“什么好消息？”格桑将篮球托在左手，手心里的土是篮球给他的。“嗨，小伙子，信不过我就回去打你的篮球。”格桑慌忙把篮球扔给演艺厅的一名歌唱演员。“不，你信了我一句话，西总，我可不是那种没良心的人。”……酒，就这样从格桑的嘴唇流入了他的口腔，只停留了那么一小会儿，麻木了他的半截舌头，麻木了他的大脑皮层，麻木了他的上嘴唇和下嘴唇，包括一点点的胡子，一点点的神经。……这个说法不正确，没有一点点的神经之说，要说只能说，我喝大了，我想现场直播（呕吐），喝醉了就要认，只有认为自己喝醉那才是真醉。说自己没醉，还是想努力做到不喝醉。酒，就这样在西拉多德曲松才仁道朵勒桑的劝诫下，不断地涌到格桑的胃里。格桑面颊微红，这有什么喝不动的，他干了一杯又一杯，西拉多德又发现了他的一个优点——好酒量。白酒啤酒红酒什么酒都能喝……你愿不愿意加入我们“骡耳朵帮”？说，不要客气。……格桑突然把酒杯放在了桌子上，酒杯里的酒溅到了饭菜里，也溅到了曲松才仁和道朵勒桑的鼻子，耳朵上。嗨，他沉默了。他的沉默是多么的不合时宜。可是沉默之后，他猛然站立，四肢配合得又是那么协调。双脚，紧绷绷地踏在水泥地上。双手端杯，举过头。一副认真而又决绝的样子。这时候，他的嘴唇竟然哆嗦起来。太好了，看上去像是激动不已。他说，愿意，当然愿意。从今天起，骡耳朵帮算上我就有四人了。好，我干了这杯！

这不算什么大事，也不算什么小事。或者可以说，这根本就不算什么事。骡耳朵帮，在县城有几人知道？不多，不多，真的不多。张开嘴巴，没有多少人会念叨这个称谓，甚至吓不到夜里不睡觉的孩子。省省心吧，把目下的事干好了，那才是最重要的。格桑深明此理。高原明珠演艺厅，在他的经营下蒸蒸日上。……太阳，我要歌颂你。你不仅把我的皮肤晒黑，而且，让我有了古老的希望——活出个人样来。（难道这个希望不古老吗？）格桑天天给自己打气。他知道，在这时候，所有高原明珠的职工都看着自己。听听，看看，说说，这件事本来不是这样，可是现在，却变得有些怪异了。格桑，这不能怪自己，也不能怪大家，要怪就怪你做的事情太惹眼。对，是事情引起了人们的关注。这时候，不要去想其他，拿起篮球走向你的篮球场才是重要的。

格桑来到篮球场。这时候，还有一个人在那里啦。谁？尼玛，没有考上高中的尼玛。普布老早就对他的学习失去信心了。他能干什么？毕业后，除了帮我照看铺子你还能干什么？说说，你自己说说。普布把问题丢给尼玛。尼玛低着头，不言不语。……难道，你觉得自己可以进NBA打篮球吗？醒醒吧，那是在美国。……你爷爷是个马车工，大字不识一个，你阿爸我初中肄业，怎么，我们家的人总是和篮球纠缠在一起，一点也不热爱文化。你，是不是想气死我。尼玛不说话。他把网兜里爷爷的篮球背在身后。爷爷的篮球，哈，爷爷的篮球总是使他想到，爷爷会在他的背上发话。“小孙孙，小孙孙，你爱干什么就干什么吧！”这像是嘎玛仁青说的话吗？唉，分明是尼玛自己的幻想。……不上学了，考不上高中，更考不上大学，上那个学有什么用。何况，自己又没有学习的头脑。算了，算了吧。……阿爸，我真的不想再去上学了，即使你打断我的腿我也不去。说不去就是不去，即使去了，也是留级加开除，爷爷的基因，你的基因，只能是这个命。认也罢，不认也罢，事实就是这样。……这孩子，弄得普布一点办法也没有。……他甚至不愿在普布的商铺里做事。太犟了，钢筋和铁条的区别是什么？大同小异，这样的定性一旦得出，普布死心了。……他取出爷爷的篮球，在洋灰地上把球拍得嘭嘭作响。嘭嘭嘭，他的每一个侧身都带着一股掀起衣摆的风，步伐轻灵，脖子上有了最锋利的刀架在其上般的清凉。他转身，将篮球在胯下传到自己的另一只手，然后再转身，这样的动作经过几个反复，变得像是在玩杂耍。哈，太好了，真是太好了。这是谁家的少年？头戴丝绒线帽，身上穿着宽松的运动装。染着黑泥的回力鞋一点也不扎眼，相反使他看上去平添了几分活力。这少年哪里来的？以前没见过！是不是从某个故事里逃出来的？嗯，可能是。……尼玛看到格桑一副惊愕的样子，便把篮球收到手里转身走开啦。

格桑一直在等待尼玛。尽管他不知道这少年来自何处。可是他的等待，让他自己都觉得心焦。这感觉，真的不好受。格桑一次次地咒骂自己，当时，为什么没有留住那少年，和他攀谈攀谈。唉，榆木脑袋就是不开窍。格桑想到这里，用手拍了拍自己的头。啪啪啪，除了这三声响，他的脑袋瓜子并不见得就此开窍了。嗨，怎么就这么笨，也没有去问他的姓名。那少年，真的打得一手的好篮球。这成了格桑的一种念想，他逢人便讲起那个篮球小子，他叫什么名字？不知道，当时我忘了问了。真遗憾。真遗憾。他摊开双手，手心里一无所有。除了爹妈给的掌纹……天哪，原来我一直都是个笨蛋。（可好多人并不这么认为。）这些天，不但困惑，还有点，不说啦，格桑去了好几次篮球场，也没有见到那小子。……“你是说，把篮球装在网兜里的，打球打得很花哨的那个？”嗯，就是他。“哦，他叫尼玛，不会错。”“我怎么才能找到他？”“不用找，在任何一个篮球场等他，他迟早会来。”格桑问了好几个人都如此回答。名字被确认之后，其他的就好说了。可是，他的等待持续了好长时间。在这期间，发生了一些事。不大不小，不沾油腥，不明不白，不咸不涩……嗨，拣一个人人都津津乐道的事来说，县城来了一个新书记，他一上台，就为老百姓办了数十件好事情，人们都竖起大拇指叫他铁面书记。……“你说那书记，真是条汉子，我见过他，威风凛凛，一身正气，他的桌子上永远只有两套书，一套《毛选》，一套《资治通鉴》。看来，县城要发生大变化了，大家擦亮眼睛等着看吧！”……是发生变化啦。星期三，西拉多德召集骡耳朵成员开会。他坐在那里，抽着烟，一副吃人不吐骨头的样子。他吐了一团又一团烟雾，曲松才仁和道朵勒桑的沉默看起来也很可怕。总之，气氛不对。西拉多德的会议从来没有开场白，他总是从要害部位说起。……看，终于出事了。他又吐了一口烟，看上去更像个混蛋了。……这个变故来得太突然了，像时间得了疯牛病，一点余地也不留，简直让我无法接受！……什么？你再说一遍，听到事情的来龙去脉，“骡耳朵帮”其他成员，包括格桑都惊愕了。……不会吧？怎么会这样。这时候，讲讲事情的原委是很重要的。……假腿先生跑了，这是事情最坏的结果。那么起因？说说，吐着你的烟雾说说。……说来话长……唉，老大，求你不要再卖关子了，看看大家都急成什么样子啦！拣重要的说吧！……唉，西拉多德吐着烟雾一再地叹气。金矿那边出事了，一场械斗发生的真不是时候，矿工打死了阻止开矿的牧民，铁面书记下令关闭金矿，就在那一刻，胆小的假腿先生带着所有的钱和金子跑了，我们的股份就此泡汤了。这是一笔不小的损失。唉，都怪我一点也没有看出来，如果仔细观察，我早该看出苗头不对，及早地打预防针。可是，唉，（烟雾在他的嘴前缭绕，西拉多德的面孔是那么的模糊。）他用手使劲拍了下自己的膝盖，啪，像是把鞭子抽在了自己身上。悔恨，愧疚，失望，痛定思痛，无奈，还有什么词更恰当，没有，没有啦。他真想用自己的头在桌子上砸个窟窿，然后把头伸进去，叹息，带着哭腔自言自语。

“老大，不要自责，这不是你的错！”曲松才仁极力劝解。

“嗨，谁能预见会发生这样的事情，你又不是神！”

“即使是神，也有打盹的时候。”道朵勒桑把一句话分成两句说。

“他会跑到哪里?”格桑皱着眉头。

“反正老家是回不去了。”曲松才仁说。

“广东。有那么多钱，整个容，搞个假身份证，再跑到尼日利亚开矿。”西拉多德又吐了一口烟。

“天晓得，他会跑去哪里!”格桑的嗓子眼开始发干。他喝了口水，又说：“法网恢恢，疏而不漏。老大，他不会有什么好下场的!”

从一个篮球场再到另一个篮球场，格桑你不是醉了吧?！虽然有一点酒味，可是，还不至于让人把你当成醉鬼。嗨，瞧你想的，我根本没有喝酒。这身酒味，从哪里来的，我不说就成了秘密。可即便成了秘密，也不会是什么大秘密。所以，我就告诉你吧，酒是我大哥喝的，他把酒泼在我身上了。他不太痛快，性子变得有些让人捉摸不定。不会吧,你说的大哥是你们的西拉多德老总吗？我不想告诉你，这值得你竖起耳朵打听吗？你走吧，在没走远之前，如果想告诉我尼玛的事情，那最好不过啦！格桑一次又一次地打听着尼玛的事情，基本信息大多被他掌握：学习不好，没有考上高中，天天背着爷爷的篮球瞎逛。不太听父亲的话，属于半个逆子，曾经在“老实人联盟”打球，不是什么正规球队，完全是一帮小孩子在瞎弄。现在，他们那个所谓的“老实人联盟”解散了，所以，他是个没着没落的孩子。唉，你又来晚了，他刚走。如果追出去，兴许还能追得到。格桑追了出去，可是尼玛已经不见影了。怪事，格桑找了尼玛很多天，在篮球场他认识了不少的朋友，可他对他们的兴趣没有像对尼玛那么的浓厚。终于有一天，也就是星期四，下午，他在体委的篮球场看到尼玛啦！哈，终于找到他了。他，他，他，格桑兴奋地连吐三声！……他坐在水泥看台上，冷冰冰的看台在他的臀部底下散发着由来已久的湿冷。（不像话，太不像话!）天哪，看看，那小子的带球，完全像是在卖弄，他打得太自由了。不以得分为目的，只是想把自己交给篮球，纯，这才是真正的纯。格桑忍不住拍手叫好。好，太好了！尼玛突然跳了起来，把篮球送入了篮筐。嗖，进了，嘭嘭嘭，篮球在洋灰地上弹跳了几下，又被他抓到了手里。显然，尼玛打球的兴致被叫好声打断。

他用疑惑的目光打量着格桑。

篮球，被夹到腋下，乖乖的，惹他爱怜。

“你找我有事吗，走到哪个球场都说你在找我。”尼玛问道。

“嗨，我的标志太明显。之前，我们也见过。”

“我知道，可是你到处打听我，这我就搞不明白了。”尼玛的表情很张扬。

“我听说你的事了。我也喜欢打篮球，所以，想让你去高原明珠演艺厅做事你愿意吗?”格桑的眼里有一种说不出的期待。尼玛看到它时，不知如何是好。我，我，我，他变得吞吞吐吐。……小孙孙，不可以以你自己的标准判断眼前的这个人，不可以，不可以。……真遗憾你现在还不能答应他的请求，因为时机不到，时机不到！……不，不，不，你千万不要对他死缠烂打，要保持一定距离，然后再慢慢接近他，接近他。……尼玛幻想着爷爷站在篮球架下，对他如此劝诫。

一点思想斗争也没有。

甚至会被人误判为没有思想。

只有普布在不断地阻拦他：

……那个西拉多德不是什么好人，你阿爸可是和他一起玩大的。现在，说不理他就不理他了！你还要去什么高原明珠演艺厅，你是不是神经有毛病。儿子，听我的不要去，宁肯没工作，天天在外练篮球也不要去，阿爸可是在郑重地和你说话，很严峻，很危险，这时候，只要听我的你就是对的。儿子，看着我，不要摇头晃脑，不要不把我的话当一回事，不要踩在大地上却想着天上虚幻的云。不要辜负了我对你的期望（其实早辜负啦）。我的期望是多么的深重。天哪，儿子，老爸我都快要疯了，你能不能表个态，好让我放心。嗯，你怎么不说话？不说话的意思是在以沉默对抗我吗？尼玛尼玛，说话啊。

普布的焦灼好像要点燃雪山，可雪山一点烟也不冒。

这真是个问题。

他看着尼玛自顾自地坐在沙发上，打开电视，观看球赛，他的表情一无是处。

普布摇了摇头，叹了口气，跺了跺脚，在尼玛的面前走了几步，又走了几步，他显然是在等儿子给他一个回答。可是没有。尼玛手里拿着遥控器，目光凝聚在荧光屏上，他的脑子里真的是一点思想斗争也没有。他只是想着，什么时候去格桑那里才合适。不能太快，也不能太慢。把握好时间是最重要的。

……他看着电视上啦啦队的姑娘，抬起左腿，又抬起右腿，她们的白裤衩露出来了。他看着父亲站在墙角好像是被谁罚站了，不是别人，是被自己逼的。（普布，如此下去，你能管住这个逆子吗?!）他看着桌子上一道裂缝那么明显，使他的目光偏离电视而卡在了那里。他，他，他……竟然没给普布一点面子，尽管家里没有其他人。（如果有，尼玛的表现还是如此。）……儿子，普布从墙角走了出来，像是自己的灵魂被墙角的钉子挂住了一会儿。松脱之后，脑子才开始运转。你看电视吧，我给你做饭去。普布好像是想通了。不管怎么劝，他都不会听的。倒不如不去管他。……二〇〇四年五月，尼玛义无反顾地去了格桑掌管的演艺厅。

31 失　意

哦，让我说什么好呢，离了婚的普布？现在，没有人肯为你介绍对象了。那些人，由最初的热衷转化为最后的冷漠。这不怪他们，不怪他们。千真万确，好脾气才吉看到你的冷漠是满盆子的洗脸水。换上谁，被泼了，都受不了。他们转移视线看着天空，继而看着房屋，然后，看着屋顶的电线凌乱的像蜘蛛网。（还可以看其他的地方，诸如厕所什么的。）嗯，这还不容易，他们转移视线，就是从此不想再关注你了，你清楚否？

普布摇了摇头。普布对此并不在乎。可是，他在乎尼玛对他的要求不管不顾。他还在乎达瓦从不来看他。而独眼桑嘎，常常来找普布。作为一个单身男人，他知道普布的苦闷并不在此。他的牙口已经不行啦。因此，他戒掉了嚼食黄豆的习惯，带着他毛驴般的影子。对于他的话或消息，普布总是洗耳恭听。这次，商铺外的下水道堵塞了。整个街道漫溢的臭气，使普布在店里都要戴个大白口罩，挥舞着鸡毛掸子。（如果是这样，清理下水道的工人真该戴上防毒面具。）独眼桑嘎似乎是把他毛驴般的影子留在了商铺外了。他说，“你太夸张啦，你让我说你什么好！”独眼桑嘎从柜台里翻出一沓沓照片。（很多女人的照片。）他一张一张地翻看，大眼的女人，小眼的女人，眼睛不大不小的女人，他看这些女人最先注意的是她们的眼睛。“哎呀，这么多的女人里，就没有一个你中意的？”独眼桑嘎自顾自地摇着头。他把头晃得连普布都不能接受，更不用说别人啦。他很想开导普布，可是又觉得无能为力，一个光棍开导另一个光棍，就像是棍子打棍子只能发出碰撞的当当声。那些照片，被他逐个看过后，普布开始盯着他。他觉得独眼桑嘎会说出更难听的话。

普布决定烧掉那些照片。……炉子是不配合他的。烟囱也是。还有，从吹风孔里通过的气流也是不配合的。它们一点也不安分，在炉膛里不住地做着回旋。安全火柴也不配合。火柴盒的擦皮,失去了摩擦时需要的硬度。普布划了十几根，才将那些照片翘起的一角点着，可是那一点点的火，一会儿就灭啦。难闻的相纸焦煳味从炉盖的缝隙里渗出，不一会儿就充斥了整个房间。瞧瞧，它们张牙舞爪，有恃无恐，威胁和恫吓着普布的鼻孔。普布想到了汽油。……轰，那些照片就此在炉膛里被火焚毁。

“哦，能够聆听我的心声吗，佛菩萨？我跪在佛龛前，双膝下的跪垫如果不是柔软而是坚硬的话,那么我的心兴许会好受一些。我，经历了那么多的事，这些事比水洼里簇拥的黑头蝌蚪还多。那么多那么多，每一件，每一桩，黑压压的一片。……说到底最使我难过的还是我的儿子——这个尼玛，如果他能听我的那该多好！看看人家达瓦，自打随多尼跟了扎拉明嘎以后，现在都不太认我这个老爸了。他要背叛他的血缘，我有什么办法。听说，他的学习不赖，而且很听继父的话！可是尼玛好像天生叛逆！不说别的，就说他的表姐才仁措毛，县城公认的孤独度母，她是何等的乖巧！可是尼玛呢？还有那个西拉多德的儿子，他的聪慧，尼玛能比得了十分之一吗？佛菩萨保佑保佑我，保佑保佑尼玛!”

孤独度母太善良了，西拉多德二世是难得的天才。

这还用说吗？从上高中开始，人们就更加笃定地认为这是颠扑不破的真理。想想，真理，这个字好写，可意思深奥。不说这些，绕开。那么就让文字从孤独度母家里开始起程，它没法不率先描述她：……孤独度母，美丽而又恬静。她懂得这个时代，一个人的孤独只是自己的事，跟别人毫无关系。一大早，她就把自己锁在屋子里，拉上窗帘，面对轻微晃荡的幕布，（有点像。）背诵。这时候，她是多么羡慕西拉多德。那个邻班同级的西拉多德，那个让人意想不到的西拉多德，那个总是自信得像是得了感冒，走到哪里，都在往空心的拳头里咳嗽，暗示天才就在你身边，你可以在心里翻跟斗了，你可以不折不扣地执行命令了：下蹲，一百〇八个，完成后，提头来见。开个玩笑。……孤独度母想起他时，只是在自己面临背诵困境时，才会如此。这是一件很有意思的事，不对吗？她将那篇该背诵的东西念来念去，好脾气才吉一直守在她的门口，安静得几乎屏气凝息。她把念珠的珠子一个也不放过，大拇指扒拉一个算一个。瞧，她那眉心的肉瘤，多像一粒刚被手指扒拉下去的珠子。孤独度母知道好脾气才吉必须这么做。每次放学回来，这个过程，一个人在屋里，一个人守在屋门口的状况，不可避免地重复。好脾气才吉自己也知道这好像是在举行一个仪式。外婆，孙女，谁也不会对这件事抱有异议。可是巴拉姆却不是这样的。她穿着她的红拖鞋一再地路过，看见，不高兴，嘴里冒着对这奇怪场面的质问。她对好脾气才吉说："阿妈，你真像个守着阴户的人！"好脾气才吉坐在孤独度母的门口，半天说不出话来。她不想反驳这恶人。于是，对于她的话，她以眼睛看着别处和打哈欠的方式弱弱地抗拒。有时候，夜里，她坐在孤独度母的门口，微弱的灯光下，她又觉得巴拉姆说的不是没有道理。自己是守阴户的人，能守到什么时候才是个头，天哪，后来，巴拉姆不说什么了！但她每次见到好脾气才吉一如既往地坐在那里，心里的嘀咕就浮泛上来，"我这爱吃苹果梨子大红枣的乖女儿，冰清玉洁，还用得着你守在她的门口吗？阿妈，你这是在给自己找累！"好脾气才吉也有小嘀咕，这恰好应答了巴拉姆："唉，我的好孙女这么漂亮，就怕那些翻墙的黑猫来偷腥！"

慢慢地，状况有所改观。

孤独度母不经常待在屋子里。她时而走到堆放在墙角的白毡子旁，想起外公，想起昂根，对于后者，那种念想已开始慢慢减弱了。……"跟死去了一样！"巴拉姆有时会这样反驳好脾气才吉提起他。……开口闭口总是我们家顶呱呱的好男人，嗨，真不知你是怎么想的。……对此，好脾气才吉想反驳可是说不出来。她张着嘴，听着巴拉姆哼哼着歌曲，慢慢地离开，她是一点辙也没有。唉，不跟她计较，跟她计较有什么劲，白白浪费我的精力，我的耐心，我的好脾气，我的时间，我的好名声。……说得好像不错，可未必是这样。

又一天，她坐在了孤独度母的门口，可这时候，她的心态不是在守着什么了。接下来：孤独度母会从自己的屋子里走出来，静静地穿过走廊，走向午睡的巴拉姆，那个灵魂里藏着蛾子的恶人。（也许，还不够格。但绝对有这样的倾向。）好脾气才吉，慢慢地看着她的背影，走向另一端，可自己总感觉像是被贴在了墙上，思想沉沦，昏昏欲睡。……此时不突出孤独度母突出谁？

孤独度母推开了巴拉姆的房门。她看到了，她看到了，巴拉姆躺在床上，嘴角挂着的口水，透明，黏稠，带着食物被分解后遗留的元素。怪诞，满屋子都是洗发香波的气味。还能有什么？看哪，她躺在床上，轻巧的毛毯盖在身上。孤独度母蹑手蹑脚，嗨，这个动作确实不雅，以后可要注意啦，没有人会告诉你，因为，时间和地点限制了所有人，所有的人都不知道你此时在哪里。……孤独度母轻轻地掀开毛毯，啊，她倒吸一口冷气。她看到了，她真的看到了———巴拉姆的胸膛，那残缺的左乳，像只眼睛盯着她。孤独度母倒退一步，眼泪唰唰地流了出来，阿妈，怎么会这样?!（肯定得了什么不好的病，不能去问她，答案可以在医书上查查。）她捂住嘴不让声音从嘴里冒出来，你所隐瞒的必将把你出卖。作为女儿，应该替你守口如瓶，还要在你面前装作什么也不知道。……阿妈，阿妈呀，这么多的乳罩是你的。红的，黄的，还有黑的，粉红色戴白点的，都是你的。柔软的枕头是你的。洗发香波是你的。模拟波浪的落发是你的。黑发卡是你的。睡眠发生的呼吸是你的。微小的呼噜是你的。金耳环是你的。金项链是你的。轻巧的毛毯是你的。（我将它盖回你身上，轻轻地，不会惊醒你。）桌上摁有红指印的字据是你的。高跟皮鞋是你的。红拖鞋是你的。浑圆的右乳是你的。……失去左乳的秘密是你的，也是我的。

孤独度母哭肿了眼睛。她的眼睛引起了好脾气才吉的注意……怎么，眼皮子肿得像个核桃？她问话时小心翼翼，生怕再次引发孤独度母的眼泪……眼泪有时候是武器，柔性地杀着，好脾气才吉知道自己是见不得乖孙女落泪的。唉，好了好了，不要说了，用毛巾擦擦眼皮子吧。她站起身把孙女往洗脸盆的那个方位推。……洗脸盆，闪着白光，在角落里等着她。孤独度母不需要它。它在角落里满含同情，你以为，它是冷漠的，其实不是。它没有感情，但被你的心情赋予了这样的色彩。言归正传，孤独度母用毛巾敷了敷眼睛，她又到巴拉姆的房门口看了看，房门紧闭，铜把手，散发着若有若无的臭气。她去上班了，或者可以说是去收高利贷了。（生活，我真的不能撒谎，你展示给我的正是如此。）孤独度母从房门前走回来，走到好脾气才吉的目光中。

“看看，眼皮子上的肿消去了不少，我的好孙女，告诉我你为什么把眼睛哭肿了?”

孤独度母不知如何回答，她不会撒谎，如果做一下尝试，编得又不像。

嗯，她沉吟了一会儿，几种方案从脑海里缓缓升起，像跳出海面的鲸鱼。

她选了其中的一种。“做梦梦到哭了，醒来就是这个样子。”

好脾气才吉点了点头。不哭，不哭，也不知是什么事伤着你了。

她颤巍巍地扒拉着细皮线串着的珠子，传统的一百〇八颗……有气无力的夕阳从窗子里弱弱地落在了地面上：疲惫，落魄。……巴拉姆回来了,她带回来一块茶壶那么大的陨石。……看，我今天就收回这么个东西。它能抵去六万元的高利贷吗？有谁知道它是假的还是真的?！巴拉姆一脸的不高兴，唉，她叹气，双手叉腰的架势使她看上去像只母老虎，泼妇……不行，这不行，如果没有人来鉴定一下真伪，真的就不能这么算了。巴拉姆双手叉腰，在走廊里走来走去，高跟皮鞋，善于营造紧张氛围。嘎，嘎，嘎嘎，嘎，嘎……就这样走了好几个来回。她一直在想，到底找谁来帮着鉴定一下？她在脑子里罗列了好几个人，然后，开始一一筛选，最后剩下的那位竟然是西拉多德二世。（她觉得天才应该什么都懂。）……孤独度母按照母亲的要求，去请他……天才，在那一刻爽快地答应了。

千真万确是陨石。没错，假使我的眼睛看不清，我也可以闻出它的味道。再假使我失去了鼻子，我的手照样可以摸出，它就是陨石，一块如假包换的陨石。太漂亮了。它来自太空，来自我们没有去过的地方。呼，冒着热气划破空气一门心思地往地上栽，这一头下来，是多少路程？估算一下，嗯，不说了。你们，不认得它，那么，就没有理由喜欢它。不喜欢它，留着它做甚，转让给我如何？西拉多德二世一脸的期待。他的请求引发了好脾气才吉和巴拉姆冗长的沉默。孤独度母也是。

陨石是不会转让的。深谙此道的巴拉姆，表情生硬，但内心活动却像无数个小齿轮带动非凡的大齿轮运转。她摇摇头，一再地摇着头，那头波浪卷发上洗发剂的香味，直往西拉多德二世的鼻孔里钻。……几个小时后，西拉多德二世带着深深的遗憾离开。这个天才，现在绝不在家里卖弄自己的过目不忘了。他的这一举动使那几个操控微型录音机的大人，无所适从。慢慢地，他们手里的录音机一个接着一个地坏掉。（无所谓，既然不能记录西拉多德二世的过目不忘，要它有何用。）从高中开始，西拉多德二世变得很严谨。他涉猎广泛，越来越迷恋自然科学。……自偷着看西拉多德铁箱里的案件笔录之后，阅读占据了他大多数的时间。人们，他的过目不忘是多么的深重。而他的遗忘是何等的渺小。（甚至可以忽略不计。）你们说，他能忘了那块陨石吗？

陨石孤独地等待着西拉多德二世的再次来临。它知道的。它真的知道的。无论它有没有生命，我都要这样说。孤独度母的这个感觉，很对路。第二天，她真的得到了这样的请求。西拉多德二世一脸的诚恳，对于他的大嘴巴来说，那句话简直就像是口水星子，飞沫！一点也不显得重要。“我能再看看那块陨石吗?”孤独度母将手里的书夹在腋下，使劲地点了点头。回家后，她看到那块陨石，已被巴拉姆用一个玻璃罩子罩住了。显然，它的孤独与孤独度母的孤独不一样。……另一个问题是，西拉多德二世如何选择一个好的凸透镜，也就是放大镜，来细细地打量陨石，这对他来说是一个迫在眉睫的问题。但在那一天，西拉多德二世真的把它放到口袋里就来了。凸透镜，安静地待在那里，等待着他的大嘴巴聊一些很有意思的话题。可是，不会。西拉多德二世的舌头好像是在口腔里打了卷啦。他吞吞吐吐，语无伦次，在孤独度母面前出尽了洋相。但在那块陨石面前，他手拿放大镜的样子是多么的沉稳，端庄。嗨，他看到这块陨石就兴奋。看看，它上面那黑色的融壳，孔洞。西拉多德二世变得空前的专注。他把放大镜贴在陨石前，绕着它走了好几圈。……可就在这时，一不小心，他碰落了桌上的玻璃罩，啪，碎片四溅。一声清脆的声音打断了他的遐思。

二〇〇四年八月，加措，也就是西拉多德二世被内地的一所地质大学录取啦。而孤独度母则考上了省城的民族大学。也就在这时，西拉多德二世心中的情愫发芽啦。他开始痴狂地给孤独度母写信。一封，两封……(在上学期间，他总共写了七十八封信。)可是没有等到孤独度母爱的回应，哪怕是一封拒绝的回信也好。西拉多德二世近乎绝望了。……佛菩萨呀，这就是孤独度母一生中做得唯一“残忍”的事情。

没有什么事情能够长久地牵制住我们的现实。没有，真的没有。普布越发不去理会尼玛的事情啦。每个人都有自己的路。前定的，或者……总之生命里总有你违抗不了的东西。天哪，普布居然想到，从今以后尼玛爱干啥就干啥。尼玛仍然背着网兜里爷爷的篮球。他天天混迹于演艺厅。你让他唱歌他五音不全。你让他跳舞，他，一只老鼠会坏了一锅汤。怎么办？这个问题在格桑的脑子里长久地萦绕，他终于发现尼玛适合干什么了。那一刻，格桑的眼前一亮，心里头的礼堂一下子亮堂了不少。你，就负责灯光和音效吧。这没什么难的，真的，尼玛也这么觉得，几个小时后，他可以甩开教他的人自己干活啦。左灯，右灯，聚光灯，音效调到一个固定的点上，基本上就不用再动它啦。尼玛，终于在演艺厅找到了自己的位置。那些歌唱演员，舞蹈演员，不漠视他的存在了。尼玛，历史不会承认在一个演艺厅里发生的事情，但岁月会。你不信了且看，你失守打碎了六个灯泡，那个负责清理的人把笤帚交给你，你不干，后来又闹到了格桑那里。格桑没有发话，他自己把碎灯泡扫啦。因此，你有些过意不去。还有，你到处打听格桑是如何诈骗的实情。后来，是格桑主动告诉了你。……格桑一点也不想瞒着他。他将手里的篮球传给尼玛，爷爷的篮球也有些愕然。尼玛感到格桑的诉说就要开始啦。他把篮球夹在胳膊下，一副用心聆听的样子多么黯然。我，曾经确实是诈骗犯。你不知道，我的手段并不高明，可是却有人上当。我，只是用了个笨办法，谁都瞧不上的笨办法。说出来我的脸都要红。假使你对此宽容到不加计较,那我就说说。你听着，这么多年一直萦绕在我心头，挥之不去的记忆，主题只是我将一片没有主人的空地卖给了别人。地契是我伪造的。我还没来得及逃，一连串的效应像多米尼骨牌倒下似的接踵而至：事发被捕判刑坐牢，就这么简单。哦，这由来已久的恼怒，慢慢地袭上了心头。——谁的恼怒，当然是格桑的恼怒。像一群疯疯癫癫的虫子。

“走，喝啤酒!”格桑嚷嚷着。

嗨，满耳朵都是你的哼哼。

不要脸，多大点就学会喝酒啦。

跟谁喝的？又是那个格桑吧。

还有更不要脸的，天天让阿爸伺候你。羊会跪乳，鸦会反哺。

哪天，你会学着做饭?！这样，让你老爹我也轻松轻松。

哎，小子，酒醒了就给我捶捶背。站了一天的柜台，阿爸我真累啦。

你的动作能不能再轻点，再轻点。这样，我这硬硬的脊背会被你捶散的。

好小子，就这样，别停下，别，别别别……普布睡着啦。

尼玛的满嘴酒气，就这样被普布的睡眠给化解了。

普布是一个失意的人？现在，我们不便把他从睡梦里拖出来，一探究竟。如果有人愿意干这事,那他一定是喝醉了。可是尼玛，现在却是醒着的。他看着普布坐在椅子上，睡相有些从容不迫，有些不以为然，还有些痴心妄想，他不敢想象普布在梦里看到了什么？……如果他看到自己的绸缎在一条笔直的马路上铺开，上面有一个牧羊人赶着山羊群在行走，你信不信？再如果，那些绸缎闪着的蓝光使那群山羊好似漂浮在大海之上，牧羊人一脸的惊讶，你照信不误吗？……尼玛无法猜测这个睡着的人，大脑里有什么样的梦在翻滚。他把一条毛毯盖在父亲身上，然后，听着他不住地说着梦话。要相信，他的每一句梦话在他的脑海里是有背景的。“嗨嗨嗨，闪开点!”普布嘟囔着。嘴角挂着黏稠的口水，一长串。在不被尼玛注意的地方，晃来晃去。那时，梦里的背景有可能是气势汹汹的人群。（但不绝对。）头颅，脑袋，脑瓜子，不管你用什么指称，它们像山脉一样高低起伏。当那挂在嘴角的口水掉落地面，方砖，迅速将其吸收。(不给它留一点形成水渍的机会。)普布又闭着眼睛哼哼了几声，他说，“煮羊肉了，下面条了。”这个时候，有谁会猜测他梦里的背景？有，但真的很难说对。……失意，一再的失意，使普布睡了很长的时间。他，不像个有事可干的人。他难得在自己破败的椅子上睡着，让铝锅里烧干了的水结出更多伤疤似的水垢。尼玛满嘴酒气地往里添了几勺水。……失意啊，失意！普布的睡眠就是这个样子。满屋子的布置都在指认他的失意。……松木柜，在灯光下敞开，内部的阴影部分，就是你的失意。床上堆着的脏衣服，皱褶曲里拐弯，也是你的失意。爷爷的篮球，被倾倒上了好多的啤酒，潮湿的部分，更像是你的失意。

失意啊，失意!

哎呀，要我说，满耳朵都是你的鼾鸣才对。

阿爸呀，你太累啦，真的太累啦。

如果你喝酒，至少可以解乏。可是你不会，不会!

让我说你什么好，看看，这睡相，一会儿一变。

天哪，可能是进入了多种梦境。

继续睡吧，兴许能有个好梦，让自己开心一下。……别停下，别，别别别。儿子尼玛就守在你身边。你身边。

32 时日漫漫

真的是贱骨头，硬邦邦的贱骨头。这时候，闻着炊烟的味道，竟然想起了多尼。你打开箱子，翻找着旧时的回忆。那不应该，真的不应该。让我说，你关上箱子，拿出指甲刀，清理过长的指甲，它不止一次挂着了绸缎上的丝线，现在，那才是重要的。不要，不要，你翻箱倒柜，把尼玛的运动衣扔到了地上，把自己的夹克衫也扔到了一边。看看，你没有找到什么，摊开的双手，指缝把整股的空气散开，那真是一点意思也没有。

普布告诉自己这样一个事实。他站到门口，注视着屋外。好长时间没有这样做过了。他感觉那些光亮都是冲着自己来的。看看，它们的跑动是那么的勤快。表情，普布看不到它们的表情，只有猜了。显然，它们的表情不是哭丧着脸的。

“看看，你们一个个拥到我面前，多像不可思议的羊羔。”

第二天，普布照常去民族用品批发部去进货。他照常想雇一个装货的小工。没有几个小工给他留下过好印象。对于他这种小商铺主而言，所雇用的小工只是帮着自己装车（架子车），拉车，这本来可以自己做。但早年间形成的规矩，商铺主拉车会被看不起的。普布嘟囔着，什么破规矩嘛。……他开始忙着在佣工市场四下里找人。众多的工人席地而坐，在水泥地上放着一个纸牌。纸牌上写着擅长的工种。泥匠。木工。搬运工。哦，搬运工，要的就是他。……那个搬运工长得凶悍，并不对普布的心思。他张开手掌说，拉一次五十元。普布说，我疯了吗？那人摇摇头，普布便说，不是你疯了，就是我疯了。拉一次车，竟然要五十元！普布感慨万端，他摇着头离开。……他把手背在身后，嘴里依然嘟囔，疯了，真是疯了。他那后背染着尘埃的夹克衫，像是古怪的标靶。他的背稍稍有点弓了，像是不堪时光的重负，被压的。他不住地往前走，心里想着管它什么规矩不规矩，自己拉车装车算啦。可是，即使他不管不顾地往前走路，该注意他的人始终是注意上他了。

“大哥，你要装车拉车的小工吗？二十元。”一个瘦弱的女人倒退着步子跟他说。

普布还在思量，那女人倒退着步子在他前面走。

“好吧，跟我来。”那瘦弱的女人真是有一番的气力。从民族用品批发部拉车上坡，她竟然没有感到货物的沉重。几捆绸缎，布匹，使货物高出普布半个身子左右。可是，她一点也不气喘。卸货也同样。……她竟然了解普布的情况。她要求，能不能雇佣她当普布的帮手，给多少钱都行。普布说，我考虑考虑吧。

这真是一个不可思议的女人。普布慢慢地端详起她的脸来。嗯，还算周正。有时候笑起来竟也有些妩媚。她，不算个美人坯子。但站在柜台里，也能吸引些顾客。普布发现自己有了这样的想法，他觉得自己真是个贱骨头，硬邦邦的贱骨头。

那女人被普布雇佣啦。听起来不坏，看起来也不错。她站在柜台里，手里拿着鸡毛掸子，像模像样地掸去落在绸缎布匹上的尘土。对待顾客也是柔声细语的，普布对她刮目相看。这样，那个女人竟慢慢地露出她得意的神色来。普布把好多事情交给她去做。除了保管钱，没有任何事不能交给她做的。普布既然感到自己有时可以休息一下，有了瘦女人，什么事都能由她顶一阵。她真的一点也不含糊。她，打个比方，给她火,就能点燃森林。给她水，就能使搁浅的鲸鱼漂起来。普布太相信她的能力了。有些时候，他放心大胆地不去商铺。她竟然把钢丝床支在商铺里，与绸缎为伍，与首饰对话。作为一个女人，每天夜里，她佩戴着各种不同的首饰，在商铺里享受着一种古怪的占有欲。她没有结婚，后来普布听说，她结过婚，只是离婚之后，像普布一样没有再结婚的打算啦。普布确信自己和她产生不了火花，千真万确，她就这么走来走去。普布一直没有把钱柜的钥匙交给她。直到有一天，普布一大早去商铺，打开门，他发现所有的首饰都不见了。钱柜也有被撬的痕迹，他一下子明白过来啦。这就是她们，从多尼开始，再到这个瘦女人，她们给普布留下了不可磨灭的印象。普布没有去报案。一上午，他坐在自己的店铺里，眼睛直勾勾地。有人担心，他会不会有些精神失常。他们通知了尼玛。尼玛到来时，却看见普布在打扫铺子。

"阿爸，没事吧！"尼玛放下爷爷的篮球。

普布摇了摇头，"这里没你什么事，上班去吧。"

"阿爸，报案吧！"

"不用，再等两天，悔悟了，她自己会把东西送回来。"

可是普布等了两天，瘦女人一点消息都没有。

第三天，那个女人回来啦，是被警察押回来的。警察把失物交到普布手里，说道，这样的女人你也敢相信！……普布郁闷了。他找出指甲刀开始剪指甲。指甲刀的摁板被翻转过来，叭，叭，叭，被剪断的指甲一个个飞扬出去，不知所终。那个瘦女人，嘿嘿，警察离去时，她低着头不敢看普布。警察说，抓住她的是两个保安。谁能相信一个行色匆匆，提着一包首饰的女人。因此，在一番盘问之后，她被送到派出所调查。……哎哟，你是多么不小心。你犯的错误不是不可以原谅的错误，而是幼稚的错误。你，一天到晚蔫头巴脑，是个男人就该把过去的不愉快给忘掉，可你做不到。我怎么没做到？普布反问。商铺里,那些失而复得的首饰，佯装昏昏欲睡。最可怕的是线团，它们似乎幻想着自己能够变成蛇。这时候，"乌鸦涅巴"的质问停了。普布的反问像是得逞了。"乌鸦涅巴"，不，他已经是寺管会主任了。可是，普布怎么也改不过口来。唉，不说了，不说了。普布摆着手，像是不愿放弃对"乌鸦涅巴"旧有的称呼。因此，他用了一种古怪的称谓。"乌鸦涅巴"主任，你能够来我这里真是我莫大的荣幸。伸出手，握一握手，我手心的汗就要染到你手上了。还有什么是不可以的。摸摸额头想一想，我的错误其实就是离开了寺院。……那怎么能怪你，你的初衷是好的，可是命运却是如此的多舛。"乌鸦涅巴"主任一脸的沉痛。……那些日子是可以写成史诗的。……每当晚上念经，普布总是幻想自己的灵魂走出来，拿着一根钢筋狠抽自己，敲打全身硬邦邦的贱骨头。每次想到这，他都会从床上惊跳起来。他不明白这种幻想为何搞得自己忧心忡忡。他的双眼开始出现黑眼圈。他不停地翻电视频道。不停地自言自语。不停地打电话给儿子。什么时候回家，臭小子，这么晚了,你让你阿爸还要为你操多少心！儿子接电话时气喘吁吁的，普布可以想到，这个时候尼玛又在灯光闪耀的体委篮球场了。他甚至可以听到，他手里的篮球在洋灰地上嘭嘭作响。他挂掉电话。再次打开电视，翻来翻去，直到看见墩布松金在电视上出现。

真的，墩布松金在电视上出现啦。

旅游频道，他的执拗还是那么深重。

他对着被风吹得呼呼作响的话筒，嘴里的言语一点点向外吐。它们没有被呼呼的杂音给吓退。那话语，每个字都真真实实，墩布松金要的就是这感觉。

女主持人穿着红白相间的冲锋衣，风把她的衣服弄得鼓鼓囊囊。头发时不时撩在丹凤眼上，她用手草草地撩开，话筒一直对着墩布松金的嘴。……墩布松金的话语普布是凑到电视机的喇叭前听到的。……女主持人问道：你了解你们寺院的历史吗？……墩布松金眨了眨眼：我肯定知道寺院的来龙去脉，那是已作古的时间。女主持人面带微笑，她的微笑一直挂在脸上，一刻也没有离开过。……普布坐在电视机前眨巴着眼。他的眼睛和他的耳朵是如此专注。女主持人又说：你认为寺院成为旅游胜地，好不好？墩布松金不假思索地回答：不好，真的不好。寺院应该是封闭的，对于修行者来说，不能过多和外界接触。而一座寺院成为旅游景区或旅游景区的一部分之后，佛门还会是清静之地吗？紧接着，电视上开始出现寺院环山的拍摄画面，风景太好了，普布以前没怎么留意。可是现在，他发现大好河山，真是不可低估。

普布一直在等待墩布松金。他不知自己为何要等他？究其原因，成了探询内心的过程。“一个贱骨头，沉默起来竟是如此可怕！”他手里的剪刀在咔嚓咔嚓说话。（不是在剪开布匹和绸缎，而是妄图剪开空气。）剪刀停止的时候，普布把它丢在柜台上，开始在商铺里走来走去。他端着茶杯喝茶，把茶叶吐到地上。舌头上的苦味不是那么陌生也不是那么熟悉。你还能一厢情愿地等他等多长时间?!

普布不知自己能等多长时间。唉，等人的游戏是多么的无聊。像是闭上左眼，睁开右眼。像是在用肚脐眼烤干汗珠。这时候，双腿间的阴茎软塌塌的。休息，就这么一直休息下去，直到一无是处。……墩布松金终于来了，像是从旅游频道回到了这真人世界，（那么电视上的那个他，难道只是幻象吗?）他让普布惊讶不已。看看，他身上的袈裟旧成了什么样子？好像是在土底下埋了好多年。这个执拗的阿卡，他上电视时也是穿的这身袈裟吗？当时真没怎么注意。普布惊诧地打量着墩布松金这副好像是刚刚出土般的模样。他见到普布一点也不激动。（是啊，见到普布有什么可激动的。）可是，普布见到他却有些大惊小怪。他怎么知道我在等他？难道是心灵感应吗？难道他是被寺院墙壁上吹胡子瞪眼的护法托梦了才来到这里的？普布一连做了好几种假设。可是，几种假设没一种靠谱，它们在思维空间里没有盘旋多久，就破灭了。嗨，一切都是巧合，生活里的巧合比比皆是。不必太过夸大，也不必放在心上。普布终于想到了一种可能，墩布松金是来买东西的。瞧瞧，自己的反应是多么迟钝。

你需要什么？吾兄一百岁（对友人的敬称）。

好长时间没见了,我老了,可你却老得不多。吾兄一百岁。

前次，见你上电视了，侃侃而谈，穿的是不是这件旧袈裟？吾兄一百岁。

我多么渴望你的执拗还是以前的那种执拗，吾兄一百岁。

墩布松金听着普布的问话，那么突兀。一时，不知该怎么回答好。良久，他用手拍拍普布的肩膀。肩膀上如果有鸟儿，这一拍会把它惊飞的。但骨头里会来一场雪崩的设想不切合实际,只是幻想。墩布松金不会料到普布的所想会和自己有所不同。他习惯了空气冷冷地贴着自己的嘴唇。习惯了自己稀稀拉拉的胡须被空气嘲弄。习惯了自己的举动总是被一些人误会。还习惯了一次又一次被自己的执拗弄得很尴尬。他说不出话。说出话的时候，言辞总是很激烈。这不，在电视上的那番言论，在寺院引发了一场旷日持久的辩论。部分阿卡赞同他的看法。少部分则认为把寺院搞成旅游观光点也没什么不可以的。还有些中间派则认为，可以在二者间找到让大家都能接受的方法。鬼方法，去你的吧，墩布松金懒得理会他们。他没有参与辩论，而是选择逃离。他在自己的僧舍里，不住地用一块干净的白布擦拭白海螺。只有白海螺才能理解他的沉默是多么的意味深长。……“墩布松金不是一个善于言谈的人。可是，他在电视上的那番言论，却让阿卡们看到了他的另一面。”吾兄一百岁，你不是来我这买袈裟面料的吧？墩布松金摇了摇头。那么你找我有什么事？墩布松金的话到了嘴边，却被白牙齿给挡了回去。还有什么是不能回答的。真是古怪。墩布松金察觉到这一点，立时把自己的来意说了出来。“我来看看你，不行吗？”当然可以。普布关上商铺门，把墩布松金领到自己家里。……他们的话题像绕了线轴很多圈的毛线。……吾兄一百岁，看看我的倒霉，从上初中被学校开除后，一直跟着我，除了在寺院的那几年，它藏得远远的，可是现在又像影子一样跟着我了。墩布松金不喜欢普布这样自轻自贱。他把一口茶含在嘴里，舌尖感到发烫之时，那口茶被吞到了肚里。他说，不是这样的。普布真不是这样的。你想想吧，好好想想吧。墩布松金微微地抬起下巴。唉，你怎么能有这样的想法?！他看了看手表，时间行走的速度，被分针和秒针捕捉。……不要跟时间作对，不要给自己的生命找别扭。不要让人觉得你总是在关心一些无关紧要的事。不要，不要。墩布松金的劝说，从一开始就显得和自己的执拗毫无关系。唉，吾兄一百岁，我知道寺院的修行使你轻而易举地洞悉了一些事情。可我从寺院逃到山下，好像变笨啦。……你这又是自轻自贱。让我怎么说你呢。一种沉默再次来临。桌上的茶水显然凉了。凉了就不要再喝了，吾兄一百岁。普布不知过了这么些年，自己为何对墩布松金如此客气。

“不要对我这么客气，兄弟。”

“可是吾兄一百岁，你难得来我这儿一次。”

“那好，让我给你透露个消息。”

“什么消息，吾兄一百岁。”

“我要离开寺院啦。”

“像我一样还俗？吾兄一百岁。”

“不，我想去外边云游上五年。”

墩布松金说走就走，一点也不含糊。那天夜里,他早早地关上门，钻到被窝里，等待着走脱的最佳时机。凌晨五点最好，没有人会问起。在大街上搭个车，想在哪里下车就在哪里下车。但是，纸条还是要留的。“我要去云游了，五年之后回来。在此之前，哪个阿卡想住到这都可以。”墩布松金没有考虑，这样离去，会有被寺院除名的后果。他的执拗是多么的深重。他看着放在桌子上的白海螺，不知该把它带走，还是留下它。白海螺是寺院的。可是它看着自己是那么恋恋不舍。螺号口，现在已经有了细细的裂纹，像蜘蛛刚要张开的网。常被手握的那个地方，油光发亮。白海螺，你老啦。我也老得差不多了。可是，白海螺在墩布松金看来，闪着白光，好像在鼓励自己离开。去云游吧！活动活动筋骨，一个出家人，四海为家，修行路在心里。孤独，孑遗，不要什么面子，臭皮囊会速朽的！只有灵魂，精气神才是主要的。能够保持基本的气力走路，思想即可。走吧！桌上的闹钟在凌晨五点丁零零地叫喊。墩布松金发现自己一夜未关灯。他穿戴停当，把闹钟揣在怀里。把常用的木碗也揣在怀里。他拿起白海螺又放下白海螺，这个时候，他在思量，该怎么办？还是拿走它，他打定主意。跟了我这么多年，舍得丢下它吗？墩布松金把白海螺放在自己斜挎的布包里。布包里安静地躺着一本颂词。它太安静了，以致白海螺被放入布包时，它们之间都没有发出碰撞的响声。墩布松金悄悄地离开寺院。他顺着吉曲河一直走到一个村子。在村口，搭了一辆车离开。……这件事情的细节是没有人知晓的。包括“乌鸦涅巴”主任也不知道。只是在他的讲述里，墩布松金连门都没关，纸条被风吹落在地，隔了很多天才被人在桌底下发现。……普布昏昏欲睡。时日漫漫，吾兄一百岁，你说走就走啦！你真是个执拗到底的人。不是吗？你连给我个聊天的机会都不给。看看，走得这么干净，似乎想把你留给我的印象也带走。普布伏在柜台上打了个哈欠。吾兄一百岁，你走吧，走得越远越好！

33 孤　寂

他整晚都看到那三个黑狗头,在地表下龇牙咧嘴。黑狗头之上，换上了一层水泥地坪的皮肤不说，还树起了篮球架，成了县城全民健身计划开辟的新篮球场。他敢确定，那三个黑狗头还在地表之下，变成白骨不说，还用灌满泥土的骷髅眼仇恨地看着蠕动的蚯蚓。他前天去过那里。他之所以去，是为了看看那个形单影只的独眼桑嘎，那个总是拖着毛驴般影子的人。他看到那个人，坐在女儿胖曲珍的敬老院门口，毛驴般的影子可怜地蹲在他身旁，视力模糊的独眼，已看不清来人是谁啦。

“我是普布呀。你看不见我吗？”

“看不清，真的。只能看到你模糊的影子。”

独眼桑嘎的嘴里已经没有那股浓浓的黄豆味了。牙齿松动，嘴里的山峰就此东倒西歪。舌尖出现的一道裂隙，凭现在这样的视力，即使照着镜子，他也看不见渗出的血珠，只能感到舌尖时常挂着的咸涩。“我近乎是个瞎子！”独眼桑嘎的坐姿异乎寻常。他定定地瞅着眼前那模糊的一团。（他知道那就是普布。）……老天，为什么连我这只独眼你都放不过！？瞧瞧我,多可怜。放弃了所有的生意，在一栋贴着瓷砖的丑陋大房子里，守着丑陋的大铁箱。那里面的钞票多了有何用，它挽救不了我的视力。普布，我跟你说过，那次，在停电的夜晚，我看见死去多年的胖宗萨穿着大红衬衣在我的屋子里走来走去。可是好多人都不相信，说我是用我的这只独眼做梦。用软不塌塌的阴茎走路。用耳朵说大话。用眉毛撒谎。独眼桑嘎，你实实在在是个怪人。可是眼科医生却告诉我，我的眼底出血了，已经拖了好长时间啦。你看见你老婆穿着大红的衬衫游荡，其实，那红衬衫就是你眼底出的血。你要加紧治疗啊！……可治来治去就这么个结果。我的视线模糊。普布，我没救啦。我的惨淡人生就此开始啦。独眼桑嘎忽然对普布有了很强烈的倾诉欲。他向那团模糊的影子伸出手。那手就被那团影子握住啦。普布说不出话。他没有想到，这四只手交错地握在一起时，皮肤之下的骨头竟有点发热啦。低烧，手指骨的低烧？不会，当普布松开手时，独眼桑嘎的独眼里有一团像雾一样的东西开始弥漫了。

这时候，胖曲珍在他俩的身后幽幽地说话。

“阿爸，随我回去。”

她的话语，初听着，很和气，但再听之，则暗含了对普布的不满。

为什么？这时候，任何推测都是要有根据的。……山峰很孤傲。云朵很倔强。它们不理会人类的为什么。而我们却要大动脑子。普布把双臂绞在一起。普布微眯着眼睛。普布把脑海中与眼前之事有关联的记忆熬煮一下，迅速提炼出来。不需多长时间，顶多三分钟。普布，普布，面对这样的言语你怎么看？……她是多尼的朋友。而多尼，这位红眼圈太太是多么深得她们的爱戴。自从与普布离婚后，她来这里的次数更频繁啦。普布知道扎拉明嘎放弃了做民族用品的批发代理，改行办起了獒园。这就是说，他有更多的资金赞助这个被称为“七老院”（原因是人数从不超过七个老太婆。）的慈善机构。七老院，自从那个总爱打人的干瘦老太婆去世，这里便一片祥和。三十七岁的胖曲珍依然没有结婚。一茬一茬的孤寡老太婆们，总爱担心她的终身大事。多尼红着眼圈给她介绍了好几个对象，没有一个能成。哦，光阴，某些时候你是不是躲在角落里，拣食垃圾里的苹果核、梳形鱼骨上挂着的点滴霉鱼肉？你怎么这么不负责任！胖曲珍到现在还没成个家，如果成了家，她也不会这么偏执。你说她的偏执有多深：她不喜欢花朵上趴着蜜蜂。她不喜欢叽叽喳喳的麻雀表现生活的喧嚣。她不喜欢推土机挖掘机拖拉机。不喜欢生人冲着她笑。不喜欢甜如蜜。不喜欢穿肉色粉红色带点的裤衩。她喜欢什么，她不会告诉你。……她的敬老院在光阴中慢慢地破败。她找人把它粉刷了一次又一次。窗棂上蜕皮的油漆刮了重新漆。她不允许玻璃蒙着灰尘———现在，敬老院不像以前那么拮据了。少数仰仗红眼圈太太多尼的赞助，还有扎拉明嘎找来的其他定期或不定期的资金支持。当然她自己出租的那一排商铺，租金是敬老院永远的保障。因此，她雇了一个胖厨师，瘦勤杂工，全是女的。她不喜欢自己的敬老院里有异性天天在场。所以，独眼桑嘎每次摸索着来敬老院，她都不高兴。“阿爸，你为何不在家待着，让车撞了那该多危险。”她不喜欢独眼桑嘎和她的孤寡老太婆们交谈。“我说老太婆们，你们晒着太阳，吃着可口的饭菜一定要念我女儿的好啊！”独眼桑嘎看着眼前那一个个轮廓模糊的老太婆，说出的话让胖曲珍大为恼火。“阿爸，不要再说啦！”胖曲珍使劲地用手背揉了揉眼。这样的细节，独眼桑嘎是看不清的。……一些事情必定是要发生在这之后啦。独眼桑嘎没有理会胖曲珍的话语，而是再次向普布伸出手，“老朋友，送我回家吧！”

他的座位竟然是那个丑陋的大铁箱。他竟然要坐在丑陋的大铁箱上同普布交谈。他用脚后跟把铁箱敲得咚咚响，里面的钞票隐藏着它们的激情，一言不发。铁箱里的黑暗已把纸钞给覆盖了。还有什么可说的，铁箱上盖着西藏小方毯，花纹比各类水怪湖还要神秘。独眼桑嘎有太多的话要给普布讲，可是普布哪来的那么多时间？“拣重要的说，请拣重要的说。”普布大度地在独眼桑嘎面前做着请的手势。他摊开手掌，看着掌心，仿佛那上头有一块隐形的方砖。独眼桑嘎开始在那些杂七杂八的事里挑选。这件，那件……还是这件比较重要些。他用脚后跟咚咚地踢着铁箱。如此大的铁箱里，如果真的装满纸钞那就鬼了。顶多是三层，当然,还有玛瑙珠串银腰刀。它们用一致的沉默，呼唤着铁箱上的铜挂锁被打开。普布收回手势，那块隐形的方砖就此消失。独眼桑嘎权衡再三，终于开口言谈。他说："昨天，夜里，大概三点左右，我又见到胖宗萨啦！她依然故我地穿着那件大红衬衫，举着红蜡烛，在屋里游荡。"普布凝思片刻，说道："你可要注意了，是不是你的眼底又出血了。"……果然是这样，独眼桑嘎再次迎来了治疗的高峰期。

还是依然故我，视力不见好转。

独眼桑嘎躺在病床上，他的眼里一片空白，如果这时有一只黑猫在这片空白里散步，一只乌鸦在空白里飞来飞去，那么，一些黑斑点应该是在她眼里形成啦。唉，在这充满八四消毒液气味的病房里，连说话都是颠三倒四，独眼桑嘎又能说出什么高明的话。……"什么时候可以出院?"他一连问了好几遍，可是没有哪个护士愿意回答他。终有一天，一个见习护士，嘴上有口馋黑痣的那个，（独眼桑嘎看不见那个黑痣上长着一根黑毛。）告诉他，明天你就可以出院啦。独眼桑嘎高兴得嘴角抽搐了一下。……一种习惯算是在住院期间培养出来啦。什么？在医院里？在白色恐怖的医院里？对，不信你就瞅瞅吧。独眼桑嘎侧着头似乎要把耳朵伸长些。眼睛不行的时候，他用耳朵辨识周围的环境。……听，那些石子被他的双脚踩得哗啦啦响,不管它们是愉快还是不愉快,总之那些石子的头或是脊背都是被踩着了。（这个时候，他已经和胖曲珍走在出院的路上，胖曲珍一路告诫他，好好在家待着，尽量不要四处乱窜。）继续听，一辆汽车的轮子碾碎了平静的水坑，还是哗啦啦的声音。水坑里的积水再次达到平静状态需要多长时间?！胖曲珍还是啰里啰唆，"阿爸，以后可不能强迫那些孤寡老太婆念着我的好，听见了没？这多难为情!"独眼桑嘎不作声，他的眼睛里尽是模糊的影像。……回到家，他嘱托胖曲珍做的第一件事，就是把铁箱里的钱存到农业银行，(出于对目下境况的考虑，他觉得没有办法不交给银行来管理。)密码必须设成……你附耳过来：头两位数字为我左眼失明时的年龄而其后的两位数字写成你阿妈去世时的年龄，最后两位数写成你现在的年龄，明白了吗？赶紧去办。……独眼桑嘎把存折锁在大铁箱里……需要用钱时自会同胖曲珍一起去取，他的防范措施可谓匠心独运。他继续坐在那个铁箱上，用脚后跟咚咚地踢着它，和普布说话，和胖曲珍说话。偶尔，他还会去敬老院。不管胖曲珍怎么想，他照样和那些孤寡老太婆谈天说地。"今天的天气真好啊，从来没有哪一天的太阳光这么好过。"他眯着他的那只独眼，独眼里已没有曾经的光彩啦。那些孤寡老太婆不知道该如何回答他。她们只是在太阳下像失去了主见似的点着头。……胖曲珍也没有主见啦，她不知道如何应对这个“无赖父亲”。“我都说了好几遍了，你怎么就是不听？对付你就需要干瘦老太婆那样的人！”独眼桑嘎在阳光中像摆动植物叶子一样摆动着手。他的手太像一片发黑的叶子啦。这片发黑的叶子太像是在拒绝有人谈论自己的行径啦。胖曲珍不是没有孝心。她，不说不行。她，宁愿自己丑陋的父亲在那栋丑陋的房子里待着，也不希望他的独眼里一团模糊，还尽和孤寡老太婆们没话找话。“你让我说你什么好，阿爸！”胖曲珍使劲地跺着脚。她这一跺，地上不但没有出现凹坑，还使她的脚心麻了一下。这时候，我们的故事好像变得没有什么说头啦，只要独眼桑嘎还赖在敬老院门口，那么，这种尴尬必定会持续。独眼桑嘎待了多长时间？一小时零三十六分。第三十七分钟，他站起身回家。胖曲珍没有送他。“眼睛又没有瞎掉，以一个老头子的经验，他会凭靠眼中那模糊的影像找到家的。”胖曲珍说对啦。……独眼桑嘎真得拖着毛驴般的影子回到家了。

他的事再怎么叙述也只能如此。

普布，这个时候你突然想到了母亲和妹妹的孤寂。好脾气才吉和巴拉姆，她们住在散发着陨石气息的房子里。她们，不住地被陨石的气息包裹着。即便是这样，她们也感觉不到较之以往，自己有何不同。好脾气才吉眉心的肉瘤，在这个时期，不再泛着红光了。还有巴拉姆，商业局的巴拉姆。她，也进入了相对的低迷期。没有小男人陪伴——早就没有了。巴拉姆对于自己的感受，秘而不宣。她将整个生活的比重都放在了高利贷这边。（不要不承认，现实如此龌龊，这是不可避免的真实。）她，对于好脾气才吉来说，简直就像是即将要发生的坏事。“阿妈，不要见了我就不耐烦！”有一次，巴拉姆向好脾气才吉提出这样的意见。好脾气才吉满心欢喜，她的灰蛾闺女，开始看重别人的想法了。于是，她开始尝试着向她唠叨：“如果不是你赶走了昂根，这个时候我想他又开始帮你擦皮鞋了。”巴拉姆不说话。“昂根是多么好的老实男人呀！”好脾气才吉感叹着。巴拉姆还是不说话。“他，现在也不知有几个拖着鼻涕条的小孩子啦。也不知他开着拖拉机，烟囱里喷出的圈形烟雾是不是像绳套往历史的脖子上套？（哈，好脾气才吉竟然提到历史！这没什么奇怪的，上了年纪的人才会时不时把这个词挂在嘴上。）巴拉姆，你做的坏事太多啦！孩子，该是学着反省的时候了。你，我要问你，挣那么多钱到底有何用?”巴拉姆的沉默像是处在深海区的海藻……隐蔽了自己的想法，不等于没有想法。……车，那辆吉普车，昂根走后的第二天她就把它减价处理啦。这就是巴拉姆的秉性，没有用的东西要它有何用。可是这理论不适合套在昂根的身上，巴拉姆知道昂根很有用，是个理家的好手，仅此而已。

普布决定让尼玛多陪陪外婆。

陨石也看见啦，尼玛是个好孙子。尼玛尼玛，很少有人会连续呼唤你的名字，这样会让你感到很落寞。你,听从了父亲的安排,目前无法改变的形象(将来也许会。）只是背着爷爷的篮球，低着头，从马路上走过。我说，这个年轻人有心事。他的心事只有自己知道。我还要说，他是个很可爱的人，只要接触了他，就会被他深深打动。(格桑如是说。)可是普布从来没有体会到这点。现在，处在玻璃罩中的陨石看到尼玛进门了。如果它有眼睛的话，要不肯定有人不喜欢这拟人的说法。从手机里传来的消息是：格桑不但要让他继续担当高原明珠演艺厅的音效和灯光，而且推荐他当了高原明珠宾馆的电工，这说明工资还要涨。尼玛关掉手机，但这个消息却很生硬地留在了脑海里。

他直接去了好脾气才吉那里。

啊，好久没见奶奶，网兜中爷爷的篮球肯定会兴奋不已。

好脾气才吉深谙其中的道理。

“好孩子，不用陪着我，去打你的篮球吧!”

“你知不知道，到了院子里那简易的篮球场，你爷爷的篮球就像回到了故乡!”

篮球回到了故乡，这是很新奇的说法。好脾气才吉自己也没想到怎么就说出了这样的话语。她怔怔地看着尼玛。尼玛从网兜里取出爷爷的篮球。尼玛闻到了陨石的气息。但他不知道那是陨石发出的。尼玛的手掌被篮球的弧度掌控着，双眼从好脾气才吉眉心的肉瘤转移到了窗外那简易的篮球场。尼玛不知道自己到达篮球场时，这栋屋子里正发生别的事情。正在午睡的巴拉姆醒来了。她换了条裤衩，站在落地镜前端详着自己正日益臃肿的身材。孤独度母的闺房是空荡的，它基本保持了她离开时的那个样子。一双拖鞋一左一右地摆放在床底下……一只甲壳虫试图接近它。可是它被尼玛嘭嘭的打球声震慑地止步不前。继而,这个可怜虫为了保护自己卑微的生命，只能一动不动地趴在地上装死。而巴拉姆站在落地镜前，那日益臃肿的身材并没有给她带来过多的伤心。她换上一个干净的乳罩，那个被切除的部位此时又像只大耳朵,倾听篮球的落地声是不是比心跳声更有力。……孤寂啊孤寂，落寞啊落寞，就这样，尼玛时不时地会过来陪一下好脾气才吉。二○○六年，那个被陨石气息充斥的房子里，没有幻想，没有梦；饭菜失去诱人的香味；没有太多的脚步声；没有音乐；没有叹气；没有喧哗；没有人看电视里的新闻；没有，没有，没有……九月，好脾气才吉说得最重要的一句话是：“我想孤独度母啦!”十月，巴拉姆又找来一个保姆，但好景不长，她来没十天就被她开除了。原因是一个很奇怪的理由：“她竟然从窗子里偷看我换裤衩。”女人看女人有什么大不了的?!好脾气才吉懒得去理会巴拉姆。十一月，十二月，在这两个月间，好脾气才吉感到自己眉心的肉瘤小了，又大了，红了，又淡了。反反复复，她整天不是盯着旧地毯上越来越长的裂缝，就是看着落在墙上的自己的影子，像落日，像长虹，像一切不该像的东西。

34 布鲁鲁鲁

说说我的理由，那真是最不要紧的事。我，西拉多德，尽管被看作是“骡耳朵帮”的老大。可是，“骡耳朵帮”这个称谓真的重要吗？我觉得一点也不。现在我真的想明白啦，即使我们四个不被称为“骡耳朵帮”又能咋样?一个球队参加比赛要有队名。而我们，在人生的比拼场上只是挂了个“骡耳朵帮”的名头而已。没有比这更简单的事了。“文革”时有个篡党夺权的“四人帮”，而我们不是他们。我们只是改革开放洪流中的一小撮弄潮儿。人生的准则，是以赚钱为第一目的。……格桑，比起曲松才仁和道朵勒桑，你的年龄要小很多。而我们三个的孩子都快成家了，你说我们还能有多大的精力？……嗨，摇头不算点头算！你点头了。看来你知道，自己肩上的担子有多重。好多事都等着你为我去办，“高原明珠”真的要由你们年轻人努力做事才行！

西拉多德的这番话真的勾起了格桑的无比热情。

(尼玛知道。普布也听尼玛谈起过。)

格桑的热情，好像在昏暗中来自不同方向的虫子,它们碰头后就朝一个方向去了。对此，没有哪方面的意见会否定他的热情。格桑，自己也发现对于这样的热情最好不管控，任由它发展为妙。他断定，它就是风暴,将把头颅内的乱云吹走。心灵里的喜马拉雅山顶，自此没有了各种形状的乌云笼罩。（有的竟状如肘开式的水龙头,蹊跷啊蹊跷!）血管里的那条母亲河将咕嘟嘟地奔流得更加欢畅。格桑告诉尼玛：“西总真是太好了，他从不计较我过去干过什么。”……尼玛将爷爷的篮球收回到网兜里。篮球场的空旷自此形成了。他希望这种空旷自己的鼻尖也有。额头，手掌，肩膀亦是如此。他看着格桑一副跃跃欲试准备大干一场的样子，就将一丝米粒大的笑意挂在嘴角。牙尖上的咸涩是中午吃了那一锅乱炖时留下的。他用舌尖舔着牙尖，转身离开篮球场时，除了格桑，他身后站立的篮球架，以及双杠，单杠，低矮的（只供儿童玩耍）秋千架，似乎都在讥笑他。

“格桑要干大事啦!”在格桑的梦里，家族中最有威望的祖先的鬼魂在一片草原上对着一群牛一群羊和自己野狗般的影子宣布（在梦里鬼魂也可以有影子)。他近乎赤身裸体，只穿着一条翻毛的羊皮裤衩，格桑从梦里笑醒。

二〇〇七年四月八日，下午一点四十三分，他拿出了一份详尽的计划书。计划书一放到西拉多德的办公桌上，西拉多德立时就被那宏大的构思和非常靠谱的可行性给吸引啦！这是他做梦都不敢想的：关于在县城唐蕃古道旅游沿线建造四处度假胜地的蓝图，具体可分为温泉度假胜地、丛林度假胜地、养生度假胜地、雪山度假胜地。当然，计划书不仅局限于此，它还提到了“高原明珠”发展成集团公司的可能性。广纳人才是当前最重要的一件事。如果能够一步一个脚印走下去，接下来要做的事情是掌握旅游线上的运营，必须购置大巴。还有，开发旅游副产品。建立藏药加工基地，挖掘古秘方藏药。……这份详尽的计划书，让西拉多德失眠。曲松才仁和道朵勒桑惊讶于格桑的构想。“这需要一大笔贷款!”……对啦，西拉多德张着宽阔的大嘴巴，他知道贷款是关键中的关键。

他的失眠有增无减。他的焦虑也是从那时开始的。他头枕着绣有红玫瑰图案的枕头,满脑子都是如何取得贷款的念头。那一张张人民币，排着队，在他的脑海里跳着舞。……如何让脑子里舞姿翩跹的人民币来到他的办公桌上，变成购置地皮建造度假胜地的工程款，这真是目前令他最感头疼的事。西拉多德，想了好久决定去找铁面书记。这个念头在他的头脑里形成之时，他的脉搏正常，（他将自己的左手搭在右手腕上感觉脉跳。）也没有发烧的症状，（额头上方亦是一片冰凉。）在各项身体指标均正常的情况下，没有人会说他神经兮兮。可是，他自己却觉得有那么一点，正藏在自己的灵魂里，伺机而动。那种感觉说来确实有些虚无缥缈，需要冷静地克制，加以剔除。……他，依然不习惯和他的乡下老婆睡在一起。满足生理需要，占用她的身体时，他像是撒尿必须占用便池，但时间也仅限于撒尿那会儿。可是现在，西拉多德对这方面的需求，大不如前。我要问你，西拉多德，现在和过去有何不同？（这不是哲学问题，而是时间的问题。）西拉多德，抬起右脚跨过门槛，然后左脚跟进，踢翻地上的洗脚盆，那水漫漶在瓷砖上，必须要用拖把来拖。“你不是第一次使用拖把了，看你使用的那种生疏劲，还是让我这个退休老干部来吧。”夏加终于看不下去了，他抢过拖把，来回地让拖布在地面上摩擦。（而西拉多德的继母却有些老年痴呆。）“你不需要沉默，因为你本来就不是一个喜欢沉默的人。你一生到这个世界，你的大嘴巴就说明了这个问题。”西拉多德用左手捂了捂嘴，他决定三天后去找铁面书记。……怎么说才能说得恰到好处？怎么说才能打动铁面书记？让他帮着为贷款的事说点有用的话。……这绝不是个小数目。西拉多德之前聘请了一个退休老会计做预算。（他戴着一副老旧的瓶底圆圈似的眼镜。习惯以左手使用算盘，是正宗的左撇子。高明的会计师。他，不明白西拉多德为何如此器重他。不就是个会计吗？只会拨拉算盘，听呆头呆脑的数字不明不白地在账本中发言。但生活中的小事却常使他犯糊涂。）看着计划书的副本，左撇子会计老头一直没有吭声。他小声地将那几处度假胜地的名字念了出来。这个构想，看似破天荒，其实不是！是吧？他知道其他地方早就有类似的计划。那些计划成功或不成功，成功的经验也犯不上复制来复制去。不成功的经验倒是可以多听几遍，以防不测。他，开始运用自己的知识做预算。不懂的地方还是有的，什么也阻挡不了他的不耻下问。（有很多同学可以成为他的参谋。）很多年之前，他就是那么做的。很多年之后，即便他老了，他为什么不那么做呢？（这句话分明是在自言自语。）左撇子会计老头就此把算盘拨得噼里啪啦，预算一做出来，他选择夜晚山尖悬星之时，把报告交到了西拉多德手里。嗯，和我估算的那个钱数差不多！他抽着烟，给左撇子会计递了一支烟。他俩坐在沙发上吞云吐雾，一副你办事我放心的样子。中间的那张松木茶几上，烟灰缸沉默不语，抹布被放在桌上，皱成极难看的一团，显得有些悲哀。……现在该说什么才好呢？什么也不说兴许才是西拉多德想要的。左撇子会计兴许是明白了这点他起身告辞。……生活，以你最富有的爱和最富有的恨指认人世的一切吧！你看看，你看看，那么多那么多那么多，我不明白但他明白的，他不明白但我清楚的事情，正在你内部拔节生长。你看看，你看看，那么多那么多那么多！

西拉多德真的选了个好时候。就在那天，他起了个大早，推开窗户：群山侧着脸，侧着身子，很多很多年了，它们一直在大地上被罚站，谁有如此的权力，肯定是上苍！如果不是它，慈悲为怀的佛菩萨绝不会这样干！（对于山，人们有各种各样的说法，此说法应该算是独创。）西拉多德推开窗户时，忽然有了如此的想法。……道朵勒桑开车来接他。车轮激起灰尘，一溜烟地就把他带到了县委。接下来的事情必须用细节展示，西拉多德在县委门口下车然后直奔书记办公室。巧，办公室的门是虚掩着的。门，在那时候显得比群山还要可怜。……说好要用细节讲述，必须如实履行。……那扇门被他推开，那只推门的手随着门板的离去停留在了空中。那一瞬，只是西拉多德手的凝固。别的，当然不会这样。你看，书记办公桌上的永动球在互相碰撞，哒哒哒哒。书记鼻孔里的气息在咝咝地上去又下来。（这个，是看不见的。）书记招手说，进来吧。西拉多德忽然意识到自己的失态。你这是在书记的办公室里千万不能再这样。你要表现得有理有节不卑不亢，那样书记才觉得你是个干事的人。进而，你要注意自己的言辞，千万不可喧宾夺主。西拉多德一再地告诫自己。……且看那书记：双目炯炯有神，两道剑眉左右开弓。方正脸。挺鼻阔嘴。总之是《今古传奇》里常描述的英雄相貌。再看他，左手前是《毛泽东选集》，右手前是《资治通鉴》。真是和听说的一个样。西拉多德暗自嘀咕。千万不能说漏自己曾是假腿先生矿山的股东。那样的话，后果不堪设想！他呈上计划书，铁面书记随手翻了翻，而后把它放在一边，说道，贷款应该找银行，找我做甚？西拉多德一时语塞，良久，他回应道，民营企业，名不见经传，总是害怕被拒之门外。铁面书记说，你先到银行试试。

正如西拉多德所料，银行门口的张嘴石狮、闭嘴石狮,对于他的到来不理不睬。换句话说，他早知道这种气氛在这里了。那你，拿什么去争取?！后来，西拉多德把自己的不相信转换成了愤恨。他看着农行行长爱理不理地玩着手里的派克笔；也看着建行行长打着哈欠，他的四岁女儿却隔着长茶几向西拉多德吹送肮脏的肥皂泡。西拉多德没法不闭上眼睛。他决定离开这里再去找铁面书记。他做到了。

铁面书记显然知道他会来。

他说："你们的计划书我看过了，很好！"

西拉多德想闭上眼睛，享受这句夸赞之言，可是他不敢。

铁面书记又说："我看，在唐蕃古道旅游线建四处度假胜地耗资太大，申请如此大的贷款和购置地皮都不容易，只建丛林度假胜地最佳，以后再图发展嘛。但你一定要保证你的企业文明合法、干干净净！"

西拉多德使劲地点了点头。他似乎听到自己白花花的脑浆在头颅里不信任地晃动。

第二天，铁面书记召开了全县银行工作座谈会。强调扶持民营企业的重要性。如何把高原明珠打造成民营企业的品牌，这是一个值得探究的事情。西拉多德做梦也不会想到事情竟然发展得如此顺利。不是自己昏了头，而是老天昏了头。

二〇〇八年四月，西拉多德的高原明珠得到了五百万元贷款。（有很多职工愿意用自己的宅基地做抵押。西拉多德简直不敢相信自己的耳朵。但事实是职工们相信他的实力，高原明珠的实力。在职工们的眼睛看不到的地方，天静静幽暗，西拉多德在枯黄的草原中像个女人一样涕泪滂沱！他的石头心脏终于软了一回。）五月，地皮到手。七月，丛林度假胜地得以开工。讲个小插曲，在审议建筑图时，格桑提议丛林度假胜地必须有个小型篮球场，西拉多德和那两个永恒的兄弟均表示赞同，左撇子会计却沉默。到了八月，西拉多德迎来了一个好消息，亦可称为一个坏消息：西拉多德二世毕业后被内地的那所地质大学留用了。校方在留用他时承诺他会成为该校的第七个公派留学生。可是谁来继承他的高原明珠“帝国”，西拉多德唏嘘不已！……他又到山里去打枪了。可是化隆造六四式手枪，已经不行啦。在那一刻，什么问题都出来啦：撞针断了，扳机失灵。西拉多德坐在一块大石头上鼓捣了半天，一点起色也没有。一怒之下，他把手枪甩到了山涧里。……鱼戏手枪东；鱼戏手枪北；鱼戏手枪西；鱼戏手枪南。天哪，六四式手枪，不，一块废铁疙瘩，就这样在山涧里悄悄地合法啦！

这个阶段同等重要的事情是，孤独度母也从省城的民族大学毕业了。一毕业她参加了公务员招考，结果她考上了，被分到县农牧局工作。这时候，散发着陨石气息的房子里，好脾气才吉、巴拉姆和她们今年雇佣的第二个保姆,(如果算上先前被解雇的，她应该是第四十一或第四十二个。）对于孤独度母的到来,持续保持着一个极好的心情。好脾气才吉的好脾气更是水涨船高。这一点真的没问题。就连巴拉姆，这个想从单位病退，又下不了决心的人，看到孤独度母满心欢喜地上班，她也被感染了。“退什么退，混到正常退休年龄，再赖几年退休。”巴拉姆一直没有想到，情绪原来是可以通过空气散播的。她，更没有料到，自孤独度母上班之后，说媒的人会时不时地找上门来。这一点，巴拉姆的确比好脾气才吉开明。她不断地对那些人说，这个，要由我女儿自己来决定，我说了不算。可好脾气才吉总是劝她，找一个善良人家，家境笃实的男娃，把才仁措毛嫁了算啦。人啊，有什么呀，有多少年的青春可以浪费。成家，对于一个女人是很重要的。我可不愿看到你女儿，我孙女，像你一样形单影只。巴拉姆愕然。她的愕然不仅仅体现在那半张着的嘴上，还体现在她暂时忘却自己的左乳已不在了。这三个女人，加上二十一岁的保姆是四个女人，常常被陨石散发的气息笼罩。（再怎么换保姆，人数也超不过四个。）……她们感到，陨石的气息不断地改变着自身的体味。没关系！没关系！没关系！巴拉姆时不时会继续放她的高利贷。好脾气才吉觉得有必要劝阻女儿啦，否则，报应迟早会找上门来。(如果失去左乳算一桩,可好脾气才吉仍然被蒙在鼓里。)而孤独度母，听了那么多的媒妁之言，却没有答应一门亲事，她觉得自己的另一半迟早会来，但不是今年，迟早会。

二〇〇九年五月六日，哑巴舅舅和拉青舅娘来县城道别。巴拉姆看不懂他灿烂的手语。好脾气才吉曾经懂得但现在够呛。她们只有等待拉青舅娘开口了。一切都必须简明扼要，不要半点废话。就这样拉青舅娘在众人的期待中开口！（众人，也就是巴拉姆，好脾气才吉，孤独度母和那二十岁的保姆。）她们，多么希望她的话语是缠着丝线的，越说越长，越说越长，直到她们瞌睡。那晚，哑巴舅舅在好脾气才吉的引导下感到了陨石的气味。拉青舅娘说，此行要去拉萨转山朝庙进香，两年不回家。她的语句简练，但内容却是越来越多。这几年不养土鸡了，除了种地，每年都去挖虫草。虽没有年轻人挖得多，可积攒下来，换成钱，足够我俩在拉萨两年的最低花费。在村里，花不了这么多钱。唉，说到村子，好脾气才吉肃穆起来。几年下来，村子还是那么大，只有人的来来去去，没有土地的来来去去，明白吗？拉青舅娘第一次以这种口吻说话。哑巴舅舅好像憋不住了。他再次亮出那灿烂的手语。他打手语的动作非常利落。那些带着唾沫星子的话，就此被遮蔽了。还有什么话是好听的，没有啦。拉青舅娘要做的是，翻译！而翻译对于她来说一点难度也没有。听听，又是死人的消息。哑巴舅舅打一次手语，拉青舅娘就按他的意思说一句话。灿烂的手语在前，话语在后。翁青死了，你们知道他怎么死的吗？真可怜，他是在指挥儿子倒车时被撞死的。倒，倒，倒，好了，他已被儿子撞入了墙里。唉，这是拉青舅娘的叹息，而不是哑巴舅舅手语表达的叹息。众人，再次期待哑巴舅舅的手语更加灿烂，可是他却像累了似的摆了摆手。他也老了，尽管体现着不符合年龄的年轻，但毕竟还是老了。拉青舅娘更不用说，她老到了让好脾气才吉都吃惊的地步。

怎么？好脾气才吉不知道自己在问什么。

拉青舅娘不知道该怎么回答，她摇了摇头。

我们都老了！

拉青舅娘点了点头。

可你俩仍然没有个孩子。……看来，我们的村子不是说到做到！

好脾气才吉觉得自己总爱说多余的话。

哑巴舅舅坐在椅子上一副疲惫的样子。（那你就亮亮你的舌苔嘛，这有什么关系！他们的舌头都是有用的。而你的舌头，跟他们是有相同又有所不同。）哑巴舅舅把他那粉红色的舌头从嘴里吐出，像是一只蜥蜴胆怯地露了一下头，而后又缩回到自己熟悉的口腔里。很久以前，它就是一个样子货啦。人们说，巧舌如簧。那是指不用手语的那部分同类。可是，哑巴舅舅的言语，说多了就成了力气活。哑巴舅舅从来没有感到自己会这么疲惫，他真的很想睡上一觉。睡上一觉就不是这个样子啦。他打了一个哈欠，他的舌苔是那么的冷凉，一股臭气在舌苔上弥漫，而后袅袅地钻入了鼻孔。巴拉姆习惯在这样的时候见缝插针。她，甩动着那头波浪卷发，头发上不但散发着洗发香波的气味还散发着染发剂的气味。总之，这种混合真的不大好。她，还想干什么？她，奇迹般地从一个黑皮包里掏出电动剃须刀来,看看，多么精巧，浮动的三刀头是它的三个脑袋，用起来时，会隔着钢薄膜快速而又不情愿地转动。哑巴舅舅，接过电动剃须刀，疲惫的脸上有了古怪的笑意。他用手语说，谢谢。巴拉姆看不懂。（拉青舅娘尽顾着和好脾气才吉说话，没有给他当翻译。）哑巴舅舅又用手语说，这样会很省事的。巴拉姆还是看不懂。哑巴舅舅显得有些心有不甘。他的眼睛就像是看到冰雪里藏着琥珀，无法获取，因此贼亮贼亮的。他的头发依然是以前常留的那种平头。身上是失望的味道。那种味道巴拉姆不熟悉。所以，她只觉得这股味道很特别。哑巴舅舅又打出他灿烂繁杂的手语。（这人可能是疯了，巴拉姆连最简单的手语都看不懂，你还能指望她理解更具深度的手语吗？不会，不会，真的不会。）他身上失望的味道越来越浓烈。那是综合了热到快化了的酥油……苹果核里的虫洞……牛肉的后腿靠蹄子的部分……羊腱子肉的末梢……奶茶里煮烂了的茶叶的气味。……哑巴舅舅还想解释，可那时已有人哈欠连天。二十一岁保姆的瞌睡来啦。巴拉姆的瞌睡也来啦。哑巴舅舅的手语就此停在了半空，没有人去关注。……第二天，他和拉青舅娘在众人还在睡梦中时，带着三刀头电动剃须刀，离开县城，乘车去了拉萨。

现在，将时间再次交还给普布。

“那时候，我被很多的杂事弄得晕头转向。我听说哑巴舅舅来了，可是又走了。走的时候也没见上我一面，要不然，我会猜出那灿烂手语的关键部分。头脑，是用来想问题的。如果不想问题，我只能把它比作石头砖块秤砣。还可以比作什么，这不重要了。唯一重要的当然是要用它猜出哑巴舅舅的手语，那才是关键。那天，我去了哪里？让我想想，让我想想吧。头都快爆炸啦。我去了哪里？我去了哪里呢？那一天，我去了乡下。不是失忆，也不是短暂的遗忘，而是对不上日子。现在好了，我想起来了，去乡下是为了减价处理滞压的旧货。……图纹过时的绸缎，县城里的人嫌它不洋气，可乡下的人却喜欢得不得了。那天，我骑着租来的带拖斗的三轮摩托运货车，满心欢喜呀欢喜。就这样，我错过了哑巴舅舅，其实这一点也不为过。哑巴舅舅除了感到稍稍的遗憾，他不会责怪我。"

普布，渐渐地，你被自己内心释放的臭气给熏到了。这让他难过了好一阵子。都五十岁的人啦，难道还不能高尚到一身的清香？不能，不能，只要经商了就不能。这种懊悔时不时地会从某个角落里出来，猛不丁地在心上挠一把，留五道抓痕，但很快就平复。你，让时间改造你，孤立你。它连句安慰的话都不给。这纯属活该。这让人怎么给你下个评判。……多尼在过她的舒心日子，尽管时不时地红着眼圈。但这只是在体现她富有后的慈善。（到底有多慈善，这真的猜不透。）而达瓦是不是在固执地背叛着自己的血缘，想想都让你感到伤心。（达瓦连着几年没有考上他梦想中的好大学，所以他一再地复读。）现在，尼玛也不常回家了。作为高原明珠宾馆的电工师傅，他的手机总是响个不停。"尼玛，又跳闸了。""三一九房间没电你管不管?!""请更换洗洁间的插头。"尼玛，总是背着网兜里爷爷的篮球跑来跑去，最后干脆就搬进了职工宿舍。这栋屋子里就剩下普布一人啦。

"你在干吗，我的老朋友?"独眼桑嘎的电话总是如期而至。

"我还能干吗，除了呆坐着我还能干吗！"普布在听筒的那边，满肚子的牢骚。

"唉，我这个瞎子都没说什么，你哪来的那么大怨气。"独眼桑嘎毛驴般的影子在柔和的灯光下，蹲在他的身旁，显得异常可爱。

"我，能有什么怨气呀。到了这个时候我连骂人的激情都没有啦。每次，听到屋子里尽是自己的回声，我感到害怕。"普布觉得自己在如实奉告，可是独眼桑嘎听着却觉得有些夸张。

电话里嘶嘶的电流声把他俩的对话弄得异常的玄乎。如果有大海的潮声，再加上男人和女人的喘气声，古代在走远现代在经过风来风往雨滴生根，这纯粹就成了一幕充满噱头的虚幻剧。没有开头没有结尾，只展示中间那部分。独眼桑嘎的问询，通过手机那小小的孔洞传播得毫不含糊。“你真的害怕吗?”“嗯!”那声音在电话里很闷，很无趣，立时在话筒中引发了好长一段的沉默。在接听电话时即使是一分钟的沉默，也是相当漫长的。“喂，喂，喂，你说话呀!”普布挂断电话。没关系，独眼桑嘎寂寞了还会打来。

这是个定律（普布发现的）：我在最寂寞的时候总会找最寂寞的人看看他的眼睛听听他的声音。时间走到了这会儿，它可不会耽于任何幻想。

二〇一〇年四月十三日，普布早早地关上商铺门，早早地理了理自己纷乱的思绪。如果他不明白，这么早关门，同行们会以为他生病了，那他等于白活到了这年岁。都五十啦，五十个春秋，浪费了国家多少粮食，但即使是这样，他还是明白家里的一堆脏衣服老早就等在那里了。它们是那么的怪异，每一件衣服，每一条裤子，当然还有裤衩和内衣，它们的表情脏不兮兮。十点到十三点，他把这些脏衣服统统给洗了，晾在屋外的铁丝上。十四点，他草草地点火做饭，给自己炒了一盘牛肉芹菜，前天剩下的馒头回蒸笼里，拿到手上时，就像一个了不起的乳房，很大。吃完中午，他本来要做的是去商铺，让那些被关了一上午的绸缎布匹银首饰透透气，可是，他觉得自己也该由着心性做一次。“不去啦，就待在家里啦。谁能把我怎么样?”普布看着那些脏碗堆在厨房的饭桌上，他意识到今天也许是个清洁日。

十五点整，他洗碗，这个过程比记流水账还要冗长。他打碎了自己常用的那个瓷碗，左手食指还被瓷碗的碎片给划破了。创可贴，创可贴在哪里?手指滴着血，另一只手拉开一个又一个的抽屉翻找，哪来的那么多的废纸，发票，过期的感冒药。……他把那受伤的手指含在嘴里，像个孩子咂巴着奶头，可是流到嘴里的不是乳汁而是血。创可贴终于在一沓发票的夹缝中出现了。那根受伤的手指被它包扎起来之后，多像襁褓里的婴儿。……吃完晚饭，普布躺在床上睡不着。他翻来覆去。他数羊。二十四点之后，他终于睡着了。四月十四日的第一个时辰，普布却被自己的梦吓到了。（那真是在做梦，伟大的现实主义人群！尽管，这梦看来是匪夷所思。尽管，那些细节真实得让你觉得不是在做梦。但梦终归是梦，你们，没有成立梦境管委会的必要。）瞧瞧，谁来了，黑弟弟，脖子上缠着三圈脐带项链的黑弟弟！他的到来,在某种程度上使这间屋子变得不那么实际。可是，它就是这么个屋子，老早就存在。它存在的例证多得不胜枚举。但在这不一一列举。是时候了，对于黑弟弟的到来，普布必须表现出他的又惊又喜又慌张。他必须瞪圆眼睛，张大嘴巴。嘴巴里的那根舌头，舌尖在轻轻地颤动，那是各种情况在此综合的表现。真的不像在做梦。不像，绝不像。像是夜里发生的真事。黑弟弟一走动，屋子里便散发出一股淤泥的味道。以我的人头担保，在梦里普布是多么喜欢这样的气味。黑弟弟，左手拖着他的容身之所，那个裂缝的坛子。（坛子在地板上发出刺耳的尖叫。）右手摸着缠了三圈的脐带项链。他的目光，普布看不懂。普布凝视黑弟弟的眼睛开始有了变化。你说他充满期待那也不为过。他在期待什么？再也没有比这更清楚的事了。普巴和缺腿的小羊羔为什么没来？他开始四下里寻找。他打开门，黑弟弟也跟了出来。他光着黑黑的小身子，阴霾的目光不再看着普布。他钻入坛子，坛子骨碌碌地滚动起来。不消片刻，便消失得无影无踪。

普布没有（在梦里）找到普巴来过的任何迹象。

他的胸口突然发紧，心跳慌里慌张，大地在剧烈地摇晃，他的耳朵里充满了土块粉碎椽子断裂屋子坍塌的声音。……地震了，真的地震了。没有什么可隐瞒的。普布只穿着条裤衩，烂了好几个洞的旧背心。在那一刻，他从床上掉了下来。除了上述的动静，他还听到床板上落满了土块。因不堪重负，嘎嘣一声裂开了一个大口子。普布是不幸的，但同时又是幸运的。在床板，椽子，桌子支起的狭小空间里，他横躺在地上竟然一点伤也没受。他想喊人，可一张嘴，嘴巴里总是落满土尘。呸，呸，呸，他诅咒般地往外喷吐着口水。这时候，他听见自己的上方，有人站在废墟上喊话啦。是尼玛，普布一激动，裤衩就被灼热的尿流给打湿啦。羞愧呀羞愧，竟然尿裤裆啦。这让人看见了多难为情。可是，在黑暗中，他顾不了这许多。这时候，他又听到儿子达瓦也在喊他。普布老泪纵横。儿子，你终没有背叛自己的血缘！好样的，好样的。他想开口应答，可是更多的土落入嘴里，影响了嗓子。这如何是好?！普布紧紧地闭着眼睛。脖子上的细链子，突然显现出它的存在。它似乎勒了他一下。啊，裁判哨！我的可爱的，不闹腾的，幸运物般的裁判哨。尼玛和达瓦都知道你的存在。你被一条细细的链子拴着，多少年了，不吭不哈，这时候，轮到你出场啦。普布想到这里，再次流泪啦。真没出息，眼睛在上头流泪。而裤裆，早已变成了泥糊糊。他使劲地扯了扯背心领口，亲人们，也不知你们怎么样了?!

那个曾经银光闪闪，但现在被黑暗包住的裁判哨，被他摸到啦。那么娇小。那么可怜。那么有手感。普布急切地把它往嘴边送去——

布鲁鲁鲁……布鲁鲁鲁……

布鲁鲁鲁……

布鲁鲁鲁布鲁鲁鲁……

布鲁鲁鲁……